夏目漱石「自意識」の罠

後期作品の世界

松尾直昭

和泉書院

前書き

今回、夏目漱石の後期の作品についてこれまで発表した論文をまとめました。検討する作品の順序としては、一般的には、初期の作品から後期の作品へと進むのが、順当かもしれません。しかし、私は「こゝろ」を起点にして、発表順番を逆に辿って作品を考えてきました。「こゝろ」が謎めいていたために、どうしてもこれを最初に扱ってみたかったからでした。しかし、いろいろな作品を相手にしていくにつれて、人物を評価する視点や、精神的問題を分析するための基本概念などが、変化してきているように思います。「三四郎」「門」「それから」では、自意識への強い愛着が、当人の精神的混乱を引き起こすという理解に立っています。そして、この葛藤からの解放の手段として禅が想定されていると考えました。ところが、この視点の延長線上では、「こゝろ」は設定し切れない印象を持ちます。つまり、自我への信頼が破綻した末に先生は自殺を決意したのですが、そのプロセスを十分に説明しきれない。そうしたためらいがあります。先生の自殺は自己処罰行為でもあり、償いの行為でもあるのでしょう。しかし、死んで詫びるにも、Kは既に死んでいます。妻を事情の分らないままに放置しておいて、死んで詫びようとする決意の強さに戸惑うのです。謝る相手がいないにもかかわらず、先生は何に向かって詫びているのでしょうか。かえって、自分の主人公が自我であることを譲らない、凄まじい自我への執着があるようにも感じてしまうのです。しかしながら、その反面においては、先生は死んだ気で、生きていこうと努力した事実も記載されています。つまり、自己を捨てて、他人のために生きようと努力した、というのです。自分というものへの執着を捨てて、妻とともに生きるという行為が、持続できない要素には何があるのでしょう。禅で言う自我否定が不徹底だったといえばよいのでしょうか。基本的な他者との関係が結びえなかったということでしょうか。そういえば、しばしば先生は、妻が自分を理解していないことを嘆いています。さらに、先生の自決の描かれ方にも戸惑いが残ります。というのも、作品の雰囲気に、先生の自殺を容認する眼差しを感じてしまうからです。それは、漱石の視線であることに間違いはありません。しかし、作家の視点だけの問題ではなく、作品背景である全体の雰囲気の中に容認する何かがあるような気がしてならないのです。しかも、この決意は禅による論理的解決策の埒外に展開しているように思えます。時期を待って、考えを進めてみたいと思っています。

さて、先ほど、漱石の作品の登場人物達が自意識に囚われてしまい、自分の心を見失ってしまう傾向の強いことを指摘しました。彼らは、自分の中にある違和感をめぐって、その特質を分析したり、克服の手段を模索したりするのですが、この行為自体が、いっそうの混乱へと彼らを追い込んでいきます。この問題を「自意識」作用に含まれた障碍だと考えて「自意識の罠」という考えのもとに整理してみたのです。この障碍克服の手段として、漱石はいかにも論理的な解決策を否定的ニュアンスで提示します。これには、さまざまな禅僧が語り残した「見性」についての作家の理解が反映されているようです。しかし、どうもそれは偏向のある「知解」、つまり偏った理解であって、彼らの精神的な混乱を収拾する実践的手段とはなり得ていないようです。むしろ、混乱を助長しています。この一連の問題を「門」「それから」「行人」を中心に考えてみました。また、この代表的人物達、宗助、代助、一郎をとりかこむ二郎や三四郎の特質も、興味深い問題だと思います。彼等は、まだ自分というものの曖昧さを自覚しない人物のようです。この自意識の問題について無自覚な青年が徐々に、自分の内面に目を向け始める過程を、周囲の人物の影響関係とリンクさせて分析したものが「三四郎」論の骨格です。この影響関係を分析する際に「間主観性」というキーコンセプトを用いています。

この「間主観性」の定義を鯨岡峻氏の要約をお借りして説明しますと、次のようになります。

⑴二者の身体が意識することなく呼応し、そこに相互的、相補的な関係が成立するという間身体的関係（メルロ＝ポンティ）の次元、⑵相手の意図が分る―こちらの意図が相手に通じるという相互意図性（トレヴァーセン）の次元、⑶相手の情態（嬉しい、悔しい、くたびれた等の広義の情動）が分る―こちらの情動が相手に通じるという相互情動性（スターン）の次元、⑷相手の語ることが共感的に理解できる―こちらの話が相手に分ってもらえたと実感できるという相互理解の次元、そして最後に⑸我々に自らの主体性や主観性と捉えられているものが、実際には最初から他者の主体性や主観性によって媒介されているという、相互主体性ないしは共同主観性の次元。これら五つの次元は互いに重なり合い、あるいは互いに他を規定しあっており、研究者の関心の焦点としてさしあたり区別することができるにすぎない。(1)

「間主観性」の語義はこういったニュアンスで使用されているようです。しかし、拙論ではやや限定して⑸の理解内で使用したいと思っています。それは、例えば、鯨岡氏の、幼児の主体の成立の端緒についての考えにも近いようです。

私がこの世に誕生する前に、すでに私の両親は存在し、私はその両親のあいだに生まれてきました。そして、その両親の（あるいは家庭の）育てる営みのなかで私は育ち、いつしか「ボクは」と自分を周囲から際立たせることばを発するようになり、いつしか「私」という意識、「私は一個の主体だ」という意識を抱くようになりました。そのことを踏まえると、想像の上でとはいいながら、私という主体は私を受け止める他者がいて初めて主体として「ここ」に立ち現れることができたと考えざるを得ません。生まれたばかりの「私」は「あなた」の位置に現れる他者たち（それは両親や家族など身近な人たち）が、まずは「私」を並みいる身近な「あなた」たちの一人と認め、「私」にさまざまに働きかけ、いろいろな思い（可愛い、大事だ、憎らしい、等々）を抱いて「あなたはこういう子供だ」と映し返すなかで成長してきました。〈中略〉「主体」や「主体的」ということばに込められた、能動的、発動的な意味合いとは裏腹に「私」という一個の主体は、その絶対的な依存のなかからしか立ち現れることができなかったのです。ここに一つの逆説があります。主体という概念は自立、自律、自己決定、自己実現、など「私が」という意味の「自」を頭に被ったことばと親和的であると考えられていますが、実はそれと逆の絶対の依存にこそ、その端緒を見なければなりません。

周囲の人々が子どもを「主体」として受け止めるがために、「子どもは一人の主体として育っていく」ということの理解は、内面の発達の場合にも敷衍できるでしょう。「私」のこころの中で生起するさまざまな着想、印象や直観など、それら主観の要素は、周囲の人物達の内面の「映し返し」作業の集積だと考えられるのです。「間主観性」をこのように捉えますと、仏教哲学の縁起の概念にも接近していきます。つまり項目「A」と項目「B」との関係によって、さらなる現象が生成されてゆくからです。ただし、仏教では瞑想の経験で体得した世界理解をもとに、説明を重ねていくために、項目「A」「B」ほか、すべての説明内容は否定的要件で非実体です。非実体のものが縁り合って、さらなる非実体を作っていきます。それを「仮説（実在はしないが言葉によって仮に存在するものとして表現する）」[2]として説明しています。この考えのほうへ「間主観性」を近づけてみました。それは、主体とは他者の存在からの「映し返し」の集積であるが、しかし、非実体であり言葉によって仮説として説明することのできる否定的要件、という理解です。しかし、人は仮説でありながら、これに愛着を起こし囚われてしまう危険と隣り合わせに生きています。我に囚われるから我執と呼ぶのでしょう。だから、真の主体になるためには、ここを完全に否定することが求められます。「間主観性」の概念を最終的にはこの文脈で理解しています。

くどい説明を重ねてしまいました。しかし、自分自身に囚われて自分を見失ってしまう人物の内面や、そうした人物の苦しむ姿を目の当たりにして、視線が自分の内面に向かい始める青年の内面の混乱を説明できる、有効な概念であるように思えるのです。

今回拙稿をまとめるに際して、和泉書院の廣橋研三社長をはじめ色々な方々に御世話になりました。最後まで親切に対応してくださったことに、あらためてお礼を申します。

注

（1）鯨岡峻『ひとがひとをわかるということ　間主観性と相互主体性』（ミネルヴァ書房　平成十八年七月）
（2）立川武蔵「中観」（永井均　中島義道　小林康夫他編『事典　哲学の木』講談社　平成十四年三月）

初出一覧

・「作品『こゝろ』論（一）現象読解の試み―『私』の意味をめぐって―」（「就実論叢」第十四号　就実女子大学・就実短期大学　昭和五十九年十二月）
・「作品『こゝろ』論（二）現象読解の試み―『先生』『K』『奥さん』の意味をめぐって―」（「就實語文」第五号　就実女子大学日本文学会　昭和五十九年十二月）
・「作品『こゝろ』論（三）現象読解の試み―『淋しさ』に関わる語り得るものと暗示し得るもの―」（「就実論叢」就実女子大学・短期大学第十五号　昭和六十一年二月）
・「夏目漱石『行人』論（上）一郎の矛盾性の苦悩をめぐって」（「就實語文」第九号　就実女子大学日本文学会　昭和六十三年十一月）
・「夏目漱石『行人』論（下）一郎の矛盾性の苦悩をめぐって」（「就實語文」第十号　就実女子大学日本文学会　平成元年十一月）
・「夏目漱石『門』論参禅の意味をめぐって」（「日本文芸研究」第四十一巻第三・四号　関西学院大学日本文学会　平成二年一月）

・「夏目漱石『それから』論（上）『倦怠』と『自然』の係わりをめぐって」（「就實語文」第十一号　就実女子大学日本文学会　平成二年十一月）
・「夏目漱石『門』論―空白の時間をめぐって」（「就実論叢」第二十号　就実女子大学・短期大学　平成二年十二月）
・「夏目漱石『それから』論―逃げる代助」（「就實語文」第十二号　就実女子大学日本文学会　平成三年十一月）
・「夏目漱石『三四郎』論（上）〈私〉のいる場所」（「就實語文」第十三号　就実女子大学日本文学会　平成四年十一月）
・「夏目漱石『三四郎』論（下）〈私〉の形成をめぐって―野々宮との係わりを中心に」（「就實語文」第十五号　就実女子大学日本文学会　平成六年十二月）
・「夏目漱石『三四郎』論（下）〈私〉の形成をめぐって―広田と与次郎の係わりを中心に―」（「就実論叢」第二十四号　就実女子大学・短期大学　平成七年二月）
・「夏目漱石『三四郎』論（一）―美禰子と三四郎の係わりを中心に―」（「就實語文」第十六号　就実女子大学日本文学会平成七年十一月）
・「夏目漱石『三四郎』論（二）―美禰子と三四郎の係わりを中心に―」（「就実論叢」第二十五号　就実女子大学・短期大学　平成八年一月）

夏目漱石「自意識」の罠　後期作品の世界

目次

「三四郎」における〈私〉の問題

「三四郎」論㈠　〈私〉のいる場所

（一）

作品「三四郎」の主人公、小川三四郎の造型について、かつて越智治雄は「無性格」をもって特徴づけた。三四郎は、作品で様々な事件を通過して精神的挫折を経験し、そうして豊かで立派な人格へと生長してゆく、所謂、教養小説型の主人公ではないというのである。「三四郎は、その触れる人間から刺激を敏感に、敏感すぎるほど受けとめてはいるが、それが彼に蓄積され、その内部の発展の契機となるような存在としては描かれていない」つまり、「三四郎は無性格の存在なのである[1]」と言う。そして次の漱石の講演「創作家の態度」のためのノートからその論拠を導いてくる。その漱石の文章を次にひこう。

character ハ風邪ヨリモ遙カニ複雑デアル〈中略〉repetition デハナイガ A′, A″, A‴ト causal relation ガアッテシカモ此 causal relation ガ相互ノ内容ニ密着ナ類似ヲ示ストキハ大抵ノ場合ニ evolution ニナル、然シ evolution ノ場合デ［ハ］A′ガ本位デアッテ他［ノ］A″, A‴ハ A′ニ depend シテ起ル者デアルカラシテ whole character ノウチノ A′ナル traits ノ causal relation ニテ reveal スル different phases ニ過ギン。従ツテ whole side デハナイ。モシ whole side ヲカ、ウトスルト different phases ガ支離滅裂ニナル[2]。

ここで漱石は、主人公の行動の描写が「支離滅裂」な方がむしろ、人間の全体性としては自然なのだと主張しているのだ。つまり、その性情が矛盾して描かれている方が自然なのである。ところが「普通の小説で、成功したものと稱せられてゐる性格の活動は大概矛盾のないと云ふ事と同一義に歸着する。[3]」「言ひ換えると、描寫された性格が一字もしくは二三字の記號につゞまつて仕舞ふ。勇氣のある人、親切な人」などと表現されて、人物が規定されてしまうのである。「が此特性丈で人物が出來上つて居らん事も事實」なので、それのみか「此特性に矛盾反對する様な形相を澤山備へて居るのが一般の事實」であるのだ。つまり、「矛盾のある方が自然の性格で、ない方が（却って不自然な―論者）小説の性格」だと言えるのである。譬えて言えば、ある人物を描くに際し、明瞭な性格を与えて書くとしよう。すると、漱石の言葉を借りて言えば、「風邪をひいた人」を「其人の生涯を通じて風邪を引いた部分丈を抽き抜いて」書くと、「分り易く明瞭になる代りには甚だ單調にして有名なる風邪引き男が創造されて」しまう訳である。ところが、我々の実生活に照らしてこの例を考えても、一性格のみで現れる人物など不自然である。我々の日常で自然な男を書こうとすると「病氣の時と、丈夫な時と、病氣でも丈夫でもない時と三通りかいて、始めて其人の健康の全局面が、あらはれる」筈である。しかしこうして「全局面」を描けば勢いその人物は、「どうしても散漫に見え」るし、「要領を得ない様に見えて來」るのである。従って風邪よりも「遙カニ複雜デアル」「character」ノ「whole side ヲカ、ウトスルト」「在來の小説を讀んだ目から見れば」「different phases ガ支離滅裂ニナル」のである。こう考えて来ると、三四郎を様々な苦難を味到することによって、すぐれて独立的な精神を構築してゆく、人物像であるとは考えにくくなる訳である。越智の言葉で言えば、単一性の人格の存在を批判する、「こうした見解に到着した作家が、性格の単純な発展を信じることはあり」えぬことであろう。そして、一個の人間の行動が前後の脈絡を欠いて「支離滅裂」に表現されるということ。これは、結局、その表現主体の立つ位置が、「無」の場所であるという事になりはしないだろうか。[4]つまり、「無性格」だと言う事である。さて、この無性格の人物が行動し、その軌跡を残すことで作品が成立するのであるが、彼の行動を含むその社会の性質をも、漱石は一律のものに規定しないという。次は「文學談片」の一節である。

小說を書いて全篇が活動する爲には、是非とも社會其物を寫し、その活動してる社會の中から肝腎の要件となる筋が自《おのず》ら湧き出すやうに書かねばならない。(5)

留意したいのは、「社會其物」を背景として描く、という文章である。それは決して「社會の中からして自分に入用なだけの事件を切り離して他の物は皆捨てて了」うのではない。もし、このように作家の思惑にとって好都合の筋を生かす、特定の事件のみを描いたとするならば、「小說の筋その物を了解する爲には便利であるかも知れないが、社會その物の一部の反照」としては見られないのである。つまり人物を生かす背景としての社会もが、作品の人物設定と同じ構想を反映させるべきものなのだ。つまり、作家主体の目論見によって歪曲されない「社會其物」を背景に置くのである。こういう意図を反映した社会とは、従って、作家の整理を受けないため、読者には「無性格」な社会として映る。つまりごく普通の、ことさらに定義するほどの性格のない「社會一般の景況」として、読者に受容されるのである。ことさらに言うべきことのない情況の中で、ことさらに特別な存在でもない人物の活動が、つまりは「三四郎」の作品世界という訳である。(6)こうした平凡な世界であることを、次の漱石の文章は裏打ちしている。出典は、「『三四郎』豫告」である。

田舍の高等學校を卒業して東京の大學に這入つた三四郎が新しい空氣に觸れる、さうして同輩だの若い女だのに接觸して色々に動いて來る、手間は此空氣のうちに是等の人間を放す丈である、あとは人間が勝手に泳いで、自ら波瀾が出來るだらうと思ふ、さうかしてゐるうちに讀者も作者も此空氣にかぶれて是等の人間を知る様になる事と信ずる。(7)

漱石は、ある初々しい特定の人格が、ある特殊な事件に逢着して否応ない変化を蒙むる、という特別の計画を持っていないようである。ここで重んじられているのは、飽くまで無理のない自然な展開なのである。しかしながら、こうした「無理のない」「自然な雰囲気」ということが、懐疑的な知的読者層にとって最も了解し難い状態でもあるだろう。というのも、我々は、暗黙の内に自我万能主義の立場で対象を考えているからである。これは殆ど疑う余地のない事とされているが、この事が実は「不自然」を含むのである。つまり、自我は、自我が理解できる限定された性質だけを対象として選択し、合理的法則にしたがって整理してしまう。つまり、自我そのものの幻像を投影して、具体を見るのである。「自然」とは、こうした合理的秩序から離れた世界なのである。(8) 過剰の立場、つまり「不自然」の立場からこれを考えてみよう。我々は、何が「自然」なのか、問題を対象として設定し、その本質をも問おうとする「合理的自我」を持っていると信じている。つまり、われわれの内に対象を問う「自然」な働きとしての主体があると考える。しかし、それは働きである限り働き続けることができる。その「自然」な働きは、働きそのものを、破滅に追い込むまで働き続けることが可能である。従って、働きの主体の内にすでに「自然」と「不自然」が備ってしまっている。これが我々の原理としてある、自我が何かを考えるということの中に含まれている。簡単に言えば、我々は「自然」を知りながら「自然」を問うことが出来ないのである。それは「不自然」だからである。「自然」とは「自然」というこの状態を損い、「自分の中で自然が失われた」という喪失感の只中で、初めて否定的欠如感として認識される情態であるかもしれない。つまり、知的立場で見る限りに於いて、自然な作品は「支離滅裂」として批判的に受用されるかもしれないということだ。その場合の知的立場は「不自然」を含んでいて「無理のない」「自然な雰囲気」を受用し難いのである。

更に、「三四郎」から約九ケ月を経て執筆される「それから」を考えてみよう。そこには自己内部の位相を問いかけた果てに、自己喪失の破局を体験する知識人代助が描き出される。彼は、対象を設定して「…とは何か」を問うて観念化してしまう自我の働きによって、孤独な錯乱へと導かれてしまうのである。狂燥的混迷の中で、彼が救済の方途として求めるものが、「自然」の世界なのである。やや強引ながら、「三四郎」の延長線上に「それから」

を置いて考えてみれば、三四郎の青年期の「自然」な「波瀾」の世界とは、こうした代助の自己喪失という「不自然」以前の状況なのであるといえよう。つまり、三四郎の「たゞ尋常」の精神世界の中には、後に表現化される、自己喪失の予兆がすでに胚胎しているということになるのである。更に言えば、作品「三四郎」とは、危機を含んだ「平凡」な世界でもあるのだ。このことは記憶して置きたい問題である。そして次に注意して置きたい事は、手法に関わるものでもある。

漱石は、作家固有の特殊な意図を貫徹させるべく、ある個性を操るとはいわず、「手間は此空氣のうちに是等の人間を放す丈である」と言う。あたかも作品執筆作業上での作家主体が存在していないような発言である。これをどう解釈できるのであろうか。次の画家原口の絵画創作についての説明を参照してみよう。これは三四郎の質問に対する画家の説明である。三四郎は、一瞬の内に絵は完成し得ないのに、絵が美禰子の移ろい易い一瞬の瞳の表情を主題にしている不思議を尋ねる。つまり、モデルの心情は瞬間毎に変化する。そうしたことが事実であるのに、何故に一瞬に浮かぶ瞳の魅惑を描写できるのか、それが不可解なのである。こうした三四郎の疑問に対する原口の説明は次のようである。

自然の儘に放つて置けば色々の刺激で色々の表情になるに極つてゐるんだが、それが實際畫の上へ大した影響を及ぼさないのは、あゝ云ふ姿勢や、欺う云ふ亂雜な鼓だとか、鎧だとか、虎の皮だとかいふ周圍のものが、自然に一種一定の表情を引き起こす樣になつて來て、其習慣が次第に他の表情を壓迫する程強くなる(十)[9]

からだ、と言う。以上の説明から理解できる人間の、心の表情に関するものは次のようである。先ず、我々の身体が一定条件の下で、或る一種の気分を生み出す。それを蓄積することで身体がそれを記憶する。かくて、一定の条件に浸れば、求める一定の情態に、心は変化するというのである。つまり我々の心の位相とは、我々が存在する情況の質との関わりの中で生成する、活動性の「劇」であるということである。原口の芸術的感性が、心を実体として捉えていない事に注意をしたい。心とは、我々全ての存在の身体を操作する単一的主人公ではないらしい。むしろ、ある条件の内に身体が出逢った瞬間的な情動感、それが、心であるらしい。この理解が「三四郎」の世界を支えているのではあるまいか。つまり、この三四郎の心が、「同輩だの若い女だのに接觸して」相手との出逢いの情況に従って、様々な反応を生み、ある「一種一定の表情を引き起こす様になつて來」る、その過程を追うことが、漱石の主眼とする「空氣」の中に人物を解放する行為だ、と考えられるという事である。むろん、執筆する作家の側でもこの理屈は適応される筈ではある。つまり、執筆する際の漱石の内部で、描かれつつある作品の展開内容が刺激となり、ここに漱石の心が生じる。この時の漱石の心とは、作品と織り成す「劇」である、ということだ。とまれ、作品世界のみに限って言えば、漱石が描こうとするものは、三四郎の内部で起こる「劇」なのである。したがって、心そのものというものは無い、と考えるのが順当なことになる。出会いの中で主体と客体が区別され、心が生まれるのである。つまり、我々の主体の内実とは、関係性の中でありうるということである。

この問題を向井雅明氏の言説に即して、更に説明してみよう。本来は、ラカンが展開した「論理的時間」に関する紹介なのだが、主体が間主観性のものである説明として、極めて効果的なものである。それは「三人の囚人のクイズ」と言われる。「三人の囚人A・B・Cが刑務所長の前に呼び出され、クイズを与えられる。『ここに三つの白丸と二つの黒丸がある。これを各自の背中に一つずつ張り付ける。互いに他者の背中に付けられたマークを見る事はできるが、自分の背中に何が付いているかは直接見る事はできない。また、互いに相手にそれを知らせる事もできない。論理的思考に基づいて、自分の背中につけられたマークの色を判断した者は、すぐにこの部屋から出る事。最初に室から出、かつその論理的説明をなしえた者は、刑務所から釈放する』」(10)と申し出がある。かくて「三人の囚人の背中には、おのおの、白いマークが付けられる」のである。この問題をどう考えるか。次が解答である。

各々は一定の時間考慮した後、一斉に出口へ向かう。それぞれがこう考える。「私（A）が黒だとすると、他二人（B・C）は次の様に考えるであろう。―私（B）の目の前には黒が一つ、白が一つ見える。もし私Bが黒だとすると、Cは目の前に黒を二つ見ている事になる。黒は二つしかないが故に、Cはすぐに自己を白、と判断し、室から出ようとするはずだ。だがCは室を出ようとはしない。故に私Bは白である。―B・Cの二人とも、この結論に達し、同時に出ようとするはずだ。所が、そうではない。という事は、私Aは白でなければならない。」

ABCの三人は、同じ時間でこの結論に達する。故に三人一斉に出口に向かおうとする「この論理は、黒が二つ見えれば結論は疑う余地がなく、Cはすぐ室を出る判断を下すであろう」推測に基づいている。AにとってはB・Cが判断未決定の儘躊躇している態度を見て、自分の背中のマークを理解できるのである。今、論じようとする、主体とは出会いの「劇」の中で浮上する、という問題と係わらせて言うならば、何ものか分からないこの或るものが、明確な「私」として存在する根拠を持つのは、目前の情況の中で行動する他の存在の、私に対応するその行動の質による。という事になるだろう。ラカンの言葉に従えば次のようになる。

子供は「おまえ」という言葉で言われた文章を、「わたし」という言葉でひっくり返さずにそのまま繰り返します。〈中略〉この事実が示していることは、「わたし」は何よりもまずランガージュという経験の中で、「おまえ」への準拠の中で構成されるということです。それは他者が子供に何かを示す関係の中で、ということです。[11]

人間の内部にある或る種の疑問、正確に言えば、未だ疑問とすら表現できない情況の儘で、人間の内部に混迷の状態として「或ること」。そうした不安定な情態を、何か特定の型に安定させようとする、情動作用をランガージュと考えよう。このランガージュは安定を求めて動く。その動きの中で他者がこちらに示した行動の意味を反映して、こちらの内部に初めて「ある種の疑問」としての概念的輪郭が生じるのである。そして、同時にその時、こちらとは「主体性」を有する「私」であることを覚えるのである。子供という原初の状態に限って言うならば、「父・母・教師・同胞・友人」などから「命令や欲望」をさし向けられることを通して、再認という型式で自己を定着させ、欲望を学んでゆくという事である。簡単に言うと、人間は他人からの関心の中で、自分であることを学ぶということである。人間の精神構造の内に生来的に自己という実体があるのではないのだ。換言して言うならば、「自我は自己を反映するイメージへの同一化の堆積から成り立っており、ちょうど、玉ネギの皮のように多層化されているものである。それを一枚ずつ剥いでゆくと、あとには何の実体も残らないであろう」そうした意味で、人間の核心とは「空白」つまり「無性格」なのである。今まで展開して来た言説を「三四郎」読解の視点としてまとめてみよう。我々はこの作品を読む時に、ただ「無性格」な青年が周囲の刺激を受けて、変動する過程を追えば良いのである。その際に「彼は、『切実なる社会の活気運』に関わりを持つ何かでありたい」と望みながらも、「なりたい何かが何であるかが分らない[12]」という「空虚」に引き寄せられていることに注意をしたいのである。つまり、結果めかして言えば、三四郎に徐々に迫って来る、悩ましい葛藤とは、自分が何者でもなく、何者にも成り得ぬかもしれない、という人間の核心である「空白」の問題に魅せられて行くという、精神的危機の予感に深々と係わっているのだ。好青年として登場する彼は、再び好青年として退場するのではあるまい。東京での人間関係の「劇」を経て、「絶望」を学び、「それから」の代助に育ってゆくのである。

(二)

さて、しばらく、三四郎と、彼が名古屋で同宿するに至った女性との係わりを考えてみよう。その女性は様々な偶然に身を任せ、三四郎を性的に誘惑した。少なくとも三四郎はそう思っている。なぜならば、彼が風呂にいる時、突然はいって来るし、同じ蚊帳の中で同じ布団に平然と寝るからである。それに対応する三四郎の姿はやや滑稽に書かれる。これは有名な事件で読者には馴染みの事であろう。次は、理解し難いその女性の一夜の行動についての彼の述懐である。

元來あの女は何だらう。あんな女が世の中に居るものだらうか。女と云ふものは、あゝ落付て平氣でゐられるものだらうか。無教育なのだらうか、大膽なのだらうか。それとも無邪氣なのだらうか。要するに行ける所迄行つて見なかつたから、見當が付かない。思い切つてもう少し行つて見ると可かつた。けれども恐ろしい

（一）

一読して明らかであろう。三四郎は女性の誘惑の真意を計り難く思っている。と同じく、性的誘惑に深く心ひかれているし、又、そうした経験をすることを恐れている。この所を解釈し、応々、三四郎は女性の「謎」に出会ったとされる。そして、彼が初めて出逢った現実の恐ろしさとも指摘される。つまり現実というものが、女性の謎として出現したという理解である。これはすでに通説化されていると言っても良いかと思う。しかし、実際は、このように簡単な理解で済むであろうか。この通説の根本的発想には、三四郎の立場に暗黙の内に絶対肯定を施し、三四郎を「被害者」の立場のみで捉えようとする意図があるのではあるまいか。こうした暗黙的発想に囚われてはいけないと思う。なるほど、確かに作品内での表現主体の語り口は、三四郎に即しているため、彼を擁護的に語り、女性を批判的に描いている。だからこそ、彼の語り口に充分気を配る必要があるのだ。というのも、根底で展開している情動作用は、三四郎が直視すべき本質の問題から、目をそらさすために、女性を批判する行為を生んでいると推測できるからである。では、彼が回避した問題とは何であるか。それを考えよう。

三四郎は上京途中、京都からこの女性と「相乘」となる。そして、彼の好奇心は、彼女を実に細かく観察している。彼女の顔立ちを「何となく好い心持ちに出來上つてゐる」と好感すら抱いている。「それで三四郎は五分に一

度位は目を上げて女を見てゐた。時々は女と自分の眼が行き中る事もあつた」のである。そして次のように述懐する。

爺さんが女の隣へ腰を掛けた時などは尤も注意して、出來る丈長い間、女の様子を見てゐた。（一）

つまり、三四郎は彼女が爺さんの方に注意を向けているその間に、直接彼女を観察していた訳である。女性の注意の隙をついて窺っている青年の視線を、彼女が気付いていないとは考えにくいであろう。しかも、それ以前に度々と、目を合わした事があるから、自分に注意を払っている三四郎の好奇心そのものをも勘づいていた、と考えるのが妥当だろう。その三四郎が、「默つて二人の話を聞いて」いる事も気付いていたと思える。従って、爺さんに対して打ち明けた、彼女の身の上話、つまり、行方不明になった夫の事やら、子供の事やらも、彼女は三四郎の耳を意識して打ち明けたものと思えるのである。やがて、爺さんは下車して、車室には三四郎と彼女が二人になる。注解によれば、この当時の車両は、今のように縦に通路を備えた車両型式ではなく、一車両に幾つかの車室が仕切られ、個室形式であったという。(13) とすれば、三四郎と女性との心のかけひきも、この個室の中で行われているという事になる。女性の立場でこの情況を考えると、どういう意味が生まれるであろうか。「徽章の痕」を残す古帽子を被り、いかにも高等学校を卒業して上京するとおぼしい格好の学生が、彼女の表情やら立居振舞いを何気ない風を装いながら注目し、彼女の身上話しを傍で聴いているのである。恐らく、彼女の脳裏に、同室の男性が自分に特殊な興味を寄せているという理解が、生じたとしても、あながち一方的な解釈ではないだろう。三四郎にとってもこの潜在的な興味は否定できない事である。というのは、「思い切つてもう少し行つて見ると可かつた」と述懐するからである。二人だけになった車両から一旦女性は出て、再び戻って来て、やや不審な行動をする。弁当を食べている三四郎の前に立っているのである。彼女は「只三四郎の横を通つて、自分の座へ歸るべき所を、すぐ前へ來て、身體を横へ向けて、窓から首を出して、靜に外を眺め出した」のである。そこで「風が強くあたつて、鬢がふわく〳〵する所が三四郎の眼に這入つた」という。夜になり二人だけの車室で彼女は、この時から三四郎の心を確認し始めたのである。つまり、彼女にとって最初に誘いかけたのは、実は三四郎だったのである。それに気付いた彼女が、彼の心を確認しながら、応答していくのが、実は事の真相なのである。ともあれ、この時彼女は、三四郎の直接的な視線に身体をさらし、横顔を見せる。挑発する姿勢をもって三四郎の意図を確認しようとするのである。一方、三四郎は彼女の横顔を見守りつつ、「空になつた辨當の折を力一杯に窓から放り出」すのである。三四郎のこの一連の動作は両義的である。彼女に関心を示しつつ、そして彼女の興味をひくような目立つ行動をしながら、彼女の応答を拒否する粗暴さを兼ねているからである。誘いながら拒否してしまうという矛盾した欲望が、彼の根底にあるようだ。そして、三四郎は彼女の「一人では氣味が悪いから」「迷惑でも宿屋へ案内して呉れ」という申し出を、「生返事」ながら承諾するのである。そして、彼は駅前の明るい立派な旅館を避け、「只暗い方へ」彼女を連れてゆくのである。こうした三四郎の行動から、彼女は何を読み取るであろう。恐らく、彼の無言の誘惑を確信するばかりであるまいか。風呂を一緒に使わず、逃げ出した彼の姿も、彼女には、未経験な男性の羞恥としか理解されないであろう。何故ならば、彼女が部屋に戻ると、宿帳には三四郎の名前の横に、「同縣同郡同村同姓花二十三年」と記されていたからである。つまり、夫婦ものとして扱っているに等しいのである(14)。更に、女中の誤解の結果であったとは言え、部屋には、「一枚の布團を蚊帳一杯に敷いて」あったわけだ。この誤解にたいして、強硬に対抗しなかった三四郎の心に見えにくい動きがあるように思える。とにかく、これだけの条件が整えば、三四郎が、欲望を持って彼女を誘惑していることを、彼女は確信せざるを得ないだろう。ところが、作品は三四郎の滑稽な「蚤除けの工夫」を以って、彼女の想像とは異なる意外な展開を見せる。彼女の方から見れば、三四郎の方から関心を寄せ誘惑の態度を取りながら、実際の行動では躊躇する、誠に「餘つ程度胸のない」男であり、冷笑を禁じ得ないのである。女性は、三四郎の秘められた欲望に自分の秘められた欲望をもって応答したにすぎないのである。

ところが、三四郎は相手の女性ほどには、自分が動いた動機が把握できない。正確に言えば、自分の動機を批判できる立場に立たずに、殆どの責任を彼女の側に押しやるのだ。彼女を誘惑者とし、自分を被害者に立てて考えなければ、この段階での彼の精神構造では情況が理解できないのである。[15] つまり、彼の自我が、自分の同一性を守るために、相手の女性を「謎」だと否定するのである。つまり、「無教育なのだらうか。大膽なのだらうか」「見當が付かない」という否定的認識は、彼が認めるべきことが苦痛に外ならない、ある種の欲望を自我が抑圧した事を示すのである。彼は問題の質を換えて、考察するに耐え得る問題として設定した訳である。つまり、「度胸がない」という女性の側からの発言には、三四郎の暗部に潜む臆病な欲望を冷笑する情報が含まれている。ところが、三四郎の側ではこの臆病な欲望の指摘の情報を歪曲して、女性からの誘惑に怯える「度胸」の無さの指摘、として捉えられるのである。そして、彼はこの擦り替え操作に気付いている。なぜならば、彼の内部で論理による合理化が更に働いているからである。そして合理化できない保留の気分が生じているからである。自分が抑圧し隠蔽した事実があるが故に、自我は安定を求めて言葉で説明しようと試みるし、又、釈然としない合理化できないとまどいとしての気分が残るのである。そして、結果的に生まれたこのとまどいが、三四郎をして女性の謎に囚われてしまう働きをするのである。しかし、これで三四郎が受けた衝撃が了解された訳ではない。事は、更に慎重に考える必要がある。例えば、彼女に「別れ際にあなたは度胸のない方だ」と指摘された三四郎は、次のように考える。

　喫驚した。二十三年の弱點が一度に露見した様な心持であつた。〈中略〉何所の馬の骨だか分らないものに頭の上がらない位打された様な氣がした。（一）

ここにおいて、三四郎は自分の弱点を洞喝された故に、衝撃を受けたのだと認めている。それは二十三年に至る弱点が一挙に暴露された衝撃だという。この述懐の裏を読めば、三四郎は自分の弱点を自覚しているという事だ。それを彼は、「度胸がない」という言葉で言い現そうとしているのである。これは、先程の意味の擦り替えの問題と微妙な重なりがある。というのは、三四郎の用いる「度胸のなさ」という表現は、「もう少しは仕様があつたらう」とか「あゝ狼狽しちゃ駄目だ」とか、「女と云ふものはあゝ落付いて平氣でゐられるものだらうか」という述懐と対比して考えると、自分の心に安定性がなく、腰が据わっていない、落付きがない、という、語感で使われている。つまり彼の心に不安定がある。ということであり、それを今まで彼は自覚しているが故に、安定しているかのように振る舞って来た、ということになるのであろう。つまり、不安定な情態にある自分自身を安定しているかの如く演技して来た、その欺瞞を三四郎は「弱點」と表現しているのである。本人のみが自覚しひたすら隠し続けた、その行為自体の欺瞞性を、行きずりの女性が明確に把握し指摘した、と彼は感じたのである。三四郎の側から見た衝撃とはこの周辺で了解できるように思う。自分の母ですら知り難かった本質を一挙に見抜く、女性の出現が驚異であり、不思議として映るのである。つまり、三四郎側には彼のみが自覚して秘匿している秘密の事項があり、それを気に掛けながら行動している弱みがあった。加えて、彼が認めまいとする欲動すらある。これが彼の行動の志向性に備給される結果、彼は動く訳である。そして、この動きに込められた欲動に正確に自らの欲動を対応させて、彼女も動いたのである。そして、彼女は作品には描かれていないが、彼女のみが自覚して秘匿している秘密の事項との関わりから、目前の誘惑者の臆病さを見て取ったのである。そして、三四郎を冷笑したのだ。ところがこの冷笑は、三四郎には事件そのものの指摘としてではなく、彼の不意を襲い、つまり思いがけぬ方向から彼の秘密を暴露する効果を果したのである。つまり、彼の欺瞞の批判であり、「弱點」の指摘ともなったのである。しかし、三四郎が、そのように理解することで、性の欲望の存在をも含めた何かが脱落し合理化されてゆくのである。そして、その脱落した何かを自我は忘れる事なく潜在化させ、将来のある出来事の発生の際に顕現させるのであろう。今はただ、自我は自分の機構内で合理化できる、つまり、消化できる概念のみを受け取るのである。とりまとめて言えば、三四郎が、女性の謎を問うことは、畢竟、自分自身の心の謎を問うことと等しいのだ。しかし、現在の彼の自我は自らの同一性を守る目論見があるために、実に狡智にたけた自己防衛機構として働き、彌縫を繰り返し、表現できないとまどいを残しつつ、自己同一性を強調するのである。ここで言う同一性の強調とは、具体的には、記憶した既成の価値観を繰り返し確認する行為として表されて来る。作品には次のように書かれる。

三四郎は急に氣を易へて、別の世界の事を思い出した。―是から東京に行く。大學に這入る。有名な學者に接觸する。趣味品性の具つた學生と交際する。圖書館で研究する。著作をやる。世間で喝采する。母が嬉しがる。と云ふ様な未來をだらしなく考へて、大いに元氣を回復（一）

するのである。ここで先ず注意したいのは、「だらしなく」考える、という三四郎の態度の形容は、三四郎自身の自己判断ではなく、この作品内の表現主体の発言である事である。三四郎自身の心情を全て把握しているのは表現主体であって、三四郎自身ではない。彼はここでは、恐らく、うっとりと、ただ、単に空想しているばかりであり、相対的に自己を捉える視点を内部に持つ訳ではない。とにかく、この時に三四郎は自分を落ち着かせるためにある空想をするのだ。そして、その空想の内実が、彼の自己同一性を構成している概念であると言えよう。それは熊本という地方で有価値とされる観念を、母がそのまま希望し、彼にそれを理想として伝え続けて来たものと思われる。そのために、三四郎の幸福な空想は、母親と世間の評価に補強されて繰り広げられているのである。繰り返して言えば、現在の彼は、独立した固有の人物ではない。彼は、故郷の人々と母との理想を演じるべき人物像を、自己のイメージとして生きているのである。強引な公式めいて来るが、関係性の立場から厳密に言えば、母親の欲望も秘匿されているという事になる。つまり、母親も自己の欲望を他者から学ぶという経緯を辿っている。つまり、故郷の人々が信頼する婦人像に同一化し、彼らの理想を自分の理想として模倣している。当然、母親にも、満たされない部分として欺瞞感が生まれるだろう。そして、この関係は、母親と三四郎の上にも投影されるはずである。三四郎の同一化とは、実はこの擦り替えられた理想イメージへと向かいながらも、その見えない部分に秘められていると予測される母の欲望にこそ、同一化するのである。結局、三四郎は母親を通して、理解できない自分の欲望をも学んだのである。そして、彼は心の動揺を立て直すべく、故郷[16]の母が与えてくれた理想的人物のイメージを真似て、安定を計ろうとする。しかし、その行為がそのまま、何者でもない自分の空白を浮かび上がらせる結果となるのである。だが、彼のこの心の動きを、意識は捉え切ることができない。こうした情況で、広田先生と初めて出会うのである。

　広田先生が三四郎に示した「意味」は、彼の秘匿していた心の欺瞞性の動きに対して、明確な輪郭をもって意識化させたことである。三四郎が、自分自身の行動を対象化したうえで、そこに「卑怯」という表現を与えた意義は極めて大きいのである。なぜならば、自分の行動に欺瞞を見てしまえば、つまり、必然的にその「反」として「真実」を問うてしまうからである。次には、他者の価値観にまどわされない、「真実の自分とは何か」という根本的な疑問に向かわざるを得ないからである。この事を作品から確認してみよう。

　日本の現代文明を冷静に批判する広田先生に対して、三四郎は軽い反感を抱く。それは広田先生が、三四郎の要望している反応をことごとく裏切り、意見を一致させないからである。通り一遍の会話に対して、馴れ合いの了解をもって迎合しないからである。むしろ、広田先生は、簡単明瞭に自分の意見を言ってのける。そうした広田先生は、三四郎が身に付けて来た故郷の共通感覚から逸脱している人物に見えるのである。「三四郎は日露戦争以後こんな人間に出逢ふとは思ひも寄らなかつた。どうも日本人ぢやない様な氣がする」のである。さらには、日本は「亡びるね」と断言した広田先生に対し、「ことによると自分の年齢の若いのに乗じて、他を愚弄するのではなからうかとも考へた」のである。「向こうが大いに偉いか、大いに人を踏み倒してゐるか」「何方だか見當が付かない」、にもかかわらず「言葉つきはどこ迄も落付いてゐる」「此男」に不審を抱きながらも、不思議にも三四郎は、反発しないのである。そして、かつて、車中の女性に対したように、謎の人物だと規定して、意識から疎外して広田のイメージを潜在させることもしないのである。軽い不審を抱きながらも、不思議にも素直に自己防衛をゆるめるのである。そして、作中の中半では、広田先生を評して、「なつかしい心持」のする人だという。こうした、三四郎の態度にここで「私は若かつた。けれども凡ての人間に対して、若い血が斯う素直に働かうとは思はなかつた。私は何故先生に對して丈斯んな心持が起こるのか解らなかつた」[17]と述懐する「こゝろ」の語り手の、先生に対する反応と良く似た行動を感じ取ることが出来るのである。むろん「こゝろ」の語り手の方が、人間の死の経緯を真面目に体験しただけあって、自分の心のあり方に対しても、着実で深々とした理解があるが、「どことなく神主じみた男」を「教師にして仕舞ふ」三四郎の場合にも、何かしら、広田先生に対しては、かつて例の女性を否定したようには動かず、素直に影響を受けるのである。その広田先生が、「日本より頭の中の方が廣いでせう」「因はれちや駄目だ。いくら日本の爲を思つたつて贔負の引倒しになる許だ」という。その言葉を聞いた時、初めて、

三四郎は眞實に熊本を出た様な心持がした。（二）

のである。広田先生の発言が、以上のような感慨を与えたのである。という事は、つまり、旧い自我同一性の象徴として、故郷の母が一方にあるとすれば、その旧形態を変動させる要因として、広田の存在があるという事なのかもしれない。[18]

同時に、熊本に居た時の自分は非常に卑怯であつたと悟つた。（二）

のである。ここで、彼自身の言葉として「卑怯」と表現された事は、極めて重大である。先程指摘した通り、これは先ず、三四郎が意識化できなかった自分の欺瞞を自覚する働きを持つからである。広田先生との会話の間中、三四郎が論じた日本興隆論は、恐らく、その殆どが熊本で盲信されていた通念であったろう。それから逸脱し、逆に批判めいた発言をすれば「すぐ擲ぐられる。わるくすると國賊扱にされる」地方において、彼はこれらの通念に同一化していたと考えられる。それが、三四郎自身の考えその物であるかどうかの疑問は、三四郎においては、意識

上に登らぬよう潜在的に抑圧されていたのであろう。つまり未だ考察せざる問題であったのだ。しかし、正確に言えばそうではない。かつて、ある時期に懐疑的気分を伴ってこの問題と直面したのだと思う。その時彼は、自我同一性を動揺させる選択を避け、抑圧させたのであろう。強く言えば、その時の彼の自我能力が、こうした危機的問題よりも低かったことになる。そのために、問題は抑圧され、数年後の時期を得て、その輪郭を明確にしたのである。少なくとも、こうした問題を一度、彼が直視する決断を回避していなければ、広田先生の洞察を得ても、自分の本質を悟ることは難しいのだ。かつて、一度避けて以来、気掛かりであった問題であるからこそ、広田先生の発言で自分の姿が理解できたのである。彼が未だ考えもできない問題であるならば、多分、彼は、この時、広田先生を一方的に批判し否定するだろう。その一連の行為を経て、自我に危機感を与えた問題を抑圧する筈である。つまり、まとめて言えば、広田先生は期せずして、三四郎の欺瞞の核心を衝いたのである。そして彼は、真正面からそれに気付いたのである。そうした時期が訪れたのである。だから「熊本に居たときの自分は卑怯だ」と思ったのである。故郷で、彼は、自分自身の「正直」に向き合わず、周囲の価値観に盲従し、演技をしていたのである。広田先生の言葉を使えば、「形式」のみを重んじて、内容の伴わない「僞善家」に他ならなかったのである。その事実を認めたのである。ところが、こうした認識が彼を更に不安定にしてゆくのだ。と言ってしまえば、あまり先走ったことになるが。自己欺瞞を知るとは、必然的に、では「本当の自分」の姿とは何か、と問うてしまう情況に陥るからである。実は東京に着いて以来、彼が知らず知らずの内に引き寄せられて行く問題が、永遠の問いとも言うべき、この問題なのである。三四郎が、直接的に意図した訳でもなく、また意識で捉えることの出来ない儘に、彼は、この問いの領域に踏み込んで行くのだ、と評釈する方がむしろ妥当かもしれない。彼は、自分を引き寄せているその情況をどう捉えるのか、その気掛りは、他者の彼に対する関わりを俟って、ようやく姿を明らかに出来るのである。「ある何か把捉し難い気がかり」は、他者との「劇」を通して主体の問題へと露出されるのである。しかし、この上京の車中での三四郎には、まだこの事は見えてこない。ただ、原因の不明瞭な「苛立ち」、又は、「淋しさ」として印象的に立ち昇って来るばかりである。

例えば次の箇所に注目しよう。激変する東京を見た際の、三四郎の告白である。

凡ての物が破懐されつゝある様に見える。大變な動き方である。〈中略〉此劇烈な活動そのものが取りも直さず現實世界だとすると、自分が今日迄の生活は現實世界に接觸してゐない事になる。洞が峠で晝寝をしたと同然である。(二)

彼は「要するに普通の田舍者が始めて都の眞中に立つて驚くと同じ程度に、又同じ性質に於て大いに驚いた」という。ここで述べられる印象は、取り立てて考慮する程の情報は込められていないように見える。ただ彼は、東京と地方との変化速度の差に驚いているばかりである。現時点での三四郎にとって、東京が「現實世界」と表現され、「僞善者」として演技していた故郷の生活を「夢」と表現している。自分は今まで「夢」にまどろんでいたばかりで、現実世界を知らないで済ませて居た、と理解できる。ひとまず、こう理解しておこう。ところが、注意したいのは、続けて語られる次の部分である。

自分は今活動の中心に立つてゐる。けれども自分はたゞ自分の左右前後に起こる活動を見なければならない地位に置き易へられたと云ふ迄で、學生としての生活は以前と變る譯はない。世界はかやうに動搖する。自分は此動搖を見てゐる。けれどもそれに加はる事は出來ない。自分の世界と、現實の世界は一つ平面に並んで居りながら、どこにも接觸してゐない、〈中略〉甚だ不安である。(二)

この文脈を辿れば、学生である自分にはまだ大都会の実社会に適応する能力がない、という学生三四郎の焦りが読み取れるようである。学生の社会的身分が、自由を拘束し、社会への参加を延期させている。このことに対する焦燥感として解釈できる。だから、「此動搖を見て」いるだけで「加はる事は出來ない」のであり、言い換えれば、

「一つ平面に並んで居りながら、どこにも接觸してゐない」という印象が生まれて来る。が、しかし、こうした単純な解釈では了解し難いのが三四郎の「不安」の正体でもある。次の母の手紙に対する彼の反応を見てみよう。

三四郎は此手紙を見て、何だか古ぼけた昔から届いた様な氣がした。〈中略〉要するに自分がもし現實世界と接觸してゐるならば、今の所母より外にはないのだろう。其母は古い人で古い田舍にゐる。其外には汽車の中で乘合した女がゐる。あれは現實世界の稻妻である（二）

この文では、現実世界を象徴するために、母と汽車の女性の二人が用いられている。とすれば、先程引用した文章での現実世界の語感と異なっている。その語「現實社会」は、最初は激変する大都会を意味し、第二も同じく都会を意味していた。それがここでは、母と汽車の女性とを意味するのである。従って「現實世界」を確定された現象を指示する分類記号としては、理解しない方が良いと思われる。この語の表象は多義的であり、今、ここでいう現実世界とは、「ある何か把捉し難い気がかり」を内部に秘めて、それの姿が顕現する契機を待つ三四郎の葛藤と重ねて考える必要があるようだ。越智は、こうした箇所から不安を読み取り、「外界と内界が異様に在来の秩序を失ってみえ始めるところを、捉えている」と指摘した。「行人」の一郎に於ける、現実感触の希薄化という、離人症的経験を描き得た作家の洞察を念頭に置けば、この指摘は首肯すべきものであろう。そしてここに自己意識の疎外化という、神経症の根ともなり得る問題を見ることも可能である。この疎外感を論じるために、主体に於ける疎外感のありようと、客体に於いてそれを直感してしまう疎外のありように区別して理解してみたいと思う。先ず、対象が障害を含むと直感される場合である。内に不充足を抱える主体は、その不充足感を解消し、心的安定を与える世界を自らの外部に求める。それは、彼が存在するこの場所を超える別の場所として憧れられている。彼が、今、現在、生活しているこの瞬間を成立させるこの場所は、彼にとって心的充足を実現させるためには、必須の何かが欠如している印象が否めないのである。従って、彼は、自分がいる「今、ここ」の場所から、外部に向かってのどこかに、心的充足の場所を想定することになり、この心的充足の実現として夢みられる憧憬の場所が、「現實世界」と名付けられているのである。しかし、この世界は実際の体験の中で、到着不可能な存在し得ない場所なのである。我々は常に、現実の具体性のみを実体験できるが、この実体験に「違和感」を覚えるという、否定的印象を伴って、主体に直覚されているからである。

さらに今度は、主体に於ける障害に即して「現實世界」の概念を考えてみよう。動揺し葛藤する主体の立場から、ある場所が、最終目的地だと直感されたとする。そして、彼はその場所に到着すべく望むことになろう。が、望む当の主体の内部に、そこに到着すべき必須の条件の何かが欠如している、と直感されてしまう。主体はその何かが理解できず、憧憬の対象を目前に望みながらも、欠如の核心をめぐって、ひたすら葛藤し続ける。この時、このように彼を内部に閉じ込め錯乱に導く場所、それを「現實世界」と呼べるだろう。自分自身の中に障害があると直感される訳である。

この性格を持つ「現實世界」が大都会としての東京である。日々激変して止む事を知らぬ都会は、その圧倒的な刺激を彼に与える。彼はここに、現在の彼をとまどわせる、輪郭の分からない「気がかり」を焼き尽くして、彼に生命の意味を味わわせる、魅惑的な狂燥の世界を見るのだ。だが、この世界の中で自分自身を焼き尽くし生命の燃焼の中で、意味を味わうために、必要不可欠だと思われる何かが、自分には無いのである。東京だけが「かやうに動搖して、自分を置き去りにして行つて仕舞う」としか感じられないのである。だから「甚だ不安」なのである。そして、この不安の満ちた大都会に対峙しているのが母の世界なのであろう。

彼は、かつて、心的充足感を味わった記憶に従って、安定の再現を母との関係に求めるが、それしも彼の中ではすでに異化を蒙っている。何故ならば、母からの手紙に対して「何だか古ぼけた昔から届いた様な氣がした」のである。それに続けて彼は、「濟まないが、こんなものを讀んでゐる暇はないと迄考えた」のである。そうは思いながら、かつ、心的充足を獲得できぬと知りながら、「それにも拘らず繰り返して二返讀」むのである。つまり三四郎は厭き足らなく思い拒絶しつつ、執着するのである。母の世界は、彼の現在の精神的欠如感を埋める魅惑を持たない。そうであるにもかかわらず、記憶によってそこに憧れる。が、そこに同一化する価値を見出せないのである。従って、こうした矛盾を含むからこそ「現實世界」なのである。つまり、憧憬の世界に良く似ているが、どこか違う、という直感に貫かれる世界である。「汽車の女」が「現實世界の稲妻」と解されているのも事情は似ている。彼の内部に於いては、まだ表現を伴う形態では自覚されていない欲望があり、それは潜在している。その潜在的欲望からの備給により彼の意味志向性は女性に向かうのであり、この内部の動きが、憧憬を伴う心の昂揚として無自覚的に、身体から湧きあがるのである。つまり、彼は、精神的基盤の動揺から来る、不安の解消の瞬間を、異性との出会いとして、ぼんやりと夢見ている、という事である。しかしながら、彼は、この世界を憧れつつ回避せざるを得ないのである。なぜならば、背理的な言い方になるのだが、女性体験がどんなものか判然と知らないから憧れ、そうであるから回避するからである。それに加えて、それは彼の内部で複雑に抑圧された欲動と係わる魅惑的な情感である。それゆえに、女性に象徴される世界は、ただ単純な至福の心像のみで捉えられない。その不分明の情感の領野に未だに潜在する何かと連動しているため、自分を飲み込み破滅させるかもしれない、黒々とした恐怖のイメージとしても、それは感じ取られる。したがって、憧れつつ恐れるという、こうした影響を与える「現實世界」なのである。現在の三四郎の依って立つべき精神的場所とは、懐かしい母の世界でもない。また、東京の生活でもない。さらに、いかなる場所でもないのである。つまり、彼は方向を見喪い漂っている情況にいるのである。とりまとめていえば、実は障害とは、主体の外にある対象のなかに含まれているのではなく、判断する彼の内部に含まれているのだ。要するに彼の意識に異変が生じたために、かつて、彌縫を繰り返し乍らも、整っていたであろう内外の秩序が狂い始めたのである。この契機となった事件が、広田先生が彼に与えた曖昧な心的情況の表現把握である。つまり、彼が秘匿して来た自己欺瞞を確認したために、秘匿することでかろうじて維持されて来た、自我同一性の世界像がゆらぎつつあるのだ。簡単に言えば、自己内部に於いて、意識の疎外の活動が激しく生じたために、新たな止揚的秩序化を求めて、精神的混乱が出現して来た、ということである。

図式的になるが、意識の疎外をやや詳しく論じてみよう。(19)先ず、第一に、彼は母に象徴される価値像に同一化しようと欲望する、そうした主体の動きがあった筈である。そして、次に彼は意識によって、その動きそのものを捉えようと働くのである。かくて彼自身の意識の疎外が生じて来るのだ。

というのも、第一の活動が対象に向かう以前の状態は、非現実的な無の状態である。第二の意識性の欲望はこの無へと向かうが為に、活動の中で非現実の感触を実現させてしまう。つまり本来ありもしない場所に向かい、そこに欠如を見るのである。つまり、完全に対する欠如として把握してしまうのである。当然そうした意識を充足させる代償はあり得ないものであるが、そのあり得なさを、自我意識は存在的に言えば自分の居場所がどこにもないのではないかという空漠感として感じることになるのである。彼が母との自己同一的情況での無意識下の欲望を、表現として、意識したとたんに、陥った心的感触が、この空漠感の周辺の領域で理解されよう。また抑圧していた自分の心的葛藤の回避の事実を、自覚することは、必然的に、第二の欲望の働きを活発化させてしまうことにもなる訳だ。そうして一層、つまり意識の疎外が極立つことになるのである。しかも作品の事実に即して言えば、三四郎はこうした心のシステムを知るべくもないということだ。彼自身は突如として心に空漠感が生じたことを悲しむばかりなのである。ただ彼は、起こって来た満たされぬ心に悩み、淋しいのである。しかし、彼はその淋しさの本質を問わない。ただ淋しがり辛がるばかりである。言い換えれば、淋しさの根を追求せず、回避しようとするのである。例えば、こうした問題は、野々宮の研究生活を見た三四郎の覚える感慨のプロセスにも、窺うことができる。

三四郎の立場からは、野々宮は「現實社会」の欲望の軋轢を逃れて、『穴倉の底を根據地として」研究している男性、として理解される。つまり「學生生活に横たはる思想界も活動には毫も氣が付か」ない彼は、固有の心的情況からの投影により、野々宮を、雑踏を棄てて孤塁を守る隠遁者としてのみ、この段階では理解するのである。そして、隠遁的世界は、「現實世界」から隔絶されて、いかにも静かであるから、「現實世界」を憧れつつ恐れる三四郎には、心ひかれる世界でもある。「自分もいつその事氣を散らさずに、活きた世の中と關係のない生涯を送つて見様かしらん」と思うのである。しかしながら、この思いつきは、回避行為であるのは明らかである。つまり野々宮の場合は、そうした研究生活それ自体を目的として積極的に主体が係わっているのだが、三四郎は空漠感を回避する手段として利用しようとする訳である。この回避行為の意味を主体は良く理解していると思う。そして三四郎は色々と想像した後で、実は自分が淋しいのだという事に気付くのである。作品には次のように描かれる。三四郎が池の水面を眺めながら述懐する有名な場面である。

心持のうちに薄雲の様な淋しさが一面に廣がつて來た。さうして、野々宮君の穴倉に這入つて、たつた一人で坐つて居るかと思はれる程な寂寞を覺えた。(二)

自分を野々宮に置き換えた時に、自分に耐えられるかどうか、分からぬ程の寂寞を感じるのである。世間の人々が寝静まった夜更けに、穴倉の中に只一人でいる、その孤独を思うのである。これは、学生時代に屢々味わった「世の中を忘れた」豊かな孤独ではない、逆に「世の中から」忘れ去られてゆく、どこの誰でもあり得ない。自分の固有の場所を持てない存在的な孤独なのである。この孤独が鏡の如き池の水面を通して、彼に返照されているのである。この淋しさに耐えかねた時に、想う人物が二人いる。一人は、「汽車の女」であり、そして「母」なのである。

彼が抑圧した情動的な何かが、顕現される機会を待っているようだ。その「時」の実現が彼の淋しさを解消させるだろう。それが、美しく恐ろしい夢としてあるのだ。「女」は、それを代表している。そして、一方では、かつてあった合一の記憶からの、退行的同一化の誘惑があるのである。それが母の世界なのである。

注

（1）越智治雄「『三四郎』の青春」（「共立女子短期大学部紀要」共立女子短期大学部　昭和四十年十二月）、後に『漱石私論』（角川書店　昭和四十七年六月）。
（2）夏目漱石「明治四十、四十一年頃の断片」（『漱石全集第二十五巻』岩波書店　昭和五十四年十一月）
（3）夏目漱石「創作家の態度」（『漱石全集第二十巻』岩波書店　昭和五十四年九月）
（4）髙木文雄「作品論『三四郎』」（「國文学」学燈社　昭和四十四年四月）
（5）夏目漱石「文學談片」（『漱石全集第三十四巻』岩波書店　昭和五十五年四月）
（6）ジェイ・ルービンは「『三四郎』―幻滅への序曲」（「季刊芸術」三十　季刊芸術出版株式会社　昭和四十九年七月、後に『漱石作品論集成』〈第五巻『三四郎』〉桜楓社　平成三年一月〉に収録される）に於て、「主人公が変わらないのと劇的な事件が殆んどないのとの二つの点で、『三四郎』は青春小説として非常に珍しい作品と言えよう」、と指摘されている。
（7）夏目漱石「『三四郎』豫告」（『漱石全集第二十一巻』岩波書店　昭和五十四年十月）
（8）親鸞「末燈紗」（『新潮日本古典集成歎異抄三帖和讃』新潮社　昭和五十六年十月）に次のような一節がある。「自然といふは、自はおのづからといふ、行者のはからひにあらず、然といふはしからしむといふことはなり。しからしむといふは、行者のはからひにあらず。」つまり自然は、主体の計画を超えているものなのである。
（9）夏目漱石「三四郎」（『漱石文学全集第五巻』集英社　昭和五十七年十二月）。猶本文の引用は特に断らない限りこの版から行う。猶本文は、凡て総ルビであるが、引用では略している。
（10）向井雅明『ラカン対ラカン』（金剛出版　平成元年十月）
（11）ジャック・ラカン『フロイトの技法論（下）』（ジャック・アラン・ミレール編　小出浩之他訳　岩波書店　平成三年十一月）

(12) 髙木文雄。前掲論文(4)。
(13) 「『三四郎』注解」(『漱石文学全集第五巻』集英社　昭和五十七年十一月)
(14) 千種・キムラ・スティーブン「『三四郎』論の前提」(「解釈と鑑賞」至文堂　昭和五十九年八月)、この論文において「三四郎が自分達を夫婦と書いてしまったのは、その様な関係を結びたいという願望の象徴に他ならない。」と指摘される、そしてこの「同衾事件」は「極めて意図的な行為だった事」を意味すると共に「三四郎が性的に目醒めた青年であることを明確にするものである」と指摘されている。
(15) 石原千秋氏は「鏡の中の『三四郎』」(「東横国文学」第十八号　東横学園女子短期大学国文学会　昭和六十一年三月)の中でラカンの「鏡像段階」の論理を援用しながら、三四郎はこの時はまだ、自分の欲望を学んでいないことを指摘している。つまり「彼はまだ〈他者〉に出会っていないので、彼の性的欲望はまだ無意識の中にあると考えるべきである」と主張されている。
(16) 向井雅明氏は『ラカン対ラカン』(前掲書(10))の中で子供の内部での意味の獲得を母親の不在の意味への同一化から説明されている。つまり、「母親の現前―不在の理由は子供にとって理解できないものだが、子供はその彼方に意味の次元がある事を想定するようになる。つまり母親は欲望を待つ者であるが、その欲望の意味《シニフィエ》は理解できないもの(X)である。母親の欲望の対象としての子供はこの(X)の場所に置かれる事となる」「子供はこの(X)に自己を同一化する」というのである。
(17) 夏目漱石「こゝろ」(『漱石文学全集第六巻』集英社　昭和五十八年一月)
(18) 酒井英行氏は『三四郎』の母―〈森の女〉をめぐって」(「国文学研究」第七十二集、早稲田大学国文学会　昭和五十五年十月後に『漱石その陰翳』〈有精堂出版　平成二年四月〉に収録)の中で三四郎が大人になるために通過儀礼として、「立退場」たる母親から独立する必要がある。と指摘されている。興味深い意見である。
(19) 佐々木孝次『ラカンの世界』(弘文堂　平成元年四月)、氏はこの中に収録されている「主と奴―ヘーゲルでフロイトを読む」の中で、人間の自己自身に関わる意識の発生と疎外との係わりを指摘されている。実に興味深い指摘である。猶、氏は、ことさらこれを母との関わりでは論じられてはいないのだが、ここでは母との「関わり」として援用した。

「三四郎」論㈡　〈私〉の形成をめぐって

——野々宮との係わりを中心に

(一)

私達が「私」を確立してゆく過程をどのように構造化できるか。こうした問題の考察を先ずラカンの関係論に求めてみよう。「私」であるとは、蒼古的他者関係が綻びた時に、母親から与えられた「お前」という言葉による表象の受肉化により、それを受け取るこちら側を「私」として定着してゆく行為である。そして、これを基準として、様々な対人関係から私を構築してゆくというのである。つまり、人間は他人からの関心の中で自分であることを学ぶのである。それは、先ず、父母を代表する家族との関係をはじめとするのである。それから様々な「対人関係の中で社会化されながら、自我発達を遂げてゆく」のである。[1] エリクソンの言説を借りて更に言うならば、我々は、対人関係の変化、それは我々の年令の変化に伴って、応々にして起こり得る変化であるが、その対人関係の中で、つまり関係性の中で「私」を創造してゆくという事になる。その時、環境が我々に求めるイメージやら、価値観を「自分らしさ」という基準の下に、篩にかけるように同一化してゆくのである。そういう操作を通じて、我々は様々な「私」を創造し複雑化してゆく訳である。そうして「ある特定の家族の中での私」、「ある特定の大学の学生としての私」、「ある特定の国の国民としての私」、というように同一性が複雑に構築されてゆくのである。そうした蓄積の結果、我々は自我同一性を確立するに至るというのである。「そして自我同一性とは、これらの各同一性を統合する人格的な同一性」なのである。言わば、自我同一性とは複雑な同一性の中で、主体が判断する「私らしさ」なのである。そして、この自我同一性確立の過程で、主体は様々な危機を迎えて苦労を強いられる事がある。そうした問題を次の文章が提起している。

しかし人格発達の面からみると真の「自我同一性」が問題になるのは、青年期とりわけ青年後期（late adolescence）である。つまり、それまでは幼児期から青年期にかけて、各集団の同一性および役割に自己を同一化させる試みが繰り返されるが、これら同一化（identification）はまだ可逆的で遊戯的、実験的である。ところが青年後期には、それまでの同一化群を最終的に取捨選択し、秩序づけ、統合する自我同一性の確立が要求される。(3)

このような作業を経過して、我々は「大人としての自己」を確立するのである。ここで言う青年期とは、中期を十代、後期を二十代と区分している。つまり二十代は、今まで、様々な対人関係の中で他者の持つ無意識をも含めた有価値的世界観に同一化し、複雑化した同一化群の中で「私らしさ」を基準にした統合を行うべき時期というのである。ところで、青年後期までに様々な人間関係の中で蓄積された同一化群を統合する機能を持つ、そうした「私らしさ」の内実とは、どのように考えられるのであろうか。恐らく、それは、今まで蓄積された同一性が、個々の特定の具体的人間関係および、社会関係から獲得されたものであるから、そうした、個々の具体を超越した普遍的性質に満ちたものである必要が存する。それ以外のものでは、具体を包括し尽くすことは難しくなろう。例えば、ある具体を説明し包括する上位の概念として、具体を持って来たとしても、それは、単に具体にとどまってしまう。このように、重ねられていく作業のはてに、今、ここで言う、同一化群が蓄積されたのであるから、群を統合する概念とは、次元を超える鳥瞰的性質を有している筈である。こうした内実に充ちた「私らしさ」である必要がある。そして、再び、ラカンの言説を借りて言えば、こうした「私らしさ」を主体が確立してゆく契機として、他者の背後に超越を予感する体験を俟って、初めてこの行為が可能になるということなのである。次の文章は、ラカン派の精神分析医である小出浩之氏の言説である。

さてここで他者一般と思春期との関係を考えてみよう。人は他者一般それ自体に出会うわけではない。おとなになるということは、他者の行為や役割演戯の背後に他者一般が見えるようになるということである。〈中略〉いずれにしても、おとなの行為は単なる具体的、個別的他者を超えた超越的な他者一般へと向けられたものである。(4)

対他関係の中で大人としての「私」を確立するために必要な条件が、この問題である。この問題は子供の情況を考え比較すると一層、解し易いと思う。更に、氏の言説を辿ってみよう。

これに対して子どもの行為は具体的、個別的他者にのみ向けられたもので、たとえその場に具体的に他人がいない場合でも、そこに暗に想定されているのはたとえば両親とか先生とか友人達とかの具体的な他人に過ぎない。子どもはある行為をするにしろしないにしろ、それは親に叱られるからとか、旧友に笑われるからとかであって、決して世間一般に対してとか、人間としてとかいうような超越的なものを暗に想定しているわけではない。

そして、このような子供の行動の基準としての「私」が、大人の行動を惹起する「私」に変化するその過渡期が、青年期なのである。そこには、今まで論じて来たように、具体的他者の背後に他者一般を想定するという経験に目醒める必要があるのだ。「思春期とはちょうどこのおとなと子どもの中間の時期であり」「思春期は人が超越性に出会う時期であり、神・永遠・無限・自由・抽象へと目醒める時期でもある」のだ。ただ、従来までの「私らしさ」を感じていた「私」が、統合的な「私らしさ」を感じる「私」へと飛躍するこの期間は、主体にとってかなり辛い経験を伴う時期でもある。「三四郎」の主人公、三四郎が通過しつつある時期が丁度、これにあたる。「ちょうど毛虫が蝶になる際に、毛虫でも蝶でもない蛹の中間期を通過するように、人間も子供から大人になるに当たって、青年期という宙ぶらりんの時期を通過しなければならない。三四郎は期せずして青年期の真只中に自らを見出したのである。なるほど彼は郷里とつながっており、それこそ彼を支える唯一の接触であったが、しかし彼はもはや郷里の人間ではなかった。彼は母親をなつかしく思うが、しかしもはや母親の思い通りになる子供ではなかった。それでいて彼はまだ大人の世界にも属していなかった。彼の憧れる世界ははるか遠くに存した」(5)と、指摘される土居健郎氏の言説は妥当なものであると思う。そして次の事には注意をしたい。再び氏の説明である。

しかしこのような状況の中にあって三四郎が、過去を全く否定しようとはせず、むしろそれに立ちのき場としての価値を認め、更にまた自分を拒んでいるように見える現実に体当りして否が応でも自分の存在を認めさせようとしなかったことは、大変意味深いことである。現代の多くの青年はもはやこのように過去をなつかしんだり、自分たちを素通りする現実を傍観したりする余裕をもたないであろう。

「私」が精神的成長の過程で飛躍を迎える辛い時期を余裕を持って突入できたという事は幸福な事でもあるらしい。そして、氏の言う余裕とは、彼が東京でめぐり会って彼に影響を与え続けた登場人物達の言動や、言外の雰囲気の薫染によって、三四郎がひき寄せられた人生に対する、姿勢から生まれるものであろう。しかし、美禰子だけは例外として考える必要がある。というのも美禰子は、余裕を持てない人物として徹底的に描かれているからである。美禰子も、今、論述して来た青年期を迎え、精神的な苦闘を強いられている事は、まず、間違いない。そうした、彼女が、周囲の人物達の影響をあまり受けず、盲信したかのように突進する生き方を選んでしまう事実は一考を要すると思う。そうした美禰子であるから、三四郎に与える影響は、余裕とは全く別の意味のものでしかない。視点を換えて言えば、人生の意味を求めようとする求道的熱心さを問えば、それは、比較できない位に、三四郎よりも美禰子の方が熱心であろう。これも、改めて詳しく論じたい問題であるが、今、簡単に言ってみると、その熱心さが勝っている美禰子だからこそ、抜き差し成らぬ情況に陥り、心の自由を失った、と考える。作品の所々で、偶然のように囁かれる「囚はれちや不可ませんよ」という、警句は、多分、美禰子の耳にも届いているだろう。すくなくとも、三四郎に告げたように、広田が彼女に説いたであろう事は推測できる。しかし、彼女はその警句の受肉をめぐって自己を発達させる途を取らない。この理由は、有名な「無意識の僞善」という鍵語が担っているのであろう。この鍵語の根底には、先程の土居氏の言説を繰り返して言えば、「自分を拒んでいるように見える現実に体当りして否が応でも自分の存在を認めさせよう」とした欲望が秘められている、と考えることができるからである。つまり、「乱暴」なのである。こうした欲望につき動かされている美禰子の行動は、三四郎にとっては真に了解し難い謎でしかないだろう。というのも、一つには、自己変遷の苦闘の歴史が、美禰子の方が長いと思えるからである。簡単に言えば、美禰子は早い時期に問題に目醒めた、ということである。ところが、三四郎には、上京後、ようやくこの時期が訪れて来ている。と、いうのも、彼にはいまだ、自分の心の中で起こりかけている動きが、何のことだか理解できず、呆然と漂っているばかりだ、という印象をうけるからである。まさに彼は「宙ぶらりん」そのものなのである。こうした男女が恋愛感情をともなった交流を重ねると、自意識の発達の差が明確に表れて来て、美禰子の方が、知略やかけひきについて三四郎より抜きんでている、という印象を受けてしまうのは否めない。事実作品は、そう描かれている。三四郎の精神情態が幼いという表現でも良いかと思う。

本論で試みたいことは、先程論じたように主要人物である三四郎が体験しつつある問題が、青年期の自我同一性確立の問題である事を念頭に置いて、彼に影響を与える登場人物の意味を探りつつ、三四郎の姿を追ってゆきたいのである。結論めかして言えば、青年期の只中で、呆然と漂っている彼の、その漂い具合いを確認することになろうか、と思う。

(三)

先ず、野々宮宗八と三四郎の関係を見て、この関係が三四郎にどのような効果を与えるかを考えてみたい。そのため、少々迂遠だが、野々宮と会うまでの三四郎を追ってみたいと思う。

故郷熊本の高等学校を卒業した三四郎は、上京の途上に例の名高い事件と遭遇し、非常な衝撃を味わう。一見、それは、女性の方から誘惑を試みられ、そのあまりの現実に、うぶな三四郎が性的交渉の予感におびえた、という風に見える。ところが、彼の行動を逐一ていねいに辿ってゆくと、彼の中に秘匿された性衝動があり、実は、三四郎の行動こそが最初に、女性の気をひいたも、同然であることが分かるのである。この事については既に指摘しておいたし、千種・キムラ・スティーブン氏によって「三四郎が自分達を夫婦と書いてしまったのは、その様な関係を結びたいという願望の象徴に他ならない」(6)。そして、この「同衾事件」は「極めて意図的な行為だった事」を意味すると共に、「三四郎が性的に目醒めた青年であることを明確にするものである」(7)と、指摘される所でもある。

ところが三四郎は自己の心の中を省察などしないで、ただ一方的に、事態の原因を女性に押しつける。多分、このような操作を通じて、彼に与えられた「あなたは餘っ程度胸のない方ですね」という言葉の衝撃、つまり彼の自尊心の損傷を防ごうとするのであろう。自分の行動に秘められていた衝動を認めてしまうと、現在の彼の同一性にとっては都合の悪い、不安定になる問題があるのだろう。推測を逞しくして言えば、母子関係を土台にして展開している故郷の世界が変質してしまうに違いないのである。例えば、ひとたび、自分の中の性的な攻撃衝動を認めて、今までの自分の行動の無意識的欺瞞を自覚した場合、そうした彼の目に故郷の母の次の行動が、どのように映るであろう。それは、一つには、母がいまだ三四郎を一方的に命令する立場にある事である。三四郎が、与次郎の計画した広田先生の人事運動に巻き込まれ、結果的に悪い方に事態が動いた時に、母の手紙が届く。そこには帰省を促す内容が記されていた。母にとって、三四郎は自分以外の人間ではないのだ。どうも母にとってそうした蒼古的自他関係の儘であるらしいのだ。その証拠に、手紙に書かれている内容は、「此冬休みには歸つて來い」という「丸で熊本にゐた當時と同様な命令」であったからである。そうした内容に対して三四郎は反発を示さない。所謂、子を所有しようとする母にとって、三四郎は「良い子」なのである。ここに、所有を許し自由を制約されている三四郎の心的情況が想定できはしまいか。そして、また、この情況の中で母に対する攻撃性が抑圧されていると考えられはしまいか。汽車で出会った女性との係わりに、秘匿された自分の性的衝動の存在を自覚する彼の「私」の目醒めが起きて、三四郎が、冷静に母との欺瞞に満ちた閉鎖的関係を考察すれば、蒼古的関係の破壊にまで突き進む予感があるのである。当然、母子ともに深く傷を受ける結果となるだろう。三四郎の汽車の女に対する、特有の反応にこの可能性が読めるのである。彼は、この場面で、不安の原因をすべて、相手の女性に押し付けて、自分の安定を計っている。この傾向は、母に対しても同様に働くであろう。三四郎は母が信じているように「ひとかどの人物」であり、「良い子」なのである。母とその価値体系を喪わないために、三四郎は、逆に女性にのみ原因を求めるのである。女性と別れた後で心の動揺を落ちつかせようとする三四郎が示した行動に、彼のこの時の同一性のありようが窺えるであろう。その時、彼は、「是から東京に行く。大學に這入る。有名な學者に接觸する。趣味品性の具つた學生と交際する。圖書館で研究する。著作をやる。世間で喝采する。母が嬉しがる」[8]と長い、痴考にふけるのである。そして、彼のこの幼児的な自我同一性の砦に刺激を与え、発達をうながす人物に出会うのである。その人物とは広田である。彼は、痴考にふけって、現実から回避する三四郎の真正面の座席に居て、彼を見つめていた。この広田によって、三四郎の自己欺瞞が暴かれる事になり、技は「眞實に熊本を出た様な心持がした。同時に熊本に居た時の自分は非常に卑怯であつた」事を自覚するのである。つまり、今までの自分の行動は、地方の風習の中で、対他的関係の円滑化を目的に行われたものであった、その欺瞞を知ったのである。彼は、対他関係の中で、その情況が彼に求める役割を察して、演戯していたという事である。しかし、この自覚は、同特に彼に不安定をもたらすものでもある。というのは、欺瞞を自覚することは、そのまま「本当の自分」とは何か、という問いを惹き起こすからである。この問いが、徐々に彼の中に芽生え始めるのである。そして更に、彼を受け入れない印象を与える東京という大都市の情況の中で、この疑問はいよいよ深い所から彼をおびやかすのである。しかしながら、そうした彼の前に、世間からの孤立を守りながらも、自分の方向を正確に見定めて、自分の人生を着実に構築している人物が現れてくる。この人物が、野々宮宗八である。かくして、三四郎は安定しているように見える野々宮に憧れるようになる。つまり、彼のようになってみたいと考える。野々宮に同一化しようと試みる訳である。この情況を考えてみよう。

野々宮は、所々に染のある背広を着て、「頗る質素な服装をして、外で逢へば電燈會社の技手位な」風体である。その彼は、真冬の真夜中に、一人研究室にこもって、光線の圧力を試験する事もある。三四郎はこの行動を聞いて非常に驚く。というのも、彼にとっては殆ど意味を感じない検査のために、そのような難儀を自ら進んで体験しようとする野々宮の行動が理解できないからである。しかし、三四郎にとって、このことは羨ましい事なのである。なぜならば、そのような、傍からは無意味と思われる難儀を味わってでも、その当人にとっては、重大な意味ある目的を、野々宮が所有していると感じられるからである。一般の者が回避したい行動を、敢えてするということは、それは、同時に、本人が独自の意味を感じているということになるからである。この野々宮の志向性が、自分の精神の虚妄に気付きつつある三四郎には羨ましく感じられるのである。それに加えて、そうした志向性を内に備えているからこそ、野々宮には安定があると、三四郎は考えるのである。三四郎の次の言葉に注意してみよう。野々宮についての述懐である。

要するに此靜かな空氣を呼吸するから、自らあゝ云ふ氣分にもなれるのだろう。自分もいつその事氣を散らさずに、活きた世の中と關係のない生涯を送つて見様かしらん。（二）

彼はここで野々宮の心境を「あゝ云ふ氣分」と指示語で表現しているが、この場面で、野々宮が自分の心境を実際に自分の口から語っている箇所などない。この表現は、三四郎が読み手の理解を一人だけで納得して語っている部分である。この「あゝ云ふ氣分」の内容を推測してみよう。先ず、野々宮に自己紹介をした際の彼の反応に注目してみたい。それは、野々宮は「只はあ、はあと云つて聞いてゐる」そして「其様子が幾分か汽車の中で水蜜桃を食つた男」つまり広田と似ていると感じている所である。かつて、汽車の中で、三四郎が自分の事を語る際の、広田の態度と野々宮のそれは良く似ているのだ。広田に対して、その時は次のように三四郎は感じたのである。

「はあ、そりや」と又云つた。三四郎は此はあ、そりやを聞くたびに妙になる。向ふが大いに偉いか、大いに人を踏み倒してゐるか、そうでなければ大學に全く縁故も同情もない男に違いない。（一）

この時は三四郎の帝国大学生という身分の誇示に対して、広田が興味を示さないため不満であったようだ。しかし、この広田が、三四郎の硬直していた同一性に対して、ゆさぶりの刺激を与えてからは、三四郎の態度が変わり、大いに偉い人物だと評価し始めるのである。そして、次のように言うに至る。

危ないく\と云いながら、あの男はいやに落付いて居た。つまり危ないく\と云い得る程に、自分は危なくない地位に立つてゐれば、あんな男にもなれるだろう。世の中にゐて、世の中を傍觀してゐる人は此所に面白味があるかも知れない。（三）

つまり、この時の広田の三四郎に対する冷淡とは、初対面の若い学生に対して、自己を誇示せず、又、相手を軽視せず、其の儘の事実で見ようとする傍観者の態度から来るものであったようだ。とりまとめて言えば、三四郎は野々宮の態度に広田のそれを連想しており、その共通の鍵語は、傍観者という語である。そして、傍観者とは、三四郎にとっては、主体の葛藤から自由な心境に立った人物である、という語感をもっているのである。つまり、三四郎が感じている「置き去り」にされる不安から、超克している心境の人物なのである。この不安を三四郎が語っている箇所を見てみよう。

自分の世界と、現實の世界は一つ平面に並んで居りながら、どこにも接觸してゐない。さうして現實の世界は、かやうに動搖して、自分を置き去りにして行つて仕舞ふ。甚だ不安である。(一一)

三四郎が、まだ自我同一群を統合するだけの人物ではない。という前提はすでに論じている。そうした彼の自我は、従来は、具体的対人関係の中での自分の姿を演戯するばかりであった。その自我が、新たに、即時的対応を離れた恒常的な個性のありようを目撃している。正確に言えば、三四郎にとって世界とは、例えば野々宮の前での「私」とか、広川先生の前での「私」とかのことであり、そうした関係での自分しか実感できない訳である。ところが、変化を迎えた彼の内部で従来の感触では捉えられない現象が引き出されて来たのである。それは、具体的個物を超えた、ある把握し難い心像なのである。その表現不可能な抽象的な驚異を「現實」と言い表しているのである。つまり「現實」とは、従来、彼が外界を理解する手段として依拠していた無意識裡の構造が、変動し始めている情況における、主体の自己防衛機能から見た、外界の印象である。こうした不安が、彼の眼前に展開している具体的な関係を持たぬ無名の人々と、彼等を取り巻く無機的な建造物との集合である世界に投影されている。彼は自己内部の意識構造の不安定が投影された外的現象を見て、退行現象を起こしおびえるのである。これが「置き去り」にされる不安なのである。

「傍観者」とは、自分の心の中のこうした不可解な葛藤から解放されている印象を与える人物であり、加えて、現実環境と自分との適切な距離を保って、自分独自の価値、つまり統一的「自分らしさ」を持っている人物であると考えられよう。

野々宮に見た「あゝ云ふ態度」とは、実は、三四郎に現在襲いかかっている葛藤から解放された、淡然とした落ち着きある態度と判断できるだろう。この印象ゆえに、三四郎は野々宮を羨み、彼に同一化することによって、自分の不安を回避しようとするのである。そうやって、自分が「何者でもないのではないか」、「自分というものは無意味な存在なのではないか」、という「薄雲の様な淋しさ」から回避しようと試みるのである。「淋しさ」とはつまり、自己存在の根拠の稀薄さへの恐れである。この恐れを回避しようとする試みが、模倣である。先ず野々宮を真似て、自分が野々宮になる事なのである。それは、例えば、次のような箇所に窺えよう。野々宮を最初に大学に尋ねて、数時間後、再び、三四郎は野々宮と池のはたで出会い、野々宮から「青い木立の間から見える赤い建物と、崖の高い割に、水の落ちた池を一面に見渡して」、建物に関する審美的な説明を聞く。その時、「三四郎は野々宮君の鑑賞力に少々驚」いてしまう。そこで、彼はさっそく、事象に審美的な理屈をつけて、意味を感じる事を学ぶ。そして、数日後には、野々宮の説明をくり返しておきながら、次のように感じる。

三四郎は此間野々宮君の説を聞いてから以來、急に此建物を難有く思つて居たが、今朝は、此意見が野々宮君の意見でなくつて、初手から自分の持說である樣な氣がし出した。(三)

野々宮が褒めた理由で、三四郎は特定の建物に意味を感じる訳である。そして更に、その人との同一化の欲望から、自分がその人になってしまうかのような気分になるのである。それが、実際は野々宮の意見であるのに、まるで、それを自分が発言したかのような錯覚に陥るのである。更に、「博物室が法文科と一直線に並んでゐないで、少し奥へ引つ込んでゐる所が不規則で妙だ」と思い、この事を野々宮に主張して、評価をして貰いたく思うのである。野々宮を基準にして、三四郎が把握できない現在の情況を生きようと試みているのが瞥見できよう。こうやって、野々宮に同一化し始めるや、途端に、三四郎から不安感がたちまちに消えてしまう。ついには、彼は「大學者になつた樣な心持ちがし」て、気分が高揚するのを覚えさえするのである。そして、こうした、三四郎の情況とは、誤解を恐れずに言えば、ある程度美禰子が辿った心の経過であろう、という事である。つまり、後ほど詳しく言いたいが、美禰子もこの自我同一性の秩序化を迎える青年期にあり、「自分というもの」の統合を目指していたことは疑えないであろう。そして、三四郎が経験したより早く、野々宮から同様の説明を受けた事であろう。推測を逞しくすれば、三四郎が石橋の上で、野々宮から受けた審美的説明を、彼女もかつて受けたのではないか。恐らく、こうした交渉のつみ重ねが、美禰子をして野々宮に特別の感情を抱くに至らせる訳である。そして、同様に、三四郎も野々宮に向かうのである。美禰子は異性たる野々宮に女性の立場からの恋として動くが、三四郎は同性の立場から恋愛感情に似たものとして動いていると考えられよう。例えば、後年、漱石は、「こゝろ」の中で次のような場面を描く。先生を訳もなく懐かしく思い、尊敬を払う、若い「私」に対しての解釈である。先生はそれを、男性に向けた「戀」であるという。青年である「私」が、心の空虚を埋めるべく、ある特定の目的のためにある「私というもの」を実感する目的で、先生の下に動いて来た。それは恋であり「異性と抱き合ふ順序として、まづ同性の私の所へ動いて來た[9]」と、洞察するのである。三四郎の心で起こっている欲望の質も、この時の「こゝろ」の「私」のそれと、同じ種類の出来事だと考えられる。三四郎は条件付きで言う必要はあるが一種の「戀」に導かれ野々宮と同化してゆくのである。次の文章を見てみよう。三四郎の勉強振りである。

　　それから當分の間三四郎は毎日學校へ通つて、律儀に講義を聞いた。必修科目以外のものへも時々出席して見た。それでも、まだ物足りない。そこで遂には専攻科目に丸で縁故のないもの迄へも折々は顔を出した。然し大抵は二度か三度で已めて仕舞つた。一ケ月と續いたのは少しも無かつた。それでも平均一週に約四十時間程になる。如何なる勤勉な三四郎にも四十時間はちと多過ぎる（三）

野々宮と同化することは先ず、学業を熱心に修めることである。研究に専念する野々宮のように、自分も学業に専念することである。その通り三四郎は行動する。が、しかし、三四郎の場合は、努力の焦点が定まっていないのである。そのために、彼の努力は努力それ自体が目的であるかのような、限度をわきまえられない、過度のものとなってしまう。何故ならば、野々宮の外面的な行動を真似た演戯である故に、彼の中で、論理を超えた次元での「実感」という満足感が起こって来ないからである。彼の行動が、主体の総合的決断によって選択された性質のものでない限り、そこに主体は自らの行為の中に空虚感を抱いてしまうのである。そして、三四郎は、この感覚を「物足りない」と表現しているのである。この空虚感は、自己存在の根拠の稀薄さへの恐れと、複雑に係わって生じて来たものである。そのために、空虚感を感じる事自体が、彼の存在感に対する恐れを増大させてしまうのである。そして、恐れから逃げるために、更なる演戯を重ねていかざるを得ないのである。言ってみれば、成長しようとする心的エネルギー自体が、彼を解決できない心の袋小路へ追い込んでゆく結果になるのである。何かしないと主体は落ち着かず、手当たり次第に授業を受けてみるが、そこには求めていた安定はなく、主体は満足する事が出来ない。そこで、次には別の可能性に向かって次々と、絶え間なく過度の要求を繰り返すのである。三四郎が強迫観念に捉われていることは明瞭な事であろう。その結果、

三四郎は斷えず一種の壓迫を感じてゐた。然るに物足りない。三四郎は樂しまなくなつた。(三)

という状態に陥るのである。さらに、又、彼の欲望充足の手段が図書館の書物に向かった時にも、過度の読書行為となって現れて来る。彼は、特定の方針を立てず、毎日、本を八九冊ずつ、必ず借りて帰ったという。こうした読めぬ量の本を借りて帰るという行為は、やはり、強迫観念に捉われているためであろう。そして、ある日、図書館で読書している際に、本の見返しに落書きを見つけるのである。そこには次のように書いてあった。

ヘーゲルの講義を聞かんとして、四方より伯林に集まれる學生は、此講義を衣食の資に利用せんとの野心を以て集まれるにあらず。唯哲人ヘーゲルなるものありて、講壇の上に、無上普遍の眞を傳ふると聞いて、向上求道の念に切なるがため、壇下に、わが不穩底の疑義を解釋せんと欲したる清淨心の發現に外ならず。此故に

彼等はヘーゲルを聞いて、彼等の未來を決定し得たり。自己の運命を改造し得たり。（三）ここに認められている内容は既に明らかである。青年達が哲学者ヘーゲルに向かった行動は、純粋な動機によるものであったと明言しているのである。例えば、主体が特定の目的を獲得する為に、別種の手段を用いて努力をする場合を仮定しよう。この場合、手段と目的が別個であるから、そこに主体の目論見が介入している事となる。主体の精神の動きの過程でこのような意図が含まれていることは、つまり、働く精神その中に欺瞞が介入することになる。つまり、こうした場合の精神の活動は不純な働きを含んだことになる訳である。ところが、ヘーゲルに教えを請うた学生達は、彼の講義を生活の手段とするのではなく、そこで示される智恵そのものを獲得しようと願ったのである。言わば、行為が純粋なわけで、「清淨心」とはこれを言う。しかし一方でこの行動は、現実生活下に於いては、いささか盲目的な熱情による行動のように傍の人々には見えるだろう。ところが、彼等が、先ず、第一に抱いた疑問とは、現実生活の有効性の下では自分達が満足できないという問題である。形而下的解答では充足できない類いの疑問に到着した訳である。それは現実を説明する超概念である形而上的な法則をもって初めて解決できる問題なのである。従って、それ故に、「無上普遍の眞」を求める行動であると表現できるのである。そして、形而下の現実生活の価値大系から離れ、普遍の解答を求める彼等の行為は「求道」と呼び称されるのである。簡単に言えば、「生きる」ことの意味を形而上学的解決に求めたと言う事である。では、何故、彼等は求めざるを得なかったのか。その解答も実に明白に示してある。凡て、彼等の根底が「不穏定」であり、それを彼等は究明し安定させたかったからである。つまり、主体が今、この時に落ち着きを失って、いたたまれなくなっている。この情況を把捉し克服したかったからである。すくなくとも、三四郎がたまたま、読んだ本に記入した卒業生はそう認めているのである。この不安定な自分の中にある問題はどういうものか、恐らく卒業生はこの解答をめぐって図書館に出入りしていたのであろう。ところが三四郎は、こうした言説にのぞんで、言葉を喪い沈黙してしまう。それはなぜなのか。これを考えてみよう。この卒業生が、ヘーゲル哲学学徒達の行動に自分の欲望を投映して、意味を模索している事は判然としている。そうした彼の、母校の在学生に対する批判も明白である。統一的自我同一性の確立の葛藤をそしらぬ顔ですり抜け、「本当の自分とは何か」を問わず、社会通念としての、ある型に都合良く憑依し、社会に進出する青年の姿勢を強く批判するのである。それが、「タイプ、ライター」という表現である。この語は、主体の自由を放棄し、目前にある既成の価値観に単に憑依して安定を図ろうとする、そうした人物を指している。統一的自我同一性の樹立に苦悩せずして、社会に出たとしても、この人物には、他人から区別できる程の際立つ個別的特質が無いのである。つまり、彼は、目鼻立ちの不明瞭な「のっぺらぼう」なのである。こうした批判は、かなり強く三四郎を衝くのである。しかし、微妙な言い方になるが、この批判を、三四郎自身が、自分の問題の核心を指摘している批判だ、と自覚できるためには条件がある。それは、先ず、本人が悩んでいる事実を認知し、それを解決するために何らかの努力をしようと意識している必要がある。たとえ、指摘する内容が正鵠を得たものであっても、指摘される当人が未だ、そうした事に気付いていなくては、その指摘に衝撃を受ける事は難しい。三四郎の現在の情態は、幼児的自我同一性の構造に限界が生じ、それが破綻を見せ始めている情態である。従って三四郎は、自分の心の不安定を感じてはいるが、その安定化の方法に依然として、従来の演戯を採用しているままである。彼にはそうした同一化の方法自体の絶望が未だ訪れていないため、深い意味で自己に絶望していない。そのために、彼には、現在の情態ではまだ「本当の自分」を知りたいという欲望に結びつかないのである。従って、卒業生の記している言葉は、現在の三四郎が辿りつつある自我発達の将来的延長線に控えている問題ではある。が、三四郎にとって、この批判はまだ遠くから聞こえるかすかな警告の声にすぎないのである。しかし、何かしら、彼には心ひかれる文章として映ってはいるのである。

とりまとめて言えば、彼は、この時には、理由の分からない困惑に囚えられるだけなのである。「黙然として考え込んで」いる三四郎の姿にこの事が確認できると思う。実は、その時、彼は、自分が考えるべき重大な問題があるような予感に捉えられ、それを考えている訳である。しかし、注意してみれば、彼がこのような困惑を覚えること自体が、重大な主体のゆらぎを示すものではある。しかも、このゆらぎは、彼が現在自己を安定させようと憑依している同一化パターン自体への懐疑を意味している事にもなる。しかし、今まで辿ってきたこのパターン通りに動くことしかない彼にとって、自分を動かしているその動きを判断しようと試みることは、殆ど不可能である。しかし、この懐疑は取り払えない主体のゆらぎとして、その動きに寄りそうのである。対人関係において相手を模倣することでしか安定を得ることのできない、しかも、それを模倣だと相対化し自覚できない、主体のゆらぎは、三四郎に様々な困惑感によって、主体の危機を知らせようとする。

それが、例えば夢である。限界を迎えている主体が、新しい自我同一性を樹立して甦えるためには、多分、旧い自己を葬る必要があるのだろう。この実に苦しい体験を主体は経験しなければならない。新しく、真に「私らしく」誕生するためには、旧い「私らしさ」が一度、死ぬ必要があるのである。しかし、その要請は主体の中に直視し難い恐怖となって迫って来るものでもある。次の夢はどうであろう。

三四郎の夢は頗る危險であつた。——轢死を企てた女は、野々宮に關係のある女で、野々宮はそれと知つて家へ歸つて來ない。只三四郎を安心させる爲に電報だけ掛けた。妹無事とあるのは僞りで、今夜轢死のあつた時刻に妹も死んで仕舞つた。さうして其妹は卽ち三四郎が池の端で逢つた女である。(三)

先ず、「轢死を企てた女」について考えてみよう。彼女は野々宮に留守番を頼まれた大久保の住居近くで、自殺した女性である。その時に三四郎は彼女の「あゝあゝ、もう少しの間だ」という「凡てに捨てられた人の、凡てから返事を豫期しない、眞實の獨言」を聞いたのである。その直後、列車が通過し、彼女の生命が消えてしまうのである。三四郎は一人震えて恐ろしがる。その後に、この恐ろしさを人生の不可解さと重ねて次のように表現する。

人生と云ふ丈夫さうな命の根が、知らぬ間に、ゆるんで、何時でも暗闇へ浮き出して行きさうに思はれる。三四郎は慾も得も入らない程怖かつた。(三)

三四郎の認識では、どうも、自分の体験している日常は変化を見せはするが、永遠に継続するものだ、と了解しているようである。彼にとって、日常が主体を含んで結果的には平穏に経過してゆく事を自明なものとして受け取っているのである。しかし、それは、未成熟な自我の視点から判断された、つまり、自我の「死」を直視することのなかった、限定的な自明性でしかない。自我の絶望と死を味倒した場合、自他関係の中で常に、存在者にそうした可能性、つまり、確立しない不可解な存在性を窺う事もできよう。ここでは、彼が無条件で抱いていた自明性が、伝聞ではなく直接体験的に主体に向かって、揺らいだ印象を伴って、あるいは、ひび割れて、開示されたのである、それが、人間が自分の決断で死ぬという現象として現れるのである。未だ、自己の内に死を蔵して生きている事など、直視したことのない三四郎にとって、生きるという行為が、彼の信じているほど自明的な事ではなく、途中で消失する可能性を秘めた行為であることに直面させられるのである。しかも、自殺した女性のうめき声には、生きることの方が死ぬよりも辛い行為であることを伝える響きがあり、その場合には、死こそがむしろ絶望からの解放である。そうした響きさえある。言うならば、「人生という丈夫そうな命の根」は、彼が、考えているほど強固なものではなく、「知らぬ間に、ゆるんで」いるものなのである。つまりは、元来、暗闇の中で浮きあがっている危うい情況で、生活は営まれている、ということなのである。三四郎は、このような現実を強制的に体験させられるのである。そして、更に推測を逞しくして言うならば、この轢死した女性と、上京の時に出会った汽車の中の女とは、連想的に結びつき合っていないか。両者には汽車という心像の連鎖があったと考えられるし、更に両者もともに、彼の自我を極度に戦かせる、刺激を持っている。そうした、彼の心像が、両者に通底していると考えられるのである。そして夢の中で、その脅迫的女性性を三四郎は野々宮の力を借りて、彼に削除して貰うのである。そして三四郎によって創られた野々宮像は、三四郎の無意識の願望に応えて、彼を安心させる電報を打ち、野々宮と三四郎の関係を守るのである。しかし、こうした一連の行為は、遥かな所に居て、彼を待っている美しいものをも、殺害してしまうのである。その遥かな美しいもの[10]とは、中々に手の届かぬ存在であるが、ただ彼が、英雄となり、例えば魔を克服した時に出会う女性なのである。ここで言う魔とは、つまり、主体が生き延びるために克服する必要のある、主体の中の旧い自我のことなのである。つまり彼の見た夢の意味とは、自我の死を迎える準備期に当面している三四郎が、野々宮との同一化に固着し、成長の苦難にたじろいでいる内面の葛藤を暗示していると考えられるのである。

このように、三四郎の野々宮への欲望は根深いものだと理解されよう。が、しかし、三四郎にとって幸運な事には、野々宮は三四郎の欺瞞に加担しない。相互的に癒着し関係を歪曲し固定する人物ではない。つまり、野々宮は、三四郎が暗に求めている像を演戯して安定しようと動く自我構造ではないのである。このことは、三四郎にとって幸運な事だ、が、野々宮が、自分の固有の立場から「否」を言う行動は、三四郎をかなり驚かす。例えば、先程の轢死した女性に対する両者の感想の違いを見よう。自分の経験を残らず野々宮に話した三四郎は、彼の返答に驚くのである。というのは、野々宮は一見野次馬のような関心を示すからである。彼はこう言う。

「それは珍しい。滅多に逢へない事だ。僕も家に居れば好かつた。死骸はもう片付けたろうな。行つても見られないだろうな」(三)

野々宮のこうした反応を、三四郎は驚きつつも「無神經」だと感じてしまうのである。三四郎の反発は、単に野々宮を道徳的見地から批判しているのではない。自分の感じた、得体の知れぬ恐怖をその儘の内容で、思い浮かべない彼に対する苛立ちから来ていると考えられよう。言葉を換えていえば、三四郎が、これから辿る個別化の途とは別の個別化の途を、既に野々宮は辿っており、しかも、統合的同一性を確立している人物である。つまり、三四郎は、別の個性に対して無いものねだりをしているに等しいのである。そして、語り手のみがこれを知っている。語り手の言う通り、野々宮の「光線の壓力を試験する」行為に価値を感じる「個性」が、「かう云う場合にも」ただ素直にあらわれて来るだけの事である、とは三四郎には思いつかない。両者の自我同一性の構造は別個のものだと、気付かないのである。つまり、まさしく、三四郎は個別化過程中の青年であるため、つまり「年が若い」ために、理解の限界を示すばかりである。そして、感情の次元で反発心が残るのである。また、この反発心は三四郎の新しい心の目覚めをうながすもの、ともいえるがその時期はまだ遠く、いまだ具体的な形態を取らないわだかまりの感情として残るのである。この「わだかまり」を説明してみよう。たとえば、野々宮が、彼の妹のよし子を評して「本當に馬鹿だ」と言う。それはよし予が、兄に会いたくて、電報を打ったからである。そうした野々宮に向かって、三四郎にはよし子を弁護する気分が起こる。そして、次のように彼の胸中を語り手が語る。

此忙しいものに大切な時間を浪費させるのは愚だと云ふのである。けれども三四郎には其意味が殆んど解らなかつた。わざ〳〵電報を掛けて迄逢ひたがる妹なら、日曜の一晩や二晩を潰したつて惜しくはない筈である。さういう人に逢つて過ごす時間が本當の時間で、穴倉で光線の試験をして暮らす月日は寧ろ人生に遠い閑生涯というべきものである。自分が野々宮であつたならば、此妹の爲めに勉强の妨害をされるのを却つて嬉しく思ふだらう。(三)

三四郎の心に野々宮へのわだかまりが生まれてから、不思議な変化が起こっている。一度は野々宮の落ち着きに憧れ、同一化を計っていた三四郎が、今度は、自分が有価値を予感していた研究者の生活自体を批判するからである。この契機には女性の存在があるようだ。この時はまだ三四郎はよし子本人を知らない。彼が野々宮の妹として想定している女性は、池の辺で会った美しい色彩と称される女性なのであるが、その女性が重大な契機となっているのである。つまり、まだ遥かにいる、明瞭な人格を感じない儘の、イメージとしての異性への関心が、野々宮への同一化にゆさぶりを与えているのである。言葉を換えて言えば統合的自我同一性樹立へのうながしと言っても良いかと思う。轢死体を見た夜の危険な夢で暗示されている象徴が、再び窺える箇所である。遥かな美しい女性と密接に関わりを持つためには、先ず何よりも彼の自我の自立が要求されているのである。しかし、そのためには、彼自身が抑圧している様々な欲望に直面し、心の中の黒々とした魔の領域に突入する必要があると言えよう。

ともかく、徐々に兆して来た三四郎の自我のゆらぎは、ゆるやかに彼に変化を要求するのである。こうした発動をもたらした契機の一つに、池の傍で会った女性との再会がある。三四郎は、野々宮から頼まれた一枚の袷を、よし子に届けて帰る際に、病院の廊下で彼女に会う。その時の美禰子が頭にとめているリボンが、かつて、野々宮が兼安で買ったものと同じであると思いついたとたん、三四郎は足が重くなったと言う。そして、危ういながらもどうにか安定していた、彼の心が、動揺し始めるのである。しかも、その動揺は主体が自覚できる程なのである。作品には次のように、その情況が描かれる。

三四郎の魂がふわつき出した。講義を聴いてゐると遠方に聞える。わるくすると肝要な事を書き落す。甚だしい時は他人の耳を損料で借りてゐる様な氣がする。三四郎は馬鹿々々しくて堪らない。(四)

三四郎はふわ〱すればする程愉快になつて來た。初めのうちは餘り講義に念を入れ過ぎたので耳が遠くなつて筆記に困つたが、近頃は大抵に聽いてゐるから何ともない。(四)

しかし、この時点では、まだ三四郎は美禰子の正体を知らないし、ましてや、野々宮との関係など知る由もない。そうした三四郎だから、これらの問題に注意を奪われて、上の空になってしまった、とこう、この部分が解釈できない事もない。しかし、精確に読んでみると、野々宮と美禰子との関わりへの気掛かりが、別種の問題を連動させたと考えられるのである。例えば、三四郎はこの一種気掛かりな問題の真相を明らかにしたいとは思いながらも、それほど早急な解決の必要性を感じてはいない。例えば、野々宮に尋ねる機会があっても、「先方が忙しさうなので、つい遠慮して已めて仕舞」い、「今度大久保へ行つて緩くり話せば、名前も素性も大抵は解る事だから」と思い、「焦かずに引き取」る程度の気掛かりである。強引に言えば、彼は露骨には野々宮と美禰子との関係を明瞭にしたいという欲望には囚われていない。むしろ、彼を捉えているのは、思い掛けない両者の関係の予感によって活性化された、意識周辺に秘匿されていた問題なのである。次の文章にこの事が良く窺えるだろう。

三四郎が色々考へるうちに、時々例のリボンが出て來る。さうすると氣掛かりになる。甚だ不愉快になる。すぐ大久保へ出掛けて見たくなる。然し想像の連鎖やら外界の刺激やらで、しばらくすると紛れて仕舞ふ。

（四）

ここで彼の囚われた情況が理解できる。彼は、色々な心像に心を奪われているのであって、その連想で美禰子の像が浮かんで来ているのである。彼が焦点を絞って看ることのできない心像の拡散が現在の彼の心の内実なのである。彼は両者の関係に思い悩んでいるのではなく、秩序立てられない様々な問題に悩んでいるのであって、その問題は明瞭な言葉によって表現できる類いのものではない。それらの問題群の中にあって、ただ野々宮と美禰子の問題だけが、具体的な感情を伴って表現されるものである。魂がふわつき出すとは、両者の事を思い悩む事を意味しない。主体の要となる部分が浮遊することであり、それは、具体的に対象化する以前の、心の領分での浮遊を意味している。つまり、今まで野々宮への同一化を演じることで、かろうじて秩序立って来た、様々な幼児期以来抑圧されていた問題が、具体的輪郭を帯びない儘、彼を取り巻くという情況である。それは、要するに取りとめのない妄想として彼を襲っているのである。つまり、我々の通常の心が自我によって、意識の中で生起する様々な心像を検閲し、秩序立てられている情態だとすれば、彼の場合、この自我統御が緩和され、意識下に充満している心像が頻繁に、意識の中に浮遊している情態なのである。注意すべきは、与えられた疑問、その疑問に三四郎は囚われているのではなく、与えられた疑問によって、統御が緩んだ心の状態に囚われていることである。こうした情態の彼だから、第三者には「如何にも生活に疲れている様な顔」に見える訳である。誰かの心を必死で探ろうとしているもの狂おしい真摯な顔付きではない。心の疲れが見える顔つまりは、心の統一を欠き、心の動きによって心が疲れた状態なのである。「靈の疲れ」と言っても良いかと思う。

この錯綜した心の情態の時に、三四郎は再び広田と出会う。広田は与次郎を伴って家を物色中であった。その彼は三四郎に「富士山」の話しをする。そして三四郎は次のように思う。

三四郎は富士山の事を丸で忘れてゐた。廣田先生の注意によつて、汽車の窓から始めて眺めた富士は、考へ出すと、成程崇高なものである。たゞ今自分の頭の中にごたくしてゐる世相とは、とても比較にならない。

㈣

そして、彼は「あの時の印象を何時の間にか取り落してゐたのを耻づかしく」思うのである。稿を改めて、広田の影響について詳しく論じたいが、ここで、少し言うならば、彼は三四郎の錯綜した心に秩序を与える方途を暗示する人物として登場している。正確に言えば、欺瞞を暗に批判し、主体の動揺を誘い、その動揺によって、更に新しい主体を樹立する必要を目醒めさせる人物のようである。その彼によって、三四郎は現在の自分の心の有様を顧みて反省する余裕が生まれた訳である。その効果を担った心像が富士に象徴される崇高性である。

こうした安定化のプロセスを説明してみよう。前提で論述した、青年期の統一的自我同一性の樹立に関わる条件を想起してほしい。具体的対人間係の中で、相手の背景に永遠・一般に通じる予感が開かれてこないと、主体としての自己に、綜合化のきっかけが顕れてこない。そして、これが青年期においての抽象への憧れとか、宗教への関心を呼び起こすものでもある、と指摘した。それを援用して、この三四郎の情況を説明することができよう。つまり同一化群の混乱を避ける目的で、野々宮に新たに同一化したが、やはり限界を知るに至る。その時から、混乱が再びひき起こされたのである。いよいよ、三四郎は自我に秩序を与えねばならない時を迎えている。つまり、一貫した「私らしさ」を獲得する必要があるのだ。そして、広田が、その秩序化をうながす役割を果たす訳である。富士山の挿話から読み取られることは、「崇高」つまり、他者の背景となる「一般」が開かれていく予感の芽生えである。この予感に「出会うに及んで初めて抽象的自己なるものが他者一般を前に照らし出される」(11)そして、「こうして初めて人は自己自身の単独性・一貫性へと投げ返される」のである。つまり、統合的自我同一化を樹立するのである。ただし、「三四郎」という作品の中に展開されるこの問題は、飽くまで、この予感の中での「漂い」に尽きるのである。そしてこの問題は、更に他の登場人物と三四郎の係わりの検証を通じて、明瞭になると思う。具体的に云えば、広田によって「本当の自分らしさ」の確立へと投げ返されつつも、その肝心の問題の前で困惑する三四郎に美禰子はどのような影響を与えたか。そして与次郎はどのような役割を担うか。加えて、広田は最終的にどのような意味を持つか。つまり、野々宮—三四郎の構図と広田—三四郎の構図の差はどのようなものであるか。こうした問題の検証を通して、初めて、三四郎の心の浮遊は明瞭になると考えられる。これらの問題の具体的論究は、時機を待って試みたいと思う。本論では、三四郎の迎えている青年期の重大さを作品で確認したうえで、野々宮を重点的に係わらせて、彼の位置と影響の意味を確認したものである。

注

（1）ハインツ・コフート『自己の分析』（水野信義・笠原嘉監訳　みすず書房　平成六年三月）。彼によれば「蒼古的自己他者関係」とは幼児期において、いまだ自己—対象が分化していない心の情況を意味している。「私」も存在していないし「君」も存在していない未分化情態である。訳語は「蒼古的自己—対象」だが、ここでは同じ意味をこめながら対人関係の用語として使いたく思い「蒼古的自己他者関係」と表現している。

（2）小此木啓吾の定義による。加藤正明代表編集『新版精神医学事典』（弘文堂　平成五年二月）所収の項である。

（3）右同

（4）小出浩之「分裂病からみた思春期」（中井久夫・山中康裕編『思春期の精神病理と治療』岩崎学術出版社　平成二年二月）

（5）土居健郎『土居健郎選集7文学と精神医学』（岩波書店　平成十二年八月）

（6）拙稿「夏目漱石『三四郎』論（上）―〈私〉のいる場所」（「就実語文」第十三号　就実大学日本文学会　平成三年十一月）本書収録。

（7）千種・キムラ・スティーブン「『三四郎』論の前提」（「解釈と鑑賞」至文堂　昭和五十九年八月）

（8）夏目漱石「三四郎」（『漱石文学全集五巻』集英社　昭和五十七年十二月）。猶、本文の引用は特に断らない限りこの版から行う。猶本文は凡て総ルビであるが引用では略している。

（9）夏目漱石「こゝろ」（『漱石文学全集六巻』集英社　昭和五十九年一月）

（10）E・ノイマン『意識の起源史（上・下）』（林道義訳　紀伊國屋書店　（上）昭和五十九年五月（下）昭和六十年三月）、河合隼雄『昔話の深層』（福音館書店　平成四年八月）、河合隼雄『昔話と日本人』（岩波書店　昭和五十九年三月）を特に参考にして、夢の解釈について考えてみた。夢を解釈をする方法として、世界各国の伝説や神話を象徴的に分析し解釈する方法がある。両者ともにユング派の分析医であり様々な物語等を分析した結果、青年の自立としての精神の物語に基本の構図があると指摘している。それは、青年が様々な苦難を克服し、魔物を退治し英雄となり美しい伴侶を得て幸福になるというテーマである。このテーマをここでは、統一的自我確立期における心の中の葛藤の問題として捉えた。魔物を旧自我として考えたが、両氏はしばしば母子関係の執着と係わって解釈されるようである。

（11）小出浩之氏論文による指摘である。前掲書（4）所収。

「三四郎」論㈢　〈私〉の形成をめぐって
——広田と与次郎との係わりを中心に

(一)

ここでは、広田先生との関係を考えてみよう。この問題については、すでに指摘した事がある。彼は、田舎から出て来た三四郎に、彼の欺瞞を気付かせる役目を担っている。三四郎は上京途上、車中で一人の女性と出会い、名古屋で同宿するに至る。その際、女性から性的誘惑を受けて、三四郎の心は乱れた。そして、翌日女性は彼の弱点を一言で衝き、嘲笑を浮かべる。「あなたは度胸のない方だと云はれた時には、喫驚した。二十三年の弱點が一度に露見した様な心持であつた。親でもあゝ旨く言ひ中てるものではない」[1]と、「頭の上がらない位打された様な氣がして」「悄然て」いる三四郎を、彼の前の席にすわり、事件の経緯を一部始終看ている人物が、広田先生であった。恐らく、彼は、三四郎が、自分の弱点を指摘して去ってゆく女性の後姿を、「そつと窓から首」を出して窺う姿を凝視しているのである。そして、三四郎が気を取り直すために、ベーコンの二十三頁の前で「昨夜の御浚」をする姿をも看ているのである。その時、三四郎は自分を立て直すために「別の世界の事を思出」す。つまり、故郷から抱いて来た同一性像を愛玩するのである。その像とは「東京に行く。大學に這入る。有名な學者に接觸する。趣味品性の具つた學生と交際する。圖書館で研究をする。著作をやる。世間で喝采する」という内容である。そしてこれら一連の行為はすべてが「母が嬉しがる」という結果につながってゆく。強引に言えば彼が有価値的行動として夢みていることは、故郷の母が教え続けて来た理想像であり、かつ、故郷の一般的な有価値的な人物像でもあるのだろう。この像に、自信がゆらいだ三四郎は立ち戻って、気力を回復するのである。そうやって、うっとりと理想像をめでる三四郎の姿を、語り手は、「未來をだらしなく考へ」る、と表現する。そして、広田は三四郎のこの表情の変化をも看ているのである。「大に元氣を回復して」「別に二十三頁の中に顔を埋めてゐる必要がなく」なり、「そこでひよいと頭を上げ」てみると、広田先生がじっと三四郎の方を見ていた。つまり、広田先生はずっと三四郎に注目していたという事である。しかしながら、三四郎には広田のこの視線の意味が分からない。現実の自分の限界を見ないで、ただ、夢想している三四郎には、広田を「大きな未來を控えてゐる自分から見ると、何だか下らなく感ぜられる」と思うのである。「男はもう四十だろう。是より先もう發展しさうにもない」との判断をしてしまう。ところが、こうした三四郎の精神情況の根拠の稀薄さを、ありの儘に、自覚させる人物が、広田なのである。それゆえに、広田としばらく話を交わした後に、三四郎の広田評価は大きく変化する。ただ、それは、単に広田が三四郎の敬意を獲得するような学識を示したからではない。つまり、三四郎が現在同一化している理想像に近い姿を顕したからではない。

事実はその逆であり、広田が三四郎に、彼の欺瞞を気付かせたからに外ならない。そもそも、三四郎が同一化している像は、彼の独自の価値観から彼が導き出したものではない。母が彼に示し続けた像を、単に演戯していたばかりなのである。その行為が「卑怯」という言葉で表現されている。三四郎は、広田の「囚はれちや駄目だ」という発言を聞いて「眞實に熊本を出た様な心持ちがした。同時に熊本に居た時の自分は非常に卑怯であつたと」悟ったのである。故郷に居た時は、自分の自発的な選択ではなく、周囲との調和を乱さないために周囲の望む価値観に準じる演戯を行っていただけなのであった。彼は広田の指摘の中に自分のそうした姿を直視させせられたのである。しかし、こうした自己欺瞞への自覚は、三四郎を困難な状況の中へと導いてゆくものである。というのは、今までの行動の中に自分の欲望が反映されていない事に自覚するという事は、そのまま、それでは「私は本当に何を求めるのか」と言う問いを、引き起こしてしまうからである。この問いが必然的に起こって来るのである。しかしながら、今まで、周囲の欲望を察して、それを演じるという行動規範しか持たなかった三四郎にとって、こうした問題の出現は、単に彼に困惑しかもたらさない。そして、困惑した彼の目に映る東京の激しい変動は、ますます、彼を迷わせてしまう。そして、退行状態に陥ってしまった彼が抱く感慨が、東京の世界から自分ひとりが置き去りにされる、という「不安」感なのである。この不安感とは、未だ自分の価値体系を樹立せず従来通り、周囲の価値観に従い演戯することしか出来ない三四郎が、顔のない「白い着物を着た人と、黒い着物を着た人」達という、路傍の大勢の人々すべてに、今まで通りの対他関係下での演戯で対応しようと無意識で動いた、その反応である。恐らく、顔のない大勢の人々の流れの中にあっては、個人は、自らで方向を定め、自分の決断によって動いてゆく事が必要なのであろう。無名の人々の流れの中で、主体の動く方向を、流れの人の顔から読みとろうと試みる事は、主体の混乱と虚脱感しかもたらさないであろう。

ここで三四郎が抱え込んだ不安がこの感覚に求められるだろう。置き去りにされる不安とは、他人の好意をあてにしてしか生きることの難しい幼児が、自分に興味を払わない状況で抱く感情とも言えよう。三四郎は自分に興味を払わない、顔の分からない人々の群れの中で、「置き去り」にされる不安を覚えているのである。この困惑した状況で、三四郎は野々宮と出会い、彼の落ち着いた態度に動かされ、彼に同一化するのである。しかし、この危機を脱出する為の同一化の方法自体が、広田によって欺瞞として暴露されており、三四郎自身も自覚し始めている。がしかし、三四郎の実存の立場から言うと、切り離せない彼の半身でもあるのだ。つまり、三四郎の意識には、自分が単に相手の真似をして、演戯しているばかりである自分の姿が、良く看え始めているが、実際に彼の動きとしては、それ以外に動きようが無いのである。そうした葛藤を含んだ演戯となってゆくのである。そして、野々宮への同一化は、三四郎自身の根底からの検討を経た判断ではないから、当然そこには、情感による納得、充実という実感を伴う事がない。そのため、彼の野々宮への同一化行為は、限度を自知しない過剰な行動となって顕れて来る。これが、「物足りない」という感情である。しかも、これは、三四郎が、必要以上に努力している最中に浮かびあがって来るのである。やや詳しく言えば、野々宮に同一化するとは、先ず勉強する事である。そこで彼は、方針もなく、やみくもに「平均一週に約四十時間程」「律義に講義を聞」き、「遂には専攻課目に丸で縁故のないもの迄へも折々は顔を出」すに至る。しかし、こうした努力の最中に、「三四郎は斷えず一種の壓迫を感じてゐた」そして、「然るに物足りない」感覚に悩んでいるのである。彼の実存が閉塞状況に陥ったのである。こうした閉塞状況を克服する可能性として、かすかな予感を伴って思い出す人物が、また広田である。三四郎は、過剰な欲望を満足させるためにいつ果てるとも分からない行動に没頭するのだが、その只中で、青木堂の店内に、広田の姿を見つける。彼は、その時、「茶を一口飲んでは烟草を一吸すつて、大變悠然構へてゐる。」この広田を、三四郎は満たされない新生活の中で、追想していたのである。作品の文章で言えば、「大學の講義を聞いてから以來、汽車の中で此男の話した事が何だか急に意義のある様に思はれ出した」のである。この発言から、三四郎のかつての自己理想像がゆらいでいる事が、容易に見て取れよう。つまり、かつての彼の理想像は、「大學に這入る。有名な學者に接觸する。〈中略〉圖書館で研究をする。著作をやる」という文章に窺えるように、大学という権威への憧れによって、組み立てられていたのである。それが、ここでは、「大學」に対する彼の憧れは静まり、むしろ、徐々に、彼の期待に答えてくれないものだという理解が生じて来ている。厳密に言えば、自己以外の権威に同一化して、自己の意味を実感しようとする衝動自体に対し、彼は、おぼろげながらも実感から離れた、そぐわないものを気付き始めているのである。この時、彼が必要とするのは、自己の内部から把握できるイメージの上に、自己を自己たらしめる確信を得る事であろう。むろん、こうした理解は、彼の行動に即して彼の内部の問題を理解しようとする我々のものであって、三四郎は自分を捉えている問題の展開に対しては、殆ど無自覚である。ただ、彼の心の中では、気分として現れて来るに限っている。この気分の領或で、三四郎は広田の事が気になるのである。つまり心の志向性そのものが、すでにある種の価値観に影響されていて、その情態が欺瞞という反省を伴って主体に限界を呈している。したがって、主体が限界を克服しようと努力すること自体が、いっそうの欺瞞を犯し続ける事になるのである。こうした心の中の袋小路で、こうした陥った苦境を克服する願いとして、主体に訪れるものが、彼の場合には「氣分」として現れているものなのである。つまり、三四郎が広田に心ひかれる理由は直接には理解できるものではなく、それは、「何だか」意義の「ある様」に、自然と「思はれ出」すばかりのものなのである。とりまとめて言えば、自分では把握できない苦境だから、何故に、広田に心ひかれるのかも分からないままに、三四郎はただ、心ひかれるという事なのである。こうした「出会い」の問題は、この三四郎に限ったものではない。むしろ、正確に描き出されるのは、「こゝろ」を待たなければならないと思われる。「こゝろ」の語り手である「私」は、精神的遍歴のすえに落ち着きを得た人物らしく描かれている。そのため、彼は、三四郎よりも自分の心の動きに関して、反省する事を知っている。その「私」が「先生」に引き寄せられた青年期の自分の心の劇を内省してみると、そこに現れる結論が、判然として説明できない心の働きによっていた、という事である。「私は何故先生に對して丈斯んな心持が起こるのか解らなかつた[2]」のである。そうでありながらも、正確に言うと、そうであるからこそというべきかもしれないが、「私」は「先生」によって、「豫期するあるものが」「先生」その人の手によってのみ、「何時か眼の前に満足に現はれて來るだらう」と期待するのである。しかも、不思議な事に、「先生」にひかれている「私」は、その「豫期するあるもの」とは何かを、自覚している訳ではない。つまり、「私」は、自分が「先生」に求めるものを、実は「先生」の手によって、告げられ得る可能性にこそ、求めているということである。言わば、論理的説明の及ばない「氣分」の領域で両者の心が共鳴してゆくのである。そして、「私」が「先生」を熱心に想うその行動は、彼にとって、大学の授業が自分をみたさないと気付いた時に芽生えてくるものである。文章を辿ってみれば、次のようになる。

授業が始まつて、一ケ月ばかりすると私の心に、又一種の弛みが出來てきた。私は何だか不足な顔をして往來を歩き始めた。物欲しさうに自分の室の中を見廻した。（「上先生と私」四）

このように、大学という権威によっても、自分の心の根本の問題が解消しない事実の認識が、彼の空虚を生み出してゆく。そして、この空虚に悩んでいる彼が、思い浮かべるのが「先生」なのである。ただ、再度強調するが、「私」は自分が、空虚を感じたうえで、それを把握し克服する方法を、先生に求めているという自覚はない。ただ動いているばかりである。その意味を理解しているらしい人物は、恐らく「先生」ばかりのようである。「先生」は「私」に、彼が求めている問題の性格を次のように告げる。

目的物がないから動くのです。あれば落ち付けるだろうと思つて動きたくなるのです。（「上先生と私」十三）

例えば、ある事実を観る場合に、見ている当の主体は物事を観ている自分の目を見ることはできない。それは、働いている個人の外の他者のみが観ることができる働きである。それと同様に、心の働きに関しても、同じ判断が応用できると思う。つまり、個人の心の領域での働きを、他者の方がより理解し得る事があり得るということである。そして、「私」が、直観でその人を「先生」と認めたという事実と重ねて言えば、精神的階梯の高段階の働きによって、「先生」は「私」の気付かぬ問題を認識し、理解し得たと言う事になる。そして、恐らくは、かつて「先生」には同様の時期があり、その時期に激しい劇を体験し、時を経たうえでの、そうした時期固有の問題が了解できているのだと考えられる。つまり「私」はかつて「先生」の辿った、心的変化の跡を別の個性を持って辿っているということである。「私」が同じ軌跡を描いているからこそ、「先生」は、「私」の行動が了解できるのである。しかしながら、両者の間にある隔差、つまり精神的階梯の差のため、下位の主体には上位の発話内容が受容できない。

つまり、理解のレベルが違うため「先生」の認識は、「私」に了解できない。だからこそ、こうした、情緒面での空転があらわれるのである。「先生」の言葉を用いて言えば「焦慮せるのが悪いと思つて、説明しようとすると、其説明が又あなたを焦慮せるやうな結果になる」ばかりなのである。「私」の立場から言えば、「豫期するあるもの」が展開されているという直覚に導かれて、聞き続ければ、続けるほど、何が語られているのか皆目、判らなくなるのである。しかし、このような心の共鳴に関わりつつ、空転を重ねたとしても、「私」にとっては「教壇に立つて私を指導して呉れる偉い人々より只獨りを守つて多くを語らない先先の方が偉く見え」るのである。この「私」の感覚は、論理を超えた、「氣分」の領或での実感として生まれて来ている。つまり、論理面からは、「先生」の発言は理解し得ない事であるが、「氣分」の領或では、「私」は「意味」を予感しているという訳である。「こゝろ」の「私」と「先生」の関わりに踏み込みすぎたが、「こゝろ」で展開されるこうした「精神的父子」の問題が、この「三四郎」にも窺える問題であることは理解できたようである。「日本より頭の中の方が廣いでせう」「囚はれちや駄目だ」という広田の発言こそが、三四郎の自己欺瞞の自覚をうながしたのであり、かつ、この発言の意味する所が判然と理解し得ない情報を含んでいるにも関わらず、三四郎は、広田を特別な人物として直観的に捉えているのである。こう考えてくれば、「こゝろ」の両者の関係が、「三四郎」の両者の関係に見出せることは明らかであると思える。だから、三四郎が都会の喧騒の中で、徐々に「魂がふわつき出し」「講義を聴いてゐると、遠方に聞える」「甚だしい時は他人の耳を損料で借りてゐる様な氣がする」状況に陥っている時に、再び広田と会うのである。その時の広田の発言も、又、三四郎にとって意味深いものなのである。広田は、東京の猥雑さを指摘したうえで、「富士山に比較する様なものは何にもないでせう」と言う。これに対する三四郎の反応を注意してみよう。作品には次のようにある。

三四郎は富士山の事を丸で忘れてゐた。廣田先生の注意によつて、汽車の窓から始めて眺めた富士は、考え出すと、成程崇高なものである。たゞ今自分の頭の中にごたくしてゐる世相とは、とても比較にならない。
三四郎はあの時の印象を何時の間にか取り落してゐたのを耻づかしく思つた。(四)
広田の説明によれば「自然を翻譯する」と「みんな人格上の言葉になる」らしい。それは、例えば、「崇高だとか、偉大だとか、雄壮だとか」になるのである。それに反して、「人格上の言葉に翻譯する事の出來ない輩には、自然が毫も人格上の感化を與へてゐない」ことになるのである。ということは、つまり、富士を見て「崇高」と感じた三四郎は、自然から彼の人格の上に影響を受けたという事になる。その結果、彼の心に一種の落ち着きが生まれ現在陥っている混乱に対し、相対的な場を持つことができたのである。この場から混乱を見た結果が、「耻づかしい」という感覚である。いわば、自然と対峙してその係わりから生まれる働きによって、冷静な心の場に立つこと、この重要性が広田によって暗示されるのである。恐らく、この暗示は、「囚われてはいけない」、という忠告と深く意味上でつながっているものであろう。主体は、具体的な対人関係の中で、自分の心の中の欲望を相手に投影しておきながら、その投影された像に深く捉われてしまう。そのことで、心の自由な働きが制約されてしまう。主体に必ずつきまとう、この業の如き効果から自由になり、心の働きの自由さを復活させること、このことが広田の言う、「囚われぬこと」の意味であろう。そして、そういう状態を保持する方法として、主体の向こうに自然を置き、それから感化を受けよ、と言うのである。こう論じて来ると、自我形成に必要な対人関係の背後に求められる一般性の問題と、非常に近づいて来る。つまり、三四郎にとっての広田の意味とは、対人関係の中で、ひたすら面前の具体的人物の欲望を演戯し続けている彼の自我作用に、統一的な自我同一性を樹立するために必須である一般性への覚醒をうながす、そうした人物として現れていると考えられる。しかし、そうした人物との出会いであるが、当の三四郎はこの出会いの意味を完全には理解できない。つまり、そうした人物と出会いながらも、彼は、未だ旧態の自我作用に捉われているため、状況の暗示する意味を「氣分」としては受容しながらも、現実の具体的行動としては、従来通り、「模倣」して動いてしまう。つまり、彼の心の混迷に筋道をつけようとする際に、その筋道を自らのものとするように試みるのではなく、その筋道のありかを語る、具体的人物にひきよせられて、再び「模倣」するのである。解り易く言えば、広田の真似をして、混迷の中にいる実際の「私」を忘れようとするのである。これは、「済まん事だが此半月あまり母の事は丸で忘れてゐた。昨日から今日へ掛けては時代錯誤だの、不二山の人格だの」で、「例の女の影も一向頭の中へ出て來なかつた。三四郎は夫で満足である」という文章が示す通りである。以後、母から自立しようとする際の葛藤の問題や美禰子に対する囚われの問題は、複雑に変容されたうえで、広田への同一化の行為が、吸収してゆく。正確に言えば、隠匿行動である。この行動が自然と起こって来るのである。それは、理屈によって、美禰子への囚われを脱却しようとする試みともいえるが、その反面、元々、彼の中に無い筈の悩みをも、副作用のように、抱かせる結果ともなる。言わば、論理性の持つ危機が彼を襲うのである。これは、どういう事か。現在の三四郎は自分を含んで展開する世界を、三つに分類してみて、その内の第三の世界を若い女性で代表させる。そして、その若い女性に捉われている自分の切なさを、論理によって解消しようと、試みる。次の文章である。

美しい女性は澤山ある。美しい女性を翻譯すると色々になる。—三四郎は廣田先生にならつて、翻譯と云う字を使つて見た。—苟も人格上の言葉に翻譯出來る限りは、其翻譯から生ずる感化の範圍を廣くして、自己の個性を完からしむる爲に、なるべく多くの美しい女性に接觸しなければならない。細君一人を知つて甘んずるのは、進んで自己の發達を不完全にする様なものである。(四)

ここに見る論理は、先程の富士山からの人格への影響を論じた際のものを骨格にしている。それに加えて、唯一人の女性に捉われることは自分の全人格の発達を防げて、障害を受けるという判断が加味されている。しかし、ここには、彼が現在捉えられている美禰子の魅惑を無化する目論見が隠されている。作品の事実として、彼の欲望は美禰子一人に向かっているのだが、それ故に、苦しくなった自分の心を合理的に解放するために、美禰子一人に向かう欲望を無意味化するために、論理化による自己詐術が生まれているのだ。彼に必要なのは、特定の一人の女性と関わる事であって、多数の女性と関わる事ではない。しかし、広田から学んだ論理の効果は現在の自分の苦しさを克服するために、実際は、望みもしない結果へと自分を引きつれてゆく効果を持つものである。恐らく、こうした行為の累積によって、主体は、事実としての主体のありの儘を徐々に喪ってゆく事になると、想像できる。例えば、過去に一度たりとも女性を愛した経験を持たないでいながら、女性を否定し、その存在的な限界を指摘して止まないようにすらなるのである。実は、当の広田自身が、言葉の虚構性の効力に捉われてしまっている面があるのである。与次郎による次の証言を見よう。

先生は勝手な事をいふ人だから、時と場合によると何でも云ふ。第一先生が女を評するのが滑稽だ。先生の女に於る知識は恐らく零だらう。ラツヴをした事がないものに女が分るものか（六）

与次郎の友好的解釈により広田は、「勝手な事をいふ人」という程度の表現で済んでいるが、厳しく批判すれば、自分のありの儘の経験を踏み越えて、自分を過大視するに至る自我肥大を起こしているとも言えるのである。これは、欲望を秘匿し、欲望を合理化するために語る論理の返照によって、主体側に識域下で累積される自我肥大でもある。それは、事実を知る第三者からは「滑稽」と見えるのだが、ただ本人だけは分からない事でもある。三四郎が、広田から学んだ、論理というものが、実は、このような危険を含んでいるものなのである。更に言えば、広田は実際には、西洋旅行体験がないにもかかわらず、西洋の風景と比較して「東京が汚いとか、日本人が醜いとか」批判する、そうした彼の態度にも、同様の危険が現れている。与次郎の説明を辿れば、広田は「萬事頭の方が事實より發達してゐる」せいで、むやみに観念的に清潔になるのである。そうでありながら、「自分の住んでいる所は、いくら汚なくつても存外平氣」なのである。言葉の効力によって、観念的な論理を操るプロセスで、当の主体の方も、自分を完全だと誤認してしまい、実際の自分の姿を見喪ってしまう結果になるのである。それは、あるいは「滑稽」なことであるが与次郎の好意により、こうした戯画化を広田は免れている。この言葉の作用のもたらす、自己を見喪う問題を三四郎に戻って見るならば、彼の場合には、躊躇が見られる。例えば、「自然物からの感化」作用を応用して、女性との交際の考察をした後での彼の発言である。その時、「三四郎は論理を延長して見て、少し廣田さんにかぶれたなと思つた。實際の所は、これ程痛切に不足を感じてゐなかつたからである」と反省しているからである。不安定に動揺する三四郎であるが、彼は広田に同一化しつつ、安定を計りながらも、広田が同一化している論理的整合性が、自己を充たし切るとは感じていない。むしろ距離感を感じているということである。そうでありながらも、こうした距離感を抱きつつも、三四郎は広田に同一化してゆくのである。簡単に言えば「かぶれる」のである。こうした矛盾の行動を起こす理由は、一つには、広田が三四郎に具体的個人を超えた一般性の意味として受容されているからである。それは、とりもなおさず、広田がその一般性と対峙して自分を安定させる事を知っているからである。この魅力は、雄弁に世界の事を語る際の広田よりも、むしろ、沈黙している際の広田から色濃く滲出して来るものである。この言外の雰囲気に、三四郎は安らかさを感じているのである。

ある時、野々宮と美禰子の微妙な関係を推測するあまりに、疲労困憊した三四郎は、広田の家を訪問した。動機の一つは、両者共通の友人である広田から、詳細な説明を聞こうとするためであった。しかし、これは理由の凡てではないという。むしろ、理由の大半は、疲弊する自分の心を安らかにするためであるという。その時の三四郎の言を見てみよう。

此人の前に出ると呑氣になる。世の中の競争があまりに苦にならない。野々宮さんも廣田先生と同じく世外の趣はあるが、世外の巧妙心の爲めに、流俗の嗜慾を遠ざけてゐるかの様に思はれる。だから野々宮さんを相手に二人限で話してゐると、自分も早く一人前の仕事をして、學海に貢獻しなくては濟まない様な氣が起る。

焦慮ついて堪らない。そこへ行くと廣田先生は太平である。〈中略〉外に何等の研究も公けにしない。しかも泰然と取り澄ましている。其所に、此呑氣の源は伏在してゐるのだらうと思ふ。（七）

言わば、現在、三四郎は世俗的な悩みに悩んでいるのである。つまり美禰子の心の真偽をめぐって考えるあまり、自分の心にまとまりがなくなってしまう悩みである。彼はこうした苦しい状況から逃がれたいのである。そこで、こうした世俗の悩みから超絶しているように見える、広田と野々宮に憧れているのである。が広田と比較すれば、野々宮の前に立つと、焦りを覚えてたまらないと言う。その理由は、三四郎が分析する通り野々宮の場合、世間の雑事との距離の持ち方が、彼の意図に基づくものであるからだ。野々宮は、価値の軽重を充分比較したうえで、自分の態度を決定しているに外ならないのである。彼にとって、世事はそれほど価値が無く、恋愛も同様のものであるらしいのだ。そして、自分の活動の勢力を悉く一定の目標に注ぎ込んでいる野々宮の姿は、いまだ、自我同一性の確定しない、しかも、自分の生活する目標など皆目、見当もつかない三四郎から見れば、当然「焦慮」を覚えてしまうものに外ならないのである。ここに見られるのは、嫉妬でもある。人生に対する目標を、つまり、自分の所有していないものを野々宮が持っているように感じられるからである。こうした感じが相俟って「堪らない」気分になるのである。

それに反して、広田は「三十分程先生と相對してゐると心持ちが悠揚にな」り、「女の一人や二人どうなつても構はない」と言う気分になるのである。それは、しかし、三四郎の劣等意識を慰撫するように、同じく、広田が劣等意識を持ち悩んでいるからではない。三四郎が悩みを抱くに至った、その状態以前の心の状態に気付かせてくれるからである。つまり、問題に思い煩う彼が、自然を眼前に観た時に逢着する心の落ちつきに類した感化を、広田が与えるからである。作品には次のように描かれる。広田と会話している内に、自然と素直な気持ちになり、三四郎は打ちとけてゆく。その彼が広田の笑顔について抱く感想である。

廣田さんは髭の下から齒を出して笑つた。割合に奇麗な齒を持つてゐる。三四郎は其時急になつかしい心持がした。けれども其なつかしさは美禰子を離れてゐる。野々宮を離れてゐる。三四郎の眼前の利害には超絶したなつかしさであつた。三四郎は是で、野々宮抔の事を聞くのが耻づかしい氣がし出して、質問を已めて仕舞つた。（七）

振り返ってみれば、野々宮に対し、憧れと嫉妬が相混じった感情を抱くに至った原因は、ただひとえに、三四郎が持ってしまった「欲望」にある。その欲望に動かされる儘に、野々宮に同一化し演戯する訳である。そして、自我同一性確立の褒賞の如く美しく若い女性を追い求めている。こうした、三四郎の姿勢に対して、広田の穏やかな笑顔は、三四郎に彼が動くに至ったこの根本の動因を直視させるのである。言わば、この時の三四郎の姿は、富士山を想起して自分の現在の混乱した状態を「耻づかしく思つた」姿勢と重複している。今回の引用の場面で富士山の役割に立つのが、広田なのである。だからこそ、同じように、「耻づかしい氣がし出して、質問を已めて仕舞つた」のである。それでは、広田の中のどういう特質が「利害」を「超絶したなつかしさ」を与えるのかを、問うてみよう。

前提の一つとして理解すべきなのは、恐らく、広田もかつては、現在、三四郎が辿っている自我同一性確立の道を、辿ったであろうという事であろう。それだからこそ、現在自己の居場所を摑まえあぐねている三四郎の空虚感が了解される訳である。そして前提の二つとして、今述べた空虚感を充たすために受容した方法が、野々宮と全く異なっているのである。これに注意したい。野々宮の場合は、世界を判断する根本の単位として自我を基本にしているようである。そこで、自分の利害に関わるその事象の軽重を判断し、自分との関係を意図的に操作している。つまり、近代的な理性中心主義者の性格が強いと考えられるのである。この性格は次の美禰子との衝突にも窺えると思う。

①「高く飛ぼうと云には、飛べる丈の装置を考へた上でなければ出來ないに極つて居る。頭の方が先に要るに違ないぢやありませんか」
②「そんなに高く飛びたくない人は、それで我慢するかも知れません」
③「我慢しなければ、死ぬ許ですもの」
④「さうすると安全で地面の上に立つてゐるのが一番好い事になりますね。何だか詰らない様だ」（五）

便宜のため冒頭に数字を打ったが、①と④が野々宮の発言と考えられる。この会話は空中飛行器に関するものであり、文脈を正確に把えるのは難しいが、空を飛ぼうとする際に先ず、充分な計算をし、様々な条件を考えて、安全を計ってから初めて、飛ぶのだ、という「頭」優先の野々宮と、そうした合理的発想のつみ重ねを拒んで、自分の能力の挑戦を込めて、可能な限り、飛ぼうと試みるような「心」優先の浪漫主義的な美禰子との対立であるようだ。つまり「奔放な夢想家と理学者としての合理主義者」(3)との衝突である。推測を逞しくして言えば、空を飛ぶ事に関して、主体が空を飛びたいと欲する「心」を中心にして、自分の力で挑戦していこうと美禰子は主張するのであろう。それに対して、野々宮は、空を飛びたいという主体の希望を持ち続けるよりも、むしろ、いかにしたら人間が空を飛び得るか、という実現へ向けての論理的判断の積み重ねの方をこそ、重視すべきだ、と主張するのであろう。この衝突を見ると、一見、美禰子が頑是ない子供のように見える。それは、憧れを優先し、不可能な事を主張して譲らないからである。それに対して、野々宮は、現実観点から実現可能にするための手段を想定して、美禰子をいさめている。言わば、大人のように見える。それゆえに、野々宮は広田に向かって、この論争を打ち切るかのように「女には詩人が多いですね」と言う。しかし、不思議なことに、広田は必ずしも、野々宮の立場を応援しようとはせず、むしろ、野々宮の立場の欠けている部分の指摘で応答するのである。つまり、それが、「男子の弊は却つて純粋の詩人になり切れない所にあるだらう」という。妙な返答である。この広田の返答には、理性による合目的合理的判断によって、事象を対象化して領略しようとする理性主義は、事象に対する不可能な憧れを、領略的に物質的要素、つまり「装置」に還元せずに不可能なままに関わり続けようとする浪漫主義に比較して、何かを損ねるという理解が含まれているようである。確かに、憧れるそのものを、対象に設定し研究し始めるや否や、必ず、主体の憧れと、憧れるそのものは変質してしまい。研究する可能性を受け入れる限定面をのみ顕わしてしまう。これが事象を対象化する際につきまとう限界である。この立場から説明される「美しさ」は、感動させた当の体験そのものではなく、説明されるべく歪曲された対象にしかすぎない。ではその「美しさ」をそのまま捉える立場とは、どのようなものか。恐らく、それは「美しさ」の感動そのものの、体験としてのみ示されるだろう。つまり「美しさ」に感動し打ち震える行為のみが、それとして示されるだろう。この質を分析して動こうとすると、たちまち、美の体験は、主体の意図によって必ず変化を蒙ってしまうということである。広田の言を援用して言えば、男性という存在は、この体験を捉えるために説明したいという欲望を、必ずと言って良い程持つのであろう。そして、その行為によって、体験それ自体から実に遠い所に去ってしまうのである。結果、彼の手に残るのは、説明できるように変質した、美的体験の残滓にすぎないのである。しかし、男性はそうでありながらも説明によって対象化し所有しようとする欲望から自由になれないのである。この欲望という「弊」を持ったため、男性は「詩人」になれないのであろう。そしてこの欲望の顕現化により返照されて、主体内部で自我が実体化を伴いつつ肥大化してゆく。そして、この肥大した自我が、絶対的中心の主人公として働くようになるのである。その結果、勢い、自我は素心に働くことを止めて、働きの有効性を検討し合理的に行動を構成しようとするのである。つまり、自我は、主体に有利な方向に環境を利用しようと働くのである。こうした、状況を広田は批判しているのである。なるほど、野々宮のように自我の判断機能を中心にして、合理的に事物を利用したうえで、大空に臨めば、飛ぶことは実際に可能となるであろうが、この実現の背後には、自他ともに悉く自分のために利用してしまう、自我の本質がある。すなわち、「純粋」な行為というものが無くなってしまうのである。つまり、自我は欺瞞の温床ともなるのである。こうした理解を次の広田の言説に確認してみよう。広田によれば、欺瞞は「僞善」という表現にもなる。そして広田は、自分の世代の者は「僞善家」であるという。

吾々の書生をして居る頃には、する事爲す事一として他を離れた事はなかつた。〈中略〉みんな他本意であつた。それを一口にいふと教育を受けるものが悉く僞善家であつた。(七)

その「僞善家」の定義を次から探ってみよう。広田は、他人から親切にされて「不愉快」になる時があるというそれは、「形式丈は親切に適つてゐる。然し親切自身が目的でない場合」である。つまり、主体が素心から親切それ自体を目的に働くのでなく、何か別の目的を実現する手段として親切を用いる場合など、その行為の主体は「僞善家」なのである。行為の背後に、自我を秘めていて、その自我が合理的に整理したうえでの行為は、いかに、それらしく見えようと、つまり外形が整っていようとも、偽善なのである。そうであるから、各自が自我を隠して、表面は飽くまでも、他のために奉仕するという教育も「僞善」なのである。であるから、却って、いたずら「それ自身が目的である」与次郎の画策は、「惡氣がな」く「可愛らしい所」もあるという事にもなるのである。広田の書生当時は、未だ主体を操作する自我の存在の批判が無視されていたようだ。しかし、時代の変化とともに、人々はその自我を、却って肯定的に捉えようと試みる、それが「自己本位」の思想であり、その結果世間には「露惡家」が多くなったと言うのである。とりまとめて言えば、広田は、野々宮の理学者としての活動を称讃しながらも、彼の近代的な自我絶対主義をあやぶんでいたのであろう。そうした広田にとって、野々宮の冷静さよりも、かえって、美禰子の乱暴さが、どこかで「惡氣がな」く「可愛らしい所」のあるものであるようだ。

それでは、三四郎が広田に抱く懐かしさとはどのように考えられるだろうか。それは、広田が取っている、自分自身の欲望と自我との距離の取りかたに深く係わっているようだ。今まで論じて来た、欲望と自我の勢力から広田とても、自由ではなく、色濃く染まっているが、広田の場合には、自我の機能に全幅の信頼を寄せているとは思い難い面がある。それは、例えば、広田が、三四郎に告げる「囚はれちや駄目だ」という表現である。これは、恐らく、広田自身への訓戒でもあろう。確かに終始一貫して、広田は物事の本質について、様々に分析して論じてはいる。そのうえ、自分の知らぬ事を批判するという自己憧着をも実際惹き起こしている。一種の自我肥大も見られるのだが、そうした論理を操作する自我の機能自体に、ある種の距離を持って臨むべきだという意識があるのだ。というのも、彼の口から、時代の風潮として「僞善」という事が語られたが、しかし、その分析は自分の心の感触を分析して語られたものでもあるからだ。これはすなわち、彼が自分の行動に疑問を持つという動機なくしては、起こり得ない事である。自分自身の心の動きに対する疑惑、これが必要なのである。この疑惑ゆえに、彼はかろうじて肥大した自我の動きの中で、自己の立場を見喪わずにすんでいるのだと考えられるのである。そうした広田であるからこそ、自らの心を三四郎に語ったとしても、その語り口は「丁度案内者が古戰場を説明する様なもので、實際を遠くから眺めた地位に自らを於てゐる」者の口調になるのである。そのため、それを聞く三四郎には「頗る樂天の趣」が感じ取られるのである。つまり「傍観者」の態度は自己内外の対象すべてにわたって、採用されているということなのである。広田は、自分の心の働きに対してすら、執着をもたぬよう留意していると表現しても良いだろう。

広田と野々宮の意識差は、両者の自然に対する態度に顕著に窺えよう。野々宮は、光を対象化し、予測を立てて、法則を抉出するに適しい「装置」を設けて圧力を観察する自然科学者の態度を取る。一方、広田は、崇高な自然の前で自ずと素心に戻り、自我の欲望から解放されて、謙虚になるという、「傍観者」の態度を取る。つまり、自然から感化を受けて自身の心が「自然」になることを願うのである。現在、一層、自分の欲望に囚われて、心の平安を乱し、あるいは野々宮をうらやみ、あるいは、美禰子を恋い求める三四郎には、こうした自分の欲望から離れ、恬淡として、傍観する広田の余裕が「なつかしい」のである。そもそも、その情態は、三四郎にとっては、自分が現在の混迷に陥る以前には、意識下の段階で、実際自分が体験していた筈の心の状態であるから「なつかしい」のである。欲望以前の「なつかし」さだから「美禰子を離れてゐる野々宮を離れてゐる」のである。言葉の虚構性にまつわる自我肥大により、自己憧着をおかしつつも、そうした自分のありようを静観する広田は、三四郎にとって「必竟ハイドリオタフヒア」なのである。つまり難解でわかりにくいものながら「自分の興味を惹く」ものなのである。

（二）

さて、目を転じて、次に佐々木与次郎が三四郎に与える影響を考えてみたい。先ず、与次郎は、他者へ同一化を盲目的に行い、自己の空虚を埋めようとする三四郎の、過度な演戯を抑制する機能として働く事を指摘して置きたい。三四郎が野々宮に同一化した際に、無目的にとにかく勉強をするに至る。その行為は、三四郎の実感から選択された決断ではなく、野々宮の模倣であるから、三四郎の内部では、充分に満足するという限度を知り得ない働きとなって現れてくる。三四郎の言葉で言えば、「斷えず一種の壓迫を感じてゐた、然るに物足りない」という表現である。そうした、空転する情熱の日々の中で、三四郎は与次郎と出会う。そして彼は、三四郎に「大學の講義は詰まらんなあ」と言う。これは、実は三四郎にとっては驚きであった。というのも、三四郎には「實は詰るか詰らないか」「些とも判斷が出來ない」でいた事を、事も無げに表現されたからである。自分にとって、目前の事柄の特性をどう判断するか、という判断の主体性を、この時、三四郎は見喪って不安定であった。そうした、彼にとって、事態を事も無げに簡単に断定できる与次郎が出現したのである。そうした与次郎は、三四郎には、一見、自我みせた事は、四つあるが、三四郎はそれを素直に聞くのである。

同一性を確立し「本当の私」を手に入れた人物であるかのように見えたのであろう。その与次郎が三四郎に示してみせた事は、四つあるが、三四郎はそれを素直に聞くのである。

一つは、電車に乗る事である。与次郎は「電車に乗つて、東京を十五六返乗り回してゐるうちに自ら物足りる様になる」と言うのである。「物足りる工夫」として「電車がいちばんの初歩で且尤も輕便」だと主張する。二つには、京都弁を使う料理屋で酒を飲み飯を食べることである。三つは本場の寄席で小さんを聞き、十時過まで遊ぶことである。四つは、論議することである。とにかく、誰かと大いに理屈を言い合うことである。この四つを示す度に、与次郎は三四郎に「どうだ物足りたか」と尋ねている。しかし、この四つの例が意味することは、単なる気ばらしに外ならない。そもそも、三四郎の過度の勉強は、「自分が何者でもないのではないか」という空虚を補填しようとする行為であった。この欲求に対して、与次郎が示した方途は、過度の努力によって、自己を損なうことの無駄を説き、精神的な囚われの状態を脱する、気晴らしであった。言い換えれば、現実生活の中で生活を楽しむという態度である。また、与次郎のこの役割は、三四郎が広田の模倣をし、第二世界の思索家のように演戯している時にも、実行される。与次郎は、三四郎を嘲弄して次のように言う。

すつかり第二の世界の人となり終せて、さも偉人の様な態度を以て、追分の交番の前迄來ると、ばつたり與次郎に出逢つた。

「アハヽヽ。アハヽヽ」

偉人の態度は是が爲に全く崩れた。交番の巡査さへ薄笑ひをしてゐる。

「なんだ」

「なんだも無いものだ。もう少し普通の人間らしく歩くがいゝ。丸で浪漫的アイロニーだ」（四）

恐らく、演戯によって高揚していた三四郎には、痛烈な批判であったと思う。が、この与次郎の嘲笑によって、彼いて働いての過度の同一化が抑制されたことも確かである。こうした個所から、与次郎が過度な行為の抑制機能として働いている事は間違いあるまい。しかし、微妙な言い方になるが、こうした機能の実際の意味は、与次郎主体の性格と係わって注意深く考える必要がある。つまり、仮に、与次郎が一般性に目醒めており、「本当の私」という自我同一性を確立している人物であれば、彼が三四郎に示した態度は、三四郎の一般性への目醒めへとつながることも想定できよう。しかし、与次郎が自我同一性を確立した人物であるかどうかは、また慎重に考えるべき事である。むしろ、与次郎は、三四郎の自立を阻止する機能をも同時に果たしている印象が強いのである。確かに、彼は三四郎を囚われの状態から解放させはするが、同時に、三四郎の自己の空虚を凝視するのに必要な精神的緊張感を稀薄にしてしまう役目も果たすからである。常に気ばらしを追い求めることで、「本当の私とは何か」という問題から、主体の意識をそらしてしまうのである。

では、視点を換えて与次郎の立場で、彼の行動を意味づけると、どうなるであろうか、恐らく、生きた自由な精神活動を狭苦しくひとつの分野に限定せず、多方面にわたって、自分の関心をひく事に向かって、可能な限り試してみる、という意欲の旺盛さを推測できよう。こうした意欲を反映してか、彼は、三四郎が驚く程に多方面の人々と交際がある。特に「大抵な先輩とはみんな知合になつてゐる」のである。そして、彼は、広田の大学教授就任の根回しのため、懇話会を考え出し、美術家原口を発起人に仕立てて、文科の有力な教授達を招き集める。それほどの情報と知人を有しているのである。しかし、彼は自分の欺瞞に気付く事が難しい精神的特質を持っているようだ。つまり、広田のために催した懇話会の席上で、かつて、与次郎が「盛んに罵倒した」論文を書いた男に対し「あなたの、あの論文を拝見して、大に利益を得ましたとか何とか禮を述べて」も、意に介する所がないのである。これは、単に広田のために会の成功を目論んだことから来る社交的配慮であろうか。それとも、与次郎は、その場その場での雰囲気と興味でどのような意見をも述べる人物であるためであろうか。次の文章を見てみよう。与次郎は、ある文壇雑誌に毎号執筆していると三四郎に告げ、次のように言う。

君は九州の田舎から出た許だから、中央文壇の趨勢を知らない爲に、そんな呑氣な事を云ふのだらう。今の思想界の中心に居て、その動搖のはげしい有様を目撃しながら、考へのあるものが知らん顔をしてゐられるものか。實際今日の文權は全く吾々青年の手にあるんだから、一言でも半句でも進んで云へる丈云はなけれりや損ぢやないか。文壇は急轉直下の勢で目覺しい革命を受けている。凡てが悉く搖いて新氣運に向つて行くんだから、取り殘されちや大變だ。進んで自分から比氣運を拵へ上げなくつちや、生きてる甲斐はない。（六）

実に精力あふれる、意欲に充ちた表現である。それに、与次郎は自分の論文の影響で日本全社会の活動を左右させようと、「當人丈は至極眞面目」に考えているのである。そうは言いながら、実際に彼が執筆した「偉大なる暗闇」は三四郎の感想によると、「何を讀んだかと考えて見ると、何にもない。可笑しい位何にもない。たゞ大いに且つ熾に讀んだ氣がする」だけのものであるようだ。加えて、次の文章である。

能く考へてみると、與次郎の論文には活氣がある。如何にも自分一人で新日本を代表してゐる樣であるから、讀んでゐるうちは、つい其氣になる。けれども全く實がない。根據地のない戰爭の樣なものである。（六）

すでに明らかであろうが、与次郎には、何か優れた事を実行しようという意欲はあっても、独自の意見というものは無いようなのである。先程の文壇での活動の必要性についても、彼の中に先ず、主張すべき意見があって主張するのではなく、めまぐるしく展開する現実に遅れまいとして、落ち着いていられず、口を開いてしまうのである。つまり、彼の心が空転しているのである。焦慮のために安定を失っていると表現しても良いと思う。しかし、不思議な事には、先程の懇親会で、自分の欺瞞に気付かなかったと同様に、この不安定をも、彼は意に介する印象が見当たらないのである。さらに一層、はなはだしく、こうした傾向が窺えるのは、彼が自分を本科の医学生と詐称して、ある職業の女性を騙している事である。「苛い男だ。よく、そんな悪い事が出來るね」と責める三四郎について、与次郎は次のように答えている。

悪い事で、可哀想な事だとは知つてるけれども、仕方がない。始めから次第々々に、そこ迄運命に持つて行かれるんだから。（十二）

この部分には、彼に自責の念が見当たらないのである。比較して言えば、作品の最終部分で美禰子は教会の前で、あの謎のような言葉「われは我が愆を知る。我が罪は常に我が前にあり」を三四郎に告げている。そのつぶやきに、自分の実在的問題によって三四郎を否応なく傷つけた結果に対する、己への罪責感を読み取るとすれば[(4)]、与次郎は美禰子と違って全くと言って良い程、罪責感を感じていないのだ。彼の言を辿れば、そうなったのも自然の勢いで「仕方がない」ものらしい。

こういう与次郎は、ユング派の精神分析用語で言う「永遠の少年」の風貌を帯びている。河合隼雄氏の文章を借りて、これを説明してみよう。

彼等の主なテーマは「上昇」であり、理想を求めて急上昇を試みる。しかし、彼等は水平方向にひろがる時空間、つまり「現実」とのつながりの弱さにその特徴をもっている。理想を追いつつそれを現実化する力に欠ける。〈中略〉ふとある日、彼等は何かにつかれたように人類の救済や警鐘をめざして急上昇をはじめる。そのときの力の強さは多くの人を驚嘆せしめ、ときには大きい期待をさえ呼び起こすが、結果としては、おきまりの落下と無為が訪れるのみである[(5)]。

こうした、上昇の意欲は、与次郎の中では、文壇に意見を発表し、惰眠を貪る人々を目醒めさせようと躍気になる態度に窺える。しかし、いくら彼がりきんだ所で、彼の手による文章自体には活気があっても、人々の心を把える具体的情報を飛び越えてしまっているのである。つまり、現実の人の心の動きを視界に入れたが上での行動ではないのである。それに加えて、広田の大学教授就任に関する画策についても、恐らく、彼には、実際の大学人事の内実が予想もつかないであろう。単に、向こう見ずな理想家の血気だけで事を進行させてしまった感も強い。つまり、一人で舞いあがっていたと思えるのである。そして、注意したい事は、「永遠の少年」は、失敗した時に、その行動の責任を取ることができないという事である。再び河合氏の定義を紹介しよう。

少年が光を求めて高く昇れば昇るほど、彼の影響は母なる大地に大きく投影される。彼等にとって、それは親であり社会であり、国である。それらに向かって彼等は、すべての悪の責任をとることを要求するが、自ら自分の影を背負って立とうとはしないのである。

「永遠の少年」は自分の行動に原因があるにもかかわらず、失敗の責任を周囲へと転嫁する。同様に、与次郎は、責任を曖昧に「運命」のせいにしてしまう。今述べた、責任を負う意識の欠如と、自分独自の意見を持てない事は、同じ根より生じている。つまり、それが自我の構造に含まれているのである。振り返ってみれば、彼は三四郎の憂鬱の克服として、克服ならぬ気ばらしを伝えた。これが精神力の拡散であることは既に指摘した通りである。そして、物足りるためには図書館が必要だと告げるが、しかし、彼は「主張通りに這入る事も少い男なのである。」忍耐強く他人の言説を辿り、意を汲み取り、自己に有用な部分を消化して、自分固有の「自我」の礎を築いてゆく、地道な努力ができないのである。これも、実は「永遠の少年」の特質の一つである。次の定義を見てみよう。

彼等のもっとも不得意なことは待つことであり忍耐である。

これを裏付けるかのように、与次郎は実に活発に動く。しかし、正確に言えば、彼は一点に意識を集中して落ち付いていられないのである。広田の言を借りて言えば「與次郎のは氣樂なのぢやない。氣が移るので―例えば田の中を流れてゐる小川の様なものと思つてゐれば間違はない。淺くて狭い。しかし水丈は始終變つてゐる。だから、する事がちつとも締りがない」事になるのである。

こうした与次郎ではあるが、三四郎は彼を忌まない。むしろ、受容してさえいる。三四郎の言動には、こうした印象がある。例えば、先程引用した、与次郎の詐称行為に関して言えば、あの暴露は、実は、与次郎が三四郎の美禰子への過剰な思い入れを慰め、抑制する目的でされたものであった。最初は驚きと怒りの混じった気持ちで聞いていた三四郎だったが、やがて笑い出し、愉快になっていく。これは不思議な展開である。しかし、文脈からこれを合理的に説明しようとしても、なかなか捉えにくい意味を持っている。というのも、当事者である三四郎自身が「何の事だか分らない」が「然し愉快になつた」と述懐しているからである。恐らく、この両者の関わりを了解するには、こうした不合理な情緒作用を鍵とすることが必要だろう。これを説明するのに、「影」の概念が相応しいようだ。これもやはりユング派の用語である。「影」とは約めて言えば、「自我」の統一過程で抑圧された、主体の中の「自我」理想にとっては都合の悪い部分の集合体ということになる。つまり、三四郎が自己の中心部分の欠落を補填する目的で行った、過剰な努力の過程で抑圧していった、そうした部分が累積されて「影」を作るのである。言わば、これは、自我が許容し難い部分であって、しかし、人格全体から見れば、三四郎の性向の偏頗性をより「完全」に近づけるための、真の人格的要素である。三四郎が真に大人として成熟するためには、この要素を直視してゆくことが求められるのである。成熟とは、決して、第三者を過剰に模倣することに終わるのではない。そうした行為を止むを得ず行いながら、試行錯誤的に主体の動揺をつみ重ねてゆく行為のようである。もし、三四郎が再び、誰かの権威に盲目的に同一化するならば、恐らく与次郎は「偶然」の成り行きで、彼に迷惑を掛けて、しかも、その責任を三四郎に委ねるという逆方向の形で、三四郎の成熟をうながすことであろう。三四郎と与次郎はこうした奇妙な相補関係としてみることができよう。

注

（1）夏目漱石「三四郎」（『漱石文学全集第五巻』集英社　昭和五十七年十二月）。以後引用はすべてこの版から行う。

又本文は総ルビであるが、引用では略している。
（2）夏目漱石「こゝろ」（『漱石文学全集第六巻』集英社　昭和五十八年一月）
（3）大竹雅則「『三四郎』美禰子の故郷喪失」（『夏目漱石論攷』桜楓社　昭和六十三年五月）
（4）猪野謙二氏は「夏目漱石Ⅲ解説―『三四郎』『それから』―」（『日本近代文学大系第二十六巻夏目漱石Ⅲ』角川書店　昭和四十七年二月）の解説の中で、この箇所の理解として、「自分のありようそれ自体がナイーブなかれの感受性を傷つけずにおかないという事情を知っていた」と解釈される。それを延長した内田道雄氏は「『三四郎』論―美禰子の結婚」（『作品論夏目漱石』双文社　昭和五十一年九月）で「美禰子が自覚する『愆』（transgressions）はしたがって人が生きるために必要とする時間・空間・関係など、人間存在条件自体にかかわる認識といっていいだろう」と論じておられる。こうした理解を本文では実存の問題として捉えた。
（5）河合隼雄「影の現象学」（『河合隼雄著作集2ユング心理学の展開』岩波書店　平成六年五月）美禰子の実存の問題と、それに係わる三四郎の問題はこの作品の中で肝心なものだが機会を待って、改めて論じてみたいと思う。

「三四郎」論㈣
――美禰子と三四郎の係わりを中心に 1

(一)

本論では美禰子と三四郎を関わらせて論じてみたいと思う。このように、主体を他の主体との関係によって捉えようとするのは、それは、人間の主体を、間主観的ものとして考えるからである。対象とすべき他者が登場して、初めて他者を意識し得る時に、そこに主体が存在すると考えるのである。こうした理解に立って、「三四郎」の問題を、三四郎が上京する際に出会った人々との交流の特質の問題とみなして、考えを加えて来た。(1) こうした作業は、つまり、作者漱石の執筆意図、「三四郎が新しい空氣に觸れる、さうして同輩だの先輩だの若い女だのに接觸し、色々に動いて來る、手間は此空氣のうちに是等の人間を放す丈である(2)」という説明に語られる、「空氣」を問うことと等しいことであろう。恐らく、「空氣」とは、個人と個人との間に発生してくる、身振りや、眼差し、といった、言葉を超えるものによって、より如実に体験できる個と個の合間の雰囲気だからである。つまり、こちら側の主体の持つ志向性と係わる、あちら側の主体が、刺激をうけて、自らの志向性に影響をうけつつ、行動を起こす。そして更にその行動の質を、周囲の主体性は志向性による濾過を通じて、翻訳しつつ、自らの刺激にする。こうした、人間の間の劇を成立させる要因としての「合間」なのである。この合間に、それぞれの志向性を持った主体が交差しているのである。従って三四郎の問題を問うならば彼に関わるすべての人物を、その関わり具合から扱う必要があるだろう。

そして更に、精神発達面でこの二人を見れば、両者ともに、所謂、自我同一性確立の時期を迎えている人物である、ということだ。社会に受け入れられ、かつ、「自分が生まれてこのかた他ならぬ自分として今日まで『一貫した存在』として生きつづけており、さらに今後もそうであるだろうという自信」「そして、この自分の生き方が今自分の生きている文化（あるいは社会）によって受け入れられている（是認されている）という暗黙の自信」[3]による、基本的自己像を創ってゆく青春期を生きている。しかし、三四郎は、恐らく美禰子よりも年長者らしいが、精神的な成熟度から言えば、つまり、自己同一性の達成度から言えば、むしろ、三四郎の方が、美禰子よりも、幼さを残している。彼は普遍性とか永遠とかいう価値概念をむこうに置いての、その前の「私」の確立と言った、統一的な「私」、言葉を換えて言えば対人関係の変化によって安易には変質しない、そういった自我同一性を未だ確立していないようである。それよりも、依然として、彼は故郷の母の価値体系に同一化している印象が強いのである。多分、三四郎の上京後の課題は、「母親からの自立」なのであろう[4]。

同じく、美禰子もこの同一性確立を課題としているが、彼女の方が、どうも三四郎よりも早くこの時期を迎えているようである。というのも、彼女の態度に躊躇いがなく、三四郎は、こうした彼女の挙動の節々に敬服の念を抱いてしまうからである。それは、例えば、与次郎の嘲弄を鷹揚にうけながし、「言葉に少しも淀みがな」く「しかも緩くり落付いてゐる」そうした落着いた態度に対してである。彼は、「此女にはとても叶はない様な氣が何處かでする、と言うが、これは単に美禰子の勝気な性格に戸惑っているだけではない。要するに、周囲の情況の変化や、突発的事件などによっても、精神的混乱を見せない美禰子の毅然とした「彼女らしさ」、その一貫したように見える同一性の手応えに驚いているのであろう。言ってみれば、彼女は年下でありながら、自我発達の面では、三四郎に先んじているのである。更に、今一つ、彼に先んじている事がある。これは密接に自意識の発達と係わっている、

「負」の経験をしているということである。これはどういうことか。主体は、本来の自己を考える過程で、自らの心を自らの心で認識する機能を利用する。つまり、自意識を発達させるわけだが、この過程で露になる問題がある。この問題を、美禰子は、身に負うているのである。それが、「疎外」という問題である。この事について、簡単に説明してみよう。

先程から言うように、美禰子も同一性確立を目指している。そして彼女も、三四郎がそうであったように、野々宮の価値体系への同化を計っている。また、美禰子の場合には、性差にまつわる性衝動の機能を含めて考える必要がある。つまり、彼女の場合には、恋愛感情を伴って野々宮への同化を計っているということである。であるならば、不安を解消するために自分の恋愛感情を利用していることになる。野々宮を求める行動のなかに、不測の動機が混入されているのだ。

こうした一連の行動の結果、彼女の内部で自分の行動に対して、把捉しきれない感触が出来る事になるだろう。つまり、猪野謙二氏の言説を借りて言うならば、「彼女は、余りにも自分が見えすぎる女なのだ。」(5)その結果、主体が自分の行動に「欺瞞」を感じてくることになる。そして、主体のこの感触を解消するために、意識がその情況を確認し整理しようとする。言わば、意識作用が、安定を求めながらも、その求める行為それ自体を意識するため、自分の意識の中で疎外感を生じさせているということなのである。これが、作中で使用される「不穏底の疑義」が示す状態である。言ってみれば、自らが自らの不安定さを自覚するが、原因も解決策も想定できない情態のことである。三四郎はこの「不穏底の疑義」という語句に、ある種の重大さの顕現の予感を覚え、立ち止まってはいる。たとえば、この文字と出会った図書館での彼の態度である。その時、彼は、何故、自分がこの文字の前で躊躇を覚えるのか。その理由は、皆目理解できない。その場でのそれはまさしく「文字」でしかなく、体験には至らないのである。主体が、主体の行為自体を意識した場合には、主体は、行為そのものになり切れていないことになる。言わば、没我的に行為に没頭し切れていない場合に、主体の意識裡に「隙間」ができるということである。その「隙間」または、「距離感」が、自分の中に「間違い」があり、「嘘」があるという疎外感として顕れてくるのである。そして強調したいことは、こうした契機を俟って、ようやく、主体の中に息付く疎外を解消する手段として、主体を超える普遍的な存在を求め始めるのであろうということである。意識作用を伴って、自分自身のあり方を検討する限り、主体が身に纏ってしまう問題である。しかも、意識に根深く係わるこの問題は、自分を超えた、つまり、意識を超えた次元のものでないと、解決できない筈である。美禰子に訪れている問題はこうした事である。言い換えれば、彼女は「不穏底の疑義」を身に負っているのである。であるからこそ、教会に、彼女は、この解決を求めて訪れているのである。ところが、彼女が真摯に神を求めるほどには、三四郎に、永遠を求める必然性が窺えない。彼は、まだその時期に至っていないようなのである。彼は、むしろ、幼児的全能感に基づいた想像の世界の方にこそ住んでいるのである。そして、作者が明記する、「三四郎」の「波瀾」とは、この居心地の良い想像の世界にひびがはいり、現実と出会ってゆく、その事件と波紋のことである。美禰子に即して言えば、この「波瀾」とは、彼女の絶望の深まりが彼女を結婚へと強引に駆り立て、結婚に解決をみようとする行為に表される。が、結局、その選択は彼女の苦痛を更に深める「欺瞞」を重ねる行為にほかならない。

かなり、先走った論じ方をしたが、本論では、今まで提示して来た、両者の問題を辿ってみたいのである。先ず美禰子から論じてみよう。

（二）

美禰子の特殊性は、彼女が空と雲を好んでいることに暗示されている。この事が最初に描かれるのは、三四郎と美禰子が、広田の引越先で再会する場面である。二人で借家の二階に上り、空と雲を見て、話を交わす。彼等の視線は空を追い、雲を追う。上空には激しい風が吹いているとみえて、雲は絶えず吹き流されて、様々に形を変えてみせる。その瞬間を捉えて、美禰子は「駝鳥の襟巻に似てゐるでせう」と指さし、「駝鳥の襟巻」を知らないと言う三四郎に、あきれる。この作品前半で描かれる美禰子の想像の自由さと、束縛を知らないで未来の可能性に充ちた印象が、作品の最後には、次のように変化する。教会に美禰子を訪ねた三四郎の目に映じた、彼女の姿である。

　忽然として會堂の戸が開いた。中から人が出る。人は天國から浮世へ帰る。美禰子は終りから四番目であった。〈中略〉寒いと見えて肩を窄めて、兩手を前で重ねて、出來る丈外界との交渉を少くしてゐる。美禰子は此凡てに揚がらざる態度を門際迄持續した。（十二）(6)

この箇所では、先程指摘した、未来に希望を持った印象など皆無であるし、これが、結婚を決心した女性の姿であろうかと、疑ってしまう。そして、彼女の目は、教会の戸口を出てからも、空には向かわない。顔は俯いて自分の足許ばかりを見ている。彼女の顔があがるのは、目前に自分を待つ、三四郎の姿を認めた時である。つまり、彼女の視線は自分の内部に向かって、何かを探っているのである。そしてその彼女の姿には、かつてのような精神の自由さが見られない。美禰子の問題とは、この前半と後半に描かれている彼女の視線の変化のプロセスの意味するものに象徴的に投影されていると思えるのである。言わば、彼女の問題とは、空に浮かぶ雲の変化を追うて、自由を楽しみ、自我の可能性と変化の多様性を享受していた感性が、挫折し、足許に視線を落とし、他人の目にさらされることを避けるようになる、このプロセスの中にあるということなのである。

先ず、前半で描かれる美禰子の像を検討してみよう。そのために、空に目をやる彼女の中にどういう心像が起こってくるかを追跡し、彼女の心の傾向を考えてみたい。バシュラールは、青空を前にした主体に湧き起こる心像を蜃気楼のテーマと結びつけたうえで分析して次のように指摘する。「空と夢」の一節である。

蜃気楼は現実的なものと想像的なものの連関構造を学ぶのに役立つであろう。実際、蜃気楼においては錯覚現象が一層恒常的な現象的組織のもとに形づくられ、逆に地上の現象がそこでその理念性を明らかに表わすと思われる。青空の上に実に多くの空しいイメージが押しよせてくるということ、それこそすでにその本質のうちに色彩を宿しているこの空間に一種の現実性を与えるものである。(7)

表現が極めて夢想的であるし、又、論述の比重が蜃気楼にやや移っている嫌いがあるが、ただ青空というものもつ、それ自身を言葉で語ることの困難さが、必然的に「蜃気楼」という関連づけを呼ぶのであろう。言わば、青空とはそれ自体すでに色彩を宿しているものであるが、それは青さの上に何かしら別のものを置いて、その青さに意味性が与えられる種類の現象らしい。つまり、その上に図を置いて、初めて我々に新鮮な存在として認知されるものだというのである。バシュラールの論において蜃気楼という語句が恐らく「地」の上の「図」のように、青空の上に配置されるのであろう。蜃気楼は我々によって、我々の心に包蔵される想像力によって、様々に色づけされてゆくだろう。そして、それは、想像の主体が我々である限りにおいて、どうしても我々の世界の現実を反映した色づけになるであろう。こうした事実によって、「地」である青空は「図」である蜃気楼により、「一種の現実性」を与えられるものである。そこで、敢えて、青空そのものの意味を問うてみれば、次のようになる。

空の蒼はわれわれに色彩学の根本法則を明かしてくれる。人は現象の背後に何ものも求めてはならない。現象はそれ自体が教えないのだ。私が根源現象に頼ろうとするのは恐らくただ諦観によるためであろう。

奇妙な言い方になるが、青空そのものの意味とは「無」なのである。必ず、ある種の想像力的テーマとの係わりを持って、ようやく意味を滞びるほかなく、その法則から切り離して問えば「無」の存在なのである。それを問おうとする我々は正しく「諦観」に立って、眼前の事実としての「蒼」を見るほかないということである。だからこそ、このような性質を持つ青空を眺める個人にとって、青空が蜃気楼の役割をするのである。次の文章をみよう。

青空を前にするとき、人はショーペンハウェルの《世界は私の表象である》という思想を次のようにいいかえて単純化してもよいわけだ。すなわち世界は、青い、大気的な、遥かな、私の表象である、と。〈中略〉根源的生命にかえった想像力が、想像力をして夢想させる原初の力をふたたび発見するといってもよいであろう。世界という総体は、総体それ自身が我々をして自分を言い表すことなどない。それを具体的に言うのは、我々である。総体は恒常的に沈黙しているのである。従って、世界を語る我々が個人の表象としての、世界を語るのである。それと同じく、青空を眺めて、青空について語ろうとする個人は、自らの表象を語るばかりである。つまり、今度は青空が我々の心の「地」の上の「図」となり、かえって我々の心を露にし、現実化するのである。そして絶え間なく、青空は、我々の想像力の活力を補充させるのである。こうした理解に立って、青空に目をやる美禰子を検討すると、人生に絶え間なく期待を持つ姿が浮かんでくる。この時の彼女にとっては、自我同一性の確立に悩み、「自分らしさ」を摸索している不安定さは、恐らく、左程、彼女の心を重く捉える課題ではないのだ。青空を眺める彼女の心裡には、現在の負担が現在の問題でしかなく、そもそもの根源においては、彼女は何ら欠如する精神的問題もなく、安定し充実していたことに気付くのである。この根源的な状況に立ち戻ることが、青空に目をやる彼女の姿に認められよう。この根源を認識したことは、恐らく、彼女に自分は、何か普遍的法則に、将来を守られている、という安心感を与えることにもなるだろう。つまりは、自分の未来の可能性に信頼を抱くことにもなるだろう。前半の美禰子の自由さとはこうしたニュアンスで捉えられよう。さきほど紹介した場面で美禰子の眺める青空は、背景として控えている。それを背景にして雲が様々な変化を見せて現れてくる。そうした変化を追っている美禰子の表情はどうであるか。作品に描かれる彼女の表情は、輝きを帯び、うっとりとして見惚れるニュアンスを浮びてくる。雲の持つテーマを、再びバシュラールの言説を辿って、考えてみよう。彼は次のように言う。

雲はもっとも夢幻的な《詩の対象》のひとつに数えられる。それは白昼の夢幻の対象である。それは気楽に束の間の夢想を誘い出す。人はしばしば《雲の中に》いるが、実際的な連中にやんわりひやかされて地上に帰ってくる。どんな夢想家も雲に空の他の《徴候》のように重大な意味づけをするものはない。一言で言うなら、雲の夢想には特殊な心理的性格が認められる。すなわちそれは責任のない夢想である。この夢想の直接的相貌、それはしばしば言われてきたようにそれが形体の自由な戯れであるということである。雲は怠惰な捏ね手のための想像力の素材だ。〈中略〉夢想家は常に変容される雲を抱いている。雲は、われわれが変容を夢想するのを助ける。

雲を好む美禰子を指して夢想家と呼ぶのは、すでに通説となっている。この解釈には間違いはないと思えるが、十分だとも思えない。というのも、この態度は「アンコンシアス・ヒポクリット」の語義に関わるからである。どういうことか、説明してみよう。雲を眺めている我々の心は、それに集中しているからこそ、雲という対象から離れて、却って無意識を語る。雲はその変幻極まりない多様性によって、我々が望む限りの心像を掻き立ててくれるだろう。それは、我々を喜ばす現象であるが、ただ現実性から遊離して獲得される喜びにすぎない。つまり、雲が担う表象は、我々の願望の投影であるということだ。我々の希望を投影することのできる好ましい雲の変化は、我々を現実原則から切り離し、「怠惰な捏ね手」の域に留まらせる、ということである。したがって、雲に見とれながら、連想をたどる美禰子を読み解くには、注意すべきで、単に「夢想家」という解釈で留まるべきではないだろう。背景たる青空に、彼女は、自分の未来の可能性の豊かさと安定を直感するのだが、それが正鵠を得ている直感だとは限らないという事である。ただ、その直感は、青空に誘い出された、自分の欲望に導かれたものに外ならないのである。そう考えてくれば、美禰子の実情は却って、何かに捉えられ、精神的拘束感に捉えられている、ということになってくるかもしれない。作品的事実としては、美禰子は三四郎というフィルターを通してしか語られないし、しかも、彼女の心の内実が、彼女か又は第三者の手によって、三四郎に真実として明かされる訳でもない。

従って、美禰子の心情にこのように立ち入って検討してゆくのは強引すぎるかもしれない。が、漱石が、創作の意図について語った、美禰子は「無意識な僞善家」として書く、という文章に、ある程度の証明を求められるだろう。漱石のこの語句については、早くは森田草平によって「ヒポクリットとはいうところの偽善者ではない。そういう意味に取られては困るがつまりみずから識らざるあいだに別の人になって行動するという意味だね。みずから識らずして行動するんだから、その行動には責任がない(8)」と言った、漱石自身の定義が紹介されている。このように、ヒポクリットを語義的には「演技者(9)」又は「役者(10)」と訳した方が、適確であろう。従って「アンコンシアス・ヒポクリット」は「無意識的演技者」と取る方が良い。しかし、このように彼女を見てしまうのは、読者であるし、作中の周囲の人々である。本人は、特定の目的を持って、意図的に演技をする訳ではない。これはまた、無意識が指示する行為であるのだが、周囲の目からは、「臭味」ある「二重の演技(11)」じみた行為に見えてしまう。何故このような印象を与えるのか。それは、彼女の行動規範が現実に受け入れられている諸価値に基づいていず、自己が作りあげた想像の価値と通じているためであろう。つまり、彼女は作品的現実に属しているが、行動の規範は、そこから遊離した価値を基準にしているということである。つまり、彼女は自分なりの誠実さで行動しても、その行動が、周囲の人々の日常生活感を逆なでしてしまうのである。一方、美禰子は、敏感にそうした事実に気付いてはいる。が、彼女の実存に係わる事であるから、そうした事実の前で、ただ、為すすべもなく立ちつくすほかないのだ。当然かもしれないが、「無意識的演技者」だとラベリングするのは、このラベリングでは傷を受けない周囲の他者であって、本人ではない筈である。

更に、眺めている風景に対する彼女の心像を手掛かりにして、彼女の問題を分析してみよう。

広田の引越先の二階から二人で雲を見て、美禰子は「駝鳥の襟巻に似てゐる」と言い、次は、幾人かで菊見に行き、他の人々からはぐれて、三四郎と二人で草地にすわり、雲を見て「重い事。大理石の様に見えます」と言う。

こうした発言に共通するのは、いずれの物質も装飾に用いるものだということである。飾ることによって、彼女は何を隠すのか。恐らく、自分だけが知っている彼女の空虚をである。装飾品を身にまとい、又は、身辺に置くことで、それらの持つイメージの効果を借りて、彼女は、自分が幸福で充たされていると、演じることができる[12]。その演技は、自分に対するものだが、その演技によって、確実に彼女は、現実世界と距離を作り、「平穏」を創りあげてゆく。この想像の世界での平穏が、現実から遊離した状態で行われるのである。いわば、彼女は、現実から舞いあがり、夢想的な自分を変化する雲に託して、その対象物からの返照によって、根拠と補償とを自分で与えていると言ってよいだろう。青年期後期の精神的変化を迎えているとは言え、まだ、彼女は「現実」界よりも、「想象界」の方により比重をかけて生きている。その特徴を浪漫的傾向と呼んでも良いだろう。この事は空中飛行機について野々宮と論争した際の、彼女の発想からも良く理解できよう[13]。あの対立は、合理的発想のつみ重ねを重んじる「頭」優先の野々宮と、「心」優先の浪漫主義的美禰子の対立であったのである。

そして注意したいのは、その対立を保ちつつ、美禰子は菊見に出かけているというプロットである。つまり、群れから離れて三四郎と二人切りで、会話を交わすが、その会話は彼女の念頭から、野々宮の心像が去り切らない内に、むしろ、彼との葛藤に捉われた心理状態で成立していると思うのである。野々宮の名前を出したとたんに美禰子は「丁度好いじやありませんか」「御貰をしない乞食なんだから」と発言する。情況からみれば、この発言は、美禰子の野々宮への係わり方の客観化と考えた方がよいだろう。この発言の内実はどのようなものか。

「三四郎」執筆から約一年の後に、漱石は「それから」を発表する。その作品の中で、主人公代助が自分の甥を見ながら成長した後を考えて、次のように語る。

もう一二年すると聲が變わる。それから先何んな徑路を取つて、生長するか分らないが、到底人間として、生存する爲には人間から嫌はれると云ふ運命に到着するに違ない。其時、彼は穩やかに人の目に着かない服装

をして、乞食の如く、何物をか求めつゝ人の市をうろついて歩くだらう。(十一)

ここで言う「乞食」とは物質的欠乏に悩む者の謂ではないようである。何故ならば、彼の身なりは清潔に整っていて、「おもらい」をしないからである。言うまでもなく、精神的欠乏感にこそ彼は悩んでいるのであろう。それでは、精神的な何を求めるのであろう。しかし、この何かを、本人は摑まえることができないようだ。その情態を「何物をか」という表現が示している。自分の求めるものも分からず、ただ流されるようにして人の群れの中で求め続けるというのである。「それから」で描かれる、「乞食」のように彷徨する人のイメージが、美禰子にも託されている。つまり、「御貰をしない乞食」とは美禰子自身をさしているのである。三四郎が菊見の場所で、敏感にも、美禰子の眼の中に見て取った「靈の疲れ」とは、精神的欠乏感の別の謂である。しかも、注意してみれば、人の群れに流されて、はぐれそうになった彼女が、先ず振り返って見たのは野々宮であった。しかし、野々宮は、広田との菊人形の批評に余念がなく、彼女の視線に気付かない。野々宮の傍にいた三四郎のみが、その視線の流れを摑まえたのである。飽くまで美禰子の「靈」の訴えは、野々宮に向かっている。その「靈の疲れ」の内実は、物質的欲求を超えていて、形而上的な語感が含まれているようである。しかも、それは、自分の手で解消できぬものであるらしく、彼女はこの不安定を解消し、その空虚に意味を充たしてくれる可能性のある人物として、野々宮を求めているのである。ということは、性差を無視して考えれば、美禰子と三四郎は、同様の憧れを持って野々宮に向かっていると言えよう。それは次の箇所で推測できる。運動会の合間に、二人が、初めて会った池の辺りにさしかかる場面である。美禰子は、かつてその時に三四郎がそこにいた理由を尋ねる。それに対して、彼は「あの日は始めて野々宮さんに逢つて、それから、彼處へ來てぼんやりして居たのです。何だか心細くなつて」と答えている。美禰子は、それを聞いて、「野々宮さんに御逢ひになつてから、心細く御成りになつたの」と尋ねる。この問いに対して、三四郎は突差に否定しようとするが、実は正鵠を得ている洞察なのである。この洞察がなぜ美禰子にはできたのか。それは、つまり、美禰子が、実は同様の心細さを野々宮に覚えるからではないのか、と想定できる。つまり、人生に目的を持っている人物に対する、目標を摸索している人が覚える心細さが、それである。三四郎の言葉を借りて更に言えば、「野々宮さんを相手に二人限で話してゐると、自分も早く一人前の仕事をして、學海に貢獻しなくては濟まない様な氣が起る。焦慮ついて堪らない」という感情である。自分に欠けている精神的安定を確立しているように見える野々宮に、両者は心細さを覚えつつ、却って、その心細さを補償するために、彼に同化しようという衝動を覚えるのである。三四郎が野々宮と会見した後に抱いた「心細さ」とは、自己の存在意義の確認作業のプロセスで、無解答の状態に陥り、呆然としている情況でもある。「それから」の主人公、代助の場合は、この情況解決の解答を文物の中に索め、論理的に解決を与えようとする。ところが、この行為が更に一層の欺瞞を彼に与えて、彼は自分の現状を見喪い錯乱の中に陥ってゆくというふうに、作品は展開してゆく。それに対して、美禰子は、この解決を野々宮との同化によって獲得しようと図るのである。しかも、性差から来る衝動が、こうした同化感情を恋愛感情へと移項させるのである。元に戻って、先程の「靈の疲れ」について言えば、それは、菊見に打ち興じる様々な人の群れの中で、彼等と同じ観賞に没頭することのできない孤立感を覚えた、心理情況だと読み取ることもできよう。

このように野々宮に憧れる美禰子だから、当然のように、よし子に対して、しばしば、攻撃的に振る舞う。三四郎の視点を混じえて、次には、よし子と美禰子の関わりを論じてみよう。

三四郎の報告では、よし子の印象も雲のイメージを用いて語られている。初めて会った時に、彼はよし子の眼の表情を「遠い心持のする眼がある。高い雲が空の奥にゐて容易に動かない。けれども動かずにも居られない。たゞ崩れる様に動く。女が三四郎を見た時は、かう云ふ眼付であつた」と評している。三四郎によって、よし子と美禰子の印象は同じ現象の「雲」を用いて語られるのであるが、明瞭な差がそれぞれの雲の表象にはある。美禰子の場合は、目的の場所もなくただ流れ、形を変えてゆく変化する雲に託されている。これは、確かに、彼女が、自由な精神活動を享受し喜んでいる、彼女の性向の反映であろう。が、しかし、変化するとは、それはそのまま、行方を定めることのできない、かつ、定形を持たない不安定さをも明示している。つまり、自由と不安定さ、又は不統一という矛盾を、美禰子に託される雲のイメージから読み取ることができる。それに対して、よし子に投影される雲のイメージは、異なる。彼女の場合は、上空に据えられていて、不動の雲として捉えられている。つまり、精神は自由さを保っているが、安定をも備えているらしいのである。この安定の印象を、彼は、又、「隠さざる快活との統一」であると表現している。そして、「最も尊き人生の一片」であるとさえ言いあらわしている。安定を伴った自由という、この矛盾の統一体として、よし子は描かれているのである。そして、こうした情態を三四郎は、「なつかしい」と捉える。そうして、当然のようにこの懐かしさに、彼は母の影を見てしまう。三四郎に落ち着きをもたらす、よし子のこうした統一にこそ、美禰子は反発を覚え、感情的になるようである。この反発には、よし子の兄、野々宮への関心が関係しているだろう。

三四郎の目から、この兄妹は次のように見える。故郷の母が送付した金を野々宮の所に受け取りに行き、この兄妹の睦まじさを見る箇所がある。よし子は、さんざん野々宮に我儘を言うが、兄はそれに別に頓着せず、ただ笑って受け流している。そして三四郎は次のように感じる。

　野々宮さんは別段怖い顔もせず、と云つて、優しい言葉も掛けず、たゞ左うか左うかと聞いてゐる。
　三四郎は此間何にも云はずにゐた。よし子は愚な事ばかり述べる。且つ少しも遠慮をしない。それが馬鹿とも思へなければ、我儘とも受取れない。兄との應對を傍にゐて聞いてゐると、廣い日當の好い畠へ出た様な心持がする。（九）

精神的欠乏感に苦しみ「御貰をしない乞食」と自嘲する美禰子は、こうした風景に羨望を覚えるだろう。強引に言えば、彼女はよし子の位置に自分が立ちたいと思うであろう。そうした願望がよし子への反発として生まれ、度々の攻撃として現れているのであろう。例えばよし子を美禰子の家に下宿させて、自分は一人住まいをする野々宮に対して、よし子が不満を三四郎に告げる時に、美禰子は、彼女をたしなめて次のように言う。

宗八さんの様な方は、我々の考へぢや分りませんよ。ずつと高い所に居て、大きな事を考へて居らつしやるんだから（六）

美禰子のこの発言には、よし子は黙らざるを得ない。というのも、よし子の発言は、兄に対する甘えの現れに外ならないからである。そうした彼女の発言を、表面通り受け取って、美禰子はたしなめた訳である。それから、更に続く美禰子の野々宮への讃美は、いかに妹が兄を理解していないかを、数えあげて、よし子を批判することに徹してゆく。しばしば、このようにして美禰子はよし子を罰する。それが、一層顕著に窺える場面は、小高い丘から池を見下すよし子に、「あなたも飛び込んで御覧なさい」と挑発する箇所である。これら美禰子の行為からは、安定した雰囲気の中で憩うているよし子に対する攻撃が窺えるのである。実は、美禰子はよし子の立場に自分の身を置きたいのである。よし子には、自由と安定という矛盾する概念を統一しているイメージが付随しているからである。むろん、この統一はよし子の個性を抜きにしては考えられないが、自分の中に葛藤を抱え込む美禰子には、野々宮の醸し出す安定を、一人の妹が享受しているように思え、羨望を感じてしまうのである。こうした、野々宮への憧れを抱いている美禰子の、野々宮への視線の意味は、周囲の者には、実に明瞭に摑み取られるものなのである。例えば、三四郎と美禰子の夫になるべき人物の事を話しつつ、与次郎は、野々宮の事に言及する。彼の目から見れば、美禰子の「夫たる唯一の資格」をもっている人物は、野々宮以外にいないのである。つまりは、こうした推測を起こさせる雰囲気が野々宮と美禰子との間には滲出しているのである。それは、与次郎ばかりではなく、よし子の察する所でもある。美禰子の伝言を兄に伝える時に、兄の感情を想像して「嬉しいでせう。嬉しくなくつて」と、はしゃぐ。それに対し、「野々宮さんは痒い様な顔を」[14]するのである。つまり、美禰子の行動には「索引」がついていて、それは周囲の者達の察する所なのである。ただ、三四郎だけが、ぼんやりと判断を延期しているのである。従って、美禰子の言う「責任を逃れたがる人」という言葉は、野々宮を指していることになる。美禰子の表情には「索引」がついていて、誰しも気付いている、ということである。周囲の人物達は、しばしば、そうした事実を踏まえて、野々宮をからかっている。こうした、周囲の態度を知りながら、美禰子に対し、感情を表さず、超然としている野々宮なのである。悪く言えば、彼の態度は、肯定も否定もしない優柔不断の態度にも、美禰子の側からは見えるのである。従って「迷子」とは美禰子自身の事に外ならないであろう。そして、その意味は、野々宮に対する自分の一方的に見える思慕を表すばかりではなく、彼女の中に蟠る葛藤を意味するものである。

それは、野々宮が、美禰子をうけ入れながらも、受け入れないという両義的な態度に接して、自分にとって確実な情報を入手できないため、確実な自分を作り得ないことに起こる葛藤でもある。つまり、美禰子は野々宮の曖昧さのために、彼女自身の心の輪郭が曖昧になり宙づりになっている。強引に言えば、彼女は自分の内部に関して、自分自身である確実性を保持することが難しくなり、他我との闘争を経て、徐々に自分を見喪いつつあると言う事である。三四郎が係わるのは、美禰子のこうした混乱を迎えている時期である。ところが、こうした美禰子の心の一連のドラマなど三四郎には、推測できる筈もないので、彼にとって美禰子は、行動のことごとくが謎に見えてしまう。そのために、三四郎は、この謎の部分を、美禰子にひかれる性衝動によって、隠されたメッセージとして誤読する。つまり、三四郎は、自分にとって都合の良いように、美禰子を誤読してゆくのである。しかし、こうした誤読に基づく両者の係わりであったとしても、自己を見喪いかけている美禰子にとって、彼の接近は、自分に対する承認として作用し、彼女は、そこに何がしかの意味を感じることができるのである。つまり、美禰子は、三四郎の誤読をも要素にして、行動を形成するのである。美禰子にとって、この状態を維持するためには、三四郎に対して謎であり続けることが必要とされる。そして、逆説めいた表現になるが、美禰子が素直な自分を露出させる限り、三四郎は誤読し続け、両者の関係は続くのである。「無意識的演技者」という判断は、捉われている三四郎の立場からの美禰子像という事になる。(15)そして、作品の後半で明らかになってゆくように、三四郎が、自分の美禰子に対する愛情を確信して、彼女に告白することで、両者の関係は破綻を迎え始めるのである。何故ならば、三四郎が美禰子の行動の「真」を問い詰めるからである。そうした行為は、三四郎に誤読による恋愛関係であることを、気付かせることになる。かくて、三四郎は現実を知り、美禰子は承認を喪うことになるのである。混乱する美禰子にとって、必要なのは、ただ他者からの承認であるのだ。

今まで、美禰子を中心にして論じて来た、自我が他者の自我と係わり、自己の欲望の承認を求めて動くプロセスの中で浮き上がる欲望の形態を、ラカン派の精神分析医である佐々木孝次氏の言説を辿って説明してみよう。

先ず「欲望」という概念はどう規定されるか。もともとは、ヘーゲルが『精神現象学』で採用した概念だが、「この欲望とともに—ということは、理論のいちばん基本的な根底において—ヘーゲルとフロイトが、ラカンのなかで合流し、交叉する」(16)という。そして、「この欲望という概念の登場によって、主体は自己自身と一致しなくなる。すなわち自己自身と中心を共にしなくなる（excentricité）」というのである。つまり、我々は自己意識の構造の中で、自分自身を見喪うというのである。その主要因が欲望なのである。氏の説明を辿ってみよう。彼は次の『精神現象学』の一節を引用し、説明を加えていく。

自己意識が自分自身であることを確信しているのは、ただ自分に対して自立的な生命として現われてくるこの他者を撤廃することにのみよっている。自己意識は欲望なのである。この他者が無にひとしいことを確信しているので、自己意識はこの無にひとしいことを自分の真実態として自覚的に定立し、自立的な対象を無に帰せしめ、そうすることによって、自己自身だという〔主観的な〕確信を真実なる確信として、即ち自分自身に対象的な仕かたで生じている確信として得るのである。

つまり、「人間の欲望も、はじめは生物学的な現実から出発して、その動物としての生命の維持にしばられている」この生命を維持する欲望は動物の原初的欲望であり、これは「欲望する対象を変形し、破壊し同化する」ものである。この欲望は、つまり、対象とする「客観的現実」を破壊する一方で、「客観的な現実」を創造するのである。言い換えれば、「自我は、外部の非―自我を破壊することによって、自我の積極的な内容を保存する。しかし、欲望が、外部にある自然の非―自我に向けられ、これを否定しているあいだは、自我もまた自然の自我にとどまっている」。これは、「動物的な生ける自我」にほかならない。しかし、人間の場合の、欲望は、「もっぱら自然の対象にかかわる動物的な欲望であるばかりでなく、自己自身にかかわる自己感情としても現われる」つまり、非―自我的自己を自覚する第一の情況が、先ず、自己に向かって現れてくる。他者との係わりそのものの「無自覚」が変化を経験する。つまり「自立的生命」として現れてくる「他者」との関係からの「切り離し」、これが経験される必要がある。しかし、ところが、関係をただひたすら対象を否定する行為に没頭し切っている状態は、また、「動物的生ける自我」充足になるのである。人間に固有のものとして現れる自己感情とは、自己自身にかかわる欲望である。「欲望は人間の自己意識にとってのみ、自己感情を生じさせる」のである。「そこで、自己意識があると言えるためには、欲望は非―自然的な対象に、つまり与えられたとおりの現実を越えた何かに向かわなくてはならない」。この「何か」を佐々木氏は次のように説明される。

それは自然的な対象を欲望している当の欲望そのものでしかありえないだろう。自然的な対象に向かう欲望は、それが満たされる以前には、たんなる非現実的な無であるが、欲望はこの非現実的な無そのものに向かい、つまり自然な対象を前にして欲望している欲望そのものに向かい、そうすることによって現実性の欠如を現前させるのである。そして、これが他でもなく欲望の生みだす自己感情であるが、それによって欲望は欲望する対象とは別のものに、つまりいつまでも自己自身と一致している自然のものとは別のものになるのである。従って、人間の欲望は動物の自然的欲望、つまり、「自然の対象を同化し、かつ、同時に否定しようとする行動をとおして、いつも自己自身と一致している動物的自我」とは本質的に異なった、「人間の自我を生じさせる」のである。

このような欲望の二重性を、再びヘーゲルの言説で確認すると次のようになる。

だから自己意識としては意識は今や二重の対象をもつことになる。一方の対象は直接的な対象であり、感覚的確信と知覚との対象であるが、しかし、これは自己意識にとっては否定的なものの性格を刻印せられている。自己意識がもつ第二の対象と言うのは即ち自己自身のことであり、これが真実の本質であるけれども、この第二の対象もさしあたっては第一の対象との対立においてあるにすぎない。この対立において自己意識は運動として現われてくるが、この運動において対立が止揚せられて自己意識には己れ自身との統一が生成してくるのである。

すでに明らかであろうが、自己意識の統一の動因は、「自己」を知ることと「他なるもの」を知ることの対立にあるといえよう。「そして欲望の最終的な目標は」「自我の自己自身との合一」なのである。これが、自意識の発達した「自分が見えすぎる女性、美禰子」が陥ってゆく、自分自身との乖離の劇の過程なのである。ところで、今まで論じて来た美禰子の自己内部での現象は、同様に他者の内部での精神現象としても同様に考えるべきことである。そして、他者それ自体が、主体の自己意識にとっての対象として設定されてゆく。しかし、この場合の対象は、常に動くもので「こちら側の主体」に対して「あちら側の主体」として存在している。この関係の中で自己の統一を望む「こちら側の主体」は、「あちら側の主体」を意識することによって、自己の存在の現実性を得ることになる。つまり、「間主観性」としての人間の、自己意識は他の欲望、他の自己意識を見出すことによってしか、自分自身に到達することができないということである。そして、このような課題を抱えた主体が、単なる人の「群」ではなく、「社会」を作るためには、「群のメンバーのそれぞれの〈欲望〉が、他のメンバーの〈欲望〉」にどうかかわるか、が問題になってくる。「社会は〈欲望〉の全体がお互いに〈欲望〉として〈欲望〉し合ってこそはじめて人間的と言える」のである。そして、人間の欲望は「他者の〈欲望〉にかかわるがゆえに動物の〈欲望〉とは異なるのである」。従って、「例えば男女の関係をみると〈欲望〉は、一方が肉体ではなく他方の〈欲望〉を欲望するときにはじめて人間的である。一方が〈欲望〉として受けとられた〈欲望〉を《所有する》か、あるいは《同化》を欲するときに、すなわち、一方が《欲望される》か、あるいは《愛される》のを、さらにはその人間的な価値や個人的な現実性によって《認められる》のを欲するときに、はじめて人間的である。」極めて平易な説明である。これを言い換えると「承認」という問題になる。一方にある人間の欲望とは「他者が私の価値観を自分の価値として承認することを欲望することである。」「承認においては、それぞれは相手の媒介項になっており、それぞれはこの媒介項を通してのみ自分自身とかかわることができる。それぞれにとっての他者が、それぞれにとっての自分として現われるためには、つまりそれぞれにとって自我が定立されるためには」「媒介項が本質的な条件となっている」のである。そして、人間は、この承認をめぐって、実存を賭けた闘争を起こすのである。

この「承認」と「闘争」の劇が美禰子に起こっていることは間違いないと思う。詳しく言えば、自分の存在の「意義」を捜しつつ、他人と係わり合う、その係わりの様態の中にこの劇が展開されているのである。言わば、画像を成立させる地と図と言ってもよいかと思う。図とは「自分とは何か」を問い、統一した自我を目指すテーマであり、それを浮かび上がらせる地が、自己意識に含まれるその欲望のテーマなのである。

そして、恐らく、美禰子が自分の求める問題を意識して、「悩める自分」を承認して貰おうと外に求めてみても、他者は、その問われている問題自体を純客観的に見ようとはせず、彼女の問う姿態、つまり、口吻や眼差し、身振り等に現れる「欲望」の様態に、刺激された自分の「欲望」の働きに使嗾されて、反応するということである。彼女のつぶやく「罪」とは、こうした彼女の意図外の領域で、自他の係わりの中でひき起こされるドラマに、深く係わっている。それは又、地の領域で発生した「迷子」経験と表現できるかもしれない。主体の意識が動いて他者に関係した時、当初の動機が変化し、別種の質を伴った反応をひき出してしまう、そうした経験を指した感想なのであろう。

以下、こうした問題を、作中人物達に具体的に即して論じてゆきたいと思うが、稿を改めて行いたいと思う。

注

（1）拙稿「夏目漱石『三四郎』論（上）―（私）のいる場所―」（「就実語文」第十三号　就実大学日本文学会　平成四年十一月）、「夏目漱石『三四郎』論（上）―私の形成をめぐって―野々宮との係わりを中心に―」（「就実語文」第十五号　就実大学日本文学会　平成六年十二月）「夏目漱石『三四郎』論（下）（私）の形成をめぐって―広田と与次郎の係わりを中心に」（「就実論叢」第二十四号　就実大学・短期大学　平成六年十二月）。本書所収。

（2）夏目漱石「『三四郎』豫告」（『漱石全集第二十一巻』岩波書店　昭和五十四年十月）

（3）笠原嘉『アパシーシンドローム』（岩波書店　昭和六十三年九月）で定義されているアイデンティティーの概念である。

（4）酒井英行「『三四郎』の母―〈森の女〉をめぐって」（『漱石その陰翳』有精堂出版　平成二年四月）

（5）猪野謙二「夏目漱石集Ⅲ解説―『三四郎』『それから』―」（『日本近代文学大系第二十六巻夏目漱石Ⅲ』角川書店　昭和四十七年二月）

（6）夏目漱石「三四郎」（『漱石文学全集第五巻』集英社　昭和五十七年十二月）。猶本文からの引用は特に断らない限りこの版から行う。猶本文は凡て総ルビであるが、引用では略している。

（7）ガストン・バシュラール『空と夢―運動の想像力にかんする試論』（宇佐見英治訳　法政大学出版局　平成四年九

月）
（8）森田草平『夏目漱石（三）』（講談社　昭和五十五年八月）
（9）荒正人「『三四郎』解説」（『漱石文学全集第五巻』集英社　昭和五十七年十二月）
（10）山田輝彦「『三四郎』論―低徊家の変貌―」（『近代の文学十四夏目漱石の文学』桜楓社　昭和五十九年一月二十五日）
（11）芥川龍之介「手巾」（『芥川龍之介全集第一巻』岩波書店　昭和五十二年五月）
（12）ジャン・ボードリヤール『消費社会の神話と構造』（今村仁司・塚原史訳　紀伊國屋書店　平成五年一月）、ここでは商品が物神化されて、消費者がそれに囚われている現象についての指摘であるが、本論では、消費という面を抜いて考えている。
（13）拙稿「夏目漱石『三四郎』論（下）―（私）の形成をめぐって―広田と与次郎との係わりを中心に―」前掲論文（1）で指摘した問題である。
（14）この「索引」を、美禰子が三四郎を愛していることの証明としての索引だ、と考える意見がある。例えば、三好行雄「迷羊の群れ―『三四郎』夏目漱石」（『作品論の試み』至文堂　昭和五十三年五月）で、三好氏は、隠された美禰子の三四郎への愛のメッセージとして作品を読み取って行かれるが、本論では、美禰子の愛は野々宮に向かっている、という立場を取る。
（15）「アンコンシャス・ヒポクリット」を「意識的演技者」と考える意見がある。例えば山田輝彦氏（前掲論文（10））や佐藤泰正氏（「『三四郎』―その人物像をめぐって―」〈『夏目漱石論』筑摩書房　昭和六十二年三月〉）である。
（16）佐々木孝次「主と奴―ヘーゲルでフロイトを読む―」（『ラカンの世界』弘文堂　平成元年四月）

「三四郎」論(五)

――美禰子と三四郎の係わりを中心に　2

(一)

美禰子が、教会の前で三四郎を前にしてつぶやく、「罪」という言葉について、従来はどのように解釈されて来たか、概略的に整理してみよう。先ず詩篇にその典拠を求め、キリスト教の文脈から解釈されるのは、佐藤泰正氏である。氏は、「ここにいう(罪)とは単なる無意識の偽善、技巧や近代人としての主張や自意識の罪ならぬ、ダビデもまたそうであったごとく、根源なる肉の存在そのものの孕むそれとして示される。[1]」つまり、人間である限り、抱えこまざるを得ない「原罪」として捉えたうえで、この原罪の情欲面を強調するニュアンスで理解されている。石井和夫氏は同様に詩篇の性格を踏まえつつ、更にメレジュコフスキーの「神々の復活」を係わらせて、「不義を犯す者」の系譜を指摘されている。そして、「漱石の意図の中に、汽車の女―美禰子―広田先生の母―女性一般とつながる罪の系譜の指摘[2]」を読み取られる。そして、坂本浩氏は、詩篇とズーデルマンの「消えぬ過去」をからめ合わせて、かつ「旧約」の「サムエル後書」の十一章と十二章を参照されつつ、テーマを周到に分析されている。そして、「夫のある女性を奪ったダビデの血のにじむような『懺悔の歌』は、他の男との結婚に踏み切ろうと決意した美禰子の最後の『愛の告白』として用いられている[3]」と指摘されるのである。二人の心の交流の進展が「良い結果」を二人にもたらさないことを自覚し、二人ともに「ストレイ・シープ」になることを避けたのだと解釈されている。以上の解釈は、その根本的視点に「詩篇」からの影響を見て、キリスト教的文脈を中心に「罪」を、解釈されている。同じ視点に立った高木文雄氏の指摘があるが、ただ、氏は、詩篇の文脈を詳細に示しながらも、美禰子のつぶやく「罪」の語句の意味を、漱石の美禰子創造の意図にひき寄せて解釈して、この語句の意味を、「無意識的偽善」の自覚であるという理解を提示した。(4) そして、美禰子が自分の行動を内省して「罪」だと認めたのだが、この事は、漱石が詩篇の性格を誤読した結果にほかならないと指摘した。というのも、「偽善」は心理的操作であって、宗教的罪責観にかかわらないものであるからであろう。キリスト教的文脈との対照から語句を判断されるのは以上の論である。それに対し、玉井敬之氏は絵画との係わりから「美しく官能的であるが相手を破壊しつくすとも限らない『宿命の女Femme Fatal』の一典型であ(5)」ると、美禰子を捉えられる。更に「ハムレット」に描かれる女性批判を検討されて、肉欲に操作される女性達が指摘される。そして、美禰子もそのメンバーであり例外ではない。が、彼女には自分の立場の自覚がみられると解釈される。氏の「罪」の理解も、佐藤氏同様、肉欲に関わるものとして把握されているらしい。そして、内田道雄氏は、佐藤氏の言説を踏まえて、作品を分析したうえで、「罪」の理解を、性的ニュアンスを越えた領域にまで求められる。氏によれば「美禰子が自覚する『愆』(transgressions)は、したがって、人が生きるために必要とする時間・空間・関係など人間の存在条件自体にかかわる認識といっていいだろう」という理解を示されている。(6) 以上が大まかな整理である。すでに明らかであろうが、一方ではキリスト教的問題点に立ち、作品現象を理解されているし、一方では、それぞれの立場から、美禰子と「罪」の関わりについて論じておられる。一定した、視点と理解とにはまとめられないようである。今回、本論で、依って立つ立場とは、実存的な人間理解である。つまり、美禰子に即して言えば、彼女が自分の内部で限界を迎えた時に自らに絶望し、そうした状態を表す表現として「罪」を選んだという情況を、先ず、最初に、素朴に受け止めたいのである。その次に注意したい問題の一つは、美禰子と三四郎が、自我同一性を確立する時期の青年達であることである。そして、これまで、この時期に訪れる「ほかの誰でもない、ほんとうの自分というもの」の確立を目指す欲求の前に現れる、様々な危機を作品の具体的箇所を対象にして論じて来たのである。加えて、人間を捉える根本的視座として、間主観的視点をもって捉えようとしたこれが二つ目の問題である。主体という問題について、この見方は、実体的な個我を基本にして考えない。この立場では、人間には、先ず他者と厳として区別すべき確乎たる内部世界が存在し、それが、主体の基本の単位であるという視点に立たない。却って、「私」という存在は、眼前に又は、意識内で、「あなた」という対象を意識した、その時に、意識される関係の心像によって、こちら側に主体として実感される、言わば、関係の劇によって成立する「できごと」だと理解するのである。こうした考えに立てば自我同一性の確立とは、流動的な他者関係の中で、最初は具体的対象に対して順次同一化するほかないのであるが、欲望の蓄積とともに、必ず、完全充足を求めて、再び現在の同一化の状態から離脱する。そして、最終的には、永遠とか普遍とかいう存在を念頭に置いたうえでの主体のありようが望まれる。つまり、最終的には、具体的個人を超えた超越的価値との同一化が求められていくのである。[7] そして、このプロセスの中で、「自分の求めているものは何か」という問いを立て、度々の自己省察を重ねていくのである。こうした行動によって、統一的自我同一性は確立されてゆくのだ、という理解に立つのである。人間は、決して、実体的個我として誕生し、それが成熟、成長して、一個の個我として完成される訳ではないのである。そして、恐らく自己省察のつみ重ねによって、先天的に備わっていたであろう鋭敏な自意識が、更に一層の発達をみせるだろうことも明らかである。つまりは、不明瞭な「私」という問題に理解を得ようと、理性による確認を試みれば、自己を凝視する自意識の発達が促進されるというわけである。しかし、この自意識の発達が主体にもたらす障害がある。それが「疎外」の問題である。これが三つ目の問題となろう。これは、欲望がそれ自らを対象にするために生じる、主体が体験する主体のひずみの感覚である。そして、この自意識内でのひずみが感知されるにつれて、主体はひずみを打ち消し、自らのありようを「意味」あるものとするため、他者の承認を求めるのである。そして、美禰子と三四郎に即して言えば、彼等の承認のドラマは、相互の欲望を起動力としながら、三四郎の誤解によって、着々と劇は進行してゆくのである。そして、そのドラマの進行を見た美禰子は現実への覚醒へと追い込まれてゆくのである。覚醒とは何か。それは、つまり、彼女の行動の規範が、実は観念的な自分の都合の良いように、欲望によって創作されたものにほかならない、という事実に気付くことである。つまり自分のありようとしての現実に出会うのである。そして、三四郎は意識せぬ儘に、自分の欲望に動かされたのだが、ただ動く儘に、この役割を担ってしまうのである。とりまとめて言えば、間主観的存在である主体の自我同一性確立の問題を欲望の働きと係わらせて考えて来たのである。そして、先走って言えば、自己のこうした欲望が、どのような現実の様相を呈するかという、この事実に気付いた美禰子の落胆に「罪」という表現が用いられていると考えるのである。欲望と欲望が織りなしてゆく、関係性のドラマであるという理解に立って、これからさらに作品を論じていこうと思う。そして、最終的には、「罪」について詳しく論じてみたいのである。

(二)

欲望と欲望が織りなしてゆく、関係のドラマであるという理解に立って、例えば本文の次の箇所を考えてみよう。美禰子と野々宮の「空中飛行器」についての意見の衝突である。これは、すでに論じたように理論家と夢想家との対立ではあるが、美禰子の側からの恋愛感情のアピールでもあったと考えられる。彼女には、このモチーフを用いて、あらわにされる隠された意図があったと読み取れるのである。この時の彼女の論理を辿ってみると次のようになる。空を飛ぼうとする際には、野々宮の主張するような、入念な計算をし、様々な条件を考えたうえで、安全を計って飛ぼうと計画するよりも、そうした合理的発想による事実の分析によるつみ重ねを拒んで、自分の能力の挑戦を込めて、可能な限り飛ぼうと試みる、となるのである。言い換えてみれば、野々宮の主張は、空を飛びたいという主体の願望を持ち続ける情熱よりも、むしろ、いかにしたら人間が空を飛び得るのか、という実現へ向けての試行錯誤の積み重ねの方にこそ、情熱の比重を傾けるべきだと言うのであり、それに対して、美禰子は、結果に比重を置かず、主体が空を飛びたいと願望する主体の情熱に比重をかけるべきであり、そうした情熱を持続していこうと主張しているようである。ここで論じられている空を飛ぶという主題を、「恋愛」又は「結婚」という主題に置き換えて読むと、ここには、隠された両者の暗闘が瞥見できるようだ。つまり、両者の心的駆け引きの暗喩となっているのである。美禰子に即して言えば、相手に対する愛情があるならば、それを実現する様々の条件を考慮して、行動を決断するよりも、自分の情熱の限りを尽くして、将来に賭けるように行動に移そうという、主張に通じて来る。つまり、彼女はまさに、浪漫的情熱の持ち主である。野々宮にとっての結婚とは、生活を保障できる条件が整って、安全が保障されて後に成立すべきものなのであろう。だから、野々宮には、美禰子の浪漫的傾向は心をひく問題としては映らないのである。三四郎の評を借りて言えば野々宮とは、「廣田先生と同じく世外の趣はあるが、世外の功名心の爲めに、流俗の嗜慾を遠ざけてゐるかの様」な人物なのである。強引な推測になるかも知れないが、野々宮にとって、美禰子が重大に思っている恋愛感情というものを、それほど有価値のものとは思っていないのではあるまいか。それよりも、むしろ、彼が大事なのは、恋愛生活の外に広がる学問的功名心の方なのではあるまいか。そうでありながら、野々宮は、美禰子の好意のアピールに対して直接的に拒む行動を取りはしない。むしろ、彼女の依頼によって、気恥ずかしい思いをしながら、「兼安」で、髪を飾るリボンを買って、彼女に与えたりするのである。美禰子の側から、野々宮のこうした行動を見れば、彼女の思慕に気付きつつ、拒みもせず承諾もしない彼の姿は、正しく、「責任を逃れたがる人」としか考えられないのである。自己の中の空虚を埋める目的が、先ずあって、野々宮の同一化を意識下で試みている美禰子であるから、こうした野々宮の優柔不断な態度によって、彼女自身が痛切に望んでいる、承認が無暗に延期されていることになるのである。この宙づりになり、不安定な美禰子が、野々宮への欲望を転移する相手が、三四郎なのである。三四郎は、美禰子が現在求めて止まない、承認を彼の全身から滲出させている青年に見えるのである。例えば、菊見の際に、二人は連れの者達から離れ、人の群を抜けて二人だけの時間を持つ。そこで、色々な会話がかわされるのだが、この時の美禰子は、菊見の出発直前に衝突した野々宮との意見のくい違いから露になった、心の情態のままで、正確に言えば、彼への思慕に囚われながら、拒否もされず、さらに承諾も得られない「宙吊り」の情態で、三四郎と会話をかわしているのである。そして、彼女は自分が、偶々用いた「迷子」という言葉が、実に現在の自分の心の情態を適確に表現したものであるのに、思い至り、その言葉を再び使用し自分の胸の中で反趨するのである。ここで用いられる「迷子」という表現は、両者の会話を成立させないのである。それは、野々宮から与えられた不安定な情態の非難を、加害者の野々宮へではなく、三四郎に対して与えているのである。従って、こうした意味は、三四郎は皆目理解できずに、徒方に暮れ「迷へる子といふ言葉は解た様でもある。又解らない様でもある。解る解らないは此言葉の意味よりも、此言葉を使つた女の意味である」としか、考えられないのである。自分が野々宮の代理として取り扱われている事など、予想もできぬ彼は、従って、「いたづらに女の顔を眺めて默つてゐ」る外ないのである。しかし、美禰子は、自分のこうした心の経緯を了解できているから、自分の顔を「眺めて默つてゐ」る青年の視線を、彼女の誠実を問う、叱責の視線として捉えてしまうのである。だから、三四郎に詫びるように「私そんなに生意氣に見えますか」と言うのであり、そこには、三四郎が感じ取ったように「辨解の心持がある」訳である。こうした出来事は、現象としては同一であっても、それに関わる人々は、それぞれの欲望のありようによって、それぞれの内部世界を作ってゆく。例えば、美禰子の場合は、三四郎を代理にしての、野々宮への非難の行動である事を気付いているから、つまり、自分の欲望を意識しているから、一層彼女の自己のありように直面する結果をもたらしてしまう。その結果、自分の願望の実現が将来に補償されているという直覚に充ち充ちていた、観念的世界の充実にひびがはいるのである。自由な変化を見せる雲を好んでいた夢想家、美禰子の心裡に、自分が信じ切っていたような像とは異なる自己の像を、他人との会話から彼女は知ってゆくのである。彼女が、自分なりの価値観により野々宮に向かったとしても、彼は彼の立場から彼女に承認を与えない。一方、三四郎は、誤読に基づいた承認を与える。そして、美禰子はそれを心地好いとしながらも、その状態に安住することを何かとのすり替えの行為だと感じる、自分の心の動きに気付いていているのである。言ってみれば、美禰子は、夢から現実へ目醒めようとしている時期を迎えているのである。しかし、彼女の側からすれば、旧自我状態から新しい状態への覚醒は、恐れと苦痛をのみ感じるものであろう。ところが、この出来事を三四郎はどう捉えるかと言えば、「自分というもの」を真剣に考えたことのない青年は、つまり「わが不穏底の疑義」を自覚していない彼は、「私そんなに生意氣に見えますか」という発言に、彼女の「辨解」を読み取ってしまうのである。それ自体は間違った解釈ではないのだが、彼女の詫びる実際の気持ちとは別種のニュアンスの「辨解」として受け取ってしまうのである。つまり、彼に対する理解を求める、性格的脆さを含んだ低姿勢として受け取るのである。彼が美禰子に求めるものは、精神的な力強さと安定なのである。例えば、与次郎の嘲弄を臆することなく軽く受け流す、態度によどみのない、彼女をこそ求めているのである。要するに、三四郎は、美禰子に、あたかも庇護を求めているかのように、彼女の強さに憧れるのである。その美禰子の気弱い姿勢を見て、彼は落胆して次のように言う。

　三四郎は意外の感に打たれた。今迄は霧の中にゐた。霧が晴れゝば好いと思つてゐた。此言葉で霧が晴た。明瞭な女が出て來た。晴たのが恨めしい氣がする。(8)(五)

つまり、三四郎は、美禰子の気弱さを理解しようと努めてはいない。また、「明瞭な女」とは言いながら、三四郎は美禰子の悩みをわずかすら直感していない。その点では、三四郎の美禰子理解は甚だ不明瞭なのである。三四郎が、この時望む関係とは、自分に何ら責任を求められる可能性のない状況に自分の身を置いて、ただ、美禰子の強さに憧れていられるような、そうした関係なのである。彼の表現を借りると「二人の頭の上に廣がつてゐる、澄むとも濁るとも片付かない空の様な」関係をこそ望んでいるのである。むろん、この立場に立てば、美禰子の愛情を手に入れる可能性から遠いことになるが、それが、不可能だとも気付く怖れのない心的場所なのである。つまり、憧れる行為のみを楽しむことのできる、自分の行為に対する責任を負う必要のない心的場所なのである。明らかであろうが、この時点における、彼の感情は、現実の生きた女性に即して働いてはおらず、彼が故郷から引き摺って来た、母子的依存関係から女性を見ている。生きた女性を、その弱さを含めて受容する余裕に欠けているのである。従って、美禰子の気弱い訴えを眼前に見た三四郎は、自らが安定する立場であるところの、責任を問われる危険性のない立場に戻ろうとするが、その修復の術を持ち合わせている訳ではないのである。そのため、この会話の場面で暫く、沈黙の間が明く。三四郎にとっては、この間は、二人の間を「意味のあるもの」にするために、自分の体面を損なうことなく、自己の内面を露出している美禰子の感情を抑え、自分は感情を露出せずに済むための、言葉を探る間となっている。どうしても、まだ、三四郎には、生きた現実の女性との交流はできないようである。現時点での彼の恋愛観は、観念的であるのだ。それを「色彩」のように憧れていると言っても良いだろう。つまり、生きた相手としての具体に彼は向かっていないと言い換えても良いだろう。それは、具体を欠いた抽象の心像として の女性に憧れているということである。しかも、恋愛経験の少ない青年であるから、この心像は、自分の一方的な欲望を反映した極めて想像的なものとなるのは必至である。この傾向が良く窺えるのは次の箇所である。運動会を見物している若い女性達を見て次のように、彼は言う。

此所は流石に奇麗である。悉く着飾つてゐる。其上遠距離だから顔がみんな美しい。その代わり誰が目立つて美しいといふ事もない。只總體が總體として美しい、女が男を征服する色である。甲の女が乙の女に打ち勝つ色ではなかつた。(六)

すでに指摘した事だが、三四郎は具体的な興味では女性に向かっていないのである。言ってみれば、個性を求めない、漠然とした欲求があるばかりである。それを示しているのが、「色」という表現である。これは、三四郎が若い女性にひかれる、その魅力を示す鍵語である。そして、実は、美禰子との初めての出会いの時も、この心像を持って女性が語られているのだ。その部分は次のように書かれている。

團扇を持つた女は少し前へ出てゐる。白い方は一歩土堤の縁から退がつてゐる。三四郎が見ると、二人の姿が筋違に見える。

此時三四郎の受けた感じは只奇麗な色彩だと云ふ事であつた。〈中略〉三四郎は又見惚れてゐた。(二)

二人の女性が遠い所にいるから、殆ど色彩としてしか判別できないというのではない。個性を欠きながらも、若い男性の注意を充分ひきつける存在であることの意味をこめて色彩という表現が選ばれている。だから、三四郎は見惚れるのである。ところが、この色彩が消失し、女性の表情が変わり、表現できないが、明瞭な個性が露出される瞬間を、彼はこの後に経験する。その時、つまり、女性の個性を見た時の彼の反応は、どうであったかというと、それは「怯え」であった。その箇所を見よう。美禰子が看護婦と連れ出って腰掛けている三四郎の前を通り過ぎる際の描写である。

仰向いた顔を元へ戻す。其拍子に三四郎を一目見た。三四郎は慥に女の黒目の動く刹那を意識した。其時色彩の感じは悉く、消えて、何とも云へぬ或物に出逢つた。其或物は汽車の女に「あなたは度胸のない方ですね」と云はれた時の感じと何所か似通つてゐる。三四郎は恐ろしくなつた。(二)

つまり、美禰子は三四郎の前を通る瞬間に、彼に興味を示し、彼を「値踏み」するようにしかも、窺うような眼付きで見たのだろう。彼女を性衝動が動かし「媚態」を演じたと言っても良いかと思う。しかし、三四郎にとって、女性のこうした、生々しい欲求は、受容し難いものなのである。美禰子との恋愛を成立させるためには、こうした肉惑的衝動を非難することなく、ためらうことも無く受け取める事が求められるのだろう。しかし、彼は、恐怖を抱いてしまう。三四郎の自我構造の中には、性衝動に関連する機能に抑圧が働いているようである。これは、恐らく、母子関係の維持のためには、この働きを抑圧する必要を彼は暗黙の内に選んだのであろう。このように性の衝動の認知を禁止している彼にとっては、美しい色である女性が、固有の欲求を持って自らの主体を顕示する事実は、受け入れ難いことなのである。それを彼は「矛盾」だと表現するのである。次の箇所を見てみよう。

三四郎は茫然してゐた。やがて、小さな聲で「矛盾だ」と云つた。大學の空氣とあの女が矛盾なのだか、あの色彩とあの眼付が矛盾なのだか、あの女を見て、汽車の女を思い出したのが矛盾なのだか、それとも未來に對する自分の方針が二途に矛盾してゐるのか、又は非常に嬉しいものに對して恐を抱く所が矛盾してゐるのか、—この田舎出の青年には、凡て解らなかつた。たゞ何だか矛盾であつた。(二)

ここで注意したい事は、性衝動の禁止事実に直面せざるを得ない機会に全うや否や、彼の自我は混乱を生じて、冷静な判断が出来なくなるという事である。自分の心に関する出来事でありながら、判断が整理できない、ということは、つまり、自我が今まで都合の良い情報ばかり受理して、統一を保っていた旧態が限界を迎えている、という事になる。しかし新しい事態への組み替えは実に困難である。というのは、主体自体の組み替えが求められることになるからである。例えば、物事を対象として、合理的有効的に、その対象に働きかけるのは、容易である。何故ならば、主体と客体が明白に分割されているからである。が、ここでの対象は主体である。主体を動かしている構造そのものを、又、主体が組み替える訳である。つまり、主体と客体との分割がそこでは不分明であるし、矛盾を含んでしまう。論理めかして言えば、働かされるものと働くそのものとが同一であるという、矛盾を含んでしまう行為を主体は行う必要があるのである。喩えて言えば、主体の眼によって視るという働きを、眼によって捉えるという論理上の手続きを踏むことになる。そうして、こうした、実際上、我々は心の領域で難なく実行している行為を、そこに意識が介入するや、主体を混乱させて身動きの取れない情況を作ってしまうのである。従って「凡て解らなかつた」という情況とは、自意識が自らを省察し、混乱の原因を探ろうとするのだが、働きの中心である当の自意識の構造自体に原因がある場合に発生する、混乱の情況なのである。簡単に言えば、自分の混乱を整理しようと試みて考えれば、考えるだけ「何が何だか分らなくなる」という混乱に陥っているのである。三四郎のこれからの課題は、禁止された性衝動領域を緩和し、現在の理想とする女性像を書き換える操作だと言えよう。

現在、彼が、抱いている、女性像についても論じてみよう。彼は女性の現実を見てもいないし、固有性に考慮をも払っていない事はすでに指摘した事である。「色」という一般的関心をしか、自らに認めていない。つまりこれは、北村透谷が「世詩家と女性」の中で粗描している。「ロミオとジュリエット」の若いロミオの恋愛感情と共通するものである。

　コレリツヂが「ロメオ・エンド・ジユリエツト」を評する中に、ロメオの戀愛を以て彼自身の意匠を戀愛せし者となし、第一の愛婦なる「ロザリン」は自身の意匠の假物なりと論ぜる。(9)

透谷は決して批判的にここでは語っていないけれども、ロメオの恋愛は自分の「意匠」を愛しているのだ、という批評に注目してみたい。これは、今まで指摘したように、未だ現実に多く接していない段階で抱く、女性に対する一般的理想像であろう。それを愛しているために、現実に相手を求めるというのである。だから、現実の中で偶々相手と出逢ったとしても、心の交流は円滑には行われず、関係が深まるということがなく、却って、現実の恋愛という事実のありように落胆したりするのである。結局、その事は、彼が、自分の想像する恋愛のあり方や女性のあり方をこそ、愛しているからであり、眼前の生きた女性の唯一性を認めたうえでの行為ではないということである。

飽くまでも主体の思い描いた「構想」つまり「意匠」の枠内の心像の投影なのである。誤解を恐れずに言うと、自己の不安定の補塡のために夢みられ創作された、自己のもう一つの別の半身にほかならない。つまり、自分の今の不安定を慰め埋めてくれるよう欲望された、自分の都合の良い女性像なのだ。つまり、自分の作った像に自分が憧れるという、自家憧着を犯しているのである。髙木文雄氏の文章を借りて言えば、

少々乱暴に言えば、相手は美禰子でなくても構わなかった(10)。

のである。

言わば、想像界の女性像と現実の女性像が次第に彼の心裡の中で錯綜し、彼を混乱に追い込んでゆくのである。こうした情況の三四郎であるから、美禰子を自分の憧れとして、手の届かぬ距離を保ち、かつ、彼女を求め続けようとする状態を維持しようとするのは当然の事かもしれない。この奇妙な傾向が「二人の頭の上に廣がつてゐる、澄むとも濁るとも片付かない空」に託されて描かれているのである。

とりまとめて言えば、美禰子と出会った当初の三四郎は、母子的相互依存の状態を強く残している。それを切り崩し、統一的自我同一性を樹立するためには徹底して、現在の自我状況を深化させ、現実との直面により、想像界の無効を知る必要があるのだろう。この情況を準備するかのように、物語は、彼の一層の自惚れという自己中心的解釈の深化を見るのである。

さて、目を転じて、美禰子の自意識の操作から来る、疎外の問題について考えてみよう。意識をそれ自体が対象にした際に、主体内部で疎外が発生すると、すでに指摘した。生きる事を誠実に考え、より良く生きようと自らの心を検討する事が、必然的にこの疎外を生み出すとはアイロニカルな事である。そして、この問題は、「三四郎」の後に発表される「それから」に代助を通じて明確に描かれている。彼は時々、彼を統一している筈の心の要を失い、心が散乱してしまうのである。彼の言を用いれば「頭の中心が、大弓の的の様に、二重もしくは三重にかさな

る様に感ずる」という事になろう。ここで言う的の中心は、心の統一点ではない。統一的だと読み取れば、統一的を中心に、心が整理されているニュアンスを滞びる。むしろ、この文章は、頭の中で心像が渦を巻いているような印象を示しているのであり、その渦が主体を引き摺り込むようにして、黒い中心を目指している、そうした混迷のイメージを語っているのである。しかも、代助の場合は、学生時代からの習慣化された自己省察行為によって、論理の破綻を論理で補い、生きている人間の自然の営みを論理により構成しようとしている習慣が長い。そのため、そこには、神経衰弱の症状を呈するようになっている。つまり、演技が心の平安を奪い、神経を消耗させたのである。つまり、思索の神経が疲弊しているのである。そして、「三四郎」に描かれる美禰子も、実はこの自意識の劇に自らが巻き込まれている、そうした人物の系列に属する女性であると思えるのである。例えば、初期の漱石の作品「草枕」を取り出して、女性主人公である那美を考えてみることができる。彼女は「嫁に入つて歸つてきてから、どうも色々な事が氣になつてならん、ならんと云ふて仕舞にとう〳〵」禅寺に、解決を求めた人物として描かれている。[11] その当の原因を、作品は細詳には描いていないが、宗教にその解決を求めるのであるから、恐らく、「己事究明」に関わる事であろう。つまり、私が私と一致する命題を巡っての煩悶であったろう。更に言えば、考える私が、その儘、行動する私に成り切っている、そのものの状態への到達を目指そうという課題である。つまり、意識の疎外の打破の一方策である。彼女も又、自意識の発達している女性であり、嫁ぎ先での不和を通して、自分の存在について問題を抱えたのであろう。その「大事」、つまり世界の実相を成り立たせている法則を知ることを求めたのだ。[12] そしてこの法則とは自分の心に索めるべきものとしてあるのである。彼女の指導者は「近頃は大分出來てきて、そら、御覽。あの様な譯のわかつた女になつた」と言うが、画工の見た所では、不自然さばかりが目立っている状態である。彼女の「己事究明」の解決理解の内容を計る事はできないが、禅が導いた境地を、未だ知の分野で理解しているようである。禅の導く境地を「融通無碍」、つまり「絶対自由」の境地とすると、それを彼女は、知解によって、意志的に計画することへ傾き、自由気儘に振る舞っているのである。従って、そこには、そのように判断し、そのように計画する自我が残っているから、行動は自由を失い、計画に捉われていることになる。作品に即して言えば、傍の者達からは狂人めいた人物として、見られるばかりである。しかし、恐らく、この時の彼女も、自然に振る舞うという事が最大の難問であり、行い難い事には違いないであろう。更に推測すれば、「色々な事が氣になつてならん」という傾向を持っている限り、彼女は問題を意識によって考えることであろう。そうすれば、たちまちに、彼女は自然を失うのである。

つまり、とりまとめて言えば、自由の状態を、又は、自然の状態を知解によって、実行に移すために彼女の行動の悉くは、「芝居」として周囲には映るのである。しかし、本人は、多分、自分を把握するための必死の行動に外ならないのである。彼女の「芝居」を画工は、次のように指摘する。宿の中で白鞘の短刀を抜き放ち、それを閃かせる行動についての描写である。

あの女を役者にしたら、立派な女形が出來る。普通の役者は、舞臺へ出ると、よそ行きの藝をする。あの女は家のなかで、常住芝居をして居る。しかも芝居をして居るとは氣がつかん。自然天然に芝居をして居る。

(十二)

すでに明らかであろうが、自意識の疎外を解消するために、意識の操作によって行動することが「演技」を生み出すのである。代助も自分の行動の規範を論理操作によって求めた結果、そこに隠しようもない深々とした「欺瞞」の感覚を見出してしまうのである。そして「三四郎」においては、美禰子の胸中にこの劇が展開しているのだと、考えるのである。例えば、画工が那美に初めて会った際の印象は、美禰子にも、かなりあてはめて考えることが可能なのではあるまいか。

元來は靜であるべき大地の一角に陷缺が起つて、全體が思はず動いたが、動くは本來の性に背くと悟つて、力めて往昔の姿にもどらうとしたのを、平衡を失つた機勢に制せられて、心ならずも動きつゞけた今日は、やけだから無理でも動いて見せると云はぬ許りの有様が―そんな有様がもしあるとすれば丁度此女を形容することが出來る。（三）

幾分、美禰子の特徴である物腰の優美さが、那美にはそれほど見られず、むしろ、やや粗さを感じてしまう、そうした語感の差はあるが、両者ともに、自我によって苦境を拓く力強さと、それに伴い生じる、不自然さを併せ持っているという所に、共通している印象がある。そのことを美禰子に関して考えてみよう。彼女の許へ借金の申し込みに来た三四郎は、彼女と連れ立って外出することになる、その時、彼女について次のように述懐する。

此女は我儘に育つたに違ない。それから家庭にゐて、普通の女性以上の自由を有して、萬事意の如く振舞ふに違ない。かうして、誰の許諾も經ずに、自分と一所に、往來を歩くのでも分る。〈中略〉是が田舎であつたら嘸困ることだろう。（八）

三四郎は日中、堂々と自分と歩く美禰子に気押されているのだが、しかし、仮に、よし子と連れ立って歩いたとしても、このような印象をうけはしない。それは次の場面である。三四郎が冬仕度のために、大きな唐物屋へシャツを買いに出掛け、そこで美禰子とよし子に出会い、よし子と共に野々宮の下宿に連れ立って行くこととなる。しかも、この時は宵である。一緒に行く事は迷惑にならないか、と尋ねる三四郎に対するよし子の反応は次のようであった。

三四郎は念の爲め、邪魔ぢやないかと尋ねて見た。些とも邪魔にはならないさうである。女は言葉で邪魔を否定した許ではない。顔では寧ろ何故そんな事を質問するかと驚いてゐる。三四郎は店先の瓦斯の光で、女の黒い眼のなかに、其驚きを認めたと思つた。（九）

美禰子もよし子も「萬事意の如く振舞ふ」傾向があるのは同じようである。が、その行動が周囲の者達には、異なって受け取られるのは何故であろうか。多分、これは、言葉を発する又は、行動を起こす当の主体の起動力になっている、欲望のあり方の相違なのであろう。三四郎の言を借りれば、よし子の基本的印象とは、「最も尊き人生の一片」である「統一」の感じを滞びている。が、美禰子の場合には、この統一が欠如しているのであろう。統一が欠如した儘に「萬事意の如く振舞」うために、周囲の者達の心裡をかき乱すのである。これは、三四郎も言うように、「年寄の親がなくつて、若い兄が放任主義だから」可能な事であろう。しかし、それを裏返して言えば、早い時期に両親を喪って、この境遇の中で、自我形成のモデルを持たずに、しかも、周囲の多様な価値観の奔流の中で「自分というもの」を形成するためには、彼女の自我こそが、最大の武器であったのだろう。このために、否応なく、自意識の発達した鋭敏な女性に育って来たのだろう。「イプセン流」と評される由縁である。ただ気をつけたいのは、この自然さを見喪った自我の働きであるからこそ、その無理の底には、本来の心の動きが隠されていて、この心の情偽が、葛藤を更にひき起こすという事である。再び、画工の那美についての評言を示そう。

それだから（無理を重ねているから―論者注）輕侮の裏に何となく人に縋りたい景色が見える。人を馬鹿にした様子の底に愼み深い分別がほのめいてゐる。才に任せ、氣を負へば百人の男子を物の數とも思はぬ勢の下から溫和しい情けが吾知らず湧いて出る。〈中略〉此女の顏に統一の感じのないのは、心に統一のない證據で、心に統一がないのは、此女の世界に統一がなかつたのだらう。(三)

推測を逞しくして言えば、「三四郎」には直接に書かれていない、こうした心の情偽の葛藤が実は美禰子の中にも那美同様にあるからこそ、三四郎は、あのような印象を美禰子には持つのではあるまいか、そして、統一を保っているからこそ、よし子には格別の異和を抱かないのではあるまいか。その際の付加条件として、三四郎が美禰子により強い性衝動を抱いていることも無視できない事ではある。というのは、美禰子に対して執着を起こしているから、自分の欲望通りの行動をしない、彼女に対し非難がましい物言いをすることになるからである。その逆に、それほどの執着を起こしていないよし子に対しては、彼は寛大でいられるのである。ともかく、自意識の葛藤から自己を救うべく、那美と美禰子が試みている行為の特質がある程度証明できたかと思う。ただ、那美は禅仏教に救済を求めているが、美禰子はキリスト教に求めているらしい。そして、那美が味わっている苦痛の原因は、それが実は、自己の中に生来存在していたのだという事を痛感した時には、それを恐らく、那美は、禅仏教の文脈から「罪」だと、表現するのではあるまいか、そして、美禰子の場合はキリスト教の文脈から「罪」と表現しているのではあるまいか。こう考えてくると、「罪」の理解の内容は、先程紹介した先行文献の中では、内田道雄氏の解釈に最も近づいて来ているのかもしれない。とにかく、美禰子の自意識の疎外の劇を更に、作品の展開に即して追ってみよう。

丹青会の絵画展に美禰子は三四郎と二人で出掛け、そこで野々宮と会い、再び心理的衝突を経験する。美禰子としては、偶然の原口との出会いが嬉しくて、思わず無邪気に取った行動が、いたく三四郎を傷つけてしまう。正確に言えば、三四郎は野々宮の嫉妬心を煽るような行為に自分が利用されたことに、義憤を感じるのである。彼の倫理道徳観念からは、若い女性にありがちな媚態が許せなかったのである。だから、その憤慨から美禰子を責めた後に、偶然に「互の肩が觸れた」時に、彼は「急に汽車で乗り合わした女を」思い出してしまうのである。彼は、現実の女性を想像的価値観で裁いてしまうのである。倫理的に言えば、この場面での、美禰子の行動は慎しむべきものではあったろう。であるからこそ、三四郎は利用された怒りから、語調を強く叱責したと思える。倫理的に責められれば、美禰子には弁解の余地はない、だから、彼女は素直に非を認めて、かつ、悪気は無かった事を理解して貰おうと試みる。が、今回は、彼は怒りを解かないのだ。しかし、正確に言えば、そうではあるまい。先に検討した、菊見の際の衝突と実に類似しているパターンであって、彼は「澄むとも濁るとも片付かない空の様な」関係に自分達二人が留まっていたいのであって、「辨解の心持」の「明瞭な女」を好まないのである。つまり、彼の怒りは倫理的な義憤ばかりではなく、野々宮を擁護する見かけをとりながらも、実は現実の生々しい美禰子の出現に対し批判を与えているのである。こうした、怒りは、彼女を徒方に暮れさせ、かつ疲労させる。そのため、現在、彼に預けている「三十圓」を「みんな、御遣ひなさい」と言う口調は、精神的疲労のにじみ出た、投げやりな雰囲気を滞びてしまうのである。彼女にしてみれば、弁解できぬ情況に追い込まれ、自然な自分のありかたが、否定されたのである。自意識の袋小路からの脱出手段を摸索している彼女に対して、彼は彼女の自然さが軽薄である理由により、批判した事になるのである。つまり、彼女の言葉通り、「私、何故だか、あゝ為たかつたんですもの。野々宮さんに失禮する積ぢやないんですけれども」という弁解には、嘘は無いと思うのである。彼女は、野々宮に会ったので、その嬉しさのあまり取った行動であるのだ。この、言わば、自然の行動を真向から否定されることが、彼女の実存を非難することにつながっていくのである。そうした行動を取りながら、三四郎は二日後に、借金の礼状を書く、借金は丹青会での衝突の直後にしたものである。その内容は「書いた人の、書いた當時の氣分を素直に表はしたものではあるが、無論書き過ぎてゐる。三四郎は出來る丈の言葉を層々と排列して感謝の意を熱烈に致した。普通のものから見れば殆ど借金の禮状とは思はれない位に、湯氣の立つたものである。然し感謝以外には、何にも書いてない。夫だから、自然の勢、感謝が感謝以上になつたのでもある」と言う。思えば、こうした行動は奇妙である。先日の美禰子への叱責が嘘のように影を潜めている。こうした変化を正確には理解できないが、先日の叱責の激しさに対する反省か、又は叱責の背後には嫉妬があったことを認め、取り繕う気持ちが働いたのか、夫れかに特定することは難しいようだ。ただ、この「湯氣の立」つ程の感謝の手紙は、美禰子に対しては、極めて複雑な反応を惹起するのではあるまいか。彼女は、先日は、自然に振る舞うことの軽薄さをとがめられ非難されたにも拘わらず、そして、三四郎はその際に決して快く借金したのではない事が明白なのにも拘わらず、彼が過激に感謝するからである。推測を逞しくして言えば、彼女と野々宮との関係が、閉塞状況を呈しているのと、同様のニュアンスの情況を、彼女にもたらすのではあるまいか。すでに論じたことだが、本来の美禰子の欲望の対象は野々宮である。が、野々宮の優柔不断な態度により宙づりになった美禰子の欲望が承認を求めて、三四郎に向かったのである。その三四郎が、彼女の自然な行動を叱責して、さらにそのうえ、彼女の好意を求めて手紙を寄こしたのである。三四郎との関わりは誤解に基づいているとは言え、美禰子は、態度の一定しない、三四郎には、これ以上承認を求めることを潔しとしないであろう。もし、このように、三四郎の自己中心的な枠内に自ら入り込み、彼の承認を求めるようならば、それは、美禰子の不安定がもたらす、最悪の癒着関係となる筈である。作品に美禰子の心裡は明かされないので、これも推測するしかないが、美禰子の自意識の鋭敏さは、その事を避けるように働くだろう。しかし、未だ、彼女には、自我同一性を確立し、自己と普遍の関係から現実を生きる決意に至っている様子は窺えないのである。であれば、再び、美禰子は承認を求めて別の人物へと働きかけるであろう。しかし、正確に言うとそうではあるまい。画工が明確に見抜いたように、那美の核心でもあった「何となく人に縋りたい」精神の不安定さが、彼女の中に潜んでいることが、徐々に彼女に意識されつつあるのではないだろうか。そうでありながら、美禰子は今まで同様に他人からの承認を求めて動かざるを得ない状況に生きているのではあるまいか。言わば、この両極端の方向に、同時に動くような心の葛藤の認識を、彼女は抱き始めていると考えるのである。このような葛藤を持つ彼女の前に現れて来るのが、「立派な人」として描かれる人物なのであろう。[13] すくなくとも、丹青会での心的衝突から、美禰子は三四郎との関係の無理を明らかに感じたであろう。美禰子の心の中で何かが変化しつつあるのである。従って、三四郎が切望している美禰子からの返信の無いことは、その事自体が、実は美禰子からの返答だったのである。つまり、三四郎との関係は成り立ち難い、という事を告げているのである。このような葛藤を抱えながらも、依然として別の男性に向かうために、美禰子の態度は実に打ち沈んだものになってしまうのだ。

三四郎に目を転じてみると、彼には、殆ど、美禰子の胸中で起こっている問題を察している様子は見えない。むしろ、理解とはほど遠い逆の反応をしてゆく。彼は美禰子との出会いに、原口が美禰子をモデルに描いている画の構図を聞いて、それが、二人の出会の場面そのものであるから神秘的な必然的結びつきをすら直感するようになる。あたかも、自分の力では収束し難い情況になっても、その事を認めず、幻想的な自己全能感に取り憑かれて、事態を自己中心的に誤認する幼児のようにである。例えば次の箇所を見てみよう。原口のアトリエを尋ね、モデルの美禰子を見ている時の述懐である。美禰子の元気の無い様子を原口が指摘した時に、彼はその原因を直感する。即ち、自分が影響を与えているのだと、誤解する次の箇所である。

同時にもしや自分が此變化の原因ではなからうかと考へ付いた。忽ち強烈な個性的の刺激が三四郎の心を襲つて來た。〈中略〉—自分はそれ程の影響を此女の上に有して居る。—三四郎は此自覺のもとに一切の己れを意識した。（十）

この時にはすでに、美禰子への恋が彼の心を囚えてしまっている。しかも、それは、美禰子が自分に恋をしているかもしれない、という認識をもとにしている。それだからこそ、美禰子と一緒に居る時間を長びかせるために、散歩に誘うことができるのだ。つまり、確認すると「比較的人の通らない、閑静な曙町を一廻り散歩しやうぢや無いかと女を誘つて見」た箇所である。その誘いを美禰子は断るのだが、それを三四郎は「所が相手は案外にも應じなかつた」と意外に思うのである。前半では、二人の関係を「澄むとも濁るとも片付かない空の様な、—意味のあるものにしたかつた」という欲望であったものが、この時点では「三四郎は何うともして、二人の間に掛つた薄い幕の様なものを裂き破りたくなつた」、という欲望へと変化したのである。が、これは、彼の誤認の成立を俟って変化したのである。それは、美禰子は彼を恋しているし、自分にはそれに適しい資格がある、という誤認である。しかし、この認識の底には幼児的傾向が窺えそうである。それは、母の行動の悉くを自己中心的価値観で判断する傾向でもある。つまり、母親の自分に対する働きかけの凡てを、自分の利益を母が図っているのだと判断しなくては、母との円滑な関係を子供は保つことができない。もし、母の行為に彼女のエゴイズムを見て、自分が物質化されて利用されていると考えれば、幼い彼は母からの庇護を失う危機を迎える。だから、一方的庇護を必要とする子供は、自己中心的に、母の愛情が凡て、自分の利益を目論んでいることを知っていなければならない。こうした幼児のように、三四郎は美禰子の行動の殆どを、自分に対する配慮として読んでゆくのである。強引に言えば、故郷の母との間で維持して来た構造を、美禰子との関係にも適用しているのである。そうすれば、彼を根底で動かしていながら、彼が直面する事を避けている、性衝動の事実を、彼は認めることなく、美禰子と関わることができるのである。こうした、彼の欲望が美禰子を巻き込んで無意識裡に展開していると考えられよう。言葉を換えて言えば、度胸のない三四郎が、自分の心の中の根本を変えずに、誤解をつみ重ねて、美禰子と係わろうとしているのである。

かくて、三四郎は原口の所へは金を返す用件で行ったのではなく「たゞ、あなたに會いたいから行つたのです」と言って、美禰子の顔を覗き込むという動作に至るのである。これは、三四郎の方からの心の告白であるが、美禰子にとっては重苦しいものである。彼女は、他者に依存して生きようとする自らの無意識下の性向との格闘を始めながらも、やはり、依然として、「立派な人」に縋り始め、承認を求めているという葛藤を身に纏うている。その美禰子には、三四郎のこの行為は重苦しい。彼女はわずかな「溜息」でそれに答え、会話の内容を借金返済の件へとずらして、微妙な領域には触れないようにするのである。

やがて、「立派な人」が、美禰子を車で迎えに来て、三四郎の前から、彼女を連れ去ってしまう。そして、再び、三四郎はこの男を遠くから見ることになるのである。それが、演劇会の夜である。美禰子の傍に座っている「男の横顔を見た時、三四郎は後へ引き返した。席へ返らず下足を取つて表へ出」て、そのまま、雨の降る中を下宿に帰るのである。三四郎に、この両人の関わりに、かなりの衝撃を受けたようである。しかも、注目したい事は、その男と美禰子との関係について思い煩う様子も、文章も見えない事である。そうでありながら彼は衝撃を受けて傷ついている。これは、複雑な言い方になるが、このように、彼は衝撃を受けて傷ついているのだが、それを、まだ、彼は意識し表現することのできる次元へと設定することが難しいのである。つまり、彼の意識においては、どういう情況が自分に訪れているのかよく把握できないが、意識を離れた外界の刺激に直接的に反応する肉体の部分は、その問題を把握しているという事である。表現を換えて言えば、「実存的条件の根本的変革」を目指す時期が[14]、三四郎にようやく訪れ始めたのであり、それが現象として、美禰子との心理的な齟齬として現れて来ているのである。今まで、作品に即して論じて来たように、このゆき違いは、三四郎と美禰子の従来通りの精神構造の働きによって、発生して来ているのである。解決できない無理な劇を現実に幾度となく繰り返す中で、彼等は、自分の「実存的条件」、つまり、自分が今ここで動かざるを得ないと感じているその動きそのものの中に、言葉を換えれば「欲望」そのものの中に、本人を苦しめている条件が備わっている事実の気付きへと、引き寄せられるのである。三四郎も、美禰子同様にこの限界を認識し、変革すべき時期を迎えようとしているが、しかし、三四郎にこの問題を意識するのは、まだ無理がある。そこで、彼の肉体が、精神では認識できぬ情報を、先ず受理したのである。それが、一週間ほど、彼を寝込ませる病いとして現れたのではないか。言わば、通過儀礼の重大さ故に、個体は肉体的苦痛を得て、しかし、精神的には和らげることで、自分が現在立っている場所に気付き始めたのだ[15]、と考えるのである。

この通過儀礼に関して、興味深い指摘を河合隼雄氏がされている。「進歩」という価値観を社会が承認する限り、通過儀礼は消失せざるを得ないと言うのである。というのは、そもそも、通過儀礼には、社会全体が「信じる絶対者の存在を前提とする」からである。次の文章を見てみよう。『心理療法序説』の一節である。

伝承社会では一挙に行うことのできた「大人になること」が近代社会では随分と難しいことになる。伝承社会においては、日常空間から離れた聖なる空間において、通過儀礼を体験して成人となることができる。しかし、このとき、その部族全員の信じる絶対者の存在を前提とする。絶対的な聖なる空間があってこそ、それが可能であることを忘れてはならない。それに対して、近代社会では、個人というものが大切にされ、エリアーデの言うとおり、「根本的に非聖化された宇宙に生き」、進歩してゆこうとするのだから、この「地点」より大人になるなどという通過儀礼は行い難い。

とは言うものの、我々の社会でも、個人が「大人になる」「結婚する」といったような「節目」を迎える場合には、どうしても、気分のうえでの区切りというべき「通過儀礼」の体験が必要とされる。「さもなければ、そこには『変化』の体験がなく、暦年齢的には『大人』になっているとしても、いつまでも、子供っぽい人間ということになってしまうし、責任のある人格としての自覚に欠けたりすることになる」のである。では、一挙に「大人」になるための「聖なる空間」を喪失した、近代社会の個人はどのようにこの変化を迎えればよいのか。河合氏は続けて言う。

そのため、近代社会では、子どもから大人になる中間の「モラトリアム」を人々は承認し、青年が少しくらいの「愚行」をしたり、「怠け」ていたりしても、容認しようとする。その間にあって、各人は各人なりの通過儀礼を体験する。この際の特徴は、それが一挙に成立するとは限らないことである。通過儀礼的な体験を重ねて徐々に大人になってゆく、と考えてゆく方がいいであろう。

こうした指摘は、三四郎と美禰子の場合にもあてはまりそうである。とすれば、美禰子の現在の苦痛も、三四郎のそれも、一挙に解消することは望まれないことになる。当人にとっては、自分の苦痛の原因を捜すこともできず、日々をすごしていかねばならぬことになる。外部の者から見れば、「モラトリアム」の時期は一面「愚行」を重ねているとばかり見える面もあるが、その過程にいる個人にとっては、恐らく無我夢中の塞閉的情態なのである。この苦痛を美禰子は、キリスト教の文脈を辿って、「罪」とつぶやいているのではあるまいか。そして、三四郎に即して言えば、かつて、図書館で出会った言葉を徐々に、自分のものとしてゆくのではないだろうか。つまり、この自分の状態こそが「不穏底の疑義」であるという自覚が始まると思うのである。作品の最終部で、三四郎は、与次郎に「森の女」という題が悪いと答えて、口の中で「迷羊、迷羊と繰返」している。この発言から、前表現的段階ではあるが、三四郎が美禰子の悩みに近寄った兆しが読み取れるのではないかと思えるのである。

注

（1）佐藤泰正「『三四郎』―その人物像をめぐって―」（『夏目漱石論』筑摩書房　昭和六十二年三月）
（2）石井和夫「『三四郎』の断面」（「立教大学日本文学」二十二　立教大学日本文学会　昭和四十四年六月）
（3）坂本浩「『三四郎』の視点と透視―ヒポクリシイと罪の意識」（『夏目漱石―作品の深層世界』明治書院　昭和五十四年四月）
（4）高木文雄「漱石と聖書」（『漱石の道程』審美社　昭和四十四年四月）
（5）玉井敬之「三四郎の感受性―『三四郎』論」（『講座夏目漱石三漱石の作品下』有斐閣　昭和五十六年二月）
（6）内田道雄「『三四郎』論」（『作品論夏目漱石』双文社　昭和五十一年九月）
（7）小出浩之「分裂病からみた思春期」（中井久夫・山中康裕編『思春期の精神病理と治療』岩崎学術出版社　平成二年二月）
（8）夏目漱石「三四郎」（『漱石文学全集第五巻』集英社　昭和五十七年十二月）。猶本文からの引用は特に断らない限りこの版から行う。又、本文はすべて総ルビであるが、引用では略している。
（9）北村透谷「厭世詩家と女性」（『透谷全集第一巻』岩波書店　昭和三十九年十月）
（10）高木文雄「『三四郎』」（「國文学」学燈社　昭和四十四年四月）
（11）夏目漱石「草枕」（『漱石文学全集第二巻』集英社　昭和四十九年十一月）。本文は総ルビであるが、引用では略している。
（12）「己事究明」は「簡事究明」「己窮大事」等と表現するようである。「己窮大事」とは『禅学大辞典』（大修館書店昭和五十三年六月）によれば本来の自己にめざめること、また本来の面目を徹見することだと言う。要は、外のだれでもない「自分というもの」に気付くことであろう。

（13）三好行雄「迷羊の群れ—『三四郎』夏目漱石」（『作品論の試み』至文堂　昭和五十三年五月）に以下の指摘がある。この男性は、「三四郎の現実＝第三の世界の周縁に漱石の指定した世界、いわば、第二の世界に確乎とした生を築く〈立派な人〉なのである。」この「立派」を反語的に読む論もあるのだが、本論ではこれを取らず、三好氏の理解を取る。

（14）河合隼雄「心理療法序説」（『河合隼雄著作集3心理療法』岩波書店　平成六年九月）

（15）河合隼雄氏は臨床医として、こうした現実を度々指摘しておられる。

「それから」における自意識の罠

「それから」論㈠
――「倦怠」と「自然」の係わりをめぐって

（一）

作品では、代助の精神変革史をかなり明瞭に辿ることができる。先ず、自己の内実と周囲の環境を解釈する「現在」の彼の特質は入念に描かれ、そして、この現在の彼の判断形態を構築するに至った契機を含む二、三年前以上の「過去」の彼の姿が遡及されていく。さらに、現在の彼が迎えつつある精神的混迷を解消する方途として望まれた「自然」に従って、生きようと試みる「未来」の彼の姿が、暗示されてゆく。この三期に亘る、代助の精神変革史は阿部次郎の言説を借りて詳しく分類すれば次のようになる。(1)

先ず、「未だ社会に触れざる理想家」たる第一期の代助である。彼の思想は「父の教育と青春の無経験」から来た「空しく美しき道徳」に支配されている。この時期の彼は、「自己の活動も自己の社会との交渉も共に単純で」あり、行動を「此空想の支配に任せて深き矛盾を感じなかつた」のである。ところが彼の信じる思想に従って、或る微妙な感情を処理した結果、彼の精神に変化が生じる。それが、おおよそ、学校を卒業して一年後、現在から二、三年前の事である。この第二期の代助は、「自己と社会の真相を見、社会の水準に従つて自己を通さうとする」人物と変貌した。彼は第一期に人生の指針として尊んだ道徳と、「自己及社会の現実との矛盾をしみじみ感ずる様に」なるのである。しかし、現実を知る事が現実との距離感を生み、彼は、自分の「頭の世界」に閉じ籠ろうとする。

しかし、現実からの乖離は彼に、「寂寥」を与え、「倦怠」を与えるのである。この空想の世界と現実の世界との深淵を、自分の納得する様に埋めない限り、彼の「倦怠」は癒されない。そのための方途を求める時が、第三期の始まりである。この時、彼は、「社会を脱して自己の自然に生きむとする人となる」。彼は、第二期で覚えた矛盾に終に堪えられなくなるのである。それは、三千代への恋情を明確に意識する行為によって初めて、理解し得た問題でもあった。彼は、かつての自分のありようを恥じ、「社会に背いて自然に従」おうとするのである。「そして自然を圧迫する社会の威力の前に今更に戦慄」するのである。

本論で試みたい事は、今、仮に三期に分類した、代助の精神変革史全体に通底する根源的特質を解明する事である。そして、次に問うてみたい事は、その根源的傾向が露にされた地点に於いて、作品の後半で描かれる「自然」を我々がどのように意味づけられるか、という問題である。やや詳しく言うと、「自然」に従う事によって代助の「倦怠」は解消され、彼は充実した生命の横溢を感得しうるのか。もし、不可能だとすれば、それは如何なる所以でか。この問題について論じてみたいのである。

では、先ず第一期の代助の姿から見てみよう。

（二）

漱石は学習院での講演で、青年期の苦悩を自分の経験に即して次の如く語る。「私の個人主義」(2)の一節である。

私は始終中腰で隙があつたら、自分の本領へ飛び移らう〳〵とのみ思つてゐたのですが、さて其本領といふのがあるやうで、無いやうで、何處を向いても、思ひ切つてやつと飛び移れないのです。

私は此世に生れた以上何かしなければならん、と云つて何をして好いか少しも見當が付かない。私は丁度霧の中に閉じ込められた孤獨の人間のやうに立ち竦んでしまつたのです。〈中略〉私は私の手にたゞ一本の錐さへあれば何處か一ヶ所突き破つて見せるのだがと、焦燥り抜いたのですが、生憎其錐は人から與へられる事もなく、又自分で發見する譯にも行かずたゞ腹の底では此先自分はどうなるだらうと思つて、人知れず陰鬱な日を送つたのであります。

ここには、行動の目標を求めることにより、自己の明確な意味を味わおうとする欲求が語られている。しかし、その目標とは何であるのか、漱石自身では決定し得ず、呆然と佇んでいる情況がある。つまり、彼の内に、或る確かなものを求めさせる「何か」が存在していながら、漱石自身には、求める主体としての「何か」も、求められている客体としての「何か」も、判然と了解し難いのである。つまり、講演で語られている青年期の漱石には、確実な何かをただひたすら求めて止まない、意欲のみが激しく燃え上がっている。こうした精神的飢餓感があるようだ。恐らく、漱石は、精神的な発達の過程で自分の存在の根底にある「空虚」に逢着したのだろう。そうした「空虚」があるため、精神は不安定になる。その不安定を解消するには、「空虚」を補充するに足る「何か」を自己が獲得すれば良い。しかし、漱石には、これらの行為一切が、一体何であるのか了解できず茫然とするのである。彼の記述する孤独とはこの情況の謂であろう。そして、この陰鬱な不安は「それから」の代助の精神をも覆っているのである。次の文章をみてみよう。

　時々、頭の中心が、大弓の的の様に、二重もしくは三重にかさなる様に感ずる事があつた。ことに、今日は朝から左様な心持がした。

　代助が黙然として、自己は何の爲に此世の中に生れて來たかを考へるのは斯う云ふ時であつた。彼は今迄何遍も此大問題を捕へて、彼の眼前に据ゑ付けて見た。(十一)(3)

「頭の中心が」「二重もしくは三重にかさなる」という違和感、合理的判断が冷徹に働かず頭の中心がぼやけてしまう、という感覚は何を語るのだろうか。この引用文の直前に次の文章がある。

　彼の頭は、〈中略〉たゞ始終論理に苦しめられてゐたのは事實である。（十一）

つまり、合理的思惟能力による論理整合的な世界理解の態度と、代助の心の動揺が深く関わっているという事である。始終行われる論理整合的な秩序化に代助の心的均衡が保持し難くなり、彼の懐疑精神が自己の現在の位置を確認しようと試みようとすれば、その結果、彼は、自分の意味が殆ど分からなくなり、茫然自失するに至るのである。「頭の中心」がその確実な輪郭を失って、二重、三重にぼやけてしまう、とは、この茫然態を語っていよう。この情態を解決すべく彼は、「空虚」感に堪えながら、「何の爲に此世の中に生まれて來たか」という「大問題」を「今迄何遍も」考えて来たのである。この「何の爲」に生まれて来たのか、という問いは、「生きる目的」と「生まれた根源的な原因」を含めた「生きる意味」とは何か、という問題に換言できよう。この問題が、実に輔人会の求めに応じて語った漱石の、メッセージの核心でもあった。漱石の場合はこの「生きる意味」を問うても、自身の内部にその解決案が見当たらなかった、という。その事が、更なる「空虚」となり、そのために、彼は「孤獨の人間のように」「霧の中」で立ち竦んでしまったのである。代助の抱く「空虚感」も、漱石と同じ「空虚」として、理解できよう。そして、この問題について、「今迄何遍」も考えて来た、という表現が示すように、この問題は、この問題に目覚めて以来持続して検討されながらも、現在に於いてすらいまだ解決されていない、息苦しい問題であるのだ。その代助は、年若い邪気のない甥の誠太郎を評して次のよう言う。

　もう一二年すると聲が變る。それから先何んな徑路を取つて、生長するか分らないが〈中略〉彼は穏やかに人の目に着かない服装をして、乞食の如く、何物をか求めつゝ人の市をうろついて歩くだらう。（十一）

この感想には、代助自身の姿を誠太郎の人生へと投影させた感がある。つまり、代助こそが、かつて青年時代に抱いた心の飢餓を、現在をも抱いて、群衆間を歩いているという事である。「生きる意味」の希求という彼の内奥から湧出する、狂おしい衝動に駆られて、彼はその不安定さを補塡すべき確実性のあらんことを、自己の外部に冀っている。その姿は人の群れの中で彷徨する「乞食」だというのだ。しかも、自分が求めている貴重なものが如何なる様態のものであるのか、本人には理解し得ないというのである。それが無ければ不安で仕方の無いものでありながら、本人には、それが理解し難く、名状できない「何物」かなのである。矛盾をはらんだこの情況の中に代助の問題が息づいているのだ。

第一期と分類した時代の代助とは、今述べたこの不安感に目醒め、不安定の中でやみくもに安定を求めていた時代の彼であり、それは三年以上前の事なのである。その時代の彼は、不安感に漂いつつ、自分のそうした状況を正常とは認識しなかった。正常な生活者とは、彼の周囲の年長者達であって、彼ではなかった。彼はそう考えたのである。そして不安に駆られる彼は、規範を求めた、何処にか。周囲の人々に求めたのである。彼には、周囲の人々の外面の安定感が、彼ら自身の内面の充溢の証左として見えた。その結果、代助は、周囲の彼等の行為、及び彼らが主張する道徳規範を「模倣」したのである、この事情は、作品に次のように書かれる。

其時分は親爺が金に見えた。多くの先輩が金に見えた。相當の教育を受けたものは、みな金に見えた。だから自分の鍍金が辛かつた。早く金になりたいと焦つて見た。(六)

明らかであろう。彼は自分の不安感、「空虚」の補塡を目論見、他人の行動規範を「模倣」したのである。この「模倣」について漱石の言を借りれば、次の如く説明できる。

若い人が、偉い人と思つて敬意を持つて居る人の前に出ると、自分も其人のやうになりたいと思ふ〈中略〉、先輩が今迄踏んで來た徑路を自分も一通り遣らなければ茲處に達せられないやうな氣がする。(4)

青年が、仰ぎ望む「茲處」とは、自分の欠乏感が充足される次元の謂である。欠乏感に悩む青年は、充足している精神の体現者として年長者を見て、その人になりたいと願うのである。ここに「模倣」の傾向が生まれるのだ。そして、この事は「道徳上」についても同様だと言うのである。「兎に角大變人は模倣を喜こび」「自分の意志」で「好んで遣る、好んで模倣する」のである。そうやって模倣される年長者の一人に、「儒教の感化を受けた」彼の「親爺」を算入することができる。「親爺が金に見えた」とはこのことである。加えて、儒教では「朋友の信」にあたるのであろうか、その概念を熱意と誠意をもって実践しようとする代助が描かれる。例を取ってみよう。相手は平岡である。

其時分は互に凡てを打ち明けて、互に力に爲り合ふ様なことを云ふのが、互に娯樂の尤もなるものであつた。この娯樂が變じて實行となつた事も少くないので、彼等は相互の爲めに口にした凡ての言葉には、娯樂どころか、常に一種の犠牲を含んでゐると確信してゐた。（二）

この代助の述懐は、すでに変化した現時点での彼の解釈を含むものである。従って、過去の事実を語りながらも、当時の彼の精神情態そのままは語られず、微妙に現在の彼の精神情態の色彩が反映されている。「娯樂」という表現がそれである。現在の彼が当時の自分の行為の欺瞞を暴いて「娯樂」だとしているのである。すくなくとも、当時の彼にはこの冷徹な視座はなく、かえって「信義」のためなら「熱心」と「誠實」（三）をもって、平岡の犠牲になる事を潔しとする、実践的道徳規範であったのだ。この規範を守り行動することが、彼に「生きる意味」を与え、心の「空虚」を充たすことができるのだ、と信じていたのである。更に言えば、その規範を守るために、自分を犠牲にし、多大な苦痛を負うことは、その苦痛ゆえに、逆に彼が守ろうとする規範の貴重さの確かな証しとなったのである。又、その痛みは、より豊かな世界に参入する美しい試練でもあった訳だ。かくて、三千代への愛情を告白した平岡のために、代助は「僕の未來を犠牲にしても」、平岡の「望みを叶へるのが、友達の本分だ」（十六）と思い、三千代と平岡との媒をつとめたのである。つまり、代助の「義俠心」が決定的な働きをしたのである。しかし、その時、彼の心に僅かだが無視できない影がさして来る。新婚早々の平岡を新橋の停車場に送り、彼の得意顔を見た時に、代助の心に「憎しみ」が兆すのである。しかし、この「憎しみ」を代助はどう対処したのだろうか。経験した否定的な感情は「憎しみ」ばかりではない。当時の代助は、平岡に対して嫌悪を覚えた事もあるという、そして「斯う云ふ影を認めて驚」き（九）「非常に悲しかつた」という。つまり、彼が、信奉している道徳規範を実行していながらも、その結果、喜びならぬ苦痛が生じたのである。それは苦痛であって、自己の精神的「空虚」を埋める、意味深い満足感ではなく、彼の行為の欺瞞を暴くような性質のものであったからだ。この事件は、代助の価値体系をゆらがす原因となるのである。だから、京阪地方へ移転した平岡への手紙を書く時に不安に襲われるのである。この不安は正しく「酔ひの冷めようとする賭博者の如」き「不安」(5)なのである。しかし、「たゞ、平岡の方から、自分の過去の行爲に對して、幾分か感謝の意を表して來る場合に限つて、安々と筆が動いて、比較的なだらかな返事が書けた」（二）と言う。これは、自分の価値観に従って、自己犠牲を敢行した彼の行為の正統性を、平岡が承認した場合に不安が治まるという事である。「感謝」がその役割を負っている。だから、平岡が感謝をした場合に、彼は安心し返事が認められたのである。従って、今度は、時日の経過により「手紙の遣り取りが疎遠になつて」来ると、「今度は手紙を書かない方が、却つて不安になつて、何の意味もないのに、只この感じを驅逐する爲に封筒の糊を濕す」のである。しかし、平岡からの代助の自己犠牲への感謝という行為はしだいに途絶えてゆく。それに加えて代助の心の中でも懐疑が起こるのである。この懐疑とは、彼が信奉している道徳規範への疑問を超えた、彼の精神的な特質へと達する懐疑なのである。この時期の代助の姿を第二期だと分類するのである。

(三)

そもそも、代助をこのような行動形態に赴かしめた当のものは何だったのか。それを先程、合理的思惟だと指摘した。彼は、この働きにより世界を論理整合的に把握しようと試みているのである。例文を作品から取りあげてみよう。

> 自分の神經は、自分に特有なる細緻な思索力と、鋭敏な感應性に對して拂う租税である。（一）
>
> 彼は、〈中略〉自己の脳力に、非常な尊敬を拂ふ男であった（九）

こうした例文は、枚挙に暇がない程に多く見出される。代助は「普通以上に鋭どい」（七）「細緻な思索力」（同）をもって世界を考えて止まない特性を持つ男なのである。漱石は、人間の認識行為の構造について次のように指摘する。

> 創作家の態度と云ふと、前申した通り創作家が如何なる立場から、どんな風に世の中を見るかと云ふ事に歸着します。だから此態度を検するには二つのもの、存在を假定しなければなりません。一つは作家自身で、かりに之を我と名づけます。一つは作家の見る世界で、かりに之を非我と名づけます。[6]

つまり、考えるとは「考える主体たる・我」が「考えられる対象たる・非我」を考える事である。つまり、主知主義の立場で認識行為を捉えているのである。合理的思惟を手段として整合的に対象を説明しようとし、その終局において、「真」を獲得できると考える「主知主義」こそが、西洋文明が日本の精神的風土へ与えた大きな影響の一つであるのだ。「個人」を世界の基本に置く際の、そのさらなる基本がこの主体の設定にもとめられるのだ。言葉を換えて、世界を認識する基本の立場として、「我」を絶対的な実在として考える態度だ、と言っても良いだろう。

実際に作品では、この通りに、代助は考えを重ねて、自己の内実の「空虚」を補充せんと摸索するのである。その結果、「親爺の儒教道徳」を確実な行動規範だと判断し援用したのである。それがたとえ、「賭博」のような態度を結果的には意味したとしても、未だ若い学生であった彼にとって、父親の規範は確実で疑う余地のないもの、あえて言えば、絶対と言い得るものですらあった。しかし、展開につれて代助はこの規範を疑い始めるのだが、しかし、正確に言えば父親の儒教倫理道徳規範の批判に終わる内容のものではない。ある事件が惹起する当事的主体の精神現象の動揺に対して、儒教体系が具体的対処の面で限界を現したのであるならば、その限界を超克する別種の思想などで、補正することが可能であろう。つまり、限界を呈したその思想体系よりも、別のより有効かつ有価値の思想体系への依存、又は、その体系を援用した補正を図れば良い。つまり「取り換え」れば良い。そうやって我々は、絶対なるものに一歩近づくのかもしれない。しかし、代助の出逢った問題はこの「取り換え」可能な問題を超えている。つまりそれは、儒教道徳という特定の体系の限界性の問題ではなく、より一般的である観念そのものの、個的立場に対しての限界性の問題であったのだ。この事を詳しく辿ってみよう。

我々は現実生活で「二三の主義を終始一定のものとして、萬事を是で律せんとする」傾向がある。これは言わば、様々な特質を有する個としての我々を、一般化し、体系・主義に一律に統括しようとする事である。しかし、果たして個の立場が一般と融合し得るだろうか。個の特異性が一抽象の内に十全に収束されるであろうか。凡ての個を主義の許に総括することは、つまり、個が他と等しくなる事である。これは個が個の特異性を失い、没個性として多の中へ没する事を意味しよう。代助はこのような個性を喪失する態度を拒み、何物にも換えられない唯一性の立場で考える態度を選ぶのである。仮に、彼が儒教道徳体系の限界を知悉しながらも、その観念内実の弱点を補正するが為に思索を加えたり、あるいは、新たな別種の観念へと依存することを選択すれば、彼の行為は個の立場を忘れ、抽象的多の中に「空虚」を忘却しようとする酩酊者の態度と等しく、「空虚」を無意味化することになるのである。換言して言えば、自分に自信のなかったかつての代助が、自分は「鍍金」であり他者こそが「金」だと盲信したと同じ誤謬を再び繰り返す事なのである。代助はこの誤謬の轍を踏むことを拒み、個の立場に立ち世界を考えるのである。「代助は凡ての道徳の出立點は社會的事實より外にないと信じてゐた」（九）、という事実は、こうした背景をもって理解できよう。彼の言う「社會的事實」とは、個が現実生活の中で経験する具体的実際経験の謂である。だから「始めから頭の中に硬張つた道徳を据ゑ付けて、其道徳から逆に社會的事實を發展させ様とする程、本末を誤つた話はない」し、一方的に儒教道徳を教えた父の教育方針に対して、「恨めしく思つている位なのであつた」。そして、「金」に見えていた父親の「地金」（六）へ、代助の「眼光がぢかに打つかる」とは、父親の言葉とその人本人の行為の相違を、観察し始めた結果なのである。その結果、終には、代助は、抽象的な観念で具体的な個人の存在を規定することの愚を、批判するようになるのだ。例えば、父親が代助の優柔不断を諭す場面で、父親は、人間にとって重要な事は「誠実」と「熱心」だと訓戒する。それに対して代助は次のような反応をするのである。

「御父さんは論語だの、王陽明だのといふ、金の延金を呑んで入らつしやるから、左様いふ事を仰しやるんでせう」

「金の延金とは」

代助はしばらく默つてゐたが、漸やく、

「延金の儘出て來るんです」と云つた。（三）

ここで、代助は、伝統的な道徳教育を受けて、ある特定の観念を信奉し切っている父親に対し、彼の態度を批判する訳である。父親は観念に依存しそれを生活の信条としている。又、他人に対してもその事を公言している。しかし、自己の具体的な個の立場での実践的行動を殆ど考慮に入れていない。つまり自分の現実行為の検討がない訳だ。

父親にとっては、論語も王陽明も生きた智恵とはならず、他人に対し自己の世界理解を提示するためだけの観念的規範に終わっている。つまり、生きた悩む人間にとっては、形骸とも言うべき装飾的観念に外ならないのである。従って、代助にとって父親の主張する、「誠実」と「熱心」とは、「情意行爲の標準を、自己以外の遠い所に据ゑて、事實發展によつて證明せらるべき手近な眞を、眼中に置かない無理なものであつた」(九)のだ。具体的な個に対して有効的に働くことのない「置き物」のような「延金」なのである。この父親批判の発生が「模倣」から「独立」への代助の変化を意味している。言い換えれば、代助の精神発達の過程において、「イミテーション」から「精神のーポジチブな内心のデマンド」としての「インデペンデント」(7)の欲望が生起して来たのである。そしてこの「インデペンデント」の欲望は、元に戻って言えば、「我」が「非我」を理性的に判断する行動の過程で目覚めて来たものである。つまり主知主義の所産と言って良かろう。そして更には、判断主体たる「我」が代助の「自己」をも対象たる「非我」として批判するに至るのである。この行為のために、自分の行動に秘匿されていた「自己欺瞞」が暴かれ、更に、「自己同一性」の自明的根拠を喪失する懐疑の世界に突入してゆくことになるのである。これから、どのように「自己欺瞞」を暴露するに至るのか作品を見てみよう。

彼は、普通自分の動機や行爲を、よく吟味して見て、其あまりに、狡黠くつて、不眞面目で、大抵は虚僞を含んでゐるのを知つてゐる(十三)

主知主義者代助が、到達した世界の真はこのように開かれたのである。つまり、世界の真相を合理的思惟によって、整合的に把握しようとする彼の立場が、その論究の対象を自己に定めた時に、必然的に経験論の立場に立つに至ったのである。そして、その結果、人間世界の現象のことごとくは、我々の経験的欲望の具体化として論じられるのである。その視点に立てば、我々の行為のことごとくが欺瞞を含んでいることになるのだ。なぜならば、我々は利己目的化を計りつつ、巧妙に行動しているからである。代助の言葉をかりて言えば、「人間は熱誠を以て當つて然るべき程に、高尚な、眞摯な、純粋な、動機や行爲を常住に有するものではない。夫よりもずつと下等なものである。其下等な動機や行爲を、熱誠に取り扱ふのは、無分別なる幼稚な頭脳の所有者か、然らざれば、熱誠を衒つて、己れを高くする山師に過ぎない」（十三）ことになるのである。又、かつて、代助が「義俠心」から、三千代を平岡に周旋したその行為も、青春の誇るべき記念などではなく、「可成平岡によく思われたい心から」（六）図った行為に外ならないのである。そして、平岡の三千代への恋情告白を代助が聞いて泣いた事も、純粋な同情心に動かされて彼の為に泣いた訳ではなかった事になろう。現在の彼の立場から見れば、そこに、義俠心を実行する際に付随するヒロイックな酩酊と、それに伴う自己陶酔の涙として映るであろう。すでに明らかであろうが、代助の現状分析の前では、人間の尊厳を含むような貴重で有価値なものが変質してゆく。人間が自分の空虚を埋めようと試みて願うような、自分がそれを守って生きようとするような、「友情」などの貴いものが、ことごとく「幻像」（七）だとして棄却され、自己の秘匿した欲望を暴露する論理的説明へと、冷笑的に翻訳されていくのである。更に例を加えよう。男女間の「愛情」すら、自己中心的命題の秘匿行為であり、欺瞞の例外ではあり得ないのである。「愛情」すら「幻像」であり、その底に利己的欲望の満足を隠蔽しているのである。男女は、常に不特定の魅力ある異性に対し心を動かしてやまない。つまり常に「不義の念」に冒されている。素直にこの欲求に従う者は「藝者」ばかりである。従って「渝らざる愛を、今の世に口にするものを僞善者の第一位に置」（十一）かざるを得ないのである。しかし、恐らく、このように、シニカルに、男女間の「愛情」をも秘匿された欲望の視点から説明する事によって、代助も心に傷を負うているのである。何故ならば、この愛情分析を行った後に、三千代を連想して動揺するからである。作品をみてみよう。

代助の頭の中に、突然三千代の姿が浮んだ。其時代助はこの論理中に、或因數は數へ込むのを忘れたのではなからうかと疑つた。けれども、其因數は何うしても發見する事が出來なかつた。すると、自分が三千代に對

する情合も、此論理によつて、たゞ現在的のものに過ぎなくなつた。彼の頭は正にこれを承認した。（十一）

取りまとめて言えば、憧れる女性を想起して、そこに伴う自然な思慕の感情を考慮して自分の冷酷な説明を変更しようとする思いつきに対しても、冷徹な分析によって、この変更しようとする行為それ自体を、気の迷いだと判断する根拠が、今まで論じ来た様に、代助の具体的個の立場から「自家の經驗に徴して」判断した「爭ふべからざる眞理」なのである。確かに、彼の説明する態度は、論理的には一貫している。しかし、その一貫した正しさによって、同時に代助の具体的個の立場は傷をうけているのである。先の引用文の直後に続く、彼の述懐「然し彼の心は、慥かに左様だと感ずる勇氣がなかつた」、とはこの傷をさし示す。この代助の行為に現れる矛盾は何か。つまり、彼が現在採用している、というよりすでに彼の態度そのものにまで受肉された経験論的立場からでは、掬し切れぬ有価値のものが、現実にはあるようなのである。もし、仮にここで、その有価値なものは何かと論理的手続を踏襲しつつ解決を図れば、結果的にはその何かは、更に錯綜した混迷を招くはずである。なぜならば、それは何かという問いを立てて、整合的に解を追求してゆく主知主義的立場からでは、思索の果てに再び掬しきれない不合理な問題が主体の内に目醒めて来る筈だからである。主知主義は対象を考えるその時に、その核心、つまり対象を対象足らしめるもの、それを悠久変化し得ぬ実体として把握しようとする。つまり、対象として存在させる実体解明へと向かうのである。実体とは、「『もの』のもつ偶然的な諸性質がたえず變化するなかにあって、『もの』をしてそのもの自身として有らしめるもの、自己同一を保たしめるものである（8）」。その実体を我々は自我を手段に、合理的合目的に説明しようと目論む訳である。しかし、この運動が、どのような地点に到達した時にそれを、我々は如何に実体だと確信し得るのであろうか。なぜならば我々は、その地点においても更に問う事が許されているからだ。従って、一度、獲得し得た筈の「解」が「真」であるか、我々は問い始める事ができる。この問いかけの循環は、主知主義の立場に永遠の呪縛の如くつきまとっている。この永遠の問いかけを停める根拠を我々は、内に有しない。

我々は思索運動のある地点でそれこそが「真」であると信じる外はないのである。ところが、代助が自分の合理的思惟の有効性を誇るあまり、閑却視した機能がこの信じることでもある。正確に言えば、合理的思惟が彼を導いた、現在の立場、つまり経験論の立場では、この「信じる」行為すらも、我々の欲望の様態に外ならないのである。従って信じる行為の有効性を閑却視した代助が、三千代を連想した際に、この連想そのものは瞬間的な思いつきにすぎないと「頭」で正に承認したとしても、その行為を「然し彼の心は」これを拒んだ、という述懐を許すとしたら、彼の立場は殆どその立脚点を失ってしまう筈である。なぜならば、その行為は、彼が自分の経験論の正しさを信じ切る事もできぬし、三千代への不合理な感情に、崇高性を見出す事もできないことを物語るからである。というのは、いずれの場合においても、その状態が成立する必須の条件は「信じる」事以外にはあり得ないからである。約めて言うと、彼はここで、自己の論理的立場の限界に立ちつつ、限界を認知し得ない矛盾に逢着しているという事である。更に繰り返して言うが、彼は自己の経験論の立場を本当には信じられない筈である。なぜならば、三千代に対する崇高な感情を許す欲求が生じているからである。しかも、同時に、三千代に対する不合理な感情を認める事も不可能なのである。なぜならば、その感情すらも代助の経験である限り、欲望つまり利己的欲望が巧妙に変化し顕現したものであるからだ。この矛盾が彼に訪れている。代助は、この時あたりから、茫然と世界の中を漂い始めるのである。自己同一性を失いつつあると言っても良い。言葉を換えて言うならば、彼に虚無が襲いかかっているのである。三千代の存在も、論理もここでは無意味に陥っているのだ。虚無とはこのことである。そして、この事が、作中語られる「倦怠」の意味する内実なのである。次にはこの問題について視点を変えて論じてみたい。

（四）

これまで、代助が合理的思惟に頼り、世界を理解する態度を自己に向けた時に、経験論傾向を生じた事を例示して来た。世界の現象を経験的欲望の反映として説明するこの態度も、主体からの固執を伴えば、屢々、絶対的観念へと変化する。つまり、説明内実を絶対化してしまうのである。これは、父親が儒教道徳を形骸化し、実践道徳ではなく机上の観念として受肉した弊に陥ることと同じである。それに対して、代助は冷徹な合理的思惟によって、父親の陥ったこの矛盾から逃れはした。彼は、「私」の欲望の顕現として世界の現象が説明し得るのと同じように、他者の側のそれぞれの欲望によっても、世界の現象は説明し得ると理解しているのである。世界のあらゆる凡ての「真理」、規範、価値はことごとく個々の立場によって、凡百の説明が可能である事を認めているという事だ。つまり、代助の立場は相対主義的色彩をも帯びているのである。漱石の言葉でこの事を確認してみよう。つまり、「我々は教育の結果、習慣の結果、ある眼識で外界を観、ある態度で世相を眺め、さうして夫が眞の外界で、又眞の世相と思つてゐる」、ところが多数の他者との出会いの中で、それぞれの世界観があるのに驚くのである。「して見ると世界は観様で色々に見られる。極端に云へば、人々個々別々の世界を持つてゐると云つても差支ない」。そして、「人間の頭が複雑になればなる程、観察される事物も複雑になつて來る」。つまり、我々が考える行為の結果として世界を産み出しているという事なのである。従って、「観察される事物」が複雑なのではなく我々には「單純なものを複雑な頭で色々に見えるから、つまりは物自身が複雑に變化すると同様の結果に陥る」ことになるのである。この欲望論的相対主義的視点から、今まで論じて来た根本の問題であった、「自己は何の爲に此世の中に生まれて來たか」という問題はどう解釈されるのだろうか。作品には次のようにある。

其都度（「何の爲に此世の中に生まれて來たか」という問題を考える度に――論者注）彼は同じ結論に到着した。然し、其結論は、此問題の解決ではなくつて、寧ろ其否定と異ならなかつた。彼の考へによると、人間はある目的を以て、生れたものではなかつた。之と反對に、生れた人間に、始めてある目的が出來て來るのである。

彼の立場からすれば、「何の爲に此世の中に生まれて來たか」という目的を求める問いは、この問いそのものが成立しない、無意味なものなのである。なぜならば、先験的に目的が設定された上での我々の誕生であるならば、世界には我々を超越した存在がある事を設定する必要がある。しかし、我々を超越する存在であるものであれば、我々にはそれを認識する可能性が閉ざされている。我々の存在は有限であり、無限と思える想像力ですら、我々の経験の制限を伴った上での機能にほかならない。したがって、経験不可能の存在を想定してしまう情態とは、むしろ、我々の内に我々を超えた存在を設定し、我々の存在を有意味化しようとする欲望が現れている事に外ならない。つまり、我々の欲望が投影した影を我々は我々の生活のかなたに憧れ、現在の「空虚」を耐える事になるのだ。誤解を恐れず言えば、本体たる我々の存在的意味を忘れて、本体たる我々の影を追い求める愚行と等しくなるのである。従って、代助の視座、つまり、孤立的唯一性としてある我々の立場からすると、生きる目的、「意味」とは、誕生後の我々が自らの行動によって創造して行く必要のあるものなのだ。かえって、「最初から客観的にある目的を拵らへて、それを人間に附着するのは、其人間の自由な活動を」奪う事になるのである。「人間の目的は、生れた本人が、本人自身に作つたものでなければならない」のである。

代助の特性が、必然的にニヒリズムを招き、「倦怠」を醸成していく過程についての分析は、機会を待って、後編において行いたい。

注

（1）阿部次郎「「それから」を読む」　初出は「東京朝日新聞」明治四十三年六月十八日・二十日〜二十一日。本文の引用は、平岡敏夫編『夏目漱石研究資料集成第二巻』（日本図書センター　平成三年五月）所収のものによる。

（2）夏目漱石「私の個人主義」（『漱石全集第二十一巻』岩波書店　昭和五十四年十月）
（3）夏目漱石「それから」（『漱石文学全集第五巻』集英社　昭和五十七年十二月）。猶「それから」本文からの引用は、特に断りがない限り、これより引用する。
（4）夏目漱石「模倣と獨立」（『漱石全集第三十三巻』岩波書店　昭和五十五年四月）
（5）瀧澤克己「それから」（『夏目漱石』乾元社　昭和二十二年十月）
（6）夏目漱石「創作家の態度」（『漱石全集第二十巻』岩波書店　昭和五十四年九月）
（7）夏目漱石「模倣と獨立」前掲（4）のものによる。
（8）西谷啓治『宗教とは何か』（創文社　昭和四十四年六月）

「それから」論(二)

——逃げる代助

(一)

主人公代助は、先ず理知的な人物として登場する。そしてこの理知的である事は代助自らが自認し誇りとするものでもある。彼は、書生の門野を評して次のように云う。

代助はこんな場合になると何時でも此青年を氣の毒に思ふ。代助から見ると、此青年の頭は、牛の腦味噌で一杯詰まつてゐるとしか考へられないのである。〈中略〉代助は此青年の生活状態を觀察して、彼は必竟何の爲に呼吸を敢てして存在するかを怪しむ事さへある。(一)[1]

そう批評する代助は、現在神経衰弱に悩んでいるのだが、理知を誇りにする彼は、この神経衰弱をも、門野の「のらくら」と比較して次のように云う。

自分の神經は、自分に特有なる細緻な思索力と、鋭敏な感應性に對して拂ふ租税である。高尚な教育の彼岸に起こる反響の苦痛である。天爵的に貴族となつた報いに受る不文の刑罰である。(一)

彼の解釈を辿って言えば、高尚な教育を受けて思索を覚えた自分は天爵的な精神の貴族であり、門野の存在とは完全に異質であるとなるようである。このような言説を恐らく漱石は批判的に描いているのであろう。とまれ、代助は「細緻な思索力と、鋭敏な感應性」のある自分こそが現実で呼吸をして生きるに値する「意義」ある存在である、というある種の自負があるようである。これを知識階級の驕りだと、理解するのはあながち的からはずれた事ではあるまいが、「それから」の作品の世界を了解するのには短絡的すぎよう。実はこの感覚の中に代助を導いてゆく行動の特質が物語られている。この作品で代助が経験する様々な問題は、彼のこうした細緻な思索力によって創造され、そして結果彼によって切実に悩まれるのである。つまり、言い換えれば、現在、彼が誇りにし、自己同一性の根拠としている、高尚な教育のたまものである思索力が、彼を苦しめている。彼の誇りが苦悩の源であるということになる。やや詳しく作品に即して論じてみよう。次の文章は、三千代と平岡の夫婦間の断絶を憂えて尽力しようとする代助の述懐である。

人間は熱誠を似て當つて然るべき程に、高尚な、眞摯な、純粋な、動機や行爲を常住に有するものではない。夫よりも、ずつと下等なものである。其下等な動機や行爲を、熱誠に取り扱ふのは、無分別なる幼稚な頭脳の所有者か、然らざれば、熱誠を衒つて、己れを高くする山師に過ぎない。(十三)

ここで彼が主張するのはこういう事である。つまり、「自らは固く人の爲と信じて、泣いたり」したとしても、実際にはそれは他人の利益を考えているのではなく「利己本位」の立場に立っているのだ。それを気付かぬのは「頭脳が不明瞭」だからである。そしてこれこそが「真実」であり、細緻な思索力で「よりよく人間を解剖した結果に外なら」ないのである。どうあっても純粋な利他的行為などはあり得ないと言うのである。しかし、彼が平岡と面談した事はもともと三千代の不遇を案じての事であった筈だ、つまり利他本位であった筈である。が、しかし、彼は、そこにも不純な自己目的を見出してしまう。「自分で眞面目だと信じてゐた動機でさへ、必竟は自分の未來を救ふ手段で」あったのだ。つまり中途半端な自分の気持ちを安定させるために計画した事にすぎぬと言うのだ。彼はこのように徹底的に事態を分析し、論理的に整合化するのである。ここで留意したい事がある。なるほど代助は今まで検証して来たように、物事の本質を論理整合的に分析する傾向をもっている。しかしその整合化された時点で、代助の精神はかなり不合理な問題に逢着しているのではないか、ということである。更に、文章を続いて引用しよう。次のように代助は考える。

此所で彼は一のヂレンマに達した。彼は自分と三千代との關係を、直線的に自然の命ずる通り發展させるか、又は全然其反對に出て、何も知らぬ昔に返るか。何方かにしなければ生活の意義を失つたものと等しいと考へた。（十三）

彼は行動の過程で「ヂレンマ」に達したと言う。それは、彼が情況を論理整合的に分析して自らの進路を摸索し決断した時に、初めて、漏れていた情報のあることに気付くと言う事である。そして今度はその漏れていた情報を考慮すれば、先の進路を決断した際の最大の要因が、全く考慮する事の出来ないこの情報に依っていた事が判明されるのである。つまり、今、彼がある行動を決断する理由はその行動が、現実である結末を迎えた時点でのみ判明されるという事である。行動の真の根拠は把握し得ない。正確に言えば、彼がなしつつある行動の真の原因は、必ず事後に分析されて現れるということである。彼は行動するが、しかし、その行動は、行動の原因たるものの「何故か」を求めるという事に等しいのである。つまり理由が、必ず一歩遅れて現れるということだ。比喩的に言うならば、彼が行動を起こすのは、「何故その行動を自分が起こすのかを知りたいから」であると、言えようか。そして、この情態は永遠に続くのである。なぜならば行動の後に知り得た、その行動の根拠を、今、知り得たその根拠は何か、と問う事になるからである。我々の理知とは、必ずこのように無限遡及的に根拠を問い得る機能を有しているようだ。ともあれ、この時、彼のこの行動の動機は、三千代が抱いている憂慮の排除に尽力することであった。が、度重なる彼の論理展開の果てに、彼は思い掛けない地平に降り立つ事となる。それが「自分と三千代との關係を」「發展させるか」、「何も知らぬ昔に返るか」という、つまり、「自然」に従うか、「意志に殉ずる」かという選択の地平である。「ヂレンマ」とは、代助の心の中に最初は意識すらしなかった問題が顕れ、その問題が彼の根本を引き裂く事を意味する。これを単に、様々に考察した結果、彼は本当の自分の気持ちに気付いただけだ、と理解することには充分距離を持ちたい。例えば、更に次のように代助は考えているからだ。

自然の児にならうか、又意志の人にならうかと代助は迷つた。（十四）

繰り返す説明になるが、つまり、これは、細緻な思索力の果てに「ヂレンマ」に至ったという述懐の反復である。これが、彼にとってはいかなる意味を持つのか。次の表現に注意してみよう。

彼の主義として、彈力性のない硬張つた方針の下に、寒暑にさへすぐ反應を呈する自己を、器械の様に束縛するの愚を忌んだ。（十四）

彼の主義とは、特定のある目的を向こうに設定して、それを獲得するために、適切な手段を講じるという態度とは異なる。これを彼は、堕落を引き起こすものと否定さえしている。彼の行動に対する理解とは、「歩きたいから歩く」「考へたいから考へる」という、「無目的な行爲を目的として活動」する内実のものである。つまり行動というものが何かを実現するための手段ではなく、行動自体が目的だというのである。この特殊な主義を彼は「彼自身に特有な思索と觀察の力によつて」取得したのである。この主義が、これまで代助の自己同一性を支えるものであった。ところが、現在、この主義が根本から動揺し始めているのであった。つまり「ヂレンマ」に至って、これを克服する必要性を感じた、ということの事は、自らの行動が「問題を解く」という目的を解決する「手段」に堕した事を意味するからだ。従来の彼にとっては、この事は愚挙なのだ。この事は彼にとっては重大な自我同一性の危機なのである。代助が「生活が、一大斷案を受くべき危機に達して居る事を切に自覺した」ということの発言は、仲々に重苦しいものなのである。取りまとめて要約してみよう。彼の自我同一性を保証する、特殊な主義を構成した原動力も彼の思索力であれば、それを崩そうとするのも同じ思索力である。ここで思索力は両義的である。それはあるものが正しいと証明し、同時にそれは間違いだと強調する働きを持っているからだ。必要に迫られた場合にそうした構図の内で、我々主体はどう行動を決断するだろう。代助はこれを「自然」「天意」という概念で超克しようとする。が、しかし、これすらも実は、「無目的の目的」主義と同じく思索力によって編み出された概念に外ならず、観念の魔力から自在のものとは言い難いのだ。つまり、彼は、思索の果てに茫然自失たる情況へと転落してゆくほかないのである。しかも、彼の傍には、社会から共に放逐された三千代という美しい伴侶がいるのである。

本論で試みたい事は、彼を混迷に導いてゆく原動力を彼の思索力に求め、いかなる呪縛の中に自ら進んで自由を失ってゆくのか、その必然的プロセスを問うてみたいのである。その結果、彼は「自然」という概念に救いを求めるが、果たしてそれが、代助の希望するような世界を彼の前で開くか。それが不可能であるとしたら、それは何故か、併せて、これらの問題を考えてみたいのである。

（二）

代助の哲学の内実を具体的に考えてみよう。彼は、人間の生きる目的について次のように考えている。

自己は何の爲に此世に生れて來たか、〈中略〉彼は今迄何遍も此大問題を捕へて、彼の眼前に据ゑ付けて見た。〈中略〉然し其結論は、此問題の解決ではなくつて、寧ろ其否定と異ならなかつた。（十一）

代助によれば「何の爲に生まれたのか」の問いは、解決できない性質の問いだと言うのである。だから、考察するに価値のない問いとしてある訳だ。否定的な問いとはこのような意味である。さらに、彼は、こう否定的に判断するその理由を次のように続けて語る。

彼の考へによると、人間はある目的を以て、生れたものではなかつた。之と反對に、生れた人間に、始めてある目的が出來て來るのであつた。最初から客観的にある目的を拵へて、それを人間に附着するのは、其人間

の自由な活動を、既に生れる時に奪ったと同じ事になる。(十一)

この彼の主張を理解してみよう。そもそも「何の爲に生まれたのか」と問う姿勢には、我々が生まれる以前の確乎とした「目的」を求める欲望がこめられている。自らの心の根底に息づく空虚に出会った我々が、その空虚の「意味」を問うてみたくなる場合に、我々は自己を超えた根拠からの確実な解答を求めてしまうのである。つまり「客観的」な「ある目的」を自らの生以前に求め、かつ、それを自らの生の礎にしたく欲望するのである。この場合では、ほとんど「今、ここで」という具体的個の立場を超えた普遍的解答が希求されているのである。従ってこの希求に対する解答は、超越の立場に立っての直截的な解答でなければならない。代助はこの解答を求めずに、こうした解答を求めざるを得ない問いかけ自体を否定する訳である。なぜならば、有限である我々が、超越の立場に立つ事自体がすでに論理の矛盾に外ならないからである。有限なる人間のその理知によっては人間の背景としての超越には達し得ない。よって、超越の立場からのみの解答を求めるような問いには答える事ができないのである。かくて、論理的推理により解決不可能を判断し、問いそのものを否定するのである。しかし、不思議な問題の処理方法がここにある。実際上、この現実生活の只中で彼はこの「何の爲に生きるのか」という問題に悩んで答えを求めているのである。論理上では否定せざるを得ない問題でありながらも、現実にはこの問題に対しての、煩悶を味わっているのである。是非とも知りたい問題が厳としてある訳だ。が、この過程に合理的思惟作用、つまり思索力が介入すると、問題自体が成立し得ぬ態の問いとなり否定される。これは問題の解決ではなく放棄ではあるまいか。自分にとって根本的な問題でありながら、この次元で放棄する姿勢にこそ代助の思索力の特質がうかがえるのである。徹底した理知の立場に立てば、恐らく次に更に問い得る次元がある筈なのである。それは、つまり、彼の求める重大な問いは、答えられない性質の問いでありながら、彼が生きるがうえに必要で緊急な、問わねばならぬ問いであるのは何故か。自らでは答えられぬ問いでありながら、生きるに必要であるのは何故か。こう、代助自らが、問う事を求める事が、理知をよすがに生きると言う事であり、思索力に誇りを持つという事であるように思える。代助は、緊急の問いだと実感しながらも、彼の現実での対応がさほど有価値性のものとはみなそうとはしない、不思議な対応がある。それよりも彼にとって大切な事は、こうした実感領域での情実の名状化ではなく、彼の理知による論理推理であったようだ。心の実情を閑却視してむしろ、論理的整合性の方をより信頼しているのである。言葉を換えて言えば、理知、つまり合理的思惟能力に頼るあまり、彼には、実情が見えなくなってしまっているようだ。たとえ、それが自己の心に関する実情であったとしてもである。一度、合理的に説明がつけばその問題を領略したと言う了解に至るようだ。しかし、その後に残る課題は、こころの蟠りとして残るのである。そして、疑問が重大な事項であればそれだけ、姿を変容させ彼の精神の中に未解決のものとして沈潜してゆくのである。だがそれは何であるのか、非常に、彼には理解し難い蟠りとして、心中に息づいているのである。こうした彼の行動特性は、彼が目をそらそうとしている彼固有の不安の発生に、大きく関わっている。次の代助の発言に注意をしたい。

代助の頭には今具體的な何物をも留てゐなかつた。恰も戸外の天氣の様に、それが静かに凝と働いてゐた。が、其底には微塵の如き本體の分らぬものが無數に押し合つてゐた。乾酪の中で、いくら蟲が動いても、乾酪が元の位置にある間は、氣が付かないと同じ事で、代助も此微震には殆ど自覺を有してゐなかつた。たゞ、それが生理的に反射して來る度に、椅子の上で、少し宛身體の位置を變へなければならなかつた。（六）

本人が、それと意識できぬ儘に、自分の内部で何者かが微動しているという、この表現は不気味である。「蟲」が「乾酪」と酷似した色を有し、気付かぬ内に「乾酪」を食いつくして肥えてゆくように、彼の中で微動する「蟲」が彼を食いつくすべく肥え太ってゆく。そして、それは、彼と区別し難いものである。その「蟲」は「本體の分らぬもの」で「無數に押し合つて」いるのである。ここで語られている「蟲」こそが、彼には、捕捉し難い根底の不安であり、彼が、心の実感に根拠を置けなくなった結果生まれたものなのである。更に続けて代助は次のように言う。

理智的に物を疑ふ方の不安は、學校時代に、有つたにはあつたが、ある所迄進行して、ぴたりと留つて、夫から逆戻りをして仕舞つた。丁度天へ向つて石を抛げた様なものである。代助は今では、なまじい石抔を抛げなければ可かつたと思つてゐる。(十六)

この箇所では、それほど詳細に説明が与えられていないために、推測して説明するほかないのだが、彼の言う「理智的に物を疑ふ」とは自らの存在の意義に関する疑問であろう。つまり換言すれば「何の爲に生きるのか」という問いの形而上学的考察を意味するであろう。それが、先程述べたような経緯を辿って「ぴたりと留つて」問いそのものが否定された訳である。論理では、合理的に否定した筈なのに何か沈澱するものがあり、推測するに、それが、彼を生理的に追いつめている感触があるのだ。「天に向つて石を抛げた様なものだ」とは、こうした感触に生々しく纏いつかれる気配を言うのであろう。飽くまで、その存在は気分としてしか顕われて来ないのである。

「何の爲に生きるのか」という疑問を追求することは、西谷啓治氏の理解に従えば、代助はここで求めているものは宗教的要求であることになる。「我々は果して何のためにあるか、我々自身の存在が、或は人生といふものが、結局に於て無意味なのではないか、或はもし何らかの意味や意義があるとすれば、それはどこにあるのか。さういふやうに我々の存在の意味が疑問になり、我々にとつて問ひとなると共に、宗教的要求が我々の内から生起して來る」(2)と言うのである。そして、この「我々の存在の意味が疑問に」なる時とは次のような時であると言う。

通常の生活に於て必要であつたものが、藝術や學問などをも含めて、すべて必要性を失つて來るところ、役に立たなくなるところは、死とか虚無とか或は罪といふやうな、我々の生や存在や理想に對する根本的な否定を意味するもの、我々の存在から根據を奪ひ、人生の意義を疑はしくする事態が、我々自身の切實な問題となつて來る時である。例へば自分自身が病氣その他で死に直面したやうな場合、或は自分に生甲斐を感ぜしめてゐたものが奪はれたやうな場合である。

その場合とは、代助に即して言えば、彼が倦怠に陥る時であり、執拗な神経症に悩む時である。その時に彼は自分の存在の意味を問うてしまうのである。さらに、その時とは、先程の説明を繰り返して言えば、彼の「我」が「非我」たる対象を論理的合理的に解明し切ったと判断した後、対象を閑却視し去った時から、始まり深まってゆく、ある何ものかの沈澱を不明瞭な気分として感じた時である。言わば、彼の論理的嗜好が現実的感触に関して限界に出会った場合に現れて来るのである。次のように代助は語る。

彼は生れて以來、まだ大病と名のつくものを經驗しなかつた位、健康に於いて幸福を享けてゐた。彼はこれでこそ、生甲斐があると信じてゐたのだから、彼の健康は彼に取つて、他人の倍以上に價値を有つてゐた。彼の頭は彼の肉體と同く確であつた。たゞ始終論理に苦しめられてゐたのは事實である。それから時々、頭の中心が、大弓の的の樣に、二重もしくは三重にかさなる樣に感ずる事があつた。（十一）

「始終論理に苦しめられてゐた」彼は、このような頭に関する生理的違和感につきまとわれている。こうした違和感は次のようにも説明される。

翌日眼が覺めると、依然として腦の中心から、半徑の違つた圓が、頭を二重三重に仕切つてゐる樣な心持がした。斯う云ふ時に代助は、頭の內側と外側が、質の異なつた切り組み細工で出來上つてゐるとしか感じられない癖になつてゐた。夫で能く自分で自分の頭を振つてみて、二つのものを混ぜやうと力めたものである。

（十一）

恐らくこの時、代助には自分自身の輪郭がわからなくなっているのであろう。今、ここに自分というものがこのようにあること、この言わば、自明としてあるべきはずの感覚に不透明な膜が侵入し、彼を認識にかり立てているのであろう。その自明の感覚とは通常の我々にとって、疑う必要もなく自分が今、ここに「ある」という感覚である。(3)

この違和感を説明するために今度は、次の文章をみてみよう。

湯のなかに、静かに浸つてゐた代助は、〈中略〉流しへ下りた。さうして、其所に胡坐をかいた儘、茫然と、自分の足を見詰めてゐた。すると其足が變になり始めた。どうも自分の胴から生えてゐるんでなくて、自分とは全く無關係のものが、其所に無作法に横はつてゐる樣に思はれて來た。〈中略〉實に見るに堪へない程醜いものである。（七）

この場合には、代助の自己は、つまり「我」は自分の足を考察の対象に捉えている。そしてその足が、違和感を持って迫って来る。それは我々が通常疑うことのない自明的な経験とは異なっている。我々は湯からあがるときに、我々があがると考える。足があがるとは考えない。つまり、我々は、全体として機能する我々の存在として自分を自明に受用している。彼には、この統合作用に変異がみられ、全体から部分を切り離す感覚が起こっている。我々にとって、その足とは、我々の足であって、必ず自分全体の統一的構図の中でそれを捉えている。これを代助は、誰か分からぬものの足として感じてしまっているのである。そこには我々の全体の一部としての興味もなければ愛着も伴う事がない。自分とはどこか無関係の無名性の何かなのである。そこに親しみが喪失されているから、正視するに堪え得ぬ程の醜悪なものとして現れるのである。「毛が不揃に延びて、青い筋が所々に蔓つて、如何にも不思議な動物」としか思われないのである。これは足を見る代助の自己に歪曲が生じている為である。その歪曲した自己が自己を意識した場合の違和感が、先程引用した頭の中心が二重三重に仕切られていると言う感覚なのである。代助は自分自身の輪郭を見失ったのである。それはまた「始終論理に苦しめられてゐた」結果なのである。例えば次の文章を見てみよう。代助は「睡眠と覺醒との間を繋ぐ一種の糸」を探ろうと、自分の意識の跡を辿る。何をもって探るのか。自分の意識を主体にして、自分の意識を客体にして探るのである。探る主体と探られる客体が同一という矛盾をおかすのである。

夜、布團へ這入つて、好い案排にうと〳〵し掛ると、あ、此所だ、斯うして眠るんだなと思つてはつとする。すると、其瞬間に眼が冴えて仕舞ふ。〈中略〉代助は殆んど毎晩の様に此好奇心に苦しめられて、同じ事を二遍も三遍も繰返した。〈中略〉どうかして、此苦痛を逃れ様と思つた。（五）

最初は自分自身に対する単なる好奇心から行った行為が、睡眠を奪い、彼の神経を消耗させて行く過程が読み取れよう。自分自身を、見る立場としての自己と、見られる立場の自己に分割して観察した結果は次のように恐ろしい結果となる。

同時に、此作用は氣狂になる時の狀態と似て居はせぬかと考へ付いた。（五）

こう言うのである。彼が世界を領略し得ると信じた理知と思索力が、自己の現象の分断を重ねて作動し続けた結果、彼が、荒涼として佇むに至る情況がここである。再びくり返して言うが、彼は自己の自明性を見失ってしまったのである。つまり彼は、現在、絶望に生きているのである。しかも、これは彼に無名性の気分として察せられるだけなのである。もし、彼が思索力への偏重的絶対観に導かれる儘、この気分を合理的に解釈し、その成果に伴う自信により、再び自己同一性を建て直そうと試みても無駄である。何故ならば、この絶望は、彼の思索行為そのものが生み出した情況であるからだ。思索の限界を、当のその思索が知り得ることはできない。仮に、もし試みたならば、この事態を更に深刻化させるばかりである。狂気の予感におびえる彼を、いっそうそれに近付けさせることになるのだ。ということは、つまり、彼は自分が絶望している事自体を知ることができないし、克服することもできない。それほど彼の絶望は深まっているのである。現在の儘の代助である限り彼はこの自己喪失の内に閉じ込められているばかりなのだ。

彼の陥っている不気味な無名性の自己喪失の情態を救済する方法が、禅の伝統の中に存在する事を、代助は伝聞で知ってはいる。自分が未だ到達した事などないという「大疑現前」がそれである。彼の絶望は、自己の分断より生じたと繰り返し述べている通りである。従って、ここより救済されるには、畢竟、彼の自己分割を克服し、自分自身そのものを甦らせることに外ならない。つまり、対象を「考える」というこの行為自体にすでに含まれている「考えられるもの」、と「考えるもの」という分割を、分割以前の根源にまで遡って自分の全体として回復することでなければならない。こうした行為の場に於いて「大疑現前」はその解答を伴って、我々に開かれて来るのであろう。これを明らかにするために、代助の論理的志向性の限界を更に精確に考えてみよう。我々が対象を見るとは常に「自己の『内』から『外』のものを見ることである。自己と事物との根本的な離隔の場で事物に對するということである。內と外、主観と客觀との對立。離隔の場は、『意識』といはれる場である。我々は通常その場にあつて、表象或は觀念を通して事物に關係してゐる。従つて如何に事物の實在性といはれても、事物はその實在性を眞に實在的に我々にあらはして來ることはない。(4)」我々は、どうあっても、意識の場に立つ限り事物の実在に触れることは不可能なのである。「意識の場はどこまでも自己が中心に置かれてゐる場である。」そして、我々が我々自身の感情や思惟そのものに触れようとする場合にも、こうした不可能が出現する。「もちろん普通には、我々が『內』として『外』に對するそのところで、我々は我々自身のもとにあり、我々自身にふれてゐる、と考へられてゐる。自意識といはれるのがそれである。併しながら『外』に對する『內』として、『外』への關係に於て自己中心的である自己は、事物から遊離して自己自身の內だけに閉じこもつた自己、常に自己に對してゐる自己である。そこでは自己は自己自身を常に自己の前に置いて、事物から離れた『自己』といふ『もの』として見る」訳である。我々が自意識の內で自己を考へるとは自己といふ「もの」の形で表象を介在させてしまうのである。つまり「自己は眞に實在的には自己自身のもとにはない」のである。これは感情や意欲等が「意識」される場合も例外ではない。思索という立場に立つ限り「すべて實在の實在的な現前は起り得ない。實在は切斷されたばらばらの姿、自己矛盾を強いられた姿でしか現れてゐないのである。」こうした思索の過程で生じた自己矛盾の累積が、代助をして自分自身の自明性を見失わせたのである。閉ざされた自意識の中での「自己」つまり「もの」化された「自己」がいかように、誇らしく整然と論理化されようと、こうした論理の「自明性そのものが自らにとつても一つの自己欺瞞、虚偽にすらなる」のである。こうした絶望の情況を解消するには、「我々が事物自身の中で事物にリアルにふれるといふそのことに於て、卽ち我々のさういふあり方に於いて、却つて我々が、我々自身にリアルにふれるといふ」場所に立つことが望まれる。論理の自明性そのもののうちに、虚偽を嗅ぎ取る絶望の混濁の中から誕生する懐疑に徹底することで、初めて自覚される場所でもある。絶望から生まれた懐疑は自己意識の限界から生まれたものでもある。「意識の場は自己といふ存在と事物といふ存在との係わりの場であり、」「存在の根底にある虚無が蔽ひ隠されている場である。」意識の場では事物は客観化され「もの」として捉えられる。しかし、「その根底なる虚無に立つ時、自己は初めて客觀化を受けぬ主體性に達し得る」のである。「主體的に虚無に立つことは、自己が一層根源的に自己自身となることである。」従ってそれは「實存としてのみ現成する。」「内」と「外」という対立の無化された場では、自己が疑問を疑うという事と別の様態が現れる。「ここでは、自己と事物一切の根底にリアルに潜む虚無がリアルに自己に現前し、その現前に於て自己と自己の存在そのものが事物一切の存在と共に、一個の疑問に化するのである。疑ふものと疑はれるものが別々なのではなくして、その區別の場を踏み越えたところで自己が大なる『疑』そのものになる」のである。

自己が實在的に「疑」そのものになる。リアリティたる疑のリアリゼーションになる。それが大疑現前といふことである。

代助が絶望の只中から生まれた懐疑に徹底し切ることで、つまり彼が懐疑そのものに化する事で、自己矛盾を突破し得るのである。しかし、その大疑現前について代助は次のように言う。

禪坊さんの所謂大疑現前抔と云ふ境界は、代助のまだ踏み込んだ事のない未知國であつた。代助は欺う眞率性

急に萬事を疑ふには、あまりに利口に生まれ過ぎた男であつた。(六)

この事の内実理解について代助が詳しく語らぬので、精確に判断するのは難しいが、漱石の次の説明を手掛かりにしてみよう。『禪門法語集』の書き込みの一節である。(5)

禪家の要ハ大ナル疑ヲ起シテ我ハ是何物と日夕刻々討究スルニアルガ如シ

この一節を手掛かりに「大疑」を簡単に定義すると、これは「自分とは何か」という疑問であると言える。つまり「父母未生以前本來の面目は何か」という公案が開いている疑義である。つまり「自性」を問うているのである。この自性が、我々の目前で如実に顕現し、我々が証悟することが「大疑現前」であると、一先ずこのように理解しておこう。この禅門における「大疑現前」の究明について漱石は次のように続ける。

我ハ是何物ト疑ツテ寢食ヲ廢スル者ハ西洋ニモアルベキ道理ナリ。眞ニ逢着セント欲スル者ハ多少此疑ヲ抱クガ故ニ求眞ノ念切實ナル泰西ノ學者ハ皆コ、ニ懸命ナル精彩ヲ着スベキ筈ナリ。然ルニ希臘以來末ダ嘗テ我ハ悟ツタト吹聽シタル者ヲキカズ。怪シムベシ。

禅門で言う証悟について批判的な言説が見て取れよう。西洋にもある筈のこの存在論的問題に、論理的思弁を加えて来た西洋哲学の伝統の中で「大疑現前」などは見当たらないというのである。こうした批判的態度に漱石の合理的思惟性への積極的な信頼が窺知できるようだ。漱石が「真」を解明する有効な手段として信頼するものは、どうも理知主義的傾向があるような印象をうける。つまり世界を「我」と「非我」に切断したうえで、「我」が理知的能力を働かせ「非我」の実体を解明し尽くす。又これが可能だという、こうした信頼があるように思えるのである。だから彼は「自他不二」を唱える東洋の独自の思考形態に批判的でもあり、次のように結論づけてしまうのである。

要スルニ非常ニ疑深キ性質ニ生レタル者ニアラネバ悟レヌ者トアキラメルヨリ致方ナシ。從ツテ隻手ノ聲、栢樹子、麻三斤悉ク珍分漢ノ囈語ト見ルヨリ外ニ致シ方ナシ。珍重

「自他不二」を実存の立場で如実に生きて、解とした白隠の「隻手の聲」、越州の「庭前の栢樹子」も洞山の「麻三斤」も、彼にとっては珍重すべき「珍分漢の囈言」なのである。このようなアイロニカルな言動をひたすらに表現してしまう理知信仰の領域に、彼は住んでいるのである。この漱石の立場と「欺う眞率性急に萬事を疑ふには、あまりに利口に生まれ過ぎた男」だと、反語をこめて自認する代助との距離は甚だ近いようである。彼の言う「利口」とは、彼の誇りである精密な思索力に比重がかかっている事は言うまでもあるまい。古人達が無心に「人の爲と信じて、泣いたり、感じたり、激したり、して、其結果遂に相手を」動かした原因を、「頭脳の不明瞭な」結果だと冷淡に喝破するほどに「利口」なのである。しかし、代助が他人の行為をこのように功利的基準で評価するには訳がある。彼は「普通自分の動機を行爲を、よく吟味して見て、其あまりに、狡惡くつて、不眞面で、大抵は虚僞を含んでゐるのを」熟知しているから、自他の行為ともに欺瞞だと裁断するのである。恐らくこの立場から禅者の行為を見て、「大疑現前」を判断すると、「ぼんやりさ加減」を維持して、初めて経験可能だと批判しかねない危うさがある。「大疑現前」に関する根本的な誤解があるようだ。

とまれ、彼は、自分自身の行動や感情の動きを、その動きと同時に観察しているのは間違いない。つまり常時、自意識の中に自己が閉じ込められている訳だ。このような閉ざされた生命感の沈滞の中で、彼は「倦怠」を味わうのである。単に暇がありすぎて退屈なのでなく、この「倦怠」とは、絶望が姿を現して彼に対決を迫るものなのである。彼はここで最大の懐疑に向かっているといえよう。しかし、正確に言えばそうであるまい、その懐疑とは実は、今まで彼が否定し続けて来た同一の問題であるから、再び彼は回避していた自分自身の限界としての問題に戻る、という方が正しいようだ。

論点がいささか前後するのだが、根本的懐疑に再び立ち戻る彼の倦怠を論じる前に、彼がその問題をどのように回避したのかを先に明らかにしてみたい。

(三)

彼は「自己は何の爲に此世の中に生れて來たか」という疑問をどう解釈するのかはすでに述べたように、飽くまで合理的論理的に解釈する。しかも主客二分立の閉ざされた自意識内での戯論的了解に終わっている。その彼が、この存在論的意味追究を否定した後に、新たに案出する理解が次である。

人間の目的は、生れた本人が、本人自身に作つたものでなければならない。けれども、如何な本人でも、之を隨意に作る事は出來ない。（十一）

つまり既成の絶対的方針を先に立てて、その方針に我々の存在の根拠を求めようとするこの態度に反抗するのだ。そして次のように言う。

此根本義から出立した代助は、自己本來の活動を、自己本來の目的としてゐた。歩きたいから歩く。すると歩くのが目的になる。〈中略〉それ以外の目的を以て、歩いたり、考へたりするのは、歩行と思考の墮落になる。（十一）

すでに詳しく論じたように我々の存在意義を知るためには、我々の「考える」態度を突破する必要がある。考える態度が含んでいる自己の分割のそれ以前に遡らなければならない。つまり我々が生々とした実存の立場に立つという事である。「自己の存在が自己自身にとって疑問符Xとなって來るとき、自己の存在の背後に或は根低に虚無が感ぜられるとき、問ふ自己と問はれる自己とが二つであるやうな餘裕は消える。」「自己はいや應なしに一つになることを強ひられる。」「卽ち自己の決意において自己自身になる。そこに始めて自己自身の現存在が自己の問ひになって來るのである。」代助もこの実存の立場で決意はしている。彼は自分の存在の根拠を普遍的な目的に求めることを拒んでいるからである。その結果彼の中で考え出された理解が今引用した「自己の活動」そのものを目的として活動するというものである。彼は、「無目的な行爲を目的として活動して」いるのである。つまり、「代助は今日迄、自分の脳裏に願望、嗜欲が起こるたび毎に、是等の願望嗜欲を遂行するのを自己の目的として存在してゐた」のである。しかし、実存の立場に立ち自分の根源で生きることを決断していながら、彼の絶望は越えられることがない。つまり代助の自意識は功妙に姿を変えて生き延びて彼を不自由にしているのである。それほど彼の絶望は深く昏い。これはどういう事であろうか。作品の具体的文章に即して論じてみよう。例えば、父親から代助には誠実と熱心が欠けていると批判された時の、彼の反応である。

代助は又返答に窮した。代助の考へによると、誠實だろうが、熱心だろうが、自分の出來合いの奴を胸に蓄へてゐるんぢやなくつて、石と鐵と觸れて火花の出る樣に、相手次第で摩擦の具合がうまく行けば、當時者二人の間に起るべき現象である。（三）

代助はここでも「無目的を目的」とする自分の行動の特性を語っている。彼の実存の立場から見ると、父親の立場は旧道徳に行動の方針を求めるものである。こうした絶対的な目的を自分自身とはかけ離れた、次元に求める態度は極めて愚かなのである。そして、他者の行動をその固定した方針の標準から裁断し規定する事は、取りも直さず不道徳的でもあるのだ。それを彼は、父は「論語だの、王陽明だのといふ、金の延金を呑んで入らつしやるから」「金の延金の儘出て來る」と皮肉るのである。これは、一つには、父親の主義と実際の言動がはなはだ矛盾していることを批判している。そして、今一つは、固定的な観から自由多色な現象を歪曲することへの批判である。世界に存在する多者の普遍的価値観からは、世相の悉くが、一律に同じ基準で価値付けられてしまうからである。父親の百様の場所で行われるところの、夫々の一回性の事件が、その一回性を奪われ一律化されて「延金」の文法で翻訳されるのである。つまり、我々が常にある種の色を帯びた眼鏡を掛けて現象を見れば、すべての現象の上にその眼鏡のある色が付着してしまうのと同様な事が生じるのだ。つまり固定観と言うべきであろうか。その観によって物事は観の体系の中での場所しか占められない。代助はこれを皮肉るのである。この代助の父親の主義に対する批判の根拠は理解し易い。が難解なものは、そうした父親に対する根強い軽蔑心である。彼は「父に對する毎に、父は自己を隠蔽する僞君子か、もしくは分別の足らない愚物か」（九）と思ってしまう。こうした印象が生まれる為には、自分の立場が相手と比較して正しいのだという自負が、どうしても必要である。とするならば、自己の分割以前の根源である所の実存の立場で生きる彼の判断としては、不都合な問題を含んでいる。何故ならば、実存の場とは自身そのものの存在根拠も、事物それ自身の存在根拠も悉く無根拠であるという、虚無の開示を待って、初めて立ち得る場所だからである。世界がすべて無化された只中で、我々が我々に立ち戻って決断する。それが実存の場で生きることであるはずだ。代助の意識には、正しいもの正しくないものと言う、弁別の欲望が息付いている。つまり彼は究極的に正しい「真理」の実在を念頭に於いて、自他を判断しているのである。彼にとって、この見地からすると「無目的を目的」に生きる自分の姿勢は正しいものとしてある事になる。つまり、ここに二つの矛盾があらわになる。一つは、「最初から客観的にある目的を拵へて」そこから人間の行動の価値を判断するのは人間の自由を奪う事だ、という彼の批判を自らが覆していることである。彼はどこか遠い所に絶対的な真を置いているから、自分が正しく、父は間違っているという判断が可能であるのだ。代助が絶対的価値基準そのものを否定したのは、「真」の絶対的価値基準を、どこかに想定していることの結果であったようだ。つまり、彼は絶対的真を苦しみを持って否定せねばならないほど、それほど形而上的真を激しく求めているという事である。そして残る一つは、自分の行動それ自体を目的だと決めた、彼のこの態度も実は、彼の意識に表象として捉えられ、主義として固定されてしまったという事である。つまり、彼が批判している父親の「金の延金」と寸分違わぬものとなっているのである。さらに言えば、これらを「もの」として表象化し捉える自己が執拗に生きているということだ。その自己は

「内」となり「外」を作る迷宮的な自意識を形成する。この場では自分自身すらどこか自身そのものに成り切れない、本当の自分というものから遠いものとして顕われる。そして絶えず、自分の行動をすら観察する自己として纏い付くため、行動それ自身が行動として成り切れているという気分を味合えないのである。つまり通常我々が疑問にすらしない自明的な事が虚偽を含んであらわれるのだ。この無名性の感覚が彼に付き纏うのである。作品にこれが倦怠として描かれるのである。代助がこの倦怠に襲われる時に必ず伴って起こる現象が、無意味感や徒労感なのである。例えば次の文章を見てみよう。

> 此主義を出來る丈遂行する彼は、其遂行の途中で、われ知らず、自分のとうに棄却した問題に襲われて、自分は今何の爲に、こんな事をしてゐるかと考へ出す事がある。彼が番町を散歩しながら、何故散歩しつゝ、あるかと疑つたのは正に是である。（十一）

ここに語られる「此主義」とは「自己本來の活動を、自己本來の目的と」する「無目的な行爲を目的として活動」する主義である。また「棄却した問題」とは自身の存在意義に関する懐疑のことである。代助はここで散歩する自分の行動の意味を問うている。だが、しかし、こうした疑義は、通常の我々には疑問にはなり難い。我々にとっては自明な事が彼には空虚な事として迫ってくるのだ。つまり、彼は散歩していることが徒労に思えて仕方が無くなるのである。それ故に彼は根本的疑問に立ち帰らねばならない。その問題というのが、彼の存在意義に関するものである事は、言うまでもあるまい。こうした情況は彼自身が自分の心の安定を見失ってしまっていることを示している。これは彼が幾度か存在意義に関する問題を単なる思索的操作により、解消した結果によるものである。実際には問題は解消されていず、彼は回避しただけなのである。彼が誇りにしている合理的思惟による論理推理の方を、自分の要求の切実さよりも信頼した結果なのである。彼が経験する所の現象をことごとく表象として、自己が判断するという、考える「自己」の絶対化が行われてしまったのである。この絶対化された「自己」は「自己」そのものの依って立つ根拠を問わざるを得ないのである。この「自己」は、必ず、何か対象として考えられる事物を面前に想定してのみ成立する「自己」であるからだ。そうした性質上、この「自己」は最終段階として「自己」そのものを問うのである。つまり、代助に自分自身の根源に向かう事が要求されていることになる。しかし、「自分の存在する意味は何か」という、この問いを発する場所の根底を支えているのは虚無なのである。この直視に代助は向かわされているのである。自己の分割を突破し、この無根拠に自ら進んで立つ時に、彼は再び生き生きした自身を回復するのであろう。一度、この場に立てば、かつての絶望の瞬間は、救済の前兆であることが判明するのである。が、しかし、代助は自我の絶対観を手離すことが出来ない。無根拠の世界の開けの前で自我を頼りに茫然と立つのである。そして、現在、彼が、信頼している自我すらも実は無根拠である。彼はこうした虚無の目前で必死に論理を模索し、自我を守ろうとするあまり却って自分を失うのである。この事は代助の次の表現に良く窺える。

彼は自己の生活力の不足を劇しく感じた。従つて行爲其物を目的として、圓滿に遂行する興味も有たなかつた。彼は、たゞ一人荒野に立つた。茫然としてゐた。（十一）

「一人で荒野に立つた。茫然としてゐた」という表現が、代助の絶望を語っている。しかし、彼はこの場所で自分の根源を見ない。論理飛躍によって核心の周辺の部分へと問題の性質をすり替えるのだ。つまり実存の立場に立べきつ決意を、一人の女性によってこそ救われるという問題へとすり替えるのだ。このすり替えの問題を次に論じてみよう。

(四)

「自己の生活力の不足を劇しく感じた」代助は三千代に逢おうと思いつく。それに至るまでの代助の胸中は次のようである。

　これほど寐入つた自分の意識を强烈にするには、もう少し周圍の物を何うかしなければならぬと、思ひながら、室の中をぐる〳〵見廻した。〈中略〉最後に、自分を此の薄弱な生活から救ひ得る方法は、たゞ一つあると考へた。（十一）

そして三千代に逢おうと決意するのである。言葉尻を摑まえるようだが、気晴らしとしての部屋の模様替えと同次元で、三千代の事が語られている事に注意をしたい。今彼は生活力の充実を求めている。その彼にとって、三千代を求めるとは、三千代その人を求めることではない。自分の心の充実の手段にどこかで三千代が想定されている。三千代への憧れからくる三千代を求める動きではなく、自分が絶望の崖に立って苦しいから彼女を求めるのである。代助の行為は、「あえて言えば、〈中略〉むしろ自己甦生への希求の告白、同意の要請というべきではないのか。すべては、『自家特有の世界』に棲む代助一流の自家哲学にある」と別の箇所についてであるが、佐藤泰正氏の指摘される通りである。(6) 誤解を恐れずに言えば、代助の三千代への関わりは、「利用」するという関わりに極めて近づいていると言えよう。彼が盲信する自我絶対観から湧出する欲望が、安定化の根拠として女性を求めたという事である。正確に言えば、三千代との愛情のような感情を現実生活の中で貫徹させようと試みる事で「意味」を味わおうと躍気になるという事だ。代助が切に求めている情態は、積極的に愛する女性との生活を守るために、社会と闘う事とは思えない。むしろ求めているのは、何ものかと闘うという自分の姿勢そのものなのではあるまいか。何事かを成し得る根拠その事を求めていると思えるのである。つまり代助の自意識の中で、閉ざされた考える「自己」が自らの無根拠性の直視に耐えかねて、「自己」が生き延びるための「目的」を自己の「外」に創造しようと試みているという事なのである。「自己」が選び決断し実行する、その行動に障害が多くあれば、それは「自己」にとっては貴重な意味として現れて来るのではあるまいか。代助にとって必要なのは生活力を高めること、意味を味わうことである。この目的のために三千代の存在が求められているのである。思索上の障害を克服するために求められていると言えよう。代助が三千代に「僕の存在には貴方が必要だ。何うしても必要だ。」と、理屈めいて堅苦しく告白する由縁がこれである。

しかし、こう論じて来ても疑問は残る。それは代助が三千代へと向かう、その契機に愛情の交流めいたものが作品にはあるからである。代助が三千代へ結果的には逃避したとしても、それをなさしめるだけの理由が、代助の中で生々しくある筈である。この箇所は作品に容易に見出される。例えば、代助が家族のたくらみで芝居に連れ出され、見合をさせられる。その晩代助は精神的疲労を覚えるが、三千代の事を考え「其所に安住の地を見出した様な氣がした」と言う。また、三千代の住居を代助が尋ねて行き、顔をみつめ合う内にある危ういものを感じる次の箇所である。

　其時代助は三千代と差向いで、より長く坐つてゐる事の危険に、始めて氣が付いた。自然の情愛から流れる相互の言葉が、無意識のうちに彼等を驅つて、準縄の埒を踏み越えさせるのは、今二三分の裡にあつた。（十三）

代助の論理推理によらない直覚的洞察であるだけ、この部分はリアルである。三千代と見かわしているその時に「自然の情愛」を感じた、という表現に生々しく両者の感情を読み取れよう。こうした実感を媒にして、代助は三千代を愛する事の方が「自然」だと主張するのだ。が、しかし、この「自然」とはそれほど信頼できる感情なのだろうか。なぜならば、過去に平岡に対して三千代を周旋した際には彼は、自分の行為を確実に「自然」だとそう思っていた筈である。その頃の彼は人生の経験も浅く、他人の価値観や主義を模倣していたと言う。彼は自らの空虚を外部からの模倣によって埋めようとした訳だ。そうした主義に則って生きていた代助が、平岡から「話しを聞いた時、僕の未來を犠牲にしても、君の望みを叶へるのが、友達の本分だと思つた」のである。こう考えられたのも、彼の判断がその時の彼にとっては「自然」であったからに外ならない。そうすれば、今現在の代助に、三千代との恋愛に生きるのが自分の「自然」だと思われたとしても、それは現在の「自然」であるだけにすぎないように思える。青年期に覚えた「自然」感の底には虚無があったように、現代彼が依拠しようとする「自然」感も実は根底は無根拠なのである。結局は、自分自身の根拠を見失って、茫然と「たゞ一人荒野」の中に立つ代助が、自らを救うために創造した観念であるようだ。この「自然」を創りあげる事で、彼の現在陥っている絶望の情態に極めて合理的な物語が与えられるのである。つまり、絶望が合理化されて絶望ではなくなるのである。何故かと言えば、現在の苦しい徒労感の原因は、自分が自身の「自然」を偽ったためであり、その結果「自然に復讐」を受けているからである。かくて、現実生活に対する空疎感や徒労感は、彼固有の自我絶対観とは無縁のものとなり得るからである。代助が固着する「考える自己」は、自分を守るべくこのような経緯を経て、自己の無根拠への直視を、回避してゆくのだ。言わば、今度は平岡と三千代を巻き込んで自分の絶望を更に深めるのである。

それでは、代助は三千代を利用するばかりで愛していないのかという問題が当然生じて来よう。先程、代助と三千代の間に、互いを求める感情を指摘した。が、それを以って、直ちに、両者の愛の存在を証明するのは性急すぎると思える。また、代助が、三千代を、自己確認の回避手段にしようとしている、この事から、愛を否定する事も同様、性急すぎる判断である。何故ならば、現在の代助は、自分では三千代を真実愛していると考えているし、それに適しい男性の態度を取るべく苦闘しているからである。三千代のために苦痛を耐えている彼の態度を、愛ではないと裁断できる確固とした論拠を提示するのも難しいだろう。とまれ、恐らく、三千代との関わりの中でも、彼が現在の彼である限り、彼に再び絶望が迫って来るのである。それは三千代を通して顕れて来る筈だ。例えば、代助は、理想の夫像を演じるべく、経済生活の事に心を砕く。彼にとってこの事は大切な問題なのだ。が、彼が経済面で悩む事がその儘、三千代を悲しませる。彼女にとって大切な問題は、それではないらしいのだ。そうした彼女に対し、代助は「少し脳が何うかしてゐるんだ」と一人言を言うばかりである。この箇所を、愛する三千代すら、やはり代助にとっては他者であり、男性と女性の間には理解できない隔絶があるのだと、男女一般の問題として理解するのは控えよう。脳の不調を訴えて意志疎通の不首尾の説明とする、彼の態度は、あまりに弁解じみている。三千代が代助を求めたようには、代助は三千代を求めていない、それが露見しているだけなのだ。三千代が代助に求めたものは、自分が生きるために、代助を求めたそれだけである。彼女は、この事を身を捨てる覚悟で決断しているらしいのだ。つまり逆接的に語られる生命感が、ここには窺える。それは、彼女が、本当に生きるためには、自分の生命を捨てる覚悟が必要であった。そうして初めて本当の生き方が摑めたのだ、という逆説的生命感の充実である。彼女が望むのは、代助と二人で居る事、単にこの事だけであるらしい。三千代を、代助が見て「たゞ代助の顔を見れば、見てゐる其間丈の嬉しさに溺れ盡すのが自然の傾向であるかの如くに思はれた。前後を取り圍む黒い雲が、今にも逼つて來はすまいかと云ふ心配は、陰ではいざ知らず、代助の前には影さへ見せなかつた」と述懐する。ここから、三千代は、自分の立場に立ち切って余念を残していないのが読み取れるだろう。それに対して、代助は、今まで論じて来た如く、三千代との事は、自分の生活力の欠乏を満たすべく望まれた手段に等しいのである。代助が飽くまで、生き抜こうとする「自己」絶対の立場では、三千代の実在に触れる事が出来ない。三千代は、働く生命の総体としてあるが、先ず、彼は、これを静的な表象と捉えて「内なる自己」で考えてしまうからである。代助の立つ場所は、自他弁別の場、孤立した個人と個人の対立の場所なのである。この対立関係は、代助が、自己の立場で考える限り克服できない。克服のためには、彼が、先ず自己分割を突破し、自分自身の根源である無根拠の場に立つ事である。そこに至って初めて彼は、他者の実在と共に生きる外ない事を知り得るのである。かつて、幾度かこうした決断から目をそらした代助の前に、今度は、三千代の姿を借りて絶望が相を顕わしたのである。

例えば、次の箇所を考えてみよう。平岡から絶交を言い渡された代助が、暗闇にまざれて三千代の住居まで様子を見に行き、恐怖を覚えて我知らず逃げ去る場面である。作品にはこう書かれる。

代助は恐ろしさの餘り馳け出した。靜かな小路の中に、自分の足音丈が高く響いた。代助は馳けながら猶恐ろしくなった。（十七）

最初の恐ろしさは、三千代には手を触れる権利が自分にはまだ無いと気付いた恐ろしさであると言う。それで彼は逃げる。そして、段々と恐怖が増して来るのだ。小路を染める闇の中を、行くあても知らず、一散に代助は逃げて行くのである。彼を照らす明かりは、小路に控える人々の家々のわずかな軒灯ばかりである。彼は、自分が逃げ去る真の理由が分からないであろう。そして、どこに行こうとするのかすらも分からないであろう。逃げている只中の恐怖のみが鮮明に浮き上がっているばかりである。この時の恐怖も又、無名性のものである。彼の本源から湧きあがってくる、感覚的にのみ察知できる虚無を含むものなのである。疲れ果てた彼が、夢中で辿り着き、休らいでいた場所は、寺の這入り口の前にある大きな「黒い門」の真下であったという。この寺の黒い門は、到来しつつある絶望の奥行きのはかり知れぬ不気味な深さを示している。そして、実は、この不気味な深さ、その事が即ち逆転した場合に「自他不二」の世界が開示する人間の確かさの返照でもあるのだ。そして、通常我々が、「愛」と呼ぶ心の交流は、ここに可能性として控えている。代助が茫然として佇んでいるのは、こうした「大疑」の眼前なのである。

注

（1）夏目漱石「それから」（『漱石文学全集第五巻』集英社　昭和五十七年十二月）本文の引用はすべてこの版から行う。猶テキストは総ルビであるが、引用では略している。
（2）西谷啓治『宗教とは何か』（創文社　昭和四十四年六月）

（3）代助の生理的異和感を理解するために特に次のものを参考にした。ブランケンブルク『自明性の喪失』（木村敏他訳　みすず書房　昭和五十三年七月）。木村敏『自覚の精神病理』（紀伊國屋書店　昭和五十八年六月）。木村敏『分裂病の現象学』（弘文堂　昭和五十三年十一月）。L・ビンスワンガー『精神分裂病1』（木村敏他訳　みすず書房　昭和三十五年九月）。L・ビンスワンガー『精神分裂病2』（木村敏他訳　みすず書房　昭和五十七年九月）。藤田博史『精神病の構造』（青土社　平成二年五月）。

（4）西谷啓治。前掲書（2）。

（5）山田孝道校補點註『禪門法語集正編』（光融館　明治四十年三月）に漱石が書き込んでいる文章である。これは『漱石全集第三十二巻』（岩波書店　昭和五十五年三月）所収のものによる。

（6）佐藤泰正「『それから』夢と自然のなかの迷路」（『夏目漱石論』筑摩書房　昭和六十一年十一月）

「門」における我執の相克

「門」論㈠
——空白の時間をめぐって

㈠

作品「門」は、相反する問題を蔵していると指摘される事がしばしばある。例えば、この作品を愛の物語とするか、又罪の物語とするかという解釈の視点の問題である。さらに、この二種の視点が、巧妙に関連して、作品を特質づけているとして論じられたりもする。

仮に、ここで、愛の問題に限って整理してみても、相反する解釈がある。つまり、この作品には、愛が普遍のものとして描かれているという解釈と、愛は、すでに変質し、青春時代の愛情は、片鱗すら見受けられないという解釈がある。前者の立場の論者に、宮井一郎氏が数えられる。氏は、「『門』は罪の物語ではなく、愛の、あるいはその『幸《ブリス》』の物語である」と、端的に御指摘である。(1) 加えて同じく「愛の物語」だとされるのは、やや留保を必要とするが、江藤淳氏である。(2) 氏は、「他のどの作品に於いても、これほどしみじみとした、夫婦の愛情を描いたことはなかった。宗助とお米の平凡な日常の描写のかげから、作家の幸福な視線がのぞかれる。そのような視線に、ぼくらは魅せられるのだ。」と指摘される。しかし、漱石は「童話を夢見ても、それにひたり切ることの出来ない悲惨な人間の一人である。」なぜならば「回避しようとしている」宗助夫婦の過去の「罪」の中に「殆ど無意識に自らを投じてゆく」からである。そして、宗助が、過去に犯した罪の中へと視線を移さざるを得なくなった時に、漱石は、主人公をより高次の「罪」の回避へと向かわせる、というのである。これが、後半で描かれる宗助の参禅である。この参禅とは、「単数の人間の、人間からの絶縁の意志の表明にほかならない」からである。参禅とは、江藤氏によれば、宗助が、「自己を抹殺して一切の人間的責任を回避しようとした卑劣の徒にすぎない」証拠なのである。これが、高次元での「罪」の回避、という解釈に発展してゆくのである。推測するに、江藤氏は、宗助が過去の罪を精神の限界に至るまで直視し、徹底した対決によって何らかの結末に自分の決断で到達しえる、そのような次元での解決を希望しているのだろう。それは、つまり、「行人」の一郎が、猜疑心と狂乱的思索の果てに、自分に残された解決策は、「死か狂気か宗教か」、それしか無いと、追い込まれた次元まで、宗助の絶望が深まるべきであると、希望する事でもある。氏の論を逆手に取って言えば、過去の罪から逃避する態度を保持し続ける限り、宗助にとって御米との生活の中に、愛情を根本的に確立し難いのである。すくなくとも、ドストエフスキーが「罪と罰」で描いたような種類の恋愛を想定するならば、宗助夫婦の愛情生活は「idyllic」であるとすら言えるが、それはどこかに欺瞞を帯びた空疎さを含んでしまう。ドストエフスキーが描いた主人公は、自分で創作した観念を現実に応用しようとして、殺人を犯した。その行為は彼にとって、許容されるべき行為であった。ところが、現実に出現した問題は、彼の想像を超えた、ある「感覚」の出現であった。つまり、想定外の感覚が発生し、彼の中で、裁く何ものかが彼を苦しめるようになるのである。つまり、彼は、現実に発生した、名状できない想定外の苦痛から逆に、観念を創造したかつての自分の精神の構造を再認識するのだ。こうした、その徹底した問いかけの中から罪が現れ、それと呼応するかのように、同時に、愛の問題が現れて来る。このような題材から宗助の行動を考えるならば、参禅とは高次元での逃避であり、畢竟、彼は愛と無縁の人物であるといえよう。従って、作品に描かれる愛情生活は、主体的決意性という堅固な土台の上にではなく、脆弱な虚空の上に築かれた生活とも言えるのである。つまり、「そのような『罪』の回避に向わざるを得なくなる宗助を一方とする愛を『理想主義的な夫婦愛』とか

「幸福な恋愛の物語』とか言うことは矛盾でしかありえ」ないのである。[3] ところで一方、愛情は過去のそれと異なり変質したと指摘されるのは、例えば、西垣勤氏である。[4] 氏は、江藤氏が論の前提とした、「理想主義的な夫婦愛」という表現にこだわりつつ、作品から、宗助夫婦の愛情の裂け目を指摘される。それは、例えば、御米は、流産による精神的な苦悩を一人で耐えるが、しかし、彼女は、自分を襲う苦痛は彼女の過去の過失と二つのものではないのだという理解を、易者の判断を用いて宗助に告白する。ところが、宗助はその告白に対して、「わざと鷹揚な答をしてまた寐てしまつた」だけなのである。西垣氏は、伴侶の苦痛に対する興味のなさと冷淡さに、「二人の間の裂け目」を指摘されるのである。「裂け目」の例は、更に宗助の方にも、存在している。それは、安井への対応である。彼は、安井の出現の恐れから、不安と恐怖を覚える。しかし、彼は、妻へその不安の内実を告白せずに放置する。このことから、「この二人の姿は、自分の苦悩を相手に打ち明けるのは相手にとって無用なこと、いたずらに苦しませることにしかならない、という種の愛につつまれているのは言うまでもないがそれ以上を出るものではない」と理解されるのである。つまり、「この二人の愛はそのレベルでの愛に変わっている、すでに裂け目が」はいっている訳である。「以上のような二人の人間関係の裂け目は前半と後半との区別はなく」一貫して描かれているのである。だから「社会から孤絶した寄り添うしかない二人という状況設定」は大切であり、「そして結局最後には宗助は御米との寄り添った生活に拠っていることにすら耐えず、禅寺におもむかざるを得なくなってゆく。」つまり、この「禅寺行きは、二人の二人なりの愛の破産をすら意味する」ことになる。と主張されるのである。そして、氏は、この漱石の「門」は、「社会への視野と生活—多様な人間関係の中に身を置きそのはげしい葛藤の中で生きる生活を失なった平凡な人物が、密室状況の中でどのように生きてゆくか、生きてゆくことによってその日常性そのものの中でどのように人格を腐蝕させてゆくか、それがかかってあった（とされている）二人の間の愛をさえどのように裂けさせてゆくか、を問いかける実験的な意図によるもので」あろう、と結論づけておられる。この

「日常性」による「人格の腐蝕」という類似の視点で、作品を解釈される別の一人は遠藤祐氏(5)である。氏の論旨を辿ってみよう。御米との事件の結果、宗助は社会から「不徳義」の「烙印」を押され、社会から捨てられた。その結果、「塵労」のなかに投げ出された。つまり、「宗助は二人の生計を維持するために、ともかくも働かなければならなかった」のである。彼の勤労の六日間は「非精神的な行動」に心身をすりへらす生活の連続であり、乏しい報酬のために、何事も思うにまかせぬ日常の反復であった。この反復が六年間持続される間に、彼は「根気」を奪われ、「寐入った」男に成る。つまり、生活意欲を稀薄にし、六年間の日常の「塵」にまみれた彼は、次第に生命力を減退させたのである。このプロセスで、彼はすべてを「自然の経過」にまかせる「知恵」を身につけてゆく。そしてこの「知恵」によって宗助は「愛と罪との二律背反の課題」を回避するのである。このように、彼等の存在の根底にある問題の解明から回避する。彼は、安井の出現が予想される段に至ると、悉く自己中心的になってしまい、御米にこの事を打ち明けぬ儘、参禅に出立するのである。従って、「二人の生の本質にかかわるはずの問題を御米に秘したのは、宗助の愛がすでに相互信仰の絶対性を喪失していたことの端的な証拠である。」「『抱合』の意識は、少くとも宗助の側からは欠落しているといわなければならぬ。」そして、宗助は「逃げて回る」のだが、その過程において、「塵労がいかに人間に働きかけるか―『門』の漱石はそんな事を考えていたのではなかろうか」と理解される。以上の事をとりまとめて云えば、西垣氏は「日常性」による「人格への腐蝕」効果の問題を、作品に了解され、遠藤氏は「塵労」の人間への影響という問題で了解されているのである。両氏の論ともに、重松泰雄氏が評価されるように「微妙な共通点を持つが、いずれも、『門』研究史上に一期を画する精緻の論であることは疑えない(6)」と思える。ともあれ、夫婦の愛情が、作品の発展の過程で変質しているという見解では一致しているようである。それでは、根本の問題である過去の「姦通事件」に関しては、どのように論じているのかを見てみよう。

先ず西垣氏の場合である。氏は、次のように言われる。

（宗助は）御米との結婚においても、それほど、つまり代助における程積極的に恋を選びとったわけではない。

宗助は御米と衝動的に結ばれてしまったという意味で運命的であったのである。つまり宗助は、社会の掟を犯してまでも人妻を我が物にしようとする、そうした決断の高まりまで達していないという事なのである。その結びつきは飽くまで「衝動的」に過ぎないのである。しかし、氏は、そう解釈されつつも先に引用した通り、二人の愛の変質を論じられている。この隔たりをどう理解できるだろうか。つまり衝動的に結ばれた二人に、その当初は、決断によって選び取った愛などは無かった。にもかかわらずそれ以後二人で年月を過ごす過程で愛が育まれた。しかし、それは後に変質に至る、という理解をしているのだろうか。半ばそのようであり半ば違うようである。作品には、何らかの原因によって事件を起こした二人が、再び何らかの働きかけにより同棲するようになった、と書かれる。その同棲の過程が、我々読者にはあたかも愛情に溢れた生活のように見えるのである。従って、江藤淳氏が「夫婦愛の小説」と読んだ姿勢も、我々は肯うのである。しかし、そうでありながら二人の生活には、正確に言えば、宗助の内部においては、彼等の生活が、愛によって基礎づけられているという自覚にまで至らぬ、ある種の空白の部分があるのだ。逆説めいた言い方になるが、愛に充ちた生活のようでありながら、内実には別の相貌を備えている生活であり、その内実には、極めて輪郭の取り難い態の問題が控えているのである。こうした問題があるからこそ、例えば、西垣氏は、当初二人が衝動的に結ばれたと判断されながらも、論の過程で暗黙裡に、二人の愛情を読み取られる結果になったのではあるまいか。この点に関して遠藤氏の理解を辿ってみよう。氏は二人が結ばれた時の作中での表現である「突然」を解して次のように言われる。

「突然」と見えたのは、醒めた意識が気を許し過ぎていて、情熱の奔騰にまきこまれたからにほかならない。

「このような宗助と御米との結びつきは、あるいは、要するに若気のいたりであった」のかもしれないが、その解釈こそが「二人の内に生命的欲求の動いていたことを証拠立てる」のである。つまり、安井から妹と紹介されたので「警戒心が兆さ」ず「頭」が「胸」に圧倒された、と理解できるのである。先ず、出会いの場面において、宗助は、恋情を抑制する必要性から免除されていたことになるのだ。さらに、心の奥底では、相互に求める恋愛感が潜んでいたが故に、「あの出来事は偶然に見えて、実は必然であったから『素直』に受け入れることができた」のだと言われるのである。この了解内容とややニュアンスは異なるが、先に問題にした西垣氏の評言である「衝動」を遠藤氏は、詳しく論じられていると思う。二人の愛情関係にたいする遠藤氏の理解を簡単に云うと、二人に潜んだ愛情があり、その発露によって、宗助と御米は結ばれたのである。そして、それ以後「塵労」によって、宗助の側の愛情は変質してしまった。しかし、御米の側の愛情は、ある経験を経て新たに発展するに至ると理解されているようだ。両氏ともに、興味深い御指摘である。

これから本論で試みたい問題は、青年時代のあの事件の際に、二人に起こった心中の劇をどのように意味づけられるかという事である。そしてその意味づけを本にして、宗助の参禅を考えると、どのような了解ができるかという事である。その際に考察すべき事項は、今までの諸論の検討の過程でかなり獲得できたと思う、先ず、宗助は、御米を意図的に奪い取る目的で、事件を起こしたのかどうかという問題であり、それから以後の生活の連続の中で宗助が不活動的になった理由をどう考えるかという問題である。さらに、もし仮に愛の変質を取り扱うにしても、宗助の場合と御米の場合とでは、同一線上では考えられないという事などである。

（二）

二人の人生を決定した過去の事件についての宗助の述懐は次のようにある。

大風は突然不用意の二人を吹き倒したのである。二人が起き上がつた時は、何處も彼所も既に砂だらけであ

つたのである。（十四）(7)

宗助と御米とを結びつけた決定的な原因を宗助は表現し切れないでいる事を覚えておこう。事件を起こした決定的な要因が論理的表現の埒外にあるのだ。それを「大風」だとしているのである。その「大風」を宗助は「運命」の力だと言い換えもするが、この「運命」という表現の語感には注意が必要である。屢々、この表現は、不条理な事件が突発し、それが人生の重大な転機となり、以後の人生を変化させられた、その当事者たる人間が時間を経過し、論理的理解を放棄し本質理解を諦めた時に用いる情感的感触を有している場合があるからだ。注意して考えるべきなのは、妙な言い方だが、宗助はそれほど完全にこの事件の理解を諦めてはいないのではないかという疑問である。彼は、いまだに、了解できなかった過去のその事について考え続けていると思うのである。更に言えば、論理では把握し難い彼等を超えた事態の核心に関する懐疑を持ちつづけているのである。とまれ、少なくとも、彼等は、その時に胸中に互いを求める熱い欲望が湧出し、社会的掟をあえて踏み越えようというような情熱的で、主体的な決断をしていない。この事は確かであると思う。それでは、表面的には偶発的な事故であったが、彼等の胸中の情感の高まりからすれば自然であり必然であったと理解することは出来るだろうか。このことを考えてみよう。

宗助は安井から御米を妹だと紹介された。けれどもその事を盲信している訳ではなかった。「妹だと云つて紹介された御米が、果して本當の妹であらうかと」（十四）疑うのである。そして「臆斷はすぐ付いた」というのである。それから三人は京都で遊び、ある時は安井の療養先の神戸で遊ぶ。軽やかで楽しい青春の日々をすごしたのである。また、ある時は、御米と二人だけの時間をすごした事もあるという。例えば次の箇所である。

或時宗助が例の如く安井を尋ねたら、安井は留守で、御米ばかり淋しい秋の中に取残された様に一人坐つてゐた。宗助は淋しいでせうと云つて、つい座敷に上り込んで、一つ火鉢の兩側に手を翳しながら、思つたより長話をして歸つた。（十四）

初対面のわだかまりも消えて、打ちとけている二人が読み取れると思う。そして会話に関しても、強いて話題を作る必要もない程に、気の置けない心の交流もあったようである。以上は、安井の留守の間に宗助が訪問した際の思い出だが、逆の事も起こる。つまり、御米が宗助の下宿を尋ねるのである。これはやや不思議ではある。なぜならば、御米とは「若い女に有勝の嬌羞といふものを」「あまり多く表はさ」ない、「人の前へ出ても、隣の室に忍んでゐる時と、あまり區別のない」「影の様に靜かな女」として描かれていた筈であるからだ。その御米が下宿に尋ねて来るのである。

或時宗助がぽかんとして、下宿の机に倚りかゝつた儘、珍らしく時間の使ひ方に困つてゐると、ふと御米が遣つて來た。其所迄買物に出たから、序に寄つたんだとか云つて、宗助の薦める通り、茶を飲んだり菓子を食べたり、緩くり寛ろいだ話をして歸つた。（十四）

ひっそりとして静かな御米が訪問したという事は、それだけ打ちとけた間柄になっていたと解すべきであろうか。又、いかにも静かな御米を、積極的な行動に駆り立てるだけの心のたかぶりがあったと解すべきか。ともあれ、以上の事から、両者に情感的領域で、かなり親密な交流があったと解することが可能である。それではやはり、両者は、心の秘められた部分で熱く相手を求めていたのであろうか。どうもそうとは考えられないのである。というのは、御米との過去を追想していた宗助が次のように言うからである。

宗助は、當時を憶ひ出すたびに、自然の進行が其所ではたりと留まつて、自分も御米も忽ち化石して仕舞つたら、却て苦はなかつたらうと思つた。（十四）

当時を思い出しているこの現時点の宗助に、過去の出来事を不合理な偶発事故でありながらも、二人はそうなる事が自然であったのだ、などという肯定的な姿勢が見られるとは思えない。事件後、御米と暮らして幾年も経た現在でも、できる事ならば、あの事件を過去から消し去りたく願っているのである。「はたりと留まつて仕舞え」ば良い、という願いがそれである。彼は、決して過去の事件を意識の底辺においてですらも肯定はしていないようである。そして彼の内部では、いまだにあの事件の核心については納得しかねているのだ。続けて引用してみよう。

彼等自身は徳義上の良心に責められる前に、一旦茫然として、彼等の頭が確であるかを疑つた。彼等は彼等の眼に、不徳義の男女として恥づべく映る前に、既に不合理な男女として、不可思議に映つたのである。(十四)

これが事件直後の彼等のいつわりのない感想である。つまり、何事かを行動として実現して置きながらも、その行動の主体が、自分であるという現実的感触を伴わぬ感覚としてのみ語られるのである。つまり、彼等は、自分達の行為を考えると「不可思議」にしか思えないのである。周囲の人々は、彼等が所属する集団の秩序を維持する価値観、あるいは掟から宗助達の行動を「不徳義」と判断する。しかし、彼等のとまどいはそれ以前の段階に関わっているのだ。自分達の行為が果たして罪であるのか、ないのか。このような疑問でのとまどいまで到達しない。それ以前の段階でのとまどいなのだ。つまり、その行動を起こしたのは自分達以外にいないのだが、しかし、本当に行動の主体は自分達であるのか。という不合理な疑問なのである。従って「其所に言譯らしい言譯が何にもなかつた」のである。そして、次のようにも言う。

彼等は殘酷な運命が氣紛れに罪もない二人の不意を打つて、面白半分穽の中に突き落したのを無念に思つた。

(十四)

「無念」という表現に、注意をするならば、よりいっそう問題は明らかになろう。宗助は事件を肯定してはいないのだ。ここで、かつて不合理に思えた事件を追想した結果、その不合理の底には秘めた必然的欲求があったという確信に、宗助が到達しているならば、「無念」という言葉へと心情が結びつくとはどうも思えないのである。

それでは、結ばれる事を、自主的に選択しなかった二人が、共に暮らすようになった経緯を我々はどのように了解できるだろうか。次にはこの問題について論じてみたい。

（三）

先ず、作品に描かれる青春期の宗助と、現時点での宗助の相違を考えてみよう。様々に変化している点はあるが、自然に対する感情の動きが決定的に違う。これは驚いても良いと思う。現時点での宗助は空虚感に絶えず責められていて「神經衰弱」にまで陥っている。そのような彼が、切なく憧憬する心象風景とは「風碧落を吹いて浮雲盡き、月東山に上って玉一團」という禅句の喚起する心像である。いわば、人為を超越する生命力の所在を自然の中に感知し、そこに自分が包摂される事で、空虚感が癒されていくと予測しているのである。ところが、かつての青年宗助は、この自然に退屈を覚えるのである。古都の自然について彼はこう言う。最初は新鮮であった「美しい山の色と清い水の色が」「鮮明な影を自分の頭に宿さないのを物足らず思ひ始めた。彼は暖かな若い血を抱いて、其熱りを冷す深い緑に逢へなくなつた」「凡てがやがて、平板に見えだして來た」（十四）と言うのである。この表現から、宗助が、単に風物に馴れ、飽きただけだ、と判断するのを控えたい。むしろ、彼が求めるものは、落ち着きをもたらすものではなく、強烈な刺激なのである。この刺激を求めて止まない態度が、青年期の彼の特徴でもある。それだからこそ、東京に帰省すると彼は安心するのである。なぜならば、東京とは、絶えず変化する場所であり、無尽の刺激が横溢する場所であるからだ。「殷んな都の炎熱と煤烟を呼吸するのを却て嬉しく感じた。熾く様な日の下に、渦を捲いて狂ひ出しそうな瓦の色が、幾里となく續く景色を、高い所から眺めて、是でこそ東京だ」（十四）と思い、喜ぶのである。この烈しく変化する風景を目前に、強烈な色彩と変化の刺激を総身に受けて「壯快」を叫ぶ青年だったのだ。約言すれば、彼は「強く烈しい命に生きたと云ふ證券を飽迄握りたかつた」と言う。彼のこの希望には情熱の沸騰が反映されている。それに加えて、人生に関わる確乎とした意味の体験を希求している姿がうかがえる。換言すれば、自己の有用性を求めているのである。有用性とは、自己が、何らかの有意義な目的を完成させるために、必要不可欠の手段であることの別の謂でもある。つまり「生きる意味」をめぐる解答の一つのあり方である。しかしながら、その時の彼には、その啓示が把握できず、現実は茫漠としていたようだ。つまり、彼の欲望に相当するだけの対象がない。そのものに出会わないでいるのだ。心に昂りだけがあって、現実にはそれに充当するだけの等価物との出会いがない。このジレンマが、彼を、実にしばしば退屈させているのである。強引に言えば、このような情況にいる彼には、求める衝動ばかりがあり、実際には何を求めているのか、その具体物を把握しかねているのだ。これを心的閉塞情態と表現し得よう。こうした閉ざされた情態であり乍ら、内部では何かを求めて止まない情熱がたぎっているのである。更に加えて今ひとつの彼の特質は、彼が論理的思考を重んじる男であった事だ。作品から例をひこう。宗助は弟の小六を観察して自分と似ていると言う。

此青年は至つて凝り性の神經質で、斯うと思ふと何所迄も進んで來る所が、書生時代の宗助によく似てゐる〈中略〉それから、頭腦が比較的明瞭で、理路に感情を注ぎ込むのか、又は感情に理窟の枠を張るのか、何方か分らないが、兎に角物に筋道を付けないと承知しないし、また一返筋道が付くと、其筋道を生かさなくつては置かない樣に熱中したがる。(四)

小六を、「見るたびに、昔の自分が再び蘇生して、自分の眼の前に活動してゐる樣な氣」がする程、酷似しているのである。論理によって世界を理解し、それから創造した概念によって行動すること、これが、宗助の今ひとつの特徴だったのだ。

これまで提示して来た宗助の特徴を整理して言えば、宗助は、世界を論理整合的に秩序立てて理解しようとする傾向の強い男であり、自己の有用性を夢みつつも現実にはそれがいかなる目的に対する有用性なのかを知り得ない、そうした青年であったのだ。こうした青年の前に、かつて論じた事件が襲いかかったならば、彼はどのように反応するだろうか。恐らく彼は合理的思惟力によって、事件の核心を論理整合的に考えるだろう。それも極めて徹底して考察を加えるに違いない。「青竹を炙つて油を絞る程の苦しみであつた」とは、恐らく宗助の核心への問いかけの激しさをも示しているのだろう。実に狂気じみた問いかけを持続した筈だ。しかし、その結果、彼には何も理解できなかったのだ。その核心で息付くものとしては不合理が、つまりは、論理化できない不気味な空白の時間が、存在したのみであった。論理整合化の無効に出逢ったのである。しかし、彼は、ここで論理化を放棄したとは読み取れないのである。論理化不可能なもの、対象化できぬ空白に向かってさえも、思索を持続している様なのである。彼は空白の周辺を浮遊するという形態をとりつつ、常に、それは何か、核心には何があったのか、を考えているのである。恐らくこの行為の持続が六年間も維持された結果、遠藤氏の指摘される「塵労」による圧迫と相俟って彼の精神活動はその貪欲さ、良く云えば活発性を失ったのであろう。そして終に、現在に至っては神経衰弱をひき起こしたのである。更にこうした空白が、自分の精神史に訪れたという事実が、自己の有用性をも空無化したのではあるまいか。空無化とは、姦通を犯した罪人の自分が、ある目的を成就する手段であるなどという事はなく、自分は無価値であるという、自己卑下を意味するのではない。もっと根本の問題である。つまり、自己を有意味化し得る目的などというものが、この生の流動する世界の中に存在するのか、と疑う、絶望のことである。換言すれば、「何の為に生きるのか」を充たす目的を求める生き方を辿っていながら、その過程で、（それが地上の価値に基づく目的観であったとしても）この課題自体を見失ったのである。だから、彼にとっては、現実生活は、唯、生きるために生きるという姿勢に至らざるを得ないのである。

解答が、有意味なのでもなく無意味なのでもない。求める行為自体に、究明しえない空白が、究極の一点にあるのだ。簡単にいえば、人間には考えられない領域があるということ、そこでは思索が無効であることを経験したのである。だが、しかし、これらの認識は、事件当時以来、彼の周囲の人々が、時間をかけて植えつけていったものである。つまり論理性と究極的目的への憧れで生きている青年期の彼の、その凡てが無効となったのがあの時間であったから、その時はただ茫然としているばかりであって、事後の判断等は本人には不可能であったと推測するのが妥当である。この判断不可能な精神的混迷の情態を現実性の具体的な問題解決へと、周囲の人々によって使嗾されたのではないかと思う。どういうことかといえば、例えば次の文章を見てみよう。

彼等は大きな水盤の表に滴たつた二點の油の様なものであつた。水を彈いて二つが一所に集まつたと云ふよりも、水に彈かれた勢ひで、丸く寄り添つた結果、離れる事が出來なくなつたと評する方が適當であつた。

（十四）

ここにはっきりと、「水に弾かれた勢い」、つまり、周囲からの影響の勢いで寄り添ったと書かれている。ということは、つまり圧倒的多数の周辺の者からの、批判的視線の只中で、その有形無形の批判が、二人を「無形の鎖で繋」いだうえに、「手を携へて何處迄も一所に歩調を共にしなければならない」生き方を強制的に選択させたのではないかという事になろう。誤解を恐れず言えば、二人で暮らす行為すら、本当の意味で彼等は選択し得ていないのではないか、ということなのである。かつて、自主的に決意して事件を起こしたのでは無かったのと同様に、二人の同棲に於いても自主的に決断したのではあるまい。比喩的に言えば、宗助夫婦の生活は主体性を殆ど伴わない、空虚な土台の上に築かれているのである。従って、次の箇所等を、我々は、充分に注意して了解する必要がある。従来、愛情確認の傍証に用いられる箇所である。

（二人は）道義上切り離す事の出來ない一つの有機體になつた。二人の精神を組み立てる神經系は、最後の纖維に至る迄、互に抱き合つて出來上つてゐた。〈中略〉彼等は人並以上に睦ましい月日を渝らずに今日から明日へと繋いで行きながら、常は其所に氣が付かずに顔を見合わせてゐる様なものゝ、時々自分達の睦まじがる心を、自分で確と認める事があつた。（十四）

成程この箇所には、空虚な現実生活に耐えつつ、愛情が、静かににじみ出る雰囲気に溢れてはいる。しかし、「何の為に生きるか」の問いかけを持ち、その解答として胸の鼓動の一つ一つが轟くような、経験を望んでいた宗助と対照すれば、敢えて言うが、こうした情緒は、無意味に等しかったはずである。根源的な問いかけを放棄し、日常性の反復の中に溺れてゆく人間のあり様を、西谷啓治氏の言説を借りて言えば次のようになる。(8)

彼が他のために生き、他がまた彼のために生きるとしても、其處には成程愛に満ちた生があるかも知れないが、その生の積極的意味内容としては單に生きるという事以外に何が殘るか。各自は他のために生きることに生の目的を有するとしても、その總和に於ては唯生きるために生きることのみが殘り、人間全體の生存は畢竟無意味となつて仕舞ふ。そして同時に、各自の生存の意義であり目的であつたものも、実は根のないものであることになる。

つまり、閉塞的な状況下での、生命の充溢と等しいのである。かなり冷酷な言い方になるが、根源的な問いかけの姿勢から結実したのではない生活は、本来の意味での愛を実らせることがないという事なのである。むしろこうした生活は、彼等が何度も繰り返して語る如く、根源的なものとの邂逅からの「避難」なのである。宗助と御米は相互を避難場所として相互に慰め合っている事になるのだ。例えば次の箇所である。

彼等の信仰は、神を得なかつたため、佛に逢はなかつたため、互を目標として働いた。互に抱き合つて、丸い圓を描き始めた。彼等の生活は淋しいなりに落ち付いて來た。其淋しい落ち付きのうちに、一種の甘い悲哀を味はつた。（十七）

漱石の筆はこうした、彼等の姿を「純粋」であると描写し続ける。確かにここには、心の渇きが満たされるような潤いのある情感が清らかに湧き出ている。しかし、この潤いのある生活の根底には空虚が潜んでいるのだ。それへの対決を欠いた彼等の生活は、結局、根のしまらない、極めて脆弱なものに等しい。つまり、この愛の生活は、愛のような雰囲気をかもし出す幻影の生活なのである。この儘では、本来の意味で二人は愛し合えるかどうか疑問である。ただ、注意が必要なのは、作品が、このような閉塞性を打壊する問題を含んでいるという事である。その端緒として、現在の生活に対する宗助の特異な態度を取りあげて考察してみよう。彼は、御米に対し、しばしば繰返し不思議と心ない態度を取る。例えば、財産の問題について宗助が嗟嘆し、それを御米は慰める。その慰めに対し宗助は次のように反応するのだ。

「我々は、そんな好い事を豫期する權利のない人間ぢやないか」と思い切つて投げ出して仕舞ふ。細君は漸く氣が付いて口を噤んで仕舞ふ。さうして二人が默つて向き合つてゐると、何時の間にか、自分達は自分達の拵へた、過去といふ暗い大きな窖の中に落ちてゐる。(四)

御米は宗助の落胆を精一杯慰撫しようと努めたのである。言わば、彼女は、閉ざされた二人の生活に最善の努力で順応し、生活を充実させようと試みていると解釈することも出来る。それに対して、宗助はその姿勢を拒否して、彼女を意気消沈させているのである。高揚を目指す志向を拒み、再び「過去といふ暗い大きな窖の中に」自ら進んで落ち込むのである。つまり、彼の内部で過去の事件についての何らかの膠着があるからであろう。それは云うまでもなく、あの空白の時間の内実に関わるのであるのだが、ただ、彼の姿勢には、それを明確にして論理的に領略しようとする意志としては顕われない。我々が、理性の反映として理解する類いの意志的な膠着ではなく、極めて曖昧な生理的な関与の仕方なのである。

そもそも、事象を理解するとは、その事象の本質を言葉を媒介にして、論理整合的に理性によって構造化する事を指しているだろう。そして、宗助が体験したのは、この理性による構造化の限界であった訳だ。我々は、観念によって行動を律する場合がある、もし、そうした行動のある過程に、その観念の限界に気づけば、我々は、我々の遵守する観念自体を補正すれば良い。ところが、宗助の体験した事は、もっと深刻な問題であり、彼自身の根拠である深みにまで食い込んでいるのだ。彼が、事件を通して気付きつつある事は、我々が、我々の固有の立場から事象を考える、その考える構造と全く断絶した構造によって事象が存在しているのではないかという事である。そして、その事象には、我々の存在もが含まれるのである。つまり、我々は、我々の存在の本質を知る事が出来ないにも拘わらず、知る自由が与えられているということである。つまり、彼は、論理性によって了解できぬ空白と出逢い、その空白の中にこそ、自分と現在の生活の本質のありかを察知している。にもかかわらず、彼は、論理的にしか行動できないのだ。この焦慮と不安を伴う矛盾の情態で、かつて事件を徹底して問いつめ、それ以後の六年間を生きた結果、猶一層の曖昧な生理的情況に陥ったのであろう。そしてこの曖昧さは、作品中には、彼自身と対象との間に縣隔を覚える疎外感という、現実感触の稀薄化として描いてある。例えば、文字に対する心理的違和感や、弟小六への態度にそれが如実に窺える。進学に必要な手続を兄に相談する小六に対し、宗助の態度は、久保儀明氏の指摘される通り「読者を著しくもどかしがらせる」。だが、これは宗助の意志が薄弱であることに起因しているのではない。それは意志の問題であるより前に、神経（生理）の問題であって、現実に対する彼の対応能力が脆弱なのは、現実をそれと捉える感覚そのものが弛緩して的確に作動していないからなのだ。〈中略〉宗助にとって問題は生理的な違和に止まったままで、明確な知覚として自己を完了させていない(9)」のである。彼の陥った疎外感とは以上の感覚である。「神経衰弱」と言っても同じ事である。疎外感といい「神経衰弱」といい、これらは、あの空白がもたらした問題なのだ。宗助は、この苦しみを「凡ての創口の癒合するものは時日である」という格言を信じて、耐えて生きて来たのである。が、作品後半で安井の再出現の兆しで、脆くもその格言の限界が現れるのである。そして終に参禅を思い立つのである。この決意は、端的に言い切れば、一つには「罪責者」になる事への自主的な決断にまで達しようとする試みである。というのは、かつての事件で、社会の戒律としての徳義上の罪を糾弾したのは、彼ならぬ周辺の者達であり、彼自身は未だ納得できていないからである。この参禅は罪を引き受けようとする試みと理解できよう。そして二つには、自主的な決断によって御米を愛そうとする試みと理解できよう。事件後に御米と暮らすようになったのは、周囲からの慫慂によるのではないかと先に論じた。御米との暮らしですら主体的に決断されたものではない。参禅は、かつて発動しなかった主体性を活性化させるための必死の突破口であったのである。正確に言えば、突破口になる筈だったのだ。ところが、彼の硬化した態度がこれを歪曲してしまう。参禅を決意する直前に彼は次のように言うのだ。

彼は黒い夜の中を歩きながら、たゞ何かして此心から逃れ出たいと思つた。其心は如何にも弱くて落付かなくつて、不安で不定で、度胸がなさ過ぎて希知に見えた。如何にせば、今の自分を救う事が出來るかといふ實際の方法のみを考へて、其壓迫の原因になつた自分の罪や過失は全く此結果から切放して仕舞つた。其時の彼は他の事を考へる餘裕を失つて、悉く自己本位になつてゐた。〈中略〉是からは積極的に人生觀を作り易へなければならなかつた。（十七）

宗助の周囲に禅を嗜む者がいた事と、歯医者の待合室で読んだ「成効」に掲載されていた禅句の心象風景の憧れから、参禅を思いついたのかもしれない。そして「心の實質が太くなる」ように「積極的に人生観を作り易へ」ようと試みたのである。しかし、彼の自分の精神情況に関する理解自体に限定があるために、参禅は「希知」な自分をしつかりさせたいという「精神修養」(10)に堕してしまっている。彼が、自らを裁断して言うように「度胸がなさ過ぎて希知」な幻影におびえる心とは、過去の罪や過失と密接に結びついている性質のものである筈だ。しかし、それを切り離して、即効的に心安らかになろうと欲している。つまり、ここに於いても宗助は過去の空白との対決を回避するような言説を吐くのだ。しかし、禅の教えは、そうした人間の問題を強引にその儘捉えさせる。つまり宗助の悩みとは、彼の全存在の意味の自覚という、根本義への覚醒によって打破できると導くのである。つまり、言語理解の及ばぬ生命の流動そのものの把握をうながすのである。かつて、彼が、覚えた空白とは、論理が埋め尽くせぬ断絶性の時間であった。この論理の及ばぬ空白を禅に於いては非論理の論理で超越するのである。それが「父母未生以前本來の面目は何だ」の公案が開いている世界なのである[11]。それは、合理的思考の打壊と同じである。合理的思考による世界理解とは、確定した限定的な視点から世界を整合的に理解する事と等しい。その限定された視点が、生々しい現実との衝突によって自己同一性の保持を危うくしたがために、精神的動揺が主体内で生じるのである。であるならば人間の全体性の回復とは、世界をその儘、受容できるように我々を開く必要がある。そのためには先ず、論理整合性への固着を打壊する必要があるのだ。宗助は、公案を思案する事でこの修練を与えられている。しかし、彼は、これを無駄な事だと思う。何故か。有効性を論理的に考えようとしているからだ。何に対する有効性か。それは逸早く落ち着きを得るための手段に関する有効性である。しかし、禅は、その落ち着きこそが空白の時間を非論理の論理で跳躍してのみ、初めて入手できる情況だと語るのだ。が、しかし、この言葉は、焦慮に狂う彼の心には浸透せずに終わるのだ。むしろ、彼の方が、頑なに拒み続けたと換言する方が正しいだろう。彼が、平生「便りに生きて來た」「自分の分別」が、最もそれが彼をこうした混迷の情況にまで導いたのだが、彼の障害打破の害となるのだ。「其分別が今は彼に祟つた」のである。

（四）

さて視点を転じて御米の問題に移ろう。過去の空白に向かう彼女の精神的姿勢は明らかに宗助の場合と異なる。宗助の場合は、空白の核心を見極めようと、ぼんやりとながらも言表化を試みているのである。その核心が、了解できない限り、彼は、不安で何かにおびえ逃げる姿勢を取らざるを得ない。罪人としてのおびえと云うよりも、罪人に成り切れぬ、自分の正体を見失ったおびえなのである。この不安がある限り、彼にとっては御米との愛情生活もどこか幻影のようなのだ。ところが、御米にとっては、その空白の核心を究明する事をそれほど有意義な行為としては理解していないようなのである。彼女にとって大事なのは、あの事件の結果、一緒に生きざるを得なくなった宗助との生活をどのように生きるかであるらしい。御米の価値観は、現実生活の具体的な問題と関わっている。彼女は宗助がこだわる程には論理性を貴重視していないのである。むしろ、宗助が世界の構造を論理的整合化によって把握しようとする態度から、こぼれ落ちてしまう現実感触に充ちた生を捉えている。こうした不合理の生活を鮮明に生きるのが女であると言うボーヴォワールの発言に注意をしよう。「第二の性」の次の一節である。(12)

彼女は男性のつくっている体系のすべての断層や欠陥をちゃんと知っていて、そういうところを摘発しようとけんめいなのである。

女は生活体験によって論理や技術を操作することを教えられないから、男の世界に手がかりをもたない。逆に、男性の用いる道具の威力の領分のそばにくると消えてしまう。男性がそれを考えることに失敗するから故意に無視しようとする人間的経験の一分野がある。こういう経験を女は生きている。

むろん御米には、宗助が秘められた地点で試みている世界の論理化の欠陥を摘発するという、それほどの積極的な意志はもたない。しかし、世界を抽象的に説明する宗助に対し、御米は、世界で具体的に生きようとしているのは確かだと考えられる。それは現実を、過去の様々な事実の必然的連環によって累積された結論だとは想定せずに、むしろ、合理的思索の有効性の及ばぬ次元のものの顕現化と考えるのである。しかし、この了解は御米の態度から推測されうることであり、本人は「その方面に、是といふ程判然した凝り整つた何物も有つて」(十七)はいないのである。結果たる現実を運命として、従順に受容する女として描かれているのである。そのような御米であるからこそ、空白の時間に勃発した事態を、周囲が姦通だと糾弾すれば、それに従い、自らを罪人と承認できたのであろう。つまり彼女にとって、宗助との生活は、罪人として新たに生き始めた生活―それはそれなりに着実な生活―

だったのだ。そしてこの生活の中で、夫たる宗助を愛情で支えているのである。だから、あの易者の告示した不吉な予言ですら宗助に伝える事が可能だったのだ。なぜならば、切実に彼女は自分の罪を認めているし、又宗助を信頼もしているからなのである。

注

（1）宮井一郎『漱石の世界』（講談社　昭和四十二年十月）
（2）江藤淳『夏目漱石』（勁草書房　昭和四十六年四月）
（3）西垣勤「作品研究『門』」（「國文学」学燈社　昭和四十年八月）
（4）右同
（5）遠藤祐「『門』の世界―試論」（「文学」岩波書店　昭和四十一年二月）
（6）重松泰雄「『門』野中宗助」（「國文学」学燈社　昭和四十三年二月）、猶この評価は西垣氏・遠藤氏と越智治雄氏の三者に対する評価である。
（7）夏目漱石「門」（『漱石文学全集第四巻』集英社　昭和五十八年五月）。本文からの引用はすべてこのテキストから用いる。猶テキストの本文は凡て総ルビを打ってあるが引用ではこれを略す。
（8）西谷啓治「根源的主体性の哲學・正」（『西谷啓治著作集第一巻』創文社　昭和六十二年十一月）
（9）久保儀明「『門』とその罪責感情」（「ユリイカ―特集夏目漱石」青土社　昭和五十二年十一月）
（10）遠藤祐。前掲論文（5）。
（11）かつて論理性の視点で参禅の意義を論じた事がある。拙稿、「夏目漱石『門』論―参禅の意味をめぐって」（「日本文藝研究」第四十一巻第三・四号　関西学院大学日本文学会　平成二年一月）を参考にして頂ければ幸いである。
（12）ボーヴォワール『第二の性Ⅱ自由な女』（生島遼一訳　新潮文庫　昭和五十一年十月）猶この着想を、久保田芳太郎氏の「行人」（『作品論夏目漱石』双文社　昭和五十一年九月）直に対する指摘から得た。

「門」論㈡
――参禅の意味をめぐって

(一)

後半で描かれる宗助の参禅に対して、構成上で、自然か不自然かがしばしば論じられている。この対立的評価の発端は、正宗白鳥の評言に求められよう。それは次の箇所である。

宗助が正體を現してからの心理も一通り書けてゐるには違ひないが、眞に逼つたところはなかつた。鎌倉の禪寺へ行くなんか少し巫山戯てゐる。(1)

「巫山戯てゐる」とはかなり辛辣である。白鳥の自然主義的文芸観では、貧しい冴えない「腰辨夫婦の平凡な人生を」劇的展開を控えながら、「平坦な筆致で諄々と敍して行く」方が、優れた作品の方法らしいのだ。平凡な生活を過ごして行く、人間の微妙な心理描写に徹していない後半の参禅の登場は、従って、白鳥には作家漱石の「職業意識から」来る「餘計な作爲」とのみ思えるのである。白鳥の以上の批評は、自分が信奉する自然主義文芸観を基準にした絶対評価態度だと云える。つまり、作品「門」は、自分の信じる基準に合致しない故に、それは失敗だという論理構造に立って截断しているのである。従って、作品の内実の特殊性を語らず、信奉する文芸観を強調している結果となっているのだ。参禅は本当に「唐突」なのだろうか。

本論において試みたい事は、参禅の部分を作品全体の中で有機的に関係づけて論じることである。我々読者が、如何なる視点に立てば、参禅を必然的行動として意味づけられるのか、という試みである。その際、注意したいのは、ただ単に前半に於ける、参禅のための伏線の存在を指摘するのに終始する事は控えたいことである。

（二）

先ず、宗助の特質を作品から規定しよう。宗助は弟小六を見て、自分の学生時代の姿に酷似していると言う。

至つて凝り性の神經質で、漸うと思ふと何所迄も進んで來る〈中略〉それから、頭腦が比較的明瞭で、理論に感情を注ぎ込むのか、又は感情に理窟の枠を張るのか、何方か分らないが、兎に角物に筋道を付けないと承知しないし、また一返筋道が付くと、其筋道を生かさなくつては置かない様に熱中したがる。（四）(2)

眼前の対象の特性を理解するため論理的分析を施す、これが二人に共通している事である。しかも、その対象分析の結果をもって、今度は、自らの実生活上の行動の規範とするのである。取りまとめて言えば、彼等の特質とは、合理的思惟能力によって世界を論理的整合的に秩序立てられた体系として了解しようとするものと判断できよう。そして、これは、学生時代の宗助に限らず、程度は、穏やかになりはしたが、いま現在での彼の特質でもあるのは間違いない。何故ならば、次の箇所である。

彼は平生自分の分別を便りに生きて來た。其分別が今は彼に祟つたのを口惜しく思つた。（二十一）

これは、後半で参禅が失敗に終わった際の宗助の述懐である。「分別を便り」にするという表現に注意したい。この分別が結局、見性の障害になったのだから、これを合理的思惟的判断と考えて良い。つまり、合理的思惟的判断傾向の著しさとは、学生時代の彼のみならず、現在においても、宗助の不変の特質と考えて良いということである。そして、宗助は、御米とのあの事件をめぐっても、当時から今まで検討し続けて来た事は間違いない。とすれば、検討の際のその手段は、事件を論理的整合的に説明し尽くそうとする合理的思惟に基づく分析行動であったのも疑いあるまい。その結果、彼は、事件の性格をどのように理解しているのであろうか。作品には次のように記される。

大風は突然不用意の二人を吹き倒したのである。二人が起き上がつた時は、何處も彼所も既に砂だらけであつたのである。彼等は砂だらけになつた自分達を認めたけれども、何時吹き倒されたかを知らなかつた。(十四)

事件における彼の行動の核心が比喩によって語られている事には注意を要する。つまり、その核心は論理的整合的に言語化し得ぬものである、という事である。宗助が、事件後から現在まで思索し続けたその結果、事件の核心は不明だという事なのである。「大風」とは分析不可能な情態に与えられた、比喩表現なのである。しかし、より精確に言えば、この「大風」が、分析に分析を重ねた結果、分析の不可能に到達した上での表現ならば、つまり、自らの認識の限界を痛感し、その認識行為の埒外で、無碍に流動する超越した生命感の体得から来る、暗示としての「大風」であれば、恐らく宗助に現在の様な神経衰弱の徴侯は現れなかったであろう。つまり、超越の体得としての「大風」の表現ならば、合理的思惟に培われた自己同一性が一度崩壊し、新たな自己が形成されつつあるという事である。ということは、新たな形成から生じる苦痛は積極的意味を帯びる可能性がある。ところが、作品での宗助は、何かの影におびえ、常にそれから逃避したく目論んでいる。神経衰弱とはこうした語感を備えているのだ。そして、同時に、諦めを持って日常の持続の中に、合理的判断を放棄しようとする決断も見られない。彼は、彼に与えられた特質としての対象分析的嗜好性を完全には廃棄できないでいるのだ。換言して言えば、第一に「大風」とは、分析の果てに到達した終局として判断され選ばれた表現ではない。つまり、宗助自身のその時の行動に対して、充分の現実感触を持って納得する核心としてあるのではない、ということである。合理的思惟能力を特質とする宗助は、「行人」の一郎ほどではないにしろ、彼の特質の限界を指示する現象と出逢いながら、やはり、それを

「理路」の枠組みの中で理解しようと試みている。むろんこれは、不可能である。宗助は、この問いかけを自らの精神的安定を犠牲にして持続するでもなく、又、有効性への絶望から、論理嗜好特性を放棄するのでもない。いわば、放棄と持続の中で判断を留保したかの如く茫然と漂っているのである。従って、第二に「大風」を東洋的自然観として、つまり老荘的無又は、禅的無の意味合いで理解するのは注意すべきである。何故ならばこれらの「自然」の概念には、現実生活内で精神的混迷に陥った人間の苦悩を解消し救済する意味を含んでいるからだ。宗助は思索の果てに「大風」と表現したが、それには決して不安が救済されるという予感は込められていない。合理的思惟性を超越する生命の体得として「大風」を捉えているとは言い難いのである。

　片岡良一氏は、主人公の罪に関わる描写は、漱石自身が自分の罪に対する不安を作品内に充分有機的連関を保ち得るかどうかの検討を重ねずして、いささか短兵急に描き込んだため、作品の流れの中で唐突なものになったと指摘する。そして、又、恋愛の自由を認めた場合、「あくまで強く自我の真実（即ち正直さ）を生きぬこうとしたものが、社会をはみ出してまるで日蔭者のような生活をよぎなくされているのだとしたら、これはもう問題が主として社会の側にあるのであることなど、いうまでもないこと」なのである。かくて、「社会」の問題として考えるべきところを、「もっぱら主人公の内部に罪に連なるような暗いものを見ようとする方向に傾くのは」「一種の倒錯でさえあ」[3]る、と厳しく批評する。だが、しかし、宗助は、果たして「自我の真実を生きぬこう」とする決断をもって、そもそも御米を奪ったのであろうか。作品には次のように描かれる。

　世間は容赦なく彼等に徳義上の罪を脊負した。然し彼等自身は徳義上の良心に責められる前に一旦茫然として、彼等の頭が確であるかを疑つた。彼等は彼等の眼に、不徳義の男女として恥づべく映る前に、既に不合理な男女として、不可思議に映つたのである。其所に言譯らしい言譯が何にもなかつた。（十四）

ここに明らかであろうが、宗助はその瞬間に主体性を持って判断し決断した訳ではないのだ。「不合理の男女として、不可思議に映った」とは、その時の行動過程の説明不可能を意味している。行動を意味づける核心の実感が空虚であるから「不可思議」であったのだ。そして、宗助自身は、この空虚を、あえて合理的整合的論理で理解しようと試みるのでもなく、問題から視線を意図的にそらすでもなく、その空虚の周囲を浮遊している。作品を通して問うべきは、このような宗助の姿勢の意味であると言えよう。従って、周辺の人々が、宗助達二人を指して罪人と宣告した問題と、核心の空白を漂っている宗助の息苦しい心中に湧き起こる問題との距離は、慎重に考えた方が良い。仮に、封建的な社会情況の中で、自由な恋愛を自主的に選択した宗助であればこそ、初めて、社会の側から強制される徳義上の罪に対して反抗できうるし、社会の側の血の脈打たない、特殊な問題をあらわに出来るのである。社会の裁きに対し声高に反抗もせず、柔順に従ったのは、その時に、自らの判断でその情況が了解し得ず茫然としていたことと無縁ではあるまい。そして、社会が押しつけた罪人の烙印の問題に関しても、宗助自身は自らを罪人だと判断し得ているかどうかを、先ず確認した方が良い。

事件の核心が了解できないという事をやや図式的に換言すれば、事件そのものを了解し得ていない事を意味する。事件を事件として意味を感じる感覚自体が欠如している。それを事件だと意味づけている者は、宗助以外の人々である。宗助は事件の意味が分からない。事件そのものの性格が分からないのである。この情態を現象に対する疎外感が彼を覆っていると表現しても良いだろう。この疎外感覚が、彼の精神構造の根本に潜んでいる。つまり現象をありのままの現象として、現実感触を伴って生々しく了解する機能に障碍が発生しているのだ。だから、彼の内部に於いて、周辺の人々が、事件とは姦通を意味し、罪に関わる行為なのだと批判しても、それに対し生々しく反応し難いのである。そして、一方、宗助の側から反論の根拠になるべき、必然性としての実感からも疎外されている。この疎外感を抱く彼は、不明性の茫然態の不安定さに耐えかねて、盲目的に、外部多数者の判断を引き受けてしまったのだといえる。それは、決して彼の内部から自然に芽生えた感覚ではないと思えるのである。出会った現象が、事実としての現象であることを実感するために必要な根本条件が、獲得できないばかりか、それが何であるのかすらも予測できない、というこの空虚感が、恐らくは作品で度々繰り返されている、宗助の「神經衰弱」を引き起こす根なのである。

この疎外感は既に作品冒頭から明示されている。「今」の文字に関する宗助の内実を想起してみよう。そこでは、日頃見慣れた文字でも疑いを持って見ると、違和感を覚えてしまうと語られる。この部分を単に我々の日常経験の共鳴からのみ了解するのは控えよう。この部分は恐らく、作品全体に浸透している宗助の不安の根を暗示している箇所なのであるからだ。「今」の文字の表記と、字の持つイメージそのものとが直結する必然性を了解し得なくなっているのである。意味象徴作用の分裂と言えば奇妙に聞こえるだろうか。「今」を言葉として成立させている所記と能記の融合連結の中に歪みが入ったのである。表記としての「今」が違和感のない表記であるためには、つまり心像と隔てなく融合した「今」であるためには、何か決定的で根本的な条件が欠けている。そして、又、それは何であるのか、宗助には把捉し難いのである。この例は休日の東京確認の行動にも窺える。

七日に一返の休日が來て、心がゆつたりと落付ける機會に出逢ふと、不斷の生活が急にそわ〳〵した上調子に見えて來る。必竟自分は東京の中に住みながら、ついまだ東京といふものを、見た事がないんだという結論に到着する（二）

つい最近に上京した訳でもない宗助の述懐である。別にことさら、休日に名所旧跡の見物を求めているのではないし、又、気晴らしとして華やぐ場所に行くことを求めているのでもない。東京を東京として成立させている、彼の核心の確認欲動を見るべきである。つまり、この部分での感慨は、先程の「今」に対する感慨の感触と極めて類似している。つまり、東京も宗助の心理に於いて同様の違和感が発生しているということである。通常の日々はこれまで幾度となく繰り返された一定の事務的手続の反復の如き日々である。この習慣化された反復の作用に身を委ねて、精神的懐疑を停止させるうちに、一日は終息していく。この作用の切れ目に、自分が東京に住みながら東京に住んでいないという不合理な感覚が目覚めるのだ。さらに、この感覚を治す条件を宗助は確と把握できないのだ。「どこか遠くへ行つて、東京と云ふ所はこんな所だと云ふ印象を、はつきり頭の中に刻み付」(二)けたいと望むのだが、その場所はどこなのか、恐らく宗助に明言するのは難しいだろう。ただ単に具体的場所に至れば、東京全体の特質が彼の心理に生彩を放つ像として定着する訳ではない。東京が東京として了解できない。了解に必要な何か基本的核心が欠けている。つまり、「どこか遠い所」とは、具体的場所ではなく、宗助と東京との疎外感を解消する核心との出逢いの「瞬間」だと了解する方が文脈に適うと思う。

更にこの疎外感は、宗助と外的対象の間に起こるのみならず、宗助主体の内にも芽生えて来ている。次の箇所は床屋の鏡に写る自分を凝視しつつもらす疑問である。

彼は冷たい鏡のうちに、自分の影を見出した時、不圖此影は本來何者だらうと眺めた。(十三)

鏡像との直面は宗助にとって驚きであったと思う。今まで論じた例を図式化すれば「主体たる宗助」対「考えられる対象」という形態によって思索がなされていたと言える。そして主体にとって対象への疎外感は、殆ど対象の側に付属する特殊な問題として考察されていた筈である。つまり、現在限定化し顕現した対象の内にこそ問題が所属していて、それを主体は追求するという構図であったと考えられる。ところが鏡像は、主体の側での確認を要求している。つまり、言葉を換えれば「此影」とは、今見ているその当の自分である。いままでは、考察の際に不問に付されていた主体側の疎外が浮上したのだとも言える。以前の彼は疎外感を覚知しながらも、疎外感の所在をひたすら対象の内に求め、主体の側への懐疑には直結しなかった。いわば、主体性の内実に関しては、自明性に溢れるものとして盲目的に受容していたのである。ところが、その「私」も実は、考える主体としての「私」にとってどこか遠い存在であり、自明的に私であるためには、何か決定的な条件が欠けている、という感覚が芽生えたのである。鏡像の「私」と、いま問うている「私」とは自明的に融合連結を有せず、それが同じ「私」であるためには何か欠けているのである。この疎外感が、「此影は本來何者だらう」という不気味な疑惑として語られるのである。つまり、私とは誰なのかそれが分からないという疎外感が生じているのである。神経衰弱の傾向が今回は、主体の主体についての感触の疎外にまでおよんでいる。

　ここで、前提に立ち戻って言えば、この疎外感を惹起した原因は、宗助の自己同一性を形成した原動力としての合理的思惟である。しかし、この指摘は奇異であろう。作品は、事件の衝撃に耐える二人を「凡てが生死の戦ひであつた。青竹を炙つて油を絞る程の苦しみであつた」（十四）と記す。恐らくは、この同程度の苦しみを持って、宗助は「理路」構築のために事件の核心を、つまり、その時の自分に何が起こったのかを、徹底的に問い続けた事は間違いあるまい。この行為も又、「戰ひ」であり「青竹を炙つて油を絞る程の苦しみ」であったと推測するのである。しかし、この切なる問いかけの狂おしい持続によって疎外は肥大してゆくのである。何故ならば、苦悩するとは、身を震わして耐えている今この生きている私の情態以外にはあり得ない。それを一度、主体としての「私」が、その情態を限定的な「苦悩」として対象化するという操作を取れば、この情態は、主体と対象とに分断されてしまう。あえて言えば、この際語られる対象としての「苦悩」は、かつて身を震わしたあの血のふき出る苦しみとは別のものであり、言葉に置きかえた死骸である。そして又、それは、今語る主体の「私」とは無関係のものである。宗助が救済を求めるならば、「苦悩」が「私」と分断しない以前の情態そのままを取り扱う必要があるのだ。つまり、「私」が対象を考察し統合を導き出すという、主・客二分立に立った科学的発想を捨て去るべきなのだ。人間の思惟行為には限界がないため、永遠に思惟は作動する。そのため、科学的発想が夢みる統合の次元も永遠に遠去かってゆく。想定してみよう。「私」とは誰か、ということの問いが永遠に続いた場合のことをである。「私」と対象との距離が埋まる、つまり統合される事など不可能である。自分を満たし切れない精神的疎外感とは、この狂気じみた統合化の試みの過程に現れてくる主体内での不安感なのだ。宗助はこの不安感に覆われているのである。「如何にも弱くて、落付かなくつて、不安で不定で、度胸がなさすぎて、希知に見え」る心の不安感を癒す手段には何が求められるか。しかも苦悩の情態そのままを解消する必要があるのだ。そこで、禅が求められるのである。鈴木大拙は次の如く禅の性格を語る。

> 何かを目的論的に向ふにおいて、それを自分に對立させ、やがてそれを獲得せんと努力するのは、吾等の一般に分別性、連續性、階漸性の世界においての行動である。〈中略〉が、般若の世界、見性の世界、信の世界―卽ち宗敎的・靈性的生涯の世界では、それではいけないのである。ここでは相手のないはたらきがある。このはたらきに撞着する、或はこのはたらきを覰破（又は覰捕）しない限り、禪經驗なるものはあり得ないのである。(4)

論理を逆にたどって言えば、禅とは、対象としない儘のはたらきを看る世界だというのだ。主・客二分立の形態をひき起こさない、つまり、疎外を生じない情態としてのはたらきとは、根源的一と表現するも可能である。この根源的一は論理を超越することでもある。論理とは、必ず言葉による「正」と「反」との統合過程の整合的表現である。しかし、いまこうして禅の根源的一の情況を言葉によって説明している、この表現は「一つの観念である」ことから自由になれない。つまり、主体の向こうに設けられた客体として、必然的に位置付けられて動かない。禅が目指すのは、「この構造を打ちこわして、その根源―それは同時にまた無根源でもあるが―に立ち戻る」という経験なのである。別の言葉で言えば「一何れの處にか歸す」という問いが求める解である。宗助は、この根源的一を体得することで、自分の不安を惹起した疎外を癒そうと試みた、と解釈することができるのである。作品に即して言えば、老師が与えた「父母未生以前の本來の面目は何だ」の公案が暗示する次元である。この公案の命題は論理的整合的考察では解決し得ない矛盾を含む。従って、分別を頼りに生きる宗助には「父母未生以前といふ意味がよく分らなかつた」のである。「意味」とは宗助にとって論理的整合的理解可能態を指す。ところが、その合理的思惟性によって構築された自己同一性を禅は破壊しようと働くのである。例えば次の文章を見てみよう。

頭の往來を通るものは、無限で無數で無盡藏で、決して宗助の命令によつて、留まる事も休む事もなかつた。斷ち切らうと思へば思ふ程、滾々として湧いて出た。

宗助は怖くなつて、急に日常の我を呼び起こして、室の中を眺めた。（十八）

実際には、日常生活内の刺激そのものは百様で、統一して生起する筈もない。意味として我々に現れるのは、我々が合理的思惟を用い、論理的整合的に翻訳したうえで、一貫した特定の意味として体系化しているからだ。つまり、我々は、我々の見たい様に世界を見ているのだ。この世界が、翻訳される以前の生々しい現象として、ここで宗助を襲っているのである。視点をずらして云えば、統一されない心像の錯綜状態、それこそが彼の生の心ともいえる。しかし、これは、彼にとって恐怖としてのみ感じられるのだ。そこで、彼はこの情態を分断し「理路」の枠組みへと翻訳しようとするのだ。つまり、「日常の我」を思わず呼び戻してしまうのである。「日常の我」とは合理的思惟と同じ謂であろう。そして、この「日常の我」を捨て去り得ぬ事が、結局、彼の不安の解消を阻害する障碍になるのである。つまり、分別ゆえに生じた不安を解消する手段として望んだ禅を、彼の特性としての分別への固執が、彼をして回避させるのだ。逆説めかして言えば、救済への門を閉ざしたのは、彼の分別だということである。

注

（1）正宗白鳥「夏目漱石論」（『正宗白鳥全集第二十巻』福武書店　昭和五十八年十月）

（2）夏目漱石「門」（『漱石文学全集第四巻』集英社　昭和五十八年五月）。猶、本文テキストは総ルビであるが、ここではこれを略す。又特に断らない限り引用はこの版を用いる。

（3）片岡良一「夏目漱石の作品『門』」（『片岡良一著作集第九巻』中央公論社　昭和四十三年十月）所収のもの。

（4）鈴木大拙「禪思想史研究　第三」（『鈴木大拙全集第三巻』岩波書店　昭和五十六年二月）。禅について参考にした資料の内、主なものは次のものである。鈴木大拙「禪思想史研究　第一・第二・第三・第四」は各々『鈴木大拙全集第一巻・第二巻・第三巻・第四巻』に所収のものである。発行は、順に昭和四十三年三月・同五月・同十月・昭和五十八年一月である。西田幾太郎「善の研究」「思索と体験」（『西田幾太郎全集第一巻』岩波書店　昭和五十二年十月）。釈宗演『碧巌録講話上・下』（光融館　（上）大正十一年二月・（下）大正十四年四月）、『秋月龍珉著作集第十巻』（三一書房　昭和五十七年四月）、平野宗浄編集「頓悟要門」（『禅の語録』筑摩書房　昭和六十年四月）。鈴木大拙編校『盤桂禅師語録』（岩波書店　昭和六十年十月）。

「行人」における自意識の矛盾

「行人」論㈠

――一郎の矛盾性の苦悩をめぐって 1

㈠

「行人」は常に特定の語り手によって物語が展開される。「友達」から「歸つてから」までの語り手は、二郎であり、「塵勞」においては、前半の二郎から後半はHさんへと移動する。彼等の視点から報告される内容は、自分達と係わる登場人物達の交流に関する事であり、その対人間交流のあわいに生じる劇が語り出されてゆく。多様な劇の中で、殊に印象深いものは、一郎の苦悩する姿である。強く言えば、「行人」中に込められた重大な問題を彼が担っているとも云えよう。彼の苦悩の相を、どのように問題として設定し得るであろうか。端的に言えば、それは、一つには「他者との心情の交流は可能か」という問題と、二つには、「自己が自己を生きるとはどういうことか(1)」という問題に設定できよう。しかし、この二種の問題は、同時に並行して作品全体を覆っているのではなく、「塵勞」以前では「他者との心情の交流は可能か」の問題が中心に展開され、「塵勞」では「自己が自己を生きるとはどういうことか」の問題が中心として展開される。しかしこのように二種別固の問題が「塵勞」を境界として描かれる事実をもって、即、作品が不統一を含み分裂していると断言し、作品の瑕瑾を指摘する事を控えたく思う(2)。我々の認識行為の性質として、事象の特性を判断する場合、我々が援用する視点の構造によって、既に対象の特性は同一の構造を要請されている、と考えるからである。つまり、作品が二種の問題を含む故に、その異種性によって論理上、統一総合の主題は存在し得ないと、我々が視点を確定すれば、この視点を反映して、作品の様々な箇所は、作品主題の矛盾を証す事になると考えるのである。この拘束状態を克服するためには、対象それ自体がそれ自体によって、言語的媒介を用いず、我々にその特性を開示すれば良い。しかし、これも実際上不可能である。であれば、我々が援用する視座の構造の有効性を疑い、作品内の事実を優遇しつつ対象に接近する外あるまい。しかし注意したいのは、それも近似値的に接近するだけだという事である。我々に提示される作品「行人」は、作家の事情を含み様々な問題を内包しながら、現行のもの、つまり、「友達」「兄」「歸つてから」「塵勞」の四章だてとして存在している。この存在している情況のありようが我々に指示する意味を巡り、先ずは、提出した二つの問題の関連を考えてみたい。

執筆事情に関して考えてみる。そもそも漱石の意図はどうであったか。「行人」の発表は、大正元年十二月六日から東京・大阪両朝日新聞紙上で行われた。そして、一時掲載を中止している。彼の健康上の理由とも神経衰弱の為とも言われるが、大正二年四月七日の「歸つてから」（三十八）で中断したのである。しかし、彼は、「病臥中無理をして起き上がり、一回分だか二回分だかを無理をして社へ送」り、「そのあと又二ケ月ばかり、どつと寐込んでしまわなければならなかった」[3]らしい。この中断について、東京朝日新聞の「歸つてから」（三十八）の後に載せられた「お斷り」で、「本篇は非常の好評を博し既に完結に近づきたる際漱石氏病氣の爲め擱筆するの已むを得ざるに至り本日を以て打切りとなし他日單行本として刊行の砌是を完成せしむる事となしたり幸ひに諒せられよ」[4]と記されている。この「お斷り」が示す通り「漱石においては、『行人』は中断以前においてほぼ完結しており、あとはただ一波瀾があるのみという状態だった」[5]のであろう。ところが、漱石は約五ケ月後、「行人」の再掲載を決意し、大正二年九月十五日に東京朝日新聞紙上で「行人續稿に就て」という次のような公告を出す。「是は左して長いものでないから單行本として出版の時に書き添へる積でゐましたが、〈中略〉讀者への義務を完うするため、同じ紙上で稿を續ぐ事に極めました。[6]」この決意に至るまでの彼の心の葛藤は重苦しいものであったに違いない。それはたぶんに、人間の誠実のありようを作品の基本題材にした作家らしく、漱石の活動に期待する読者及び新聞社への、深い義務感によるものであったろう。更に指摘したい事は、彼の義務感を領駕する、自らが獲得した問題に対する止み難い表現への欲望が彼を飲み込んでいたであろう事である。これらの動機は、凡て約五ケ月間に病中の漱石の精神の中で生起している。彼の中に如何なる劇が起こったのだろうか。

漱石が胃病で倒れたのは、この時が最初ではない。彼は明治四十三年に仮死という稀有の体験をしている。所謂、修善寺の大患である。この大患時、彼は蘇った後、死へ無限に接近した自分の意識の構造を再現するため、記憶を辿って事件の全貌を徹底的に究明してゆき、「思ひ出すことなど」を書く。この作業の過程で彼は次のように述懐している。一つには、自分の看護をしてくれた人々に対する「篤い感謝」であった。自己が希求する倫理道徳実現を、世間が根強く拒む事に絶えず焦慮を抱いていた漱石であったが、彼はここで人々に対する感謝と共に、経験した連帯のあり方に「始めて生き甲斐のあると思はれる程深い強い快よい感じ[7]」を覚えているのである。もし、漱石の分析行為が終止点を見出し、ここで満足できれば、彼は死の間際で、初めて自己の利益から離れた立場に立ち、自分の延命のみを願う人々の純粋な行為を目の当りに見た事実を、自らの記憶の中に大切な人間認識の核として保存しえたであろう。このようにして、彼の懐疑的認識作用が終結すれば、漱石に認識行為がもたらす観念の苦悩は訪れないであろう。が、披はこの了解内容に安住せず、更に懐疑的に進んでゆくのである。彼が待ち望み、そして終に人々との間に味わった、至福の瞬間も「人間相互の關係」、つまり、全体から閉ざされた一面としての人間本位の価値観からの判断にすぎない。人間を包摂する宇宙、歴史の存在に覚醒し「しばらく立場を易へて、自己が自然になり濟ました氣分で再び」その経験を判断すると、「吾等如きものの一喜一憂は無意味と云わん程に勢力のないという事實に氣が付かずには居られない。」その後に、彼はやり切れぬ「淋しさに」佇むばかりである。ここに如実に窺える相対的視点設定による思考形態を漱石の思考特性と指摘したいのである。そして強調したい事は、修善寺の大患時に、至福の体験を相対化した様に、「行人」の中断期に於いても、彼は自らの世界の相対的批判を行っていたであろう事である。とすれば、彼の念頭にあった「歸つてから」までの三章を発表しただけの、「行人」の主要問題も豊富な思索の余裕を得て、再び検討されたのは間違い無いと思われる。この事を作品に即して言ってみよう。かつて小宮豊隆は「行人」の解説で、ストリンドベリの「父」と比較しながら、漱石が「女を憎んでゐるくせに、なぜもつと思ひ切つてお直を叩きつけなかつたのかといふのが」その当時の不満だったと言う。そして、次の様に続ける。

しかし、後になつてよく考へて見ると〈中略〉これは漱石の眞實を率直に表現したものに外ならなかつた。漱石は自分の感情に委せて、一面的にお直を憎み切ることを欲しなかつたのみならず、よし癇癪を起して、相手の頭に手をあてることがあつたとしても、そのあとで必ず他人を憎む前に、まづ自分を憎むべきではないかと反省し、その反省を通路とすることによつて、理性的な立場から、お直をいとほしむとともに自分自身の人間をいとほしまなくてはゐられないやうに生れついてゐたのである(8)。

小宮が指摘している事も、相対的視点によって事象を判断しようと努める漱石の思考特性である。ここでは、小宮の直への批判が論じられるが、これは一郎への共鳴が同一化を生じた結果と思われる。彼の視点からすると、一郎の苦悩は、尊きものであるらしい。そうであれば、当然、一郎を苦悩へと追い込んだ直は加害者に外ならず、直を徹底して截断する必要があると言うのである。そしてこの裁断は、一郎の立場の正統性を確定することと表裏一致する。つまり、作中、直の心の奥底にある、温かい愛情を求めて「砂の中で狂ふ泥鰌」に似せられる一郎は、批判の対象から無条件で除外された上に、彼の苦悩は疑いなく高貴なものとされてしまうのである。しかし、一方、漱石の人物創造の視点は、固有の人物の上にばかりとどまらず、絶えず均等な価値観の成立する地点を求め、その望まれた所から人物造形を試みるのだ。特定の一人物の存在の絶対視を忌避しているといっても良かろう。このいわば相対的思考特性は、当然「塵労」以前の三章にも充分反映されていた筈である。が、しかし中断期に充分な思索の時間と精神的緊張が相俟って、より徹底した一郎造形に関する反省を行ったのではあるまいか。むろんこの反省は人物形象の問題ばかりにとどまらず、漱石自身の価値観の正統性の是非を問うことになったのは言うまでもあるまい。何故ならば、対象を検討する場合、対象をそのもののみを考察している積りでも、我々は「私」主体の認識能力を反映して対象を考察しているに外ならない。つまり、対象の徹底分析による意味の複雑化は、つまり主体自らの内実の複雑性を物語るのである。作家の明敏な分析能力によって創造された複雑で不合理な「心」の内実に混迷をきたす人物達は、同比重をもって、作家の心の混迷を物語ってもいるのである。つまり、この意味合いで「行人」に関する悩みは、作家個人の存在性をめぐる悩みと相即しつつ存在するのである。ともかく、中断時、漱石は一郎の立場を絶対視する事を避けて、彼の徹底批判をすると共に、自らの存在の批判を極度の緊張を保ちながら行っていたであろう。しばしば引用される大正二年七月十八日付の中村翁宛の次のような書簡から、この事は良く窺えよう。

行人の原稿などは人の事にあらず自分の義務としてもまづ第一に何とか片付べきを矢張まだ書き終らざるにてもしか御承知願上度候勿論社会とも家族とも誰とも直接には關係なき事柄故他人から見れば馬鹿もしくは氣狂に候へども小生の生活には是非共必要に侯(9)

「小生の生活」をそのまま、経済面での生活費として理解しては浅薄すぎよう。ここでは、「人生上の問題」と理解するのが適当と考える。この中断期に漱石は一郎の苦悩に関わる「行人」の問題を相対的視点によって批判を加え、一郎の苦悩を絶対視することを控えた。そして破滅寸前まで至った一郎を、その極限の場所から、どう再び、現実の日常性の中へと立ち戻らせるか。このことを集中して問うたのであろう。この問題解決の行方を摸索することは、一郎の悩みと共に生きた漱石にとって「義務」観からばかりでは説明し尽くせぬものである。彼自身の精神の整理に対して緊迫した問題であったのだ。従って、この時期に於ける漱石の作品構想に対する再思三考の苦しみは、とりわけ激しく「他人から見れば馬鹿もしくは氣狂に」等しくても、彼自身の「生活には是非共必要」であったのだ。

さて、現在到達したこの理解内容から、先程指摘した、三種の問題の関連を簡単に整理してみよう。「他者との心情の交流は可能か」という問題を追求する過程で、一郎の苦悩を絶対視する危険性が生じて来た。この危険性の延長で作品を閉じる事では、作品と共に生きた漱石内部の悩みの解決の手がかりを遺棄することに等しい。そこで、一郎像の造形にアレンジを加えたのであろう。つまり、彼の苦悩を批判的に展開させて、如何に現実に帰着せしめるかを考察した過程で「自己が自己を生きるとはどういう事か」という問題が登場したのである。

しばらく、この問題を作品の構成から検討したいと思う。一郎の苦悩の意味を語る時、問題は二郎の形象にまで進展せざるを得ない。越智治雄[10]は、「門」（明治四十三年）「彼岸過迄」（明治四十五年）の一連の流れから、主人公の担う「頭の中の世界と、頭の外にある社会」（「彼岸過迄」）の対立問題を踏まえて、「『門』において日常性の中に降り立った漱石にふさわし」い方法を「行人」では、どう処理する筈であったか、について次の指摘をされる。

漱石はおそらく語り手の向こうに顕示されるはずの一郎のいわば観念の世界の実在を疑ってはいないのだが、それはあくまでも語り手の世界、とくに二郎の日常の世界の強固な現実性を信じることと無関係ではなかったのだ。

従って、本来の意図として二郎は「一郎の学者の世界に拮抗しうるだけの別種の現実性を」「具現しうるように造形されなければならなかった」筈の現実主義者だとされる。ところがその二郎は実際には、作品後半では暗鬱な雰囲気の中に沈み、「自分こそ近頃神經過敏症に罹つてゐるのではなからうか」（「歸つてから」）と疑うような不思議な変貌をとげている。つまり、「二郎はほとんど一郎に近づいているのである。」その変化が決定的に明示されるのは、兄の心を知りたいと焦りをもって欲求する箇所である。その時、彼は次のように言う。

眞底を自白すると、自分の最も苦に病んでゐるのは、兄の自分に對する思はくであつた。彼は自分を何う見てゐるだらうか。どの位の程度に自分を憎んでゐるだらう。又疑つてゐるだらう。其處が一番知りたかつた。（「塵勞」二十二）(11)

この箇所に至っては、現実の不可解さに安住し、その実相を求めて問いかける行為を無意味だと諦観していた、かつての二郎が決定的に変化している。「他の心なんて、いくら學問をしたつて、研究をしたつて、解りつこないだらうと僕は思ふんです」「心と心は只通じてゐるやうな氣持がする丈で、實際向ふと此方とは身體が離れてゐるのである。兄を現在の精神的混迷に誘い込んだ契機、つまり「現在自分の眼前に居て、最も親しかるべき筈の人、通り心も離れてゐるんだから仕様がないぢやありませんか」（「兄」二十二）と、かつて放言した時の二郎はいないのである。兄を現在の精神的混迷に誘い込んだ契機、つまり「現在自分の眼前に居て、最も親しかるべき筈の人、其の人の心を研究しなければ、居ても立つても居られないといふやうな必要に出逢つ」（「兄」二十）てしまったのである。二郎の先の問いかけは、直の行動の曖昧さを契機として惹起された一郎の悩みと同調するのである。こうして、両者の悩みが同調した時に、語り手の位置がHさんに移動し、「他者との心情の交流は可能か」の解が明示される。しかし、Hさんの語るその解は「否」なのである。だが、と留保条件を付ける必要がある。二郎、Hさんを含めて数人との間に醸し出される「親しい性質」の問題があるからだ。おそらくこの問題は、後に「こゝろ」の「私」をどう捉えるか、という問題に直結していよう。「親しい性質」とは、例えば、「こゝろ」において、「私」がその人の事を思い出す時に、無限の懐しみを持って「先生」と呼んでしまう事実と、こうした「親しい性質」によって初めて「先生」が胸裡を開示した、その行為をどう理解するかという、試みのなかで明確にできるであろう。とまれ、以後「塵勞」に於いてはこの「否」の内実をめぐって、作品が更なる発展をみせるのである。西垣勤氏は

「作中に頻出する二郎の『今』の時間から振りかえる叙述・感想は、どうしてもある決着のついたあとのそれと考えざるを得ない。」[12]と推測され、中断以前の「行人」の物語のはこびを「その決着とは、一郎の発狂を想定しうるだろうと思う」と指摘される。しかし、この一郎の発狂は、作品の中断以前までの構想ではなかったろうか。当初漱石は、一郎造形をもって「他者との心情の交流は可能か」の問題のみを問い詰め、この問題の解を「否」とし、一郎を懊悩の果てに発狂又は、自殺させる予定だったのではあるまいか。したがって、発狂に至るほどの一郎の悩みを、読者の共感を呼ぶところまで描くためには、一郎の悩みを絶対肯定視する雰囲気を保ちつつ、作品の中で彼の悩みを肯定的に説明する必要がある。それが、語り手二郎の役目である。加えて、いっそう読者の共感を得るには、一郎の行状を語る語り手二郎が、一郎への共鳴から変貌すればより一層効果的である。そのため二郎を変貌させ、孤独を通して一郎の懊悩にまで接近させた。つまり、一郎の懊悩の了解が可能になる基盤を造ったのである。それは又、換言すれば、他者との心情交流が不可能だと知った後に至る、徹底した孤独の場所に二郎を追い込むことでもあるのである。おそらくは、二郎がこの場所を予知した時に、一郎に不幸が訪れ、遺書か何かの手段によって、一郎の認識の凡てが二郎に伝えられる。このような構想ではなかったろうか。ところが、漱石は療養中、自分の抱え込む問題と、予定したこの「行人」の結末のあり方を対照させて練り直した結果、一郎の苦悩を相対的に批判して悩みの根拠を問うたのであろう。つまり、漱石の自己確認が一郎の造形に変化を与えたのである。「思ひ出すことなど」で、死の間際までくどいほどに、接近を試みる漱石の筆致にこの自己確認の行為が見て取れるのだ。そして、この確認の場所で、自分が偶然に生の領域に帰還したように、一郎を生の現実に帰還させる可能性を問うたのである。しかも、一郎固有の分析能力の延長線上にその可能性を求めたのである。つまり、彼の理知的自我を放擲することなく、発展的に到着する解決策を模索したのである。それが「塵労」で展開される「自己が自己を生きるとはどういうことか」という、問題なのである。そしてこの問題追求の過程で案出されたものが「絶對卽相對」の概念なのであった。この了解を踏まえて、以下作品に即して論じてみたい。

㈡

ここでは先ず、一郎の思考形態を了解しつつ、彼の「他者との心情の交流は可能か」の悩みの内実を考察していく。

彼は、特定の思考形式によって、事象を対象化している。そして、この対象化の過程で抜け落ちてゆく現実の事実に苦しんでいるのである。この事実は、作中では殆ど妻の直の言動によって代表される。この事を一郎と直の関わりから説明してみよう。例えば、一郎は、「天下の人が悉く持つている二つの眼を失つて、殆んど他から片輪扱ひにされるよりも、一旦契つた人の心を確實に手に握れない方が遙かに苦痛」(「歸つてから」十八)を覚える、景清に喩えられる、盲目の女性を次のように理解する。

男は情慾を滿足させる迄は、女よりも烈しい愛を相手に捧げるが、一旦事が成就すると其愛が段々下り坂になるに反して、女の方は關係が付くと夫から其男を益慕ふ様になる。是が進化論から見ても、世間の事實から見ても、實際ぢやなからうかと思ふのです。夫で其男も此原則に支配されて後から女に氣がなくなつた結果結婚を斷つたんぢやないでせうか。(「歸つてから」十九)

一郎のこの解釈には、明治期の男性中心の女性観が窺えるようだ。ここでは女性の貞節が女性にとっての第一義的価値と見なされている。第一義であるから、女性は、性的交渉を持った相手とは終生を共にする強制力が生じる。又、愛情という両性間での不可視、不可触性の心的問題が、心的領域から移項し体験感覚として具象的に顕現するため、猶更、愛執性の感情をかき立てる結果となるのであろう。そして、この事が一郎にとっては疑いようのない

「世間の事實」であるのだ。一度、「關係が付くと」女は「男を忿慕ふ様になる」理解の底には、性交渉によって女性は男性の所属物になる、という彼の認識が窺えると思う。そして、こうした認識は、かなり強固に彼の固定観念になっている。明治という時代に暮らしている彼にとって、この一般通念の染汚は否応なく受肉化されたことであり、女性の特質を判断する場合には、どうしてもこの構図から見るしかないのであろう。しかし、この通念に影響されて構築された観念は、現実生活の中で異種の事実と出逢っている。これが、直の言動の効果なのである。例えば、先の一郎の理解に反応して彼女は次の如く述べる。

妙な御話ね。妾女だからそんな六づかしい理窟は知らないけれども、始めて伺つたわ。随分面白い事があるのね。（「歸つてから」十九）

直は、一郎に直接反論せず、しかし、根深い反感を込めてこのように応答する。妻の直は一郎の認識の構図の中に収まらぬ、生きた女性として、常に謎を含む言葉を投げつけるのである。一方、自らの構図の中に算入できぬ女性と出逢っている、一郎の反応は実に硬着していて柔軟性に欠ける。論理化以前の感情の領域での反応が起きるのである。作品で言えば、彼の顔には親近者から視ても「客に見せたくないやうな厭な表情」が浮かぶのである。この感情を誘発し不快を生じさせる事件に対して、彼は原因究明の方向を自分に向けず、第三者に向ける。つまり、生きた女性を収められない構図そのものの有効性の反省に向かわず、不可解な事実を説明するに有意味な構図へと止揚させる事を留保し、対象を特殊化への類別を行い、特殊性の検討を重ねるのである。彼は、自らの依拠する構図へは批判を加えず、つまりは、現在生起している問題の責任所在は、他者に存在していると理解するのである。つまり、直に問題があるのである。この一郎の思考形態を維持する一端を直自身もが担っている事を指摘して置きたい。直の次の言葉をみてみる。

男は厭になりさへすれば二郎さん見たいに何處へでも飛んで行けるけれども、女は左右は行きませんから。

妾なんか丁度親の手で植ゑ付けられた鉢植のやうなもので一遍植ゑられたが最後、誰か來て動かして呉れない以上、とても動けやしません。凝としてゐる丈です。立枯になる迄凝としてゐるより外に仕方がないんですもの。（「塵労」四）

ここで見る通り、直は明治期の男性中心に造られた女性観を甘受し、諦念を持って従っていると言える。反抗を放棄し行動規範を習慣に委ねることで、彼女自身が男性中心の女性観を維持する役割を担っている。以上を整理して言えば、彼女の存在は両義性をはらんでいるということだ。つまり直は社会通念に従い一郎の女性観を維持させ、その結果、彼を自身の検討に向かわせず基準を現在の状態の儘保管させる役割を果たす、と同時に、一方でそうした観念に対する執念深い批判を行っている。直のこの両義性を、一郎の立場から理解すると、困惑させられる効果を持つ。一郎は彼女によって彼自身の判断基準を肯定されかつ、その限界に直面させられる事で否定されているからである。この矛盾を解決する方法の一つは、直が胸中の蟠りを告白し一郎の論理の限界を指示し、両者で主・各分離の懸隔を超越することである。つまり、「止揚」することである。しかし、直は自らを語らず、作品ではこうした、交流は描かれない。

かくて、一郎は自ら依拠する判断の根拠を疑うことなく直に向かって、「謎」の究明を開始するのである。彼の思考形態の特質は、二項対立の構図によって理解を試みている事である。彼から見れば眼前に展開される対象は、表層と深層に分類される。その構図で彼は心の真相解明に臨んでいるのである。先程指摘した直の両義性を例に取って言えば、この両義性のあり方が一郎の思考形態の妥当性を裏打ちしているといえる。つまり直が自分の心情を直截的に吐露せず胸裡に抑圧し、女性の価値を規定する社会通念に反抗せず甘受し忍耐する、この態度が、そのまま一郎にとっては、表層と深層の構図に相即するのである。この特質は作中の次の文に適例が見られる。直の二郎に対する恋愛感情の有無を、弟に確認し拒絶される際の、一郎の反応である。

たゞ聞きたいのは、もっと奥の奥の底にある御前の感じだ。その本當の所を何うぞ聞かして呉れ。（「兄」十八）

一郎の理解によれば、心の領域には表層的な「形式上」のものと、深層に属する「奥の奥の底」の「本當の所」が存在するというのである。しかし、彼の論理に於いて、どうした判断基準で、到達した認識内実を、「本當の」真実と判定するのだろうか。更に問えば、二項対立の構図に従い懐疑をもって対象に向かった際、何を根拠として主体は「真相」に到達し得たと確認しうるのか。彼の問いかけは無限に展開される性質のものではあるまいか。つまり事象を対象化し、それを表層的意味と判断した後、様々な分析を繰り返して後、ある結論に達し、それこそが深層に潜む本来の「真相」であると決論づける根拠を主体は有しないのである。苦労の末に獲得した「真相」なるものは、彼の視点からでは偽「真相」、つまりは、新たな「表層」に他ならない。ようよう到達した結論が、次なる探求の出発点へと変化する必然性を含むのである。一度、二項対立構図に依って懐疑的に事象を分析し始めた者は、永遠の問いかけに閉じ込められてしまう。この連環を終止させるには、主体がこの作用のある地点で終止を決断せねばならない。しかし、一郎は、この決断ができないでいる。その理由の一つが、既に指摘した、直の両義的効果である。直は、一郎の論理の正統性を補強しつつ、かつ限界を指摘し、彼をその場所に閉じ込める。彼女の行為は一郎の側からすれば、「わざと考へるやうに仕向けて來るんだ。己の考へ慣れた頭を逆に利用して」彼を混迷の中へ陥れるに等しい。一郎の事象への接近方法は、彼女によって、拘束されているともいえよう。直の表層を排斥して彼女の真相たる「靈といふか魂といふか、所謂スピリットを攫」むまで「ただ考へて、考へて、考へる丈」なのである。しかも、一郎の精神内部にはこの分析の連環を停止させる機能を有しないのである。その結果、「あゝ己は何うしても信じられない。何うしても信じられない」「何うか己を信じられる様にして呉れ」という告白に至る外ないのである。ここに至って、一郎は自らが精神の主体の位置にある事を苦痛とし、外部に連環を停止する影響力ある権威を求めている。自ら主体によって開始した心的領域での運動をもう主体の決定によっては停止し難い程度に至ったのである。「彼の態度は殆んど十八九の子供に近かつた」「其時の彼はほとんど砂の中で狂ふ泥鰌の様であつた。」とは、この時、一郎の混迷が極限近く迄達しつつあることを物語っている。更に注意したい事は、一郎が判断の根拠とした二項対立による「真」の剔出というこの方法は、近代日本が文明発展の為に採用した西欧科学の方法だという事である。観察主体によって、対象が設定され分析が重ねられる。対象は様々な実験によって数量に換算され整理される。その後、数量化した情報を一定の手続操作の下で統合し、還元し対象を再現する。この具体性を伴って確認できる科学的方法の有効性は瞠目すべきものである。そして、この魅力溢れる有効性故に、近代社会は、この方法を人間の心的領域にまで援用したのである。つまり、対象として心を設定し、言語による分析の結果、心の真相そのものが我々の眼前に再現されると仮定したのである。当然我々の観察し得る対象は表層から開始される事となり、不可視領域、つまり深層に真相が存在し、それを認識するため、表層の様々な現象が分析され論理整合的に言語が使用される訳である。しかし、この科学的思考態度の結果はどうなるのか。その惨状を一郎が作品で具現するのである。Hさんの言を借りれば「人間としての今の兄さんは故に較べると、何處か亂れてゐるやうです。さうして其亂れる原因を考へて見ると、判然と整つた彼の頭の働き其物から來てゐるのです」「整つた頭、取りも直さず亂れた心」なのである。人間の心に向かって、止むことのない分析を試みる者は、精神の混迷に陥るのみである。一郎は自分の苦痛の原因を探りあて次のように言う。

人間の不安は科學の發展から來る。進んで止まる事を知らない科學は、かつて我々に止まる事を許して呉れた事がない。〈中略〉何處迄行つても休ませて呉れない。何處迄伴れて行かれるか分らない。實に恐ろしい

（「塵労」三十二）

既に明白であろう。漱石の慧眼は、一郎を精神の混迷にまで押し進め、その原因が彼の精神支柱たる科学の論理と

相即して存在する事を端的に書き留めるのである。思考機能そのものがもたらす苦悩なのである。分析によって論理的整合性を対象に求める限り、主体は対象との実感的な合致は不可能なのだ。むしろ、分析の徹底さのその比重に応じて対象は遠ざかってしまうのだ。つまり「他者との心情の交流は可能か」の問いかけ自体が「否」の答えを招くのである。作品に即して確認してみよう。

一郎が、自分の認識能力に依存し、対象に向かって問いかける限り、不合理性に満ちた、それ故に、生き生きと躍動する生命現象である女性と乖離するばかりなのである。つまり、眼前に繰り拡げられる、あるが儘の事実としての直の「何物にも拘泥しない天眞の發現に過ぎな」い行動を、一郎は、論理整合的に説明できないがために、かえって、それを「僞の器」と判断してしまい、不合理的であるが故に生命現象であり、輝きがある事を認められないのである。一郎にとって、不合理性故に輝きに満ちた生命の胎動は、不合理性故に偽りを含んでおり、真を目指して究明すべき対象として映るのである。この矛盾がもたらす混迷は如何に解消し得るのだろうか。漱石が、自身の人生の指針として深く傾倒した老荘思想に、一つの救済方法がある。「無爲」に落ち着くことである。次は「養身第二」の一節である。

天下皆美の美たるを知る、斯れ悪のみ。皆善の善たるを知る、斯れ不善のみ。有無相生じ、難易相成し、長短相形し、高下相傾け、音聲相和し、前後相隨ふ。是を以て聖人無爲の事に處り、不言の敎を行ふ。(13)

我々の眼前に存在する有価値概念は、凡て相対的相依的な概念によって成立させられている。それにも拘わらず、我々はそれに気付かない。ただ有価値とされ魅力溢れる「美」をのみ追求し、醜を厭う。善を追い求め「いたずらにそれに執着して、いわゆる世間的に見ての不善を責めとがめる」(14)。しかし、実際は我々がひたすらに追い求め執着している有価値なる概念によって、無価値なる反面の概念は産出されたのである。この相対的相依的法則が事象を存在せしめるのである。つまり一郎が他者を対象化し、そこに真相を視る事に執着したため、曖昧なる偽りの層も彼自身が創出し、両層間の埋め尽くせぬ深淵に落ち込んでしまったのである。「こういう相対的域を超越し絶対の道を体する」には「無爲」に徹すれば良い。つまり、彼の論理的思惟作用を放棄し、事象が存在する儘を受容すれば良いのである。この事に依って彼は、主・客分離を超越し融合の至福を味了し得る筈である。であるはずなのに、しかし、この方法を漱石はいらだちをもって峻拒している。「老子の哲学」の次の一節である。

老子の理想たる無爲の境界に住せんこと中々覺束なしそを如何にとなれば人間は到底相對世界を離るゝ能はず決して相對の観念を沒却する能はざればなり〈中略〉苟しくも人間たる以上は五官を有せざる可らず五官を有する以上は空間に於て辨別し時間に於いて經驗するを免れざるべし空間に於いて辨別する以上は左右をも知るべく〈中略〉過去現在未來も知るべし斯く人間の知識は悉く相對的なり若し此相對的の知識を閑却するときは人間一日も此世界に存在する能はず[15]

むろんこの論文は、漱石の在学中の単位論文であり「行人」執筆の時期とは優に二十年の隔たりがある。そのため論拠としては留保が必要とされよう。が、「行人」の一郎の思考の根拠と漱石のそれとが明らかに次の一点で一致しているのである。つまり、両者共に、どうしても可視的可触的な具象的経験に判断の根本的根拠を求めざるを得ぬらしいという事だ。今西順吉氏の御指摘の如く「経験論的な立場に立とうとする限り、近代科学、合理的思惟を有力な基準とする他ない[16]」のである。これらは、彼等のどうにも変更させ難い資質と言って良い。更に「老子の哲学」の次の文をみてみよう。

偖其無爲を自知せるは何ぞと尋ぬるに轉捩一番翻然として有爲より悟入したるにあらずや去らば其悟入したる點を擧げて人を導くべきに去はなくして劈頭より無爲を說き不言を重んず何とて此有情有智、立行横臥の動物朝夕有爲の衢に奔走する輩を拐し去つて一瞬の際之を寂滅窈冥たる無爲世界に投ずることを得ん〈中略〉其無爲に至るの過程を明示せざるを惜むのみ熱心に無為との合一を望みつつも、重苦しい焦慮にかられているのが読み取れよう。合理的思惟を根源的判断機能と盲信する彼は、その盲信故にこの機能の限界を認識できない。不整合性に満ち満ちた現実世界内で、精神の混迷を脱し、その果てに実現し得る他者との魂の深みでの合一の可能性は、合理的思惟性の放棄にある、という先哲の言説を辿っても、これを受容し難いのである。彼は、どうあっても、説明不可能な無為をも、言語によって詳細に分析し再構成せねば、受け入れ難いのである。この欲求には、どこか意味づけ行為への病じみた執着が潜んでいる。彼等はこの欲求を放棄できないのである。

それは何故か。この理由は、彼等を苦しめている最大の原因が、同時に其儘、彼等の実存を支える最大の有価値的概念だからである。彼等が合理的思惟を放棄する事は、自己の死滅、崩壊を意味している。恐らく、学者であり書斎の人であった彼等の自我が、その形成史の過程で獲得し受容した種々の体験及び、知識の集積によって、現在の彼等は成り立っている。その知識とは西洋科学のもたらした、世界の構造を論理的整合性によって構造化し得るという合理的思惟に外ならないのである。従って合理的思惟の放棄とは、今までの全人生を無にすることであり、結果残る主体たる彼等には、判断行為を剝脱された形骸物の如き空無感に脅かされる、そうした恐怖感があるのだ。

この複雑に交錯した意味合いの中に、彼等の観念が創り出す苦悩の内実がある。

注

（1）野崎守英「『行人』論」（「理想」理想社　昭和五十年十月）

（2）視点はかなり本論とは異なるが、作品の主題の分裂を指摘する論がある。佐々木雅發氏は「夏目漱石—『行人をめぐって』」（「解釈と鑑賞」至文堂　昭和四十四年十一月）で、二郎が前半の「漱石特有のロマン的世界」から日常生活内の弟の立場に戻った事から「漱石の書くことの意味の消滅」を読み取り、「『行人』は小説として無惨な分裂を呈している」と論じられる。又、伊豆利彦氏は「『行人』論の前提」(「日本文学」日本文学協会　昭和四十四年三月)で、中断以前の作品構想は「二郎のお直に対する秘められた」愛情問題に関連するものであったと推測され、それが病気によって中断した。そして、再び書き出した時には「現実の切実な問題意識が働いて、中断以前の主題を展開し完結することが不可能になったと考えられる。このために『塵労』にはおおいかくすことのできない裂け目が生じている。この裂け目こそ『行人』全体の裂け目」である。と論じられる。

(3) 小宮豊隆「『行人』解説」(『漱石全集第十一巻』岩波書店　昭和五十四年五月)

(4) 『漱石全集第三十五巻』(岩波書店　昭和五十五年五月)

(5) 伊豆利彦「『行人』論の前提」(「日本文学」日本文学協会　昭和四十四年三月)。氏は、一波瀾の内容を「お直は狂気の一郎によって殺され、一郎もまた自殺する」という事ではないかと推測されている。

(6) 夏目漱石「行人續稿に就て」(『漱石全集第二十一巻』岩波書店　昭和五十四年十月)

(7) 夏目漱石「思ひ出すことなど」(『漱石全集第十七巻』岩波書店　昭和五十四年八月)

(8) 小宮豊隆「『行人』解説」前掲書(3)

(9) 『漱石全集第三十巻』(岩波書店　昭和五十五年二月)

(10) 越智治雄「長野一郎・二郎」(「國文学」学燈社　昭和四十三年二月)

(11) 夏目漱石「行人」(『漱石文学全集第七巻』集英社　昭和五十八年三月)、特に断らない限り、本文からの引用はこの版を用いる。猶本文は総ルビであるが引用では之を略す。

(12) 西垣勤「『行人』―自我と愛の相克」(別冊「國文学　夏目漱石必携」学燈社　昭和五十五年二月)

(13) 阿部吉雄・山本敏夫・市川安司・遠藤哲夫『新釈漢文大系7老子荘子上』(明治書院　昭和四十七年六月)

(14) 右同

(15) 夏目漱石「老子の哲学」(『漱石全集第二十二巻』岩波書店　昭和五十四年十月)

(16) 今西順吉「老子の哲学」(『漱石文学の思想第一部』筑摩書房　昭和六十三年八月)

「行人」論㈡
——一郎の矛盾性の苦悩をめぐって　2

（一）

既に指摘していたように「行人」に於いては、二種の問題が存在している。(1)「他者との心情の交流は可能か」と「自己が自己を生きるとはどういうことか」という問題である。前者と後者は一見「塵勞」を境に、各々独立して展開されている別種の問題のように見える。このために、この作品は、「分裂」していると、しばしば取り沙汰されてきている。がしかし、この問題は、実は有機的に連関を保持していて、ある問題が変形したものであると考えられるのである。つまり「行人」は、一つの問題を追求した作品だと理解することが可能だ、ということである。以下この事を詳しく述べてみたい。

既に論じた事だが、「歸つてから」までは殆ど「他者との心情交流は可能か」の問題が展開されてはいる。が、ただし、この問題は「塵勞」後半でも取扱われてもいる。例えば「君の心と僕の心とは一體何處迄通じてゐて、何處から離れてゐるのだろう」と一郎はHさんに問いつめる。Hさんは一郎に対し「Keine Brücke führt von Mensch zu Mensh.（人から人へ掛け渡す橋はない）」と応答する。この際の会話内容に、「塵勞」以前で重点的に語られた問題、つまりお直の心の実相をめぐって生じた一郎の苦悩との同質性を見ることが出来る。かつて論じた通り一郎の認識方法は対象を二項対立によって措定し、その分析から真を剔出する、という論理型態であった。彼によって目前の対象は表層と深層に対立させられ、合理的思惟により「真相」を目指すのであった。この論理形態は、最終的に停まるべき絶対的判断基準を獲得し得ない。その結果、訪れる精神的混迷が一郎の苦悩の内実なのである。そして、この真実・虚偽という二項対立構図は、根本的に二元論として設定しえる。つまり、主体たる一郎は、主体以外の別の何かとしてお直を区別し、問題として対象化した。つまり、主体と客体とを区別したのである。従って、対象化する限り、対象内に限定して検証している筈の二項対立性の問題が、仮に統合された「解」として認識されたとしても、彼は、その「解」に精神的枯渇が潤うような、心底からの慰藉を得ることが出来ない。何故ならば、統合された「解」は、主体・解の形態で、主体から確実に区別されるからである。合理的思惟に依って、何かを、主体の外部に対象化し、特定の事象としての「何か」と規定すれば、そこから、主体は「何か」と融合していた状態から必然的に疎外されてしまう。主に対し客が存在する限り合一は実現しないのである。「他者との心情の交流は可能か」の問題は、結局、この問題を一郎が意識した上で、主体の外部に、他者としての直を設定し、主・客の合一をこの条件下で模索する限りは、解消することが不可能である問題となる。いささか、逆説めいた表現をとるとすれば、一郎が他者たるお直の心を知りたい、心と心で触れ合いたいと願う時から、両者は孤絶の場所に至ったのである。そして、彼が、お直の心の隈々を熱い血脈の鼓動の一つ一つまでも理解したいと望み、合理的思惟により思索するその熱烈さに正しく順応して、お直との距離は拡大してしまうのである。結局は、彼の合理的思惟が創造している無縄自縛的情況なのだ。先程述べたHさんと一郎の会話も、それぞれが自己と他者との峻別を念頭に置いて、行われたものであった。この例でも明らかなように、二元論が必然的に含む精神的不安の問題を「塵労」は継続しているのである。正確に言えば、この視点に立つ限り、付き纏う不安感が一郎の告白の内容なのである。思索を加えて、絶えず自己の自明性を切り崩してゆく不安を、一郎は次のように説明する。

実際僕の心は宿なしの乞食見たやうに朝から晩迄うろ〳〵してゐる。二六時中不安に追い懸けられてゐる。

情ない程落付けない。(2)（「塵労」三十三）

一郎のこの不安は、Hさんの言葉で次のように更に詳しく説明される。

兄さんの苦しむのは、兄さんが何を何うしても、それが目的にならない許りでなく、方便にもならないと思ふからです。たゞ不安なのです。従つて凝としてゐられないのです。兄さんは落ち付いて寐てゐられないから起きると云ひます。起きると、たゞ起きてゐられないから歩くと云ひます。歩くとたゞ歩いてゐられないから走けると云ひます。既に走け出した以上、何處迄行つても止れないと云ひます。止れない許なら好いが刻一刻と速力を増して行かなければならないと云ひます。其極端を想像すると恐ろしいと云ひます。冷汗が出るやうに恐ろしいと云ひます。（「塵労」三十一）

一郎が訴えるこの不安をどのように了解できるだろうか。奇異に響くかもしれないが、この不安は、一郎自身の思索行為によって生み出したものなのである。合理的思惟による思索は必ず「何か」についての思索である。思索に関しては対象もなく、ただ漠然と取り留めもなく思い遣る事など出来ない。必ず明確に対象を設定する。同時に、人間が思索をする瞬間に、つまり「何か」を対象化した時に、すでに彼は何かと合一している情態から切り離されてしまう。つまり、それまで融合していた世界に分裂が生じるのだ。このため彼の内部に欠落感が発生する。彼は、この欠落感を補塡し、自己内実を充足させようと欲望する。そこで、彼は、この欠落感を自身の認識過程上での不明点と判断し、不明点を明確に対象化し、限定された問題に設定する事によって、考察可能な情況を創る。この問題に思索を加えて解消し、自己内部を充足させようとする。が、しかし、この結果、不明点は新たな限定された「何か」に切り取られる事になり、更に複雑に交錯した不明を産出せざるを得ないのである。この新たな不明に焦慮を抱き、さらに深まった欠落感を埋めようと、狂おしく思索を加えれば、欠落感は否応なく加速的に深まりを見せるのである。つまり、この欠落感は人間の思索能力が無限に進行するが故に、同程度に無限に深化する。恐らく、彼はこの行為の果てに、従来彼の周囲に何の違和感なく存在していた、殆どの外界的事象についてすら、疎外感を覚えることだろう。自明であったそのものは、自明性を稀薄にし、彼の内部世界での生々しい現実的感触から遠去かってしまう。眼前に展開する外界の事象は、終始一貫して以前の儘であり続けている筈なのだが、内部の現実的感触を稀薄にした判断主体にとっては、その外界の事象が、かつて主体と親密であったそのものであるためには、決定的で基本的な条件が欠けているという印象を覚える。かつては見なれていたそのものが、どこか距離を持った良く似たあるものに変化してしまう。一郎はこの息苦しい不安を訴えているのだ。そして、彼は思索行為によって生じたこの苦痛を思索によって癒そうとする矛盾を犯すのである。しかし、厳しく言えば、彼の精神構造に於いては、この矛盾を止める動力を生み出す根拠がないのである。

Hさんは一郎を次のように評する。

私は兄さんの頭が、私より判然整つてゐる事に就いて、今でも少しの疑ひを挟む餘地はないと思ひます。然し人間としての今の兄さんは、故に較べると、何處か亂れてゐるやうです。さうして其亂れる原因を考へて見ると、判然と整つた彼の頭の働き其物から來てゐるのです。〈中略〉兄さんから見れば、整つた頭、取りも直さず亂れた心なのです。(「塵勞」四十二)

Hさんの目には、不安に苦しむ一郎はこのように見えているのである。Hさんの批評通り、彼の不安、苦痛は、思索する行為から、つまり「整つた彼の頭の働き其物から來てゐる」のである。

さらに加えて、一郎は精神的混乱を一層助長する行為を重ねている。彼は、外部世界に存在する事象の対象化は当然のことだが、さらに、内部世界つまり自身の心を対象に思索しているのである。彼は思索によって外ならぬ自己の心の実相を見究めようとしたのだ。彼は、恐らく、思索によって混迷に至ったのだと気付いて、精神的混迷に不安を覚え、この情況を克服しようと、心の分析を試みたのであろう。しかし、今まで論じ来た如く、思索行為によって主体は客体と決定的に断絶してしまう外ない。この断絶が最終的に一郎の内界そのものに発生するのである。つまり本来過不足なく充実した情態である私が、主体としての限定された「私」と客体としての限定された「私」に強引に分断されてしまう。そして先程、指摘した過程を経て、実に息苦しく茫漠とした不安感を醸成するに至る。かつては、毫も疑いなく、意識する必要すらなかった私としての情態の自明性が喪われていくのである。この不安は一郎自身にとって、この「私」はかつて非常に緊密であったあの私であるためには、何か決定的に重要な条件が欠落している。根本的条件を失っているため、私が私であるという自己充実感を感知できない。端的に言えば、この私とはいったい誰なのか、それが理解できない、という自己同一性の揺らぎとして現れるのだ。自己同一性を回復する為の条件は何か、それを熱く求めて心を思索する事で、なおさら、錯綜した自意識の罠の網にからめ取られてしまう。そしてこの苦痛は無限に進行するのである。

昔から内省の力に勝つてゐた兄さんは、あまり考へた結果として、今は此力の威壓に苦しみ出してゐるのです。兄さんは自分の心が如何な狀態にあらうとも、一應それを振り返つて吟味した上でないと、決して前へ進めなくなつてゐます。〈中略〉然し中斷するのも兄さんの心なら、中斷されるのも兄さんの心ですから、兄さんは詰る所二つの心に支配されてゐて、其二つの心が嫁と姑の様に朝から晩迄責めたり、責められたりしてゐるために寸時の安心も得られないのです。（「塵勞」三十九）

ここで指摘される一郎を責める二つの心の喩えの意味は、既に明らかであろう。自分の心を対象化し実相の究明を試みた結果、発生した心自体の分裂と、自己同一性の崩壊の兆しを語っているのである。そしてこの問題が「自己が自己を生きるとはどういうことか」の問題と通底しているのである。つまり、「他者との心情交流は可能か」と「自己が自己を生きるとはどういうことか」の両問題は、二元論的に生きる苦痛のありようと、それに対する克服の試み、という統一問題のもとに整理できる。つまり、「行人」を二元論の克服という一貫した視点で読む事は、今まで論じ来たった通り可能なのである。
とまれ、作品は今述べた通り二元論的苦痛を克服する試みが「塵労」後半で展開されるのである。それが一郎の口から語り出される「絶對卽相對」の概念なのである。先ず本文を見てみよう。

兄さんは純粋に心の落ち付きを得た人は、求めないでも自然に此境地に入れるべきだと云ひます。一度此境界に入れば天地も萬有も、凡べての對象といふものが悉くなくなつて、唯自分丈が存在するのだと云ひます。さうして其時の自分は有るとも無いとも片の付かないものだと云ひます。偉大なやうな又微細なやうなものだと云ひます。何とも名の付け様のないものだと云ひます。卽ち絶對だと云ひます。(「塵労」四十四)

一郎がここで唱えている絶対とは、認識作用が生起しない段階の充足した心的情況を指示している。作中の別の表現に換えれば、「自然」に対する彼の憧れの内実でもある。思索に依り対象化する過程で現在の混迷に至った彼は、思索以前の情況を懐しく想うのである。「近頃の兄さんは何でも動かないものが懐しいのださうです」という「動かないもの」、つまり山川草木としての「自然」とは、思索以前のつまり対象化以前の満ち足りた心的情況を示している。心が動き認識したが故に、苦痛を招いたのである。動かない「自然」の情況は、したがって、彼の郷愁を誘う、根源的世界なのだ。煩雑を厭わず他の例を述べてみよう。

自分の眼が、ひとたび其邪念の萠さないぽかんとした顔に注ぐ瞬間に、僕はしみ〴〵嬉しいといふ刺戟を總身に受ける。〈中略〉何も考へてゐない、全く落付き拂つた其顔が非常に氣高く見える。(「塵労」三十二)
君でも一日のうちに、損も得も要らない、善も惡も考へない、たゞ天然の儘の心を天然の儘顔に出してゐる事が、一度や二度はあるだらう。僕の尊いといふのは其時の君の事を云ふんだ。(同)

認識行為の発動のみられない「ぽかんとした顔」と「天然の儘」の顔とは、殆ど一郎の用いる「自然」の意味に近い。しかも、それらに対し彼は、「尊さ」「氣高さ」を覚えるという。この発言には注意すべきであろう。つまり、この高貴さは、錯乱した一郎の心を慰撫する宗教的な生命力をすら含んでいるということだ。だから彼は、「殆んど宗教心に近い敬虔の念をもつて、其顔の前に跪いて感謝の意を表したくなる」のである。先走って言えばかつて一郎は「死ぬか、氣が違ふか、夫でなければ宗教に入るか。僕の前途には此三つのものしかない」と言った。しかし、宗教による救済を言明しながらも、彼は、自分の外に超越者たる絶対神の実在を信じる可能性を自分の資質に認められなかった。そして「宗教には何うしても這入れさうにもない」と断言した。その一郎の予想を裏切って、超越者を想定しない彼固有の特殊な宗教観が創り出されようとしているのである。がしかし、これが宗教として生き延びるか否かは後に詳述するが、今はただ、この言説は宗教的色彩をもって了解する必要がある事を指摘するにとどめたい。

さて、論理的矛盾を犯すようだが、一郎の憧れる「絶對」は背理的性質を兼ねそなえている。絶対が自らの外部に別個の存在を認めるからである。そして、この両者は関係を結ぶ。この絶対が、自身以外の存在と関係する過程はどのように了解できるであろうか。今までに確認して来た事は、認識作用の働かない瞬間が「絶對」である、という事だった。しかし、彼がここに安住すれば、彼自身を、生命的躍動を本質とする現象的存在と判断し得るであろうか。つまり、この儘では生命的機能停止の情態を維持するに等しいのである。この情態は殆ど死、又は、恒常的眠りの情態に等しい。生命体がより良く生存するためには、活動が必須条件となる。活動は、又、必ず外界の存在と関係を保持するという形態で行われる。例えば、意識を考えてみれば良い。何かを対象として関係付けない意識はない。しかも、これが「絶對」であるから、関係づけもこの性格を逸脱することは出来ない。つまり関係する外的存在が対象化された客体でなく、主体そのものとして覚知されなければ、再び分裂し欠落感を発生する情態へと堕してしまう。この困難な問題を解消しようと試みて、一郎は次のように完教観の告白を続ける。

さうして其絶對を經驗している人が、俄然として半鐘の音を聞くとすると、其半鐘の音は卽ち自分だといふ

のです。言葉を換へて同じ意味を表すと、絶對卽相對になるのだといふのです。（「塵労」四十四）

この文章では、合理的思惟を離れて超論理の次元で問題が解決されている。しばし論理整合性の制約を離れないと了解は困難である。一郎によれば、絶対境に存る働くところの何かが、それ自身の外部世界の何かの刺激によって動いた瞬間、つまり、認識作用が活動した瞬間にも充実は破壊されないのだ。通常、動けば必ず主・客に分裂して、充実を破壊する条件下でも、絶対境に存る何かは動いたとしても孤立する主体性の「何か」に変質せず、それを刺激した何かも対象的客体性の「何か」に変質しない。つまり運動しつつ絶対は生き続け「主体」が対象たる「客体」そのものであるし、同時に、対象たる「客体」は「主体」そのものというのである。作品に即して云えば、「半鐘の音は卽ち自分」に外ならないのである。「絶對卽相對」とはこの事である。かくして、二元論の問題は克服され得る筈であるし、しかも、この概念は人間の苦痛を癒す宗教的生命力を併含することにもなるらしい。こうした現象が実際に可能かという検討は、しばらく控えておきたい。しかし、さらに指摘したいのは、一郎は明らかにこの概念を禅の悟りの概念から案出したという事である。次は、漱石の蔵書中にもある『禪門法語集』の「抜隊仮名法語」の一節である。

　工夫坐禪の時、念の起るをは厭ふべからす《ママ》、愛すべからず。只その念の源の自心を見窮はむべきなり。〈中略〉只此の音を聞く底のもの何物ぞと、立居につけて是れを見、坐しても是れを見るとき、きく物も知られす《ママ》、工夫も更に斷えはて〻、茫々となるとき、此の中にも音の聞かる〻ことは斷江ざる間、いよ〳〵深く是れを見るとき、茫々としたる相も盡きはて〻、晴れたる空に一片の雲なきか如し。此の中には我と云ふべきものなし。聞く底の主も見江ず、此の心十方の虚空と等しくして、しかも虚空と名くべき處もなし。是れ底のとき、是れを悟と思ふなり。（3）

坐禅を重ねて、自分の心の働きを凝視しつづけてゆくはてに寂漠とした一片の雲もなく青空のような境地が訪れる。

この境地では「我と云ふべきものなし」なのである。重ねて云えば「虚空」のようで「虚空」でもない。「何とも名の付け様のない」ものなのである。馬祖下の大珠慧海の作と推測される『頓悟要門』から借りて云えば、「澄みきった鏡」のようなものなのである。

喩如明鑑、中雖無像、能見一切像。何以故。為明鑑無心故。(4)

又、この鏡は澄んでいるが故に、つまり無心である故に、「どんな像でも見《あら》わすことができる。」縦横無碍の働きの可能性を有しているのである。

学人若心無所染、妄心不生、我所心滅、自然清浄。(5)

この境地に到達するには、「外物に侵されぬ心を持ち、妄想を生ぜず、我執の心がなくなれば(6)」良いのであり、そうして後に、「自然に清浄となる」のである。この湛然として空寂なる清浄な鏡のような境地、それを一郎は「絶對」だと規定するのである。しかし、この清浄な境地を最終段階としてはならない。ここを大いに疑う必要があると、抜隊禅師は続ける。

此の時又大に疑ふべし。此の中には誰か此の音をは聞くぞと、一念不生にして、きはめもて行けは、虚空の如くにして、一物もなしと知らるゝ處も斷えはて、更に味なくして、暗の夜になる處について、退屈の心なくして、さて此の音を聞く底のもの是れ何物そと、力を盡くして疑ひ十分になりぬれば、うたがひ大に破れて、死はてたるもの、蘇生するが如くなるとき、則ち是れ悟なり。

坐し続けて至った鏡のような境地は、澄み切っているが故に、生々と様々な像を映すのである。そこに映る像、そこで響く音、それは一体誰が知るのか、と、更に詰問し続けた末に答えが獲得できる、というのである。論理めかして言えば、「今音を聞いている自分とは何か」、という対象化された客観的問題を問いかけている主体たる「自分とは何か」という、これらを問うている主体なる「自分とは何か」、この永遠に主客の対立として循環する問いの最終到達点としての根源的な自己が生々として了解できるというのである。つまり、その答えは、必ず、仮に言うとすれば、という条件付きで論述する必要があるのだが、対象化されて固定的に名付け得る事象、つまり「体」としては顕現しない、働き、つまり、「用」として現れて来る。最終的な実体などなく、ただ働きが働いているだけなのである。又、実は働きそのものもないのである。再び『頓悟要門』を借りて説明してみよう。

知二性空、即是解説。〈中略〉二性空、即是体。知二性空、即是解説。更不生疑、即名爲用。(7)

二性が空であることとは、つまり能（主観）所（客観）について、それぞれが実体として独立して存在している訳ではない。客体が生じたその瞬間に主観が生じたという事なのである。この事を知ることが解脱である。主・客それぞれに独立した実体などない。このことが本質であり主・客が独立して存在する事なく、空であるのを知ることが解脱である。しかし、強調したいのだが、主・客が空であるとは、相対的であるという意味ではない。鈴木大拙の言説を借りて論じてみよう。我々が考えるという事は、世界を言葉によって対象化し、限定された特定の問題に換えて思索することである。そして思索行為を加速させながら、どこかで認識作用を終結させ得る絶対的な根拠を求めている事になる。しかし、世界を対象化して、限定的な何かとして考える限り、到着点に至る事ができない。「世界は『動き廻る』ところ、生成しゆくところ、一つの状態から他の状態に移りゆくところに於いて」つまり、働きの中に「把握せられなくてはならぬ。この動きが阻止せられる時には、死骸があるのみだ。たとひ動きが考へられた場合でも、その動きがそれだけでひとり離れてゐると考へられたり」つまり、動きそれ自身を実体化したり、「その動きが動きのあらはれているど思はれているものとは別だ」、つまり、「動き」という運動が存在することが、その当の本体が存在する証拠だとして、両者を区別して「考へられたりする時には、もはや動きの意義は全く失なはれる」(8)のである。ただ動いているだけの情態である、それが「空」だと理解できよう。「空」は従って「不可得底」である。この「空」を、我々が、判断可能な論理的次元で表出しようと試みるならば、そこでは必ず「仮に云うならば」という、仮定の型式によってのみ暗示できるのである。禅家はこの直接体験を分析的言説によって論理整合的に語ることは控え、ぎりぎりの言葉で直叙しようとする。しかし、それは我々にとっては暗示として了解されるのである。

「空」は相対性の意味ではない。相対性と表現し得る限り、これは思索の対象内にある。思索可能体である限り、実体性を帯びて非相対性概念と結びつく。「空」とはこの結びつく働きをいうのである。抜隊禅師の言説に即して言えば、世界を今見ている者、今聞いている者は「誰か」と問いかける時に、その問いかける主体が行為の背後に存在している事になる。その本来の自己を知ろうとして、この情態を認識能力に依って思索しない。もし思索の対象として、行為の背後にある主体を問題として対象化すれば、この新たな問いかけの背後に、問う所の主体が想定されなければならない。合理的思惟による認識行為によっては、この問題は無限に進展し、主体は背後に無限に後退してゆく事になる。喩えて云えば、鏡を別の鏡に直面させ、相互に反映し無限の像を作り、その本体はどれかと考察するに等しい。合理的思惟ではこの論理的迷宮に転落してしまうのだ。だから、禅では、考えずに、ただ心を見よ、と命じるのである。「念の起るをは止めんともすべからず、二念をも嗣くべからす」なのである。見続けていく過程で、「是非分別の機盡き、有無の見忘すること、暗き夜に火を打ち消したる如くにして、我あることを知らずと雖も、一切の聲の聞かるゝとき、我あることを覺ふ。只爰に付て、即今此の聲を聞く物を知らんとすれども、知るゝ處なくして、いよいよ心の行方、十分につまりはつるとき、忽然として大悟する」のである。「空」を悟るとは、働きを見る事である。従ってこれを語るときすでに、語って指示せんとするその「働きそのもの」から離れてしまうのである。つまり「傳燈録」で言う「説似一物卽不中」である。そこで、奇妙な言い方であるが、禅師は言明せず、暗示する事によって明確に伝達するのである。ここに於ける抜隊禅師も同様である。彼は「仮定」でも悟りの内実を語らず、ただ、それは確実に存在すると告げるばかりである。この不言明によって我々に「大疑」を生起させ、働きを直視させる契機を設定するのである。

(三)

さて以上の論述で、一郎の「絶對卽相對」の概念が、殆ど禅の悟りの影響下で案出された事は了解できると思う。では、一郎の編み出した概念は、論理上ばかりでなく実際にも禅の如き、宗教的生命を内包し、認識作用が産出した観念性の苦痛を解決し得るのであろうか。今からこの問題を確認してみたい。

一郎は自分の宗教観を告白する時に、「殆んど齒を喰ひしばる勢で」言明したという。この態度は、一郎の自信の程を物語っているのではないだろう。読み取るべきは、強く断言する事で、胸中に生じる懐疑感を圧殺しようと試みている、という事である。重ねて例を取るなら、次の箇所である。

「君、僕を單に口舌の人と輕蔑して呉れるな」と云つた兄さんは、急に私の前に手を突きました。〈中略〉

「然し何うしたら此研究的な僕が、實行的な僕に變化出來るだらう。どうぞ敎へて呉れ」と兄さんが頼むのです。(「塵勞」四十五)

この部分から、先程の一郎の宗教観が彼の苦痛を治癒していない事は明白であろう。彼は自分の資質を省みて適切な宗教観を必死に創って来た。それを、作中で一郎は自分固有の宗教観として語っている印象を受けるが、禅の悟りを念頭に置いている事は、今まで論じた通りである。つまり、彼の宗教観は、彼自身の経験とは確実に異なった、先哲によって文物に残された情報を思索によって論理的理解の及ぶ範囲内の言語表現に変換したものなのである。しかも、一郎自身には了解し得ていない宗教観を論じている疑いがあるのだ。オリジナルのものが直接指示している生命的核心を、彼は取り損じているとも言えよう。取り損じながらも、彼は思索行為によって、自己の観念へと変容したのである。この過程中に何が脱落したのか。喩えて言えば、抜隊の法語が一郎の観念に翻訳された際に脱落したものは何か、それをこれから論じてみようと思う。

一つは、安定に到達する具体的方法が考慮されていない事である。禅の場合は、坐禅静観という手段が確立している。それに対して一郎の場合には、「純粋に心の落ちつきを得た人」とあるだけで、その人が、如何なる方法によってその情態になるかの問題が欠落している。「此研究的な僕が、實行的な僕に變化」し得る、具体的方法が考慮されないのでは、実現的努力を試みずに、結果たる情況をただ狂おしく夢想しているだけに等しい。これが相違点の一つである。そして、決定的な相違点は次である。つまり、一郎は、切れば血が吹き出るような当の自分を、問題と直接関わらせていない。冷酷な表現になるが、悩む私を隔絶させて、悩みの内容の検討を重ねているだけであるということだ。人間の思索能力が無限である限り、この検討も又、無限に進展する。しかもこの不安に直結する永遠連続的に進展する問題内容は、問い続けている当の主体とは何ら緊密に関係し得ない。これは静態的に独立して対象化された問題に外ならないのである。苦悩しているとは、今ここで、現実に苦悩に身を震わしているこの生きている情態以外にあるまい。それが私の「苦悩」という論理的考察可能態として対象化され言明された瞬間にすでに、この瞬間この場所での個別的な私の苦悩が、一般的で静態的な問題としての「苦悩」になってしまう。従って、一郎が根本的に苦悩の治癒を望むならば、彼は、個別的なその儘を問う必要がある筈だ。彼が悩み苦しんでいる情態その儘を扱わねば、彼は落付きを獲得することができない筈である。「絶對卽相對」の宗教観は、そもそも誰が語るのか。むろん一郎が語るのである。しかし語っている情態の主体たる一郎は、語られる内容とは全く無関係で分離している。つまり、息苦しく宗教観が語られる、この行為の背後にこそ生きた主体が隠れていて、語られる内容そのこととは別である。又、例えば、もしも仮に悩む主体の一部が問題として語られるとしても、その問題そのものと、それを語る一郎その人も分離しているという事である。一郎とは、語っている動きをもったその情態である筈だ。先程の鈴木大拙の顰みにならった説明を繰り返すが、世界を検討するために、世界を論理的理解可能態として、Aと対象化し表現する瞬間にAは世界の死骸となるのである。かつ、同時に語る主体が背後に退いてしまうである。そして、ここに我々は世界と共に生きていた合一から転落してしまうのだ。そして、主・客対立という能・所二分立が生じ、我々の不安を触発する。さらに、Aは論理的理解可能態である限り非Aを産み出す。かつ、それは又、非［非A］を産み出し、思索の機能は無限に進行するのであり、同時に生きている主体も、無限に背後に退いてゆく。このように、認識能力に基づく思索に依っては、主・客の二元対立を解消し融合させる瞬間は、我々には獲得し得ないのである。次の一郎の言葉は、この問題の手触わりを伝えている。

「僕は明かに絶對の境地を認めてゐる。然し僕の世界観が明かになれば、なる程、絶對は僕と離れて仕舞ふ〈中略〉僕は矛盾なのだ。然し迂濶と知り矛盾と知りながら、依然として藻掻いてゐる。僕は馬鹿だ」

兄さんは又私の前に手を突きました。さうして恰も謝罪でもする時のやうに頭を下げました。涙がぽたり〳〵と兄さんの眼から落ちました。（「塵労」四十五）

おそらく一郎は作中には描かれていない研究体験に於いて、ひらめきの如く「絶對」の存在を直覚したのだろう。そして直覚に導かれるかのように、合理的思惟に依り、論理的整合的に絶対を分析したのだろう。この行為によって自我同一性は確乎としたものになる筈であったのが、結果はむしろ逆転したのである。今は、彼は、絶対を直覚したその時より、はるかに実感に於いて絶対と乖離したのである。又自我同一性も動揺し始めている。この息苦しさが先の引用文に含まれている。抜隊禅師の法語は、この能・所の二元論を解消する工夫が込められている。法語では、問いかける際に必ず、その問題の背後に退いてしまう、生きた問いかける主体を、問いかけの只中に引き摺り出し、根源的な解を指し示す。先程、論じたこの機能を一郎は翻訳の際に、脱落させてしまった。これが根本的な相違点である。合理的思惟による思索を放棄しない限り、彼は「要するに」「圖を披いて地理を調査する人」であり「それでゐて脚絆を着けて山河を跋渉する實地の人と、同じ經驗をしようと焦慮り拔」く事になるのだ。伝統に生きる禅師達が、自己の体験から確実な智恵を語り、救済の縁をかけようとする。常に心を看よ、心に浮ぶ事象に執着せず念を継ぐな、追いかけて考えるなと戒める。それを一郎は承伏できないのである。飽くまで合理的思惟によって、事象を対象化し考察するのである。この徹底した合理的思惟への信奉は実にすさまじいものがある。盤珪永琢[9]禅師の言葉を借りれば、一郎には、思索の血で汚れた心を清浄にするため再び思索の血で洗う、狂気染みた執着がある。

多分、現在までの一郎の自己同一性形成は殆ど、この合理的思惟による思索の活動によって構築されている。学生時代を経て大学の教員へと至る、これまでの経過の中で、彼の精神活動のことごとくが、この思索に基づく事象の対象化と、そこに現れた特定の「事象」に対する分析の持続であったことだろう。思索行為とは、殆ど、彼の人生の基盤であったといえる。その彼に禅的救済は、慰藉を得るためには、その基盤を捨てろ、と命じているに外ならないのだ。一郎は心底から救済を願いながらも、同時に基盤を捨てられない。現段階の彼にとって、思索に対する経緯を捨てる事は自己を死滅させるに等しいのだ。しかし、宗教的救済を得るには、正しくこの精神面での死を経験しなければならないのかもしれない。「金剛般若經」は、人々を救済しようとして、般若智を語りながら、繰り返し、恐れるな、驚くな、と諭している。例えば次の一である。

佛告㆓須菩提㆒。如㆑是。如㆑是。若復有㆑人得㆑聞㆓是經㆒、不㆑驚、不㆑怖、不㆑畏、當㆑知、是人甚爲㆓希有㆒。[10]

しかし、人々は恐れるのである。たとえば、一郎のような二元論者にとって次のような言葉は、どのように響くだろう。

何以故。此人無㆓我相人相衆生相壽者相㆒。所以者何。我相卽是非相。人相衆生相壽者相卽是非相。何以故。離㆓一切諸相㆒則名㆓諸佛㆒。[11]

空を知る人間には、「自己という想いも起こらないし、生きている者という想いも起こらないし、個体という想いも、個人という想いも起こ」らないというのだ。しかも、「それらの人々には、想うということも、想わないということも起(12)」こらないというのである。

このように仏教は空を説く。しかし、一郎が依って立つ発想の立場は、これとは全く相反しているものである。彼の行動を規定する発想とは、合理的思惟能力の有効性を信奉する自然科学的発想である。実験者の目前に存在する自然現象を、一定の条件の下で観測し事実を要素に分析して、そこに論理的整合性による因果関係的体系を確立させようとする態度である。この主義の基本条件として、実験者の経験する自然現象の事実は全く疑われずに、無疑性のものとして独断的に受容されるのである。さらに加えて、実験者たる主体性の位置づけに関わる問題は、考慮する必要すらない自明のものとされるのである。つまり主体の存在も無疑性であり、絶対的真であると、前提的に理解して置くのである。頭脳断明な一郎が、不思議と自己の立場の正統性を問わない理由がここにあるだろう。つまり彼が依って立つ発想では、主体性たる「自己」の存在そのものの是非を問う自由を制限されざるを得ないのである。従って、一郎は、世界の説明の中心に「自己」を据えざるを得なくなるのである。この事を作中から見てみよう。Hさんは、一郎の性向を次のように言う。

兄さんは神でも佛でも何でも自分以外に権威のあるものを建立するのが嫌ひなのです。(「塵労」四十四)

次は一郎自身の言葉である。そして、これは「絶對卽相對」の宗教観を告白した際の言葉でもある。

自分以外に物を置き他を作つて、苦しむ必要がなくなるし、又苦しめられる掛念も起らないのだと云ふのです。(「塵労」四十四)

一郎の発想に於いては、先ず何よりも自己が絶対的に存在している。この事は、引用した文章から容易に読み取れると思う。空の立場は、この自己絶対観を消去する。一郎が根本の位置にあるとしている「自己」などないのだと、言明して止まないのである。この事は、恐らく、一郎にとって精確に理解する事が、困難なのではあるまいか。空を了解する事は、今までの凡ての人生を捨て去る事と同等である。一郎が、もし、これを精確に了解し、従来の生き方からの転換を要求されれば、それは死を要求されるに等しい恐怖の体験であろう。「不驚、不怖、不畏、當知」と説く「金剛般若經」の真意は、この時初めて伝わり得るだろう。絶対観に汚染されているのは、自己ばかりではない。自身が経験する、あらゆる事象すらもが、自明的に絶対に存在していると、盲信されている。自己絶対観と経験絶対観という、この固着した二元論は、一郎ばかりでなく、漱石の根本的発想でもある。経験絶対観の例を漱石の文章から取ってみよう。次の引用文は「老子の哲學」の一節である。

苟しくも人間たる以上は五官を有せざる可らず五官を有する以上は空間に於て辨別し時間に於て經驗するを免かれざるべし空間に於て辨別する以上は左右をも知るべく大小も知るべく高下も知るべし又時間に於て經驗する以上は前後も知るべく遲速も知るべく過去現在未來も知るべし(13)。

この文章から読み取るべきは、判断機能の根本的主体が五官であるということではあるまい。ここで展開される論理は、実際漱石が辿った経過とは、恐らく逆である。彼は先ず自身で、前後、左右、過去、未来を経験し動かし得ない自明的存在と確信した、その結果、これらの概念を存在ならしめる、抽象概念として空間と時間を設定する妥当性に至ったのであろう。同じくこの遡行的判断行為によって経験機能の主体として五官が設定されたのであろう。つまりいずれの場合でも、自身の経験事象への自明性が極立った根本理解としてある。この自明性は毫も疑われず、無条件で肯定されている。こうした事実からは、経験絶対観を読み取るのが順当であろう。したがって、学生時代の漱石と一郎は、殆ど同じ精神的構造であると想定できよう。このような資質であるから、彼等は、強引に云えば、経験することの不可能な存在、つまり「神」を精神構造の中で受理する事が困難を極めるのだ。むしろ、それは不可能に近い。又、彼等は、経験する事象を自明性のものとして認め、論理的に統合する精神構造であるが故に、対象たる他者主体が背反する行動を取った場合に、この背反をこの儘には受理し難い。必ず、背反を統合し論理的次元で了解しようと試みる。一郎に即して云えば、論理的整合性の及ばぬ不合理性をその生命とする他者としての直を、その不合理性故に受理し難いのである。かくて、彼は背反が統合される次元を目指して思索するが、この背反の間の溝を論理は埋めることは出来ない。何故なら、人間存在が本来不合理的であるからだ。しかし背反を埋める事のできぬ一郎は、その不可能の原因を自己の精神構造への批判へとは転換せず、対象たる直への批判へと向かう。この過程に起こる欲望が恐らくは、自分の想い通りに相手を「所有」しようとする欲望である。

自己絶対観を破壊する空を認められなかったように、彼は仏教哲学の「仮現」の言説をも認められない。なぜならば、この概念は、経験絶対観を破壊する目論見に依って立つからだ。例えば、鐵眼禅師は現象を「影」「幻」として次のように説く。

　鏡は本より鏡ばかりにして、つゐにかけになりたる事なし。〈中略〉あるともいひがたく、なしともいひがたし。これを如幻の萬法といふ。(14)

ここで言う「鏡」とは人間の心である。心は外界に向かって現象つまり影を映す。その「鏡にうつる像は、あるともいいがたくないともいいがたい。これを」「あらゆる存在が幻のように実体がない」「如幻の方法」という。(15)

　なきものといはんとすれば、眼前に鳥けだものとなりてとびはしる。あるものといはんとすれば、まことの鳥けだものにはあらず。あるひは木のきれ、手巾などを術道にていきものとなしたるなり。

では、今、ここで経験しているこの現象を否定して幻に過ぎないとすれば、像は動き生命を見せる。逆に肯定して実存すると見れば、それは生命を失った事物にすぎない。なぜならば、表現することで限定的対象化が起きてしまうからだ。多分に、否定も肯定もそれは対象に執着している事を意味する。元来像は心に映った影であり、影自身は肯定的意味も否定的意味も保有しない。それをするのが心の機能なのである。心は映った像に対し執着することで、像を歪め心自身を錯綜させる。これを避けろ、と説くのである。像は幻だ、つまり経験する現象は仮に現れた幻だ、これにこだわるなと説くのである。我々は像をその儘に看てはいない、我々自身の思慮によって見たいように見ているのである。同時にこの行為の繰り返しによって我々の心は、執着する行動に慣れ親しみ、心全体を亀裂で満たしてしまうのである。これを盤珪禅師の言葉で言えば次のようになる。

我といふもの、當體只汝か思はくのみにして、何にもなけれとも、ある物のやうに思ふ。[16]

つまり、「おもはくが生死するまでにして、外に生死する」ものはないのだ。漱石が疑問なく肯定し受理している経験的事象などないという事である。彼が見ている事象は、彼の思慮によって見たいと欲している相で見えているにすぎない。つまり彼は客観的事象そのものを経験しているのではなく、自身の欲望を経験しているという事である。この言説は、経験絶対観に立つ漱石には了解し得ない。そこで次のように、彼は反論する。『續禪門法語集』の「正眼心經抄」の該当箇所余白への書き込みである。

影なるが故に愛憎なし、もしくは愛憎すべからず。もしく（は）愛憎を生ぜずと云ふは和尚等の事なり。吾人のあづかり知る所にあらず。故に生死は單におもはくなるを知ると雖ども、吾等の不生不滅なるを知ると雖ども、生死は依然として嚴存す。誰カ之を爭ふものぞ。[17]

禅家の立場では我々自身が意識するがために、対象が意味性を滞びて存在する、と考える。対象自体は、意味もなくそれ自体もあるとはいえないということになる。しかし、漱石にとって、この発想は禅家だけのもので、通常一般の人間にとっては了解できない態のものだというのである。だから、彼は生死は疑いなく存在する。かつ、我々が見聞する現象も厳然たる経験的事実である、と強引に反論するのである。彼にとって「自己」が経験している現象の存在の事実は疑う余地のない、絶対事実なのである。この事実を放棄する事は、彼にとっては、自滅するに等しいのだ。禅家の指す内実を理解することがここに至っては殆ど不可能に近いのである。

㈢

以上検討し来たった問題を要約してみれば次のようになる。彼が認識行為を開始する根本原因、これだけは疑えないという、根本原因に次の問題を置いた。一つは、今ここに「自己」ありという事である。二つはその「自己」が経験する事象はことごとく事実存在している。これらの存在も疑い得ないという事である。かくて「自己」は事象を対象化し自我肥大を開始する。しかし、世界を対象化する行為は世界と我々が至福的に合一していた情態を切り崩すという結果を産む。そこに生じた合一から欠落した不安を癒すため、彼はその原因自体を究明しようと試み、一層、欠落を深める。この循環性の精神的崩壊の危機を超克する手段として禅の至福の境地が求められた。がしかし、「空」の思想は、彼が自己同一性形成の初源に設定した「自己」と「経験的事象」の自明性を消去する問題を含むため、彼には受容できない。換言すれば至福を求めるに至った彼の欲望そのものが、彼の敵だという事を禅は説くのである。彼は禅の至福を求めつつも、この言説を拒むのである。そして、さらに、再び思索し、突き進もうとする。この矛盾し循環する苦痛の中に息苦しく、一郎は蠢いているのである[18]。

注

（1）拙稿「夏目漱石「行人」論──一郎の矛盾性の苦悩を繞って（上）」（「就実語文」第九号　就実大学日本文学会　昭和六十三年十一月）

（2）夏目漱石「行人」（『漱石文学全集第七巻』集英社　昭和五十八年三月）。特に断らない限り本文からの引用はこの版を用いる。猶本文は総ルビであるが引用ではこれを略す。

(3)「抜隊仮名法語」(山田孝道編集『禪門法語集』光融館　明治三十八年一月)。猶漱石所蔵のものは同書店から明治四十年に出版されているものである。

(4) 平野宗浄編集『頓悟要門禅の語録6』(筑摩書房　昭和六十年四月)。猶この原文の読み下しは平野氏によれば次のようになる。「喩えば明鑑の、中には像無しと雖ども、能く一切の像を見わすが如し。何を以ての故に。明鑑は無心なるが為の故なり。」

(5) 右同、猶これは同氏によれば次のような読み下しとなる。「学人若し心に所染無く、妄心生ぜず、我所の心滅せば、自然に清浄ならん。」

(6) 平野宗浄氏の右同書での解説である。

(7) 右同、平野氏による原文の読み下し文は次のようになる。「二性空なるを知るは即ち是れ解脱なるも、〈中略〉二性空なるは即ち是れ体、二性空なるを知るは即ち是れ解脱にして、更に疑を生ぜざるを、即ち名づけて用と為す。」平野氏の註釈によれば、この二性は般若思想で云う能所としての二性ではなく、相対の概念の有無、善悪を示す、ということである。が「共に一切の我執、我所執を打ち破ってゆくことに相違ないから、やはり二性空は般若である。」とされる。本論では様々の条件はあるが、氏の結論を御借りして二性を能・所として理解しておく。

(8) 鈴木大拙「般若經の哲學と宗教」(『鈴木大拙全集第五巻』岩波書店　昭和五十六年二月)、この引用文は「如幻」の了解事項であるが、氏は「如幻」と「空」を同義語として把えている。ためにこれを「空」の定義として用いる。

(9) 鈴木大拙編校『盤珪禅師語録』(岩波書店　昭和六十二年一月)

(10) 梶芳光運編『金剛般若経佛典講座6』(大蔵出版　昭和四十七年八月)。猶、梶芳氏の読み下しによれば次のようになる。「佛、須菩提に告げたもう。かくの如く、かくの如し。もし、また、人有り、この経を聞くことを得て、(非処に於いて)驚かず、(相続して)怖れず、(決定して)畏れざれは、まさに知るべし。この人は甚だ希有となす。」

(11) 右同、猶、この文は次の読み下しとなる。「何を以ての故にこの人は、我相も、人相も、衆生相も、寿者相も無ければなり。所以はいかん。我相は即ち、これ非相、人相も衆生相も、寿者相も即ち、これ非相なればなり。何を以ての故に。一切の諸相を離れたるを則ち、諸佛と名づくればなり。」

(12) 右同、梶芳光運氏の解釈による。
(13) 夏目漱石「老子の哲學」(『漱石全集第二十二巻』岩波書店　昭和五十三年十月)
(14) 「鐵眼假名法語」(山田孝道編集『禪門法語集』光融館　明治三十八年一月)
(15) 源了圓編『日本の禅語録十七鐵眼』(講談社　昭和五十四年五月) この中での氏の解釈である。
(16) 「正眼國師心經妙」(『禪門法語集下巻』光融館　大正十年六月)
(17) 夏目漱石「正眼國師心經」への書き込み。『漱石全集第三十二巻』(岩波書店　昭和五十五年三月)
(18) この矛盾性の苦悩を念頭に、一郎がHさんに香厳の事を話す場面を読むと興味深い。確かに「聰明な點に於いてよく此香嚴という坊さん」と一郎は似ている。思索する行為の汚染が彼等両者を捉えているのである。二郎は、東洋的な悟りを求めつつも思索の信奉を捨てられない、この背景に速くからピアノの音が聴こえている。これを象徴的に読めば東洋的価値観と西洋的価値観の間でゆれ動く一郎の深刻な姿が意味づけられると思う。東洋的至福を狂おしく求める一郎の姿の背景には、個々の和音を調和し統一的に美しく鳴り響く西洋的美の旋律が、まるで遠くに夢みられるように流れている。そして一郎の話しが終わった時にこのピアノの音も止むのである。漱石が西洋的価値観での救済を願っている暗示として読み取られる箇所である。

「こゝろ」における自己完結性

「こゝろ」論㈠
――「私」の意味をめぐって

(一)

作品「こゝろ」は、先ずその最終章が構想にあったという。「先生と遺書」がそれである。初出は、大正三年四月二十日から東京・大阪両朝日新聞に百十回に亘って連載されたものである。当時、幾つかの短篇をつなぎ合わせて一つの作品にするという意図だったが、執筆してゆく内に予定されていたものよりも遥かに長くなり、それのみで一篇の長篇ができる程になった。それが作品「こゝろ」の最終章であり、しかも標題は現刊行の題と異なり「先生の遺書」である。この標題の差異をめぐって、駒尺喜美氏は漱石の作品執筆の動機を探り、興味深い指摘をしている。

漱石の「三四郎」に刺激されて鷗外が「青年」を書いたように、漱石は鷗外の「興津弥五右衛門の遺書」に対して「こゝろ」を書いたのではないかと思う。〈中略〉「こゝろ」は当初「先生の遺書」と題されてかき出されたものであったことからみても、そういえるのではないだろうか。(1)

氏は、乃木大将の殉死に触発されて一気呵成に書き上げられたと云われる「興津弥五右衛門の遺書」(以後「遺書」と表記する)に対抗して、漱石が執筆したとされるのである。ここで注意したいのは、両遺書が読まれる事を希望した対象、つまり宛名についてである。「遺書」初出時の宛名は「皆々様」であったが、改稿の際には息子の

「興津才右衛門」宛となっている。一方、「先生と遺書」の受け取人は、血脈のない「私」である。鷗外が「皆々様」と宛てた理由は、長年の御恩に報いるため、亡君の跡を追う一介の老武士の心情が、凡ての人々に知らしむるべき内実を含むものであると考えたからであろう。つまり、当時の乃木殉死の賛否両論の評価をこの「遺書」執筆の動機の一端に置いて考えると、弥五右衛門の心情がそのまま、中央公論の読者に了解されるとは、無条件には考え難いのである。しかしながら、乃木の殉死事件によって鷗外は、今まで捉われていた精神的迷妄をふり切られる衝撃を感じたのである。そうであるにもかかわらず、時勢は、乃木将軍に批判を集中した。おそらく、鷗外は乃木を弁護する必要を痛感したであろう。そうした弁護の目的をもって作品が創作された事は、まず間違いないと思う(2)。作品の中で、鷗外は、老将軍と老武士の姿を重ね合わせて、彼等の志向したものを共鳴させたのである。それは誰に対してなされるのか。それが「皆々様」なのである。しかしながら、鷗外は、この作品を翌二年籾山書店より「意地」に収録する際に大幅に改稿をした。宛名も「皆々様」から「才右衛門」に変更する。このことは次のように考えられよう。殉死という熾烈な情熱の噴出にあって、つき動かされる儘に初稿「遺書」を脱稿した。その後、鷗外は更に詳しく史料にあたり(3)、問題を整理した時、乃木殉死に見たその情熱が一回性のものではなく、普遍的なものである事を知るに到ったのである(4)。

　此遺書蠟燭の下にて認居候處、只今燃盡候。最早新に燭火を點候にも不及、窓の雪明りにて、皺腹搔切り候程の事は出來可申候(5)。

初稿に窺われる通り、弥右五衛門の演じる激しい劇は、私的な問題として完結される筈であった。ところが再稿では次のように変更されたのである。

　此遺書は倅才右衛門宛にいたし置候えば、子々孫々相傳、某が志を繼ぎ、御當家に奉對、忠誠を可擢候(6)。

改稿で象徴的に描かれているように、弥五右衛門が身を投じていくその行為の意味するものは、彼個人の次元では完結せず、後世の人々の意思に於いても問うべきものとなったのである。そして、その意志をまごう事なく受け止めてくれる者、それが、彼の倅才右衛門なのである。鷗外が伝えようと試みた課題の継承者は血を分けた息子であった。このことは記憶しておきたい。換言すれば、血肉を分けたものは、己の心が志向する価値を疑いなく無条件で受け取ってくれるという前提が設けやすい。ところが、「先生と遺書」の受け取り手は、先生とは血縁関係のない「私」である。しかも、先生は「貴方にも私の自殺する譯が明らかに呑み込めないかも知れませんが(7)」と、伝達の可能性に対して一抹の不安を残している。先生が、伝えようとしたものは異様な体験を通してであるが、それが如何に奥さんとKとの葛藤の果てに体験したものであるにしても、遺書を奥さんに残す、又は、何人にも語らず永遠の謎として無言の儘に自決するという可能性もあった筈である。しかし、作品に明らかな様に、先生の心の内実は血のつながらない全く他人の「私」宛に明かされるのである。漱石が当初よりこうした構成を意識していた訳ではないことは、すでに述べたが、現行の作品の構成を選び取った、その意味、すなわち、そうした構成を取る事によって初めて描出し得た、漱石固有の問題を解くために、作品を論じてみたいと思う。

先ず作品「こゝろ」は、名高い次の書き出しで始まる。

私は其人を常に先生と呼んでゐた。だから此所でもたゞ先生と書く丈で本名は打ち明けない。（「上先生と私」一）

「私」は、何故その人を「先生」と呼ぶのかを説明しようとはしない。その理由は本人にとって既に自明のものである。「屈托がないといふより寧ろ無聊に苦しんでいた」、その時の「私」の空虚な心を潤わせる出会いが訪れる。それが先生との出会いであった。

其時私はぽかんとしながら先生の事を考へた。どうも何處かで見た事のある顔の樣に思はれてならなかつた。（「上先生と私」二）

人間の心の情動に於いて、説明し得る事柄とむしろ説明される事を拒み、言葉はその輪郭すら表現し得ぬ事柄があるらしい。さらに、追求しようとすれば、主体のその欲求の激しさに応じて、巧みに姿を隠してゆくようである。しかも、そうしたものが人間の心に深い慰藉を与えるのだという。作品に、このことが、容易に確かめられる。「私」に即して云ってみよう。日常の煩雑さの中で、物事を一つ一つ、処置するうちにしだいに、その行為がある退屈さを含むルーティーンと変わってしまう。そして、そのルーティーンの繰り返しの中で、空虚が顔を見せる時がくる。そうした空虚に悩む「私」が思いを馳せる人、その人が、先生である。しかも、何故に、このようにその人に引き寄せられるのか、又、何故にその人を思うと先生と呼びたくなるのか、そうした懐疑は先ず「私」の胸中に萌すことがない。科学的思考に馴れた現代の我々ならば、ある状態を理解するために、一つの原因を想定するだろう。そして、その原因から現在の状態への移動の因果関係の過程に於いて、結果たる状態を理解しようとする。我々に理解されるのは、単にプロセスだけであるに拘わらず、そうした操作で物事の核心を理解し得たと誤解する。そして現代に於いてはこの方法が人の心の領域まで及ぼうとしているようだ。合理的説明が、蔓延している時代である。そうした貪慾な欲求の前で「私」は、先生と呼ぶその理由を静かに明かす。

私は其人の記憶を呼び起すごとに、すぐ「先生」と云ひたくなる。（「上先生と私」一）

本名を打明けるよりも、「其方が私に取つて自然」であるという。忘れてはなるまい。その人に引きつけられる理由も「先生」と呼びたくなる理由も、明確にしようという意欲に結びつかない。ただ、そういう人として受容したという事、その行為の中に「私」自身の本質が返照されてゆく。強いて云うならば、「先生」との出会いがなければ「私」は自身の中の「自然」に向かい合う事が皆無だったかもしれない。さらに、「自然」を持たぬ「私」であれば「先生」との出会いはあり得なかった、かもしれない。このことは確実なことである。つまり、例えば、自分が訳もなく魅せられている。その実感の只中に、妙な安らぎがある。その理由は何か。このような問いを常に持ち続ける精神の「私」であれば、「こゝろ」の物語は成立しなかったであろう。このことは作品の次の箇所を想い浮かべるだけで充分であろう。

私は先生を研究する氣で其宅へ出入りをするのではなかつた。〈中略〉私は全くそのために先生と人間らしい温かい交際が出來たのだと思ふ。〈中略〉先生はそれでなくても、冷めたい眼で研究されるのを絶えず恐れてゐたのである。(「上先生と私」七)

もし、「私」が仮に「好奇心」から先生に対して「研究的に働き掛たなら、二人の間を繋ぐ同情の糸は、何の容赦もなく其時ふつりと切れて仕舞」ったに違いないのだ。「私」はそうした際どい場所で、先生に向かっていたのである。その事に思い至った現在の「私」は「ぞつ」とするばかりである。その時の「私」は、ただ自らの「自然」に導かれ先生にひかれていたのである。そして、又、先生も「私」の行為が「自然」であったからこそ、自分の胸裡を開示してゆくのである。以上、述べた事が、所謂「精神上の、あるいは魂の上での親子」[8]関係として論じられて来た根拠でもあろう。つまり、親子とは血縁関係を超えた、繋がりの強固さを語るものである。又、さらに、作品世界の基調について、伊豆利彦氏は次の如く言い切っている。

「こゝろ」の世界は理由とか意味とかの支配する世界ではない。事実の世界である。[9]

そうであれば、我々の作品に向かう姿勢も自ずと決定するであろう。つまりプロセスを追求しようとして「研究」せず、そこに描かれる人物達が、読者に向かって叙述する内容を辿って行けば良いのである。ただ、先生の恐れた事を、注意深く排斥しなければならない。この基本姿勢を保持し、先程問いかけた「私」の意義を明らかにするため、今しばらく、作品に表現された「私」の位置をめぐって考察を加えたい。

むろん改めて述べる迄もないが、「私」は「こゝろ」の主要人物であると同時に、作品を語り続ける視点でもある。しかも、留意すべきは、現在の「私」は、「青年らしい若々しいおもかげを、けっして読者に喚起しない。[10]」ということである。作品の中で先生と伴に生きた時の「私」と「こゝろ」を語りつぐ「私」とは印象がかなり異なっている。彼の語り口は、一種沈鬱な響きを持っている。先生を慕った若々しいかつての「私」のその若さを、単に失った結果とばかりは思えないのである。当時の「私」と現在の「私」とは全く別人物の観すらある。つまり、何かの要因によって、「私」は当時の「私」とは別の人間になったのではないかと、推測されるのである。その要因こそが、先生の「遺書」である。それに加えて、遺書を懐に抱いて上京した時点、つまり「先生と遺書」の文章の最終部から、「先生と私」の冒頭に至るまでに流れた時間、所謂、書かれていない作品の時間での「私」の経験である。かつて、とまどいと驚愕のままに、遺書に託された「先生」の熱い血の意味にたじろぎながらも、彼固有の時間推移の中で、彼は変化するのだが、この「変化」自体はどう意味づけられるだろうか。それは次のように解釈されよう。つまり、先生が自分の心の肝心の内容が血脈もゆかりもない、他の人間に果たして伝わるのかと、抱いたかすかな不安は、ここではすでに解消されているものであること。このことを物語っているのである。端的に言えば、「私」は、変貌の内に先生の意志が受容されたことを証明しているのだ。そうした「私」が「こゝろ」を語り出すのである。つまり、今度「私」は、先生から教えられた内容を我々読者に告げようとするのである。この内実については、後に、詳しく論じたいが、先生が、自分の自決に至った理由を明示する方法は、ただ今までの経験を語る他なかった。「この思想的自殺は少し無理だ(10)」と構成に於ける欠点を指摘されようと、先生をして、漱石は自決問題の根本の「何故」を明かそうとはしない。ただ、そこに至った事実を記すのである。その事実の内に生きる生命あるものを「私」が読者に向かって、同じように「私」の経験した事実として語りかけるのである。ところで、ここで遺書として残されたということの連想で、太宰治の「晩年」を掲げるのは不都合であるかもしれない。

しかし、太宰治は自らの作品に次の如く紹介を書きとめる。

「晩年」お讀みになりますか？美しさは、人から指定されて感じいるものではなくて、自分で、自分ひとりで、ふつと發見するものです。「晩年」の中から、あなたは、美しさを發見できるかどうか、それは、あなたの自由です。讀者の黃金權です。[11]

彼はこの創作集を出すため「まる十箇年、市民と同じさわやかな朝めしを食わなかった」という。さらに遺書として作品を発表するのだ、これより後「私」は「死骸」だとも。死を決意して初めて見えてくるものが、人間の前に存在しているらしい。それを伝えるためにも又、「死」が必要とされるらしい。思えば、「こゝろ」に於いて先生が「私」に語ろうとするものには、固有の現象がある。それは、凡て言葉によって語られるのだが、その言葉の伝達内容は一見、経験によって認識された、つまり、人生の教師としての教訓的な人間の智恵のように見える。しかし、先生が、伝えようとしているのは、そうした処世に関する事なのか。そうではあるまい。言葉によっては、確実に表現する事の難しい人間存在の核心に蠢いている、何ものかの問題をその言葉の底に秘めているのである。先生がKの死を通して見たもの、そして、自分の死を意識しながら明かそうとする、問題の核心である。それは畢竟、死を見つめるに似ているのかもしれない。父親の死と尊敬する先生の死を通して作品は展開されることが、それの一つの証左ではないのか。先程引用した大岡昇平氏の代表作ともいうべき、「俘虜記」の中に次のような箇所がある。

スタンダールの一人物がいう様に「自分の生命が相手の手にある以上、その相手を殺す権利がある」と思っていた。従って戦場では望まずとも私を殺しうる無辜の人に対し、容捨なく私の暴力を用ひるつもりであった。この決定的な瞬間に、突然私が目の前に現はれた敵を射つまいとは夢にも思ってゐなかった。[12]

敵兵を眼前にしながら、銃の引き金を引かなかったその時の感想である。氏はその時訪れた動作を分析するが、「何故」の果てに登場するのも又、謎めいた事実なのである。

実際私は目を閉じたのかも知れない。この動作の記憶を失ったとする方が、映像のそれを失ったとする仮定よりも或いは自然である。

「何故」に対する答えは再び「何故」「目を閉じたのか」という問いを招いている。やや強引に云えばそのような問いかけに誘われる時、人は不安におびえているのだ。決意したにもかかわらず別の行為が具現すること、しかもその行為が、生死を賭した場所で演じられた行為であること。その中に、我々を不安にする何らかの要因の胎動が潜んでいるのである。つまり、我々の意識が関与出来ないそうした部分が、死の瞬間に立ち現れてくるのである。我々が盲信している、自我が、全く無効でしかないそうした瞬間。そうした瞬間に出現する不可解なるものの出現を知った人間は、ただ不安であり、知りながらもかたくなに、自我の砦を守る者は、問いかけの永遠の呪縛に落ちるのだ。かくなるものは、即ち、直接には表現出来得ず突如として人間を襲う暴力的な勢力が、現実生活に残した事実を通して、我々はおぼろげながら、その存在を推測し得るのではあるまいか。先生がその異様な体験を通じて「私」に伝えようとするものも、今述べた外延に確認できるのではないかと思う。作品に即していえば、「いや考へたんぢやない。遣つたんです。遣つた後で驚いたんです。さうして非常に怖くなつたんです」というこの箇所がはらむ内実でもあろう。

(三)

先程、先生が「私」に伝えようと試みるものについて、概略的見透しを示した積りである。ここでは、それらをめぐって、作品に即し有機的に論じて行きたいと思う。

先ず、言葉という媒介を用いて伝達できて、他者が了解できる人生の智恵は、作品の随所に発見できる。例えば次の箇所である。

金さ君。金を見るとどんな君子でもすぐ悪人になるのさ。(「上先生と私」二十九)

世間でしばしば、人口に膾炙される内容である。ところが、「教壇に立つて私を指導してくれる偉い人々よりも只獨りを守つて多くを語らない先生の方が偉く見え」る「私」にはその内容が「平凡過ぎて詰まらなかつた」のである。先生が、単にこのような平凡な事を云う筈がないと云う確信があった。そこで「私」は一歩踏み込む、そして語られるのは意外な先生の他人に対する憎悪である。

私は人に欺かれたのです。しかも血のつゞいた親戚のものから欺かれたのです。私は決してそれを忘れないのです。私の父の前には善人であつたらしい彼等は、父の死ぬや否や許しがたい不徳義漢に變つたのです。

（「上先生と私」三十）

先生はその時の「屈辱と損害」を執拗に胸の中にもっているのである。いざという一瞬に人間が変わり、今までと、うって変わった対応をする。先生の場合は、叔父による財産横領という極めて予想外の事件でそれを体験したのだ。この箇所で先生は他人に対する憎悪を激しくむき出しにする。そして、それは「私」にとって謎になるのだ。

しかし、私はまだ復讐をしずにゐる。考へると私は個人に對する復讐以上の事を現に遣つてゐるんだ。私は彼等を憎む許りぢやない。彼等が代表してゐる人間といふものを、一般に憎むことを覺えたのだ。それで澤山だと思ふ。（「上先生と私」三十）

長い引用になった。しかし、この箇所は、先生が、唯一激しく感情を露出した部分である。それ以外の箇所では、先生は、常に静かで淋しげなのだ。現に「私」がひきつけられる部分は、先生の弱々しく見える性格だった。「私は先生をもつと弱い人と信じてゐた。さうして其弱くて高い處に、私の懐かしみの根を置いてゐた」のである。そうした「私」にとって、先生の露骨な人間憎悪は正に意外だったのだ。「私は淋しい人間です」「私は淋しくつても年を取つてゐるから、動かずにゐられるが、若いあなたは左右は行かないでせう。」「私にはあなたの爲に其淋しさを根元から引き抜いて上げる丈の力がないんだから。」「今に私の宅の方へは足が向かなくなります」と云って、いかにも淋しそうに笑う。そうした先生の姿とまことに不調和な激情が、ここに感じられるのである。しかも、Kの死に深い罪責感を持ち「死んだ積りで生きてゐる」先生ではあるが、「復讐」という意識すらあるのだ。淋しさと罪責感にそぐわぬこの感情の露出はどう考えられるのか。作家漱石固有の問題をみる事も可能である。

応々、漱石その人を論じる場合に必ずや取沙汰される幾つかのテーマがある。例えば、ロンドン留学、修善寺の大患、それに加えて塩原昌之助をめぐる養子問題である。しばらくは様々に推測がされているこのことをめぐって考えてみる。彼は生後まもなく里子に出され、その後又実家に復縁した。しかしその後、再び明治元年に養子に出る。この養父が塩原昌之助であった。この二度の体験により漱石の脳裏には「余計な、要らぬ子」[13]の印象が刻みつけられたという。塩原家での生活について、漱石は「道草」の中でかなり詳しく書いている。もちろん、作品の創作性を考慮して事実だと断定する事は控えねばならないが、島田夫婦は揃って「吝嗇」な人間として描かれている。そして、漱石は、彼らのこの特質を「不愉快」に又「見苦しく」感じているのである。しかし、養父母は、養子漱石には「金の點に掛けて寧ろ不思議な位寛大であった[14]」という。彼は明治二十一年に夏目家に復籍したのだが、養育費などをめぐり養父は、しばしば金の無心に現れたらしい。つまり漱石は物品のように金銭で買売されたという意識とともに、人間の行為の深層に、金銭的な目的が潜んでいる事を知ったのである。そうした視点からみれば自分を優遇してくれた塩原夫婦も、結局は「其愛情のうちには變な報酬が豫期されてゐた」としか思えないのである。今述べた事情と、明治四十二年にすでに著名な作家に成長した彼に、改めて金の無心をした、養父への異様な嫌悪感を重ね合わせれば、「こ、ろ」の不調和の部分がある程度説明がつくだろう。つまり、金銭に関して嫌悪感を有している漱石の感情が露出したのではないかということなのだ。つまりそこの箇所に至った際に、金銭をめぐって彼を取り巻く周囲の者への嫌気が、先生の人類に対する憎悪として強調されたのである。すくなくとも、漱石の実際の嫌悪を読み取る事は可能な筈である。しかしながら、今、このことを指摘したとしても、作品内で担っているこの箇所の役割を論じた事にならない。この憎悪の告白が、作品にどう効果を与えるかを述べなければならないだろう。このことについて、わずかだが、既に述べたつもりである。つまり、この部分は、「私」に投げかけられる謎に深みを増す効果を構成上持つのである。重複する事を恐れず云えば、それ迄、「私」が先生に対して抱く「懐しみ」は、先生の弱さ淋しさに集中していたのである。「私」がそう信じ込んでいた先生が突如、自分の印象とは違った表情を見せた場合、「私」は違和感を抱く。この反応は当然であろう。しかし、彼は、盲目的尊敬を抱いているため、その違和感は、未だ自分が知らぬ先生の心の奥の秘密を仮定することになり、一層、先生にひきつけられることになる。先生のその時の激しさが「私」の興味をかき立てる事になる訳である。盲目の尊敬ゆえに、興味を損ねる結果にはならないのである。そうした謎が、先生の経験の事実に対する興味へと移る。つまりは、最終章に初めて詳細に開示される先生の味わった悲劇に向かって、読者の好奇心を煽る、一種の布石となっているのである。緻密に計算された構成方法と云うも可能であろう。「私」は、こうした先生の態度によって先生の体験の披瀝を望むように、巧みに仕組まれているのである。実際、「私」は謎を解こうとして、更に一歩先生に歩み寄って、「はつきり云つて呉れないのは困る」と云う。それに対する先生の対応は、「私」の欲求より遥かに筋が通っている。たしかに、「思想」と「過去」を「悉く」物語るのは全く「別問題」なのである。ここでは、「私」の要求が「無遠慮」でかつ一面的なのは明白である。ところが、こうした場所から今一歩「私」は踏み出すのである。

　私は魂の吹き込まれてゐない人形を與えられた丈で、満足は出來ないのです。（「上先生と私」三十一）

「私」が先生から得ようと試みるものが、人間の魂に関するものであることを明示した箇所である。又同時に作品で最初に「魂」なる表現を必要とした箇所もここなのである。「私」のこの言葉が、先生が担う、重大な問題に触れたのである。漱石の筆は、この事を先生の「顫へ」として描く。この時の先生の「顫へ」は、一面では、白日の下に、自分がひた隠しにした暗い過去が暴かれる恐怖を示している。が、しかし、それのみではあるまい。一層先生の心を捉えたもの、それは、感動に似たものではなかったか。「私」が、研究心を持たず、さらに好奇心をも持たず、ただ己の「魂」を満足させる為、先生の「魂」の開陳を望んだその事は「軽薄」ではない。むしろ、逆に問われた先生の誠実の証明を強請するほどに、青年の「真面目」を語っているのだ。

先生の過去が生み出した思想だから、私は重きを置くのです。二つのものを切り離したら、私には殆ど價値のないものになります。（「上先生と私」三十一）

無条件で彼を「先生」と慕い、かつて何処かで逢わなかったかと尋ねる、この青年も又同じ道を歩むのかもしれない。こうした「私」の出現に先生は、正確にいえば、漱石は人間不信に陥った孤絶に差す光を見たのではないか。何故なら、「何處からも切り離されて世の中にたつた一人住んでゐるような氣のし」ていた先生は、「世の中で自分が最も信愛してゐるたつた一人の人間」にすら、打ち明けない過去を告げる決意をするからである。その動因には、「牢屋の中に凝」としていた先生の過去を有意味なものに変化させようとする最後の希求が窺えよう。「行人」では、この希求は現実の中で具体化される事なく終わったものである。妻の心の隅々を理解しようとして、激しい人間不信に落ちた一郎が、物狂おしく望んだ事はただ一つであった。即ち、自分の生々しい実感をもって、相手の本心を理解すること。相手の反応の一つ一つが熱い血の鼓動を通して己に伝わること。この実感を味わう事であった。そうした一郎が、最後に辿りついた場所、そこには三つの可能性が横たわっていた。即ち「死ぬか、氣が違ふか、夫でなければ宗教に入るか」[13]なのである。そして、さらに今一つの可能が「こゝろ」のこの箇所に提出されたのではないか。つまり、現在の私という存在を投影することが可能であり、しかも、私の凡てを無条件で理解することが可能な存在が登場した場合、その人間と関わる事で、投影者の苦悩がいやされる事が可能だということ。このことである。精神科医として長年悩める人間に立ち会って来た笠原嘉氏はこのことについて、力強く論じておられる。次の部分である。

まず第一に、人間が人間を了解するということのもつ治療的な力には想像以上のものがあることをいいたい。決して、センチメンタルに、あるいは道学者風にそういうのではない。精神科医はそのことを知る機会を与えられている稀な職業の一つだと思う。(16)

氏の御指摘によってすでに明らかであろう。つまり、漱石は作品「こゝろ」を語る視点として「私」を措いたばかりではなく、更に重大な役割を担わせていた。それが先生の苦悩を癒す役割なのである。さらに云えば、こうした役割を担うが故に、先生の告白を可能にしたのである。つまり人間不信に陥っているが故に他人に固く心を閉し「告白や懺悔という罪悪意識からの一般的な救済手段を閉塞」(17)した先生の情態を打破したのである。更に言葉を重ねてみる。例えば「自分で自分の心臓を破つて、其血をあなたの顔に浴せかけようとしているのです」という先生の手紙に記されている、その「血」という表現が暗示する内容である。つまり、この手紙の衝撃に導かれ、戦慄を覚える「私」の胸中でもある。「自分に誠實でないものは、決して他人に誠實であり得ない」とは、一郎がHさんの前に吐き出した言葉である。裏に込められている願望を読みとろう。彼は「自分に誠実であるものは、必ずや他人に誠実であらねばならない」というテーゼの絶対性を信じていたいのだ。しかしながら、他者は時として、むしろ、しばしば、そうした人間の誠実を裏切る。さらに当の本人が「誠実たらんとするまさにそのことが彼の誠実を裏切る」(18)この瞬間が現実に浸入する。先生は、その瞬間を経験した当事者であった。それだからこそ、他人に向かう疑惑とは、つまりは、自分自身へとむかう疑惑であり。結局、人類への「憎悪」へと増殖するのである。先生は、まさにこうした閉ざされた、しかも矛盾に満ちた内部世界のダイナミズムを「血」で表現する外ないのだ。そして、また、「私」が、深く動かされてゆく理由も、「血」の意味するダイナミズムに由来するものなのである。かくして、「私」の「真面目」に、先生も「真面目」に応えようと決意するのである。方法は唯一、「真面目」に「血」をもって過去の事実を書き連ねる事である。書くことの意味作用について、漱石は次のように云う。

罪を犯した人間が、自分の心の徑路を有りの儘に現はすことが出來たならば、さうして其儘を人にインプレッスする事が出來たならば、總ての罪悪と云ふものはないと思ふ。〈中略〉法律には觸れます懲役にはなります。けれども其人の罪は、其人の措いた物で十分に清められるものだと思ふ。(19)

漱石の言葉を真似て云ってみよう。つまり、先生の苦悩が其儘「私」を「インプレッス」するならば、先生の「罪悪」は「清められる」ことを意味するのである。漱石がこうした意図を持って「私」を設定している事は疑い得ないであろう。事実「遺書」の成立がその儘、先生の閉塞された内部の解放を証明しえるのではないか。なぜならば、伴侶にも打ち明けなかった事実を「私」に告白したのだから。また、さらに、次の部分に注目しよう。

私は死ぬ前にたつた一人で好いから、他を信用して死にたいと思つてゐる。あなたは其たつた一人になれますか。なつて呉れますか。（「上先生と私」三十一）

「遺書」の成立は、この悲痛な叫びが聞き取られたことの証、と考えられよう。

以上で、先に提出した作品「こゝろ」に於ける「私」の意味が、わずかながらでも確認されたのではないかと思う。しかし、ここで結論づけた事は、又新たな作品の事実に連結され、問題を提出する。つまり、「私」に凡てを伝え、先生の「罪悪」が清められた、にもかかわらず、死に引き寄せられる先生の行為が意味することの確認である。人間の営為の内で、言葉によって過不足なく説明できるものなど何もないのかもしれない。漱石は、「世の中に片付くなんてものは殆んどありやしない」。「私は斯ういう矛盾な人間なのです」と、作品に明記している。この表現の底に、漱石の深い人間洞察が脈を打っているといえようが、作品の中に窺われるそうした、矛盾に満ちた問題は改めて論じてみたいと思う。

注

（1）駒尺喜美「こころ」（『日本文学』日本文学協会　昭和四十四年三月）

（2）尾形仂氏は「興津弥五右衛門の遺書―弁疏と問いかけ―」『森鷗外の歴史小説―史料と方法』（筑摩書房　昭和五十四年十二月）の中で次のように御指摘である。「乃木大将に擬して脚色した興津弥五右衛門の行為を律する根本思想として、その中に鷗外の見出したものは何であったか。〈中略〉乃木大将の殉死をば功利主義的立場から批判することに対する反駁の意を寓したものと解することができるだろう。このような、この作品がはっきりと打ち出している弁疏や反駁ははたして何に向けてなされたものであったろうか。〈中略〉これはその間乃木大将の殉死をめぐって世上に交わされた批判や論評に応えたものであるという予測が成り立つ。」氏が明示している通り、鷗外の当時の日記と、執筆情況とを重ねてみればこのことは首肯できる見解である。

（3）この際新たに使用された史料は「興津又二郎覚書」「興津家由緒書」「忠興公御以来御三代殉死之面々抜書」等である事がすでに明らかにされている。

（4）鷗外が、自我を超える何ものかに生命を投じるその行為に、人間が普遍性に関与する可能性を見ている事は疑いないと思う。この認識に至った契機は、既に述べてきたように、乃木大将の殉死であろう。しかし、この可能性への問いかけが、その儘「興津弥五右衛門の遺書」の主題そのものである、とは断言し難いと思われる。というのは、作品にはそうした「賛歌」が描かれる一方、傍らの背景として、殉死を墨守する者達への批判と解釈される箇所が描かれているからである。

（5）森鷗外「（初稿）興津彌五右衛門の遺書」（『森鷗外全集第三巻』筑摩書房　昭和五十四年一月）

（6）森鷗外「興津彌五右衛門の遺書」（『森鷗外全集第三巻』筑摩書房　昭和五十四年一月）
鷗外は改稿の際、殉死二年後の乃木大将評価と更に社会風潮との問題を重ね合わせて複雑な操作をしたのであろう。このことは機会を待って別に論じてみたいと思う。

（7）本文引用は、特に断りがない限り、『漱石文学全集第六巻』（集英社　昭和五十八年一月）のものを用いる。本文は総ルビであるが、ここでは略している。

（8）三浦泰生「漱石の『心』における一つの問題」（「日本文学」日本文学協会　昭和三十九年五月）
（9）伊豆利彦「「こころ」の一考察」（「日本文学」日本文学協会　昭和四十六年九月）
（10）大岡昇平「夏目漱石『こゝろ』」（「詩と小説の間」所収、『大岡昇平全集第一巻』中央公論社　昭和五十一年四月）
（11）太宰治「『晩年』に就いて」（『太宰治全集第十巻』筑摩書房　昭和六十一年二月）
（12）大岡昇平「俘虜記」（『大岡昇平全集2』筑摩書房　平成六年十二月）
（13）森田草平『漱石の文学』（現代教養文庫　昭和二十九年二月）
（14）夏目漱石「道草」（『漱石文学全集第八巻』集英社　昭和五十八年四月）
（15）夏目漱石「行人」（『漱石文学全集第七巻』集英社　昭和五十八年三月）
（16）笠原嘉『精神科医のノート』（みすず書房　昭和五十八年三月）
（17）石崎等「こころ」（「國文学」学燈社　昭和四十四年四月）
（18）柄谷行人「意識と自然―漱石試論（一）」（『畏怖する人間』冬樹社　昭和五十四年四月）
（19）夏目漱石「模倣と獨立」（『漱石全集第三十三巻』岩波書店　昭和五十四年四月）

「こゝろ」論㈡

――「先生」「K」「奥さん」の意味をめぐって

(一)

「先生と遺書」で明らかにされるものは、ただ、先生の実際の経験ばかりである。仮に、その経験より獲得した思想が語られるとしても、そこに至った心的プロセス、又は、認識の展開を因果論的視点で正確に述べるなどの配慮は拒まれている。つまりは、心理の綾襞に分析をもって、立ち入る事が回避されているということである。例えば「こゝろ」を論じる際、必ず取り扱われる、先生の罪責感にしても、漱石は立ち入る事を自ら控えているのである。つまり、人間心理の、平生の状態が罪の認識へと到達する、その過程を動的に克明に追跡することが、作品では拒否されているということなのである。キルケゴールが不安から罪の感覚へと移動するその位相に焦点を当て、人間心理を詳細に論じた程には、「こゝろ」では描かれていないのである。このことを作品に即して云ってみる。次は先生の罪認識の箇所である。

私はたゞ人間の罪といふものを深く感じたのです。(「下先生と遺書」五十四)

漱石の筆は「ただ」「深く感じた」と認めるのみで、これ以上心理の中に直接は踏み込まないのである。こればかりではない。先生の自決の理由も又、その決意がただ事実として書き留められるばかりなのである。つまり次の箇所である。

私は妻に向ってもし自分が殉死するならば、明治の精神に殉死する積だと答へました（「下先生と遺書」五十六）

この部分は、「淋しさ」の只中にいた先生が、自決の直接の動機を語った箇所である。しかし、この時、先生の胸中で起こった葛藤の劇の詳細は語られない。つまり「何故」そう決意したのかは明かされないのだ。ここには一種の空白が存在しているのではあるまいか。つまり、罪の認識と自決とは作品世界の要であるにもかかわらず、その内実と、そこに至るプロセスが書かれていないということなのである。こうした構成をどう理解すればよいだろうか。これまで、しばしば、先生の死は贖罪と殉死というこの両者の関連をめぐって解釈されて来たが、その問題の要が空白であるというこの困難は、どうすれば克服できるのであろうか。例えば、荒正人氏は贖罪と殉死に関して次の如く論じられる。

贖罪と殉死は全く性質を異にしたものである。両者は全く関係がない。〈中略〉両者は必ずしも滑らかに調和していない。(1)

では作品「こゝろ」は不完全な作品なのか。荒氏は、不完全だと、言葉の外延で告げながらも、「にもかかわらず、不思議な迫力と魅力で、人びとの心に衝撃を与え続けている」と説明している。さらに、又、柄谷行人氏も同様に自決と罪の意識の関連に疑問を向けて次のように指摘される。

『こころ』の先生の自殺も罪の意識と結びつけるには不充分な唐突ななにかがある。(2)

両氏の評価は、作品の空白が導いたものであろう。肝心な箇所が空白を有しているが故に唐突、不調和感が発生するのは当然の事と云えよう。しかし、荒氏が指摘される如く、作品発表以来、読者の心を魅了して来たのも又事実なのである。この作品の魅力と不調和の並存は次の事を我々に示すものではないか。つまり漱石が描写しようと試みた問題が、その性質に於いて、このような空白を招かざるを得ないものであった。このことである。より端的に言えば、その問題描出の前では、空白が必然的に要請されたということなのである。従って、かえって、この空白に作品理解の手掛かりをみることが可能だ、ということになる。問いかける必要のあることは、構成上のこうした問題の内実である。一見、矛盾と思えるものは何も、構成にばかり見えるのではない。人物の行動にも、同様に窺える。つまり、同一人物が誠実を保ちつつ、相異なる行動を起こしていることである。例えば先生の言動である。「私」の両親の健康を真剣に気づかい様々な注意を与えながらも、自分の都合で「私」に帰京を催促する。しかも、父親はその時、病にたおれたばかりだったのだ。さらにまだある。両親の懇願により「私」から就職の依頼をうけた先生は、明らかに「私」に軽蔑の念を抱く。他人に「真面目」である事を心底希求する人物がである。又、次の箇所も存在する。「私は他を信じないと心に誓いながら、絶對に御嬢さんを信じてゐたのです。」「それでゐて、私を信じている奥さんを奇異に思ったのです。」こうした例は列挙に暇がない。しかし留意する必要がある。矛盾はすべて先生の、正確に云えば、漱石の必然の手段である。矛盾や、さらに強引な構成による不調和と思える部分は、漱石が描出しようとした問題が畢竟、そうした構成を要請したことを意味するのである。実際、矛盾は先生の自覚している自分の特質である。

　私は斯ういふ矛盾な人間なのです。或は私の脳髄よりも、私の過去が私を壓迫する結果斯んな矛盾な人間に私を變化させるのかも知れません。(「下先生と遺書」一)

しかし、注意する必要がある。こうした、先生の矛盾はあえて産みだされたものである。こうした矛盾に満ちた人間こそが、如何に生命感溢れる、裸形の人間の相貌を与えているか。漱石は、無理にその言動が統一された人間を創出しない。なぜなら、そうした意味での統一的人間像は無機質的人間ではないか。という、認識があるからなのだ。やや強引に断言すれば、矛盾は人間の特質である事。これを見抜く作家の慧眼が、漱石文芸に活動する人間の生命力を支えているのである。人間は決して、理路整然とした存在として描き尽くされることがない、という漱石の洞察である。これは、人間を凡て因果的に理解しえる存在だとした、科学的方法に対する漱石の反抗とみることも可能である。しかもこの方法は、近代以来、日本が、輸入して来た、西欧近代主義が否応なしに授与したものである。つまり、対象に於ける分析とその内容の検討により、又、加えて、そこから生じた結果に対する更なる実験というこの連続した手続により、対象が再生されるというこの公式の定着である。近代を定義して、デカルト以来の合理主義、又は、その合理主義的方法の場であると指摘したのは、唐木順三氏[3]であった。そして注意すべきはこの分析、統合化、それから還元という方法をもって評価しうるもののみが有価値とされたことである。では人間の心はどうなるのか。分析の窮極にその実体を開示するものなのか。こうした問いかけを肯定する精神がニヒリズムと通底することは、覚えておいた方がよいかもしれない。近代の理性的合理主義は、如何に人間生活に便宜を計るものであろうとも、人間の心の領域に関しては、その有効性が疑わしい。むしろ、人間の心の実相は、整理不可能な曖昧さの中に表現に尽くし得ないほどの生命を宿しているのである。漱石はあやまたずこのことを見抜いていたに違いない。漱石は次の如く語る。

　二ト二ガ四トナルトハ今世論理の方則《ママ》デアル。昔ハサウモ相場がきまつて《ママ》居ラナカツタ。キマラヌ所ニ面白味ガアツタ。物は《ママ》何デモ先ノ見エヌ所ガ御慰ミダ[4]

「こゝろ」上梓の約五年前、漱石は所謂修善寺の大患を経験している。胃潰瘍が悪化し大吐血のすえに人事不省に落ちたという。その時の経緯は「思ひ出すことなど」に詳しい。彼は「余は眠から醒めたという自覚さえなかった」と書くが、事実は違っている。彼は、その時三十分程仮死状態だったのだ。だが、その瞬間に、つまり生と死の境界で巻き起こる衝撃、そのような劇はなかったらしいのである。その事実に漱石は呆然としている。死という厳粛なる絶対を経験する瞬間であるのに、人には、何の衝撃的体験もない。そうした人間の生の頼りなさに奇妙を覚えるのだ。そして、病床で思いをドストエフスキーに馳せる。彼も又、稀有な瞬間を体験した者だからだ。そのドストエフスキーは近代合理的精神に対して次のように云う。「地下生活者の手記」の一節である。

しかしこの二かける二というやつはですね、諸君、実はすでに生活ではなくて、死のはじまりなのですよ。(5)

時空を超えて、東西の作家が同様の批評をなしている事実には、ただ驚くばかりである。私は、漱石はすでに「こゝろ」執筆のモチーフに、ドストエフスキーの影響をうけていた証明を試みたいのではない。ただ、次のことを注意して置きたいばかりである。つまり、人間の特質を根本的に否定しようとする価値有効性の出現を、当の人間が理想の実現として強く魅了されていた。そこにはらむ、人間生命の根本的無視の姿勢の到来をドストエフスキーが正確に予則していた。このことである。漱石も又然りなのである。さらに、ドストエフスキーの批判は、そのまま彼の死の恐怖に連結している。なぜならば、当の唯物論的精神によって彼は刑場に立たされたからである。それだけ、彼の拒絶は厳しいのだ。科学的合理的に解析され描写された人間は、生きた現実的な人間の印象を失っている。なぜならば、画一的人間像として描写されてしまいうからである。むしろ、人間を描くとは、「キマラヌ所に面白味ガ」あるのだ。ドストエフスキーの言葉を借りれば「二二が五というやつだって時にはご愛敬というもの」なのである。

すでに明らかであって、さらに、漱石の人間観について言葉を重ねる必要もないであろう。説明のつかぬもの、正確に捕捉し得ぬもの、それを生命として漱石文芸の登場人物達は生きているのである。従って、そうした人物達にとって、彼等の生きる目的の実現そのものが、何にもまして重大だという事はあり得ない。結末よりもむしろその過程、つまり、目的実現の過程に於いて、生命現象が端的に示されるのである。漱石文芸作品のほとんどが、目的実現の結末を持たないことを想起すれば、充分納得のゆく事である。登場人物達の殆どが、人生の途上に佇んでいるのである。つまり、表現しきれぬ人間の心を描く手段は、彼等が、自分の心の情動につき動かされる曖昧な心のありようを、行動として具現化してゆくその展開様相を描く外ないのである。つまり、一つの信念によって看取された生活現象の事実の累積が、心のありようを物語ってゆくのである。結論めかしていえば、一見、筋が通らず「無理だ」「不完全だ」としか判断し得ぬ行動によってしか、透視し得ぬ心の輪郭は見えてこないのである。作品「こゝろ」とは、まさに我々読者にこうした読解を強いるのではないだろうか。作品に即して、やや具体的に説明してみよう。例えば金銭に関してかわされた、次の部分である。

「ちやんと解つている癖に、はつきり云つて呉れないのは困ります」

「私は何にも隠してやしません」

「隠してゐらつしやいます」（「上先生と私」三十一）

ここに未知のものを、変容しない状態の儘に自分のものにしようとする、青年の若さがある。彼にはどうしても、先生の教訓に「魂」が抜けているという予感がある。彼は与えられた「人形」に「魂」を「吹き込んで」呉れと請うのだ。青年が望むことは、先生による魂の全貌の開陳であるのは言うまでもない。では、「魂」が伝えられる為には如何なる手段が要請されるのであろうか。「自分で自分の心臓を破つて、其血を」顔に浴せかける事で可能だというのである。言葉よりも、「血」といういかにも異様で激しい表現が唐突に必要とされているのだ。「魂」を伝えるためには言葉はその役割を果たせないようだ。そして、「血」を巡るこのいかにも熾烈な描写の底流に、漱石のこうした言葉に対する認識が潜んでいやしまいか。しかし、それにもかかわらず、先生は「魂」を「生きた答」として語り出そうとする。どのような形態をその時必要としたのか。自らの経験を、現在までの生括の様相展開として提示したのである。しかし、その血の熱さは相手に伝わらないかもしれない。そうした懐疑が生まれる。懐疑から、先生は叫ばずにはいられない。

記憶して下さい。私は斯んな風にして生きて來たのです。（「下先生と遺書」五十五）

先生を理解するためには、先生がどのようにして生きて来たのかを辿ればよいのである。そうした後に初めて、先生の持つ矛盾が、叫びの中で生命力をもったものであることに、我々は気付くに違いない。さらに又、「遺書」の中で描出された先生の過去を「私」の視点を借りて辿り、彼の「人世」の「暗い影」に目を凝らせば、初めて仄かに見えてくるものがあるのだ。云うまでもない、先生の精神風景である。加えてそれに関わる奥さんとKの存在である。そうして、ここに開始しようとする本論の意図は、これらの問題が、作品でどのように投影されているかを確認することなのである。しばらくは、先生の人間のありようと奥さん、Kがどのように関わっているのか。この事を考えてみたい。

（三）

作品の現在に於いて、既に先生の苦悩は胸裡に定着し一直線の深化の様相を呈することは、ここに断るまでもないプロットの事実である。そして、最終部に至っては罪責感に向かって作品は展開する。そもそも、先生の苦悩の原因は何であったか。それは、奥さんに対するやみがたい恋慕の情であり、Kへの嫉妬であった。さらに、単純化を恐れず云えば他者との衝突によって、先生の苦悩は生じたのである。しかしながら、この苦悩はその原因からはるかに離れた所で悩まれているのである。つまり、もうすでに、他者からの働きかけによっては、苦悩がいやされる事はないということなのである。つまり、柄谷行人氏の漱石論の言葉をまねて云えば、「こゝろ」に於ける先生の苦悩は、他者との関係の中でひき起こされたものであるにかかわらず、他者は、先生の内部に定着した苦悩と直接的に関わる事が困難なのである。つまり「匹敵」しないのである。

先ず、奥さんの作品中での位置を考えてみよう。奥さんこそ、先生の苦悩に「匹敵」せず一種疎外されているかの様相を滞びている。なぜならば、奥さんは、夫である先生の心的葛藤のドラマを知らされていないからである。

奥さんに先生は何も告げてはいないのである。葛藤のドラマばかりではない。先生の自殺の決意もそうである。奥さんは先生の苦悩、厭世観に関して何の解決の要因とならぬ儘に、先生の自殺の決意の持続つまり「遺書」執筆という行為の脇に立ちつくすだけである。あたかも、保護されているかの如くである。しかし、奥さんに真実を告白しないのは、先生の思いやりの証しであると漱石は書く。例えば「遺書」の文面である。

　私はたゞ妻の記憶に暗黒な一點を印するに忍びなかつたから打ち明けなかつたのです。純白なものに一雫の印氣でも容赦なく振り掛けるのは、私にとつて大變な苦痛だつたと解釋して下さい。（「下先生と遺書」五十二）

こうした愛情の表白だけで先生の奥さんに対する心情を、漱石がもし書き通したとしたならば、先生の愛の欺瞞性の指摘など問題にされなかったのであろう。ところが一方、当の先生の視点から奥さんに対する嫌悪が語られる。その箇所も、作品の随処に散在している。例えば次の一節である。

　御嬢さんはたゞ笑つてゐるのです。私は斯んな時に笑ふ女が嫌でした。（「下先生と遺書」二十六）

嫉妬の感情に乱されてゆく青年の心を、無意識裡に煽り、男の心に起こる波紋の心地よさを楽しむ女性の一面が写される。先生は、女性の持つ、こうした傾向を憎んでいたのだ。それが「技巧」であれば、その人から離れればよいだろう。しかし、それが女性の心に潜む悪だとしたら。男性は、どう女性と関わればよいのか。この問題の追求は「こゝろ」ではなされていない。しかし、現にあるこの問題の意味するものを踏まえて、先生の愛の真偽を問う批判が存在している。これは岩上順一氏の指摘に窺えよう。先生が真実の告白を控えた理由に対する解釈である。

　それができないのは、妻を「純白な」天使と見たがっているからであり、妻をじぶんと同じ弱点や欠点をもった同等な人間と見ていないからである。〈中略〉、人間を天使化することは人間を泥人形視することとおなじであり、人間崇拝は人間蔑視に通じている[6]。

成程と思う。例えば「罪と罰」のように、自分の犯した罪の痛みを他人と共有し、その中から愛を樹立させてゆくべきだとするような立場から論じるならば、作品「こゝろ」は「『愛』の不可能性を立証した[7]」作品と解釈されるだろう。が、しかし、同時にこうした解釈を退ける箇所も作品に存在していることも確実なのである。なぜなら「自分の最も愛してゐる妻」、「世の中で自分が最も信愛しているたつた一人の人間」と、漱石は幾度も先生の愛情の事実を書き残しているからである。作品の中に描かれる愛は、相反する事実によって引き裂かれているかの如くである。しかし、果たして、我々が理解しうるこれが凡てであろうか。そうではないだろう。このような、事実の設定により漱石は何かを試みているに違いない。

女性の不可解さの傾向を指摘はするが、その核心への追求はなされない。この箇所には漱石の何らかの配慮が働いているのであろう。先生を見つめるもう一人の人間を想起して、検討して見よう。それが「私」であるが、彼の意味について既に別稿に述べた通りである。更に繰り返すなら、「私」とは、了解者の役割を担っている。では、同じように奥さんもが了解者であるか、というと、留保が必要であるが、慰藉を与える人物ではある。かつて、苦悩のはてに死を望む先生にとって完全なる了解者「私」が慰藉を与えると論じた。それとは違った意味合いで、先生に奥さんは慰藉を与えるのではないかと仮定するのだ。例えば、死に臨む人間がこの世の中で、自分の凡てを、言葉に尽くせぬ思いでさえも了解してくれる者が存在し、そして又、何にもまして愛しんだ女性がいて、自分は限りない愛をその人に捧げたと回想する時、彼の心はやわらぐのではないか。この効果は確実なことであろう。「模倣と獨立」で自分の罪過を、ありの儘に描いた時、その人の罪が許されると論じた漱石を思い出してみよう。そうすれば、自殺の決意を持続させつつ遺書を認める先生を慰めるために、奥さんを愛した記憶を設定した漱石の視座がわずかながらでも看取し得ると思うのである。漱石は、先生の苦しみの上に一郎の、狂気じみた相貌を重ねることを回避しているのだ。それだからこそ、作品では、先生は奥さんの女性的謎を追求していない。奥さんを観察する対象とせず、愛しむべきものと設定しようとする漱石の意図は明白であろう。

奥さんも又、先生をこよなく慈しんでいる。二人は実際ならば、「最も幸福に生れた人間の一對であるべき筈」なのである。ところが、「自分と夫との間には何の蟠りもない、又ない筈であるのに、矢張何かある。それだのに眼を開けて見極めようとすると、矢張り何もない。」この所に、奥さんの不安があり、彼女はそれを「心臓」で感じているのである。彼女の推測では、その原因が唯一思いあたるのである。そこにはKが潜んでいるのだ。

(三)

Kは、作品において「道」を何よりも尊び、凡てを犠牲にしてまで修養を積もうとする人間に描かれる。実際、彼の自己鞭撻は徹底したものであった。例えば、「養父母を欺く」ことさえ「道のためなら、其位の事をしても構はない」と公言して憚らないのである。こうしたKの頑なな態度に、いささか異常な印象をうけるのである。異常では誤解を与えるだろうか。より正確に表現すれば、己の心の何ものかを、外面を固く保持する事によって守ろうとする態度をKに感じるのである。事実、作品に描かれる修養が、彼の人生実現への唯一の関与手段であったのか、どうか。このことを、漱石の発言を手掛かりに考えてみよう。漱石に次の一文がある。

私は此世に生れた以上何かしなければならん、と云つて何をして好いか少しも見當が付かない。私は丁度霧の中に閉ぢ込められた孤獨の人間のやうに立ち竦んでしまったのです。さうして何處からか一筋の日光が射して來ないか知らんといふ希望よりも、此方から探照燈を用ひてたつた一條で好いから先迄明らかに見たいといふ氣がしました。所が不幸にして何方の方角を眺めてもぼんやりしてゐるのです。ぼうつとしてゐるのです。恰も、嚢の中に詰められて出る事の出來ない人のやうな氣持がするのです。私は私の手にたゞ一本の錐さへあれば何處か一ヶ所突き破つて見せるのだがと、焦燥り抜いたのです。(8)

長い引用になったが、以上は「私の個人主義」の中の一節である。漱石はここで自らの大学時代の憂悶を省察しているのである。そして同じような「嚢の中」に、かつて先生とKは住んでいたのであろう。そうして、「私」が、現在満たされぬ思いに導かれて人生実現の規範を先生に求めた如く、Kも又、求めたに違いない。「昔の人」にである。

Kの口にした昔の人とは、無論英雄でもなければ豪傑でもないのです。（「下先生と遺書」三十一）

歴史の検証に耐え、さらに研摩を受け、現在にまでに名を残した「昔の高僧だとか聖徒」の存在に強く引き寄せられるKの姿が、ここにある。偉大なる宗教を伝達し歴史に名を連ねる彼等の「傳」を読んだ時、彼は、自分の手に「嚢」を破る「一本の錐」を得たと思ったに違いない。「靈のために肉を虐げたり、道のために體を鞭ったり」する「所謂難業苦業」とはその「一本の錐」に外ならないのである。しかし注意すべきは、人生への手掛かりを摑んだその瞬間から、徐々に、目的対象の実像と、目的達成の方法との間に、乗離が生じ始めた事である。つまり「肉を鞭撻すれば靈の光輝が增す」この修養方法が一人歩きを始めたのである。鞭撻のその激しさの度合に応じて、道に近づいていると確信する。ここに生まれる逆転的誤解である。したがって、結果としてKは、自ら進んで自分を苦しめるばかりなのである。即ち、道のために苦を求めず、苦のために苦を求めるという空転に陥っていたのである。こうした空転の只中で、彼の胸に去来するものは何であったろう。それは、自分を求道にかりたてた当の情熱が、自分を道の傍に押しやったのではないかという焦燥である。このことは次の箇所から確認できるのではないか。

彼は段々感傷的になつて來たのです。時によると、自分丈が、世の中の不幸を一人で脊負つて立つてゐるやうな事を云ひます。さうして夫れを打ち消せばすぐ激するのです。（「下先生と遺書」二十二）

対象と接近方法が合致しているという実感があれば「激する」よりも、否定者に対し余裕を持って応待できるのではないか。この時のKは、全く余裕のない人間として描かれている。文章はさらに続く。

それから自分の未來に横はる光明が次第に彼の眼を遠退いて行くやうにも思つて、いら〳〵するのです。（「先生と遺書」二十二）

卒業を間近に迎えた時、誰しもこの思いに襲われるのかもしれない。しかし、彼の場合には、「普通に比べると遙かに甚だしかつた」のである。ここにKの焦燥を読みとることができよう。Kの「人間らしさ」は確実に圧殺されようとしていたのである。かつて獲得し得た「一本の錐」は掌中に見当たらず、彼は依然として「嚢」の中に閉じこめられているのである。そうした彼の苦悶を察した先生の配慮で、Kはお嬢さんと懇意になり、やがて、彼は恋情を意識するに至るのである。つまり、先生の指摘した「際どい一點」が訪れたのであろう。ここで注意したいのは、Kが「嚢」を突き破る「一本の錐」として、恋愛を意識しつつあったのではないか、という事である。例えば、先生は愛について次のように云う。

私が宗教だけに用ゐる此言葉を、若い女に應用するのを見て、貴方は變に思ふかも知れませんが、私は今でも固く信じてゐるのです。本當の愛は宗教心とさう違つたものでないといふ事を固く信じているのです。（「下先生と遺書」十四）

かつて北村透谷は、「戀愛は人世の秘鑰なり、戀愛ありて後人世あり」と謳った。「厭世詩家と女性」の一節である。恋愛にはそうした生命力があるらしい。Kもこの時、又、「自分が美しくなるやうな心持」を味わい、胸中で生起するその反応に唖然としていたのであるまいか。しかし、作品がKの「覺醒と新しい生活」へと発展することはない。Kの不幸はその「秘鑰」を「一本の錐」として発展できぬ所に存在していたのだ。Kに優れた実行力と忍耐力があった事は、作品がしばしば強調するところである。つまりKには旧行動規範を完全に拒否できる能力はあった。しかし、その規範を支える過去が存在していて、その過去を葬り去ることが、彼には不可能なのであった。作品には次の如く記される。

彼には投げ出す事の出來ない程尊い過去があつたからです。〈中略〉Kはどうしても一寸踏み留まつて自分の過去を振り返らなければならなかつたのです。さうすると過去が指し示す路を今迄通り歩かなければならなくなるのです。（「下先生と遺書」四十三）

こうした情況に追い込まれた人間が、如何なる場所に自分の安息を見出すのか。漱石はこのことをKの静かな錯乱として描く。即ち、一方にお嬢さんに象徴される愛の聖域が存在し、Kの心中では自分の人生実現の可能性をそこに予感しながらも、従来の求道方法に従う外、手段がないのだ。彼は、模索を重ねて引き裂かれつつ、自分の心の中に問いかけるのである。一方を犠牲にして、一方を選択することが不可能な場合、その時はどうするのか。それでも選択せねばならないというのだ。しかし、この問いは、永遠に答えがない呪縛に似ている。この呪縛の連環の中で現れてくるのが、行動できない自分への懐疑なのだ。ここに、ただ一人で意識の暗闇に沈潜してゆくKがいる。彼は、他人に対しても根源から発せられる答えを強要してしまう。人間存在の意義を一言で解決するその答えをである。例えばかつて鯛の浦の誕生寺での出来事を想起してみよう。彼が、住職に求めた日蓮の「もつと深い意味」の示す問題である。彼はあの時、例えばお嬢さんの前で自分が美しくなるような心の情況と寸分違わぬ情況に、自分を導くその言葉を教えてくれと迫っていたのだ。かつて、修養によって自らの精神が高められると信じた。その時の感触の再確認を希求していたのだとも云えよう。強い精神の持ち主として強調されるKの錯乱に以上のことが解読できる筈である。そして、さらにその時、Kは狂気じみたものに引きつけられていたのではあるまいか。それらがKを死に追いつめたのだ。しかし、彼を深い絶望へと追いやるものはこれだけではない。云うまでもあるまい。親友であった先生の裏切りである。もっと正確に云えばその行為の意味するものである。不幸な境遇にいたのは何もKばかりではなかった。先生も叔父の財産横領により痛手を受けていた。先生は、その時の自分を他人の「様子を猫のやうに觀察」している「物を偸まない巾着切」だと自嘲する。先生のこの他人不信が生じるに至った経緯は

Kも本人から聞いていたに違いない。そして求道者Kの脳裏には自分だけは別種の人間で、先生を裏切りはしないというゆるぎない自信があったのではないか。そうしたKが先生の裏切りを知った時、彼の胸に浮んだものは、何であったのか。そこには深い友情の喪失感とともに、今一つ別の感情があったと思えるのである。つまり、他人に対して、自分の苦悩を誠実に告げる事が、即ち、その人を窮地に追い込むこともある、という事。そして、その人を容赦ない行為へと駆り立てるという事、このことではなかったか。この時、Kの矜持は、思わぬ脆弱さを露出したに違いない。Kは、予想外のこうした展開に向かって疑問を抱かざるを得ないだろう。この疑問は、先生に悲しく痛ましい行為を犯させた自分は何ものなのかという問いでもある。そして、おそらく、返答は、自らが罪人にほかならぬという自己否定のみであろう。つまり、自分の意識の及ばぬ所で、人を犯罪にかりたてる、そうしたものが、人間存在の根源にあるということなのだ。Kはそれを認識したのではないか。相原和邦氏は「自己存在に対する罪障の意識はKの内部にも芽生えたのではあるまいか[9]」と簡明に指摘している。その通りであると思える。そして、先生とKの間には一枚の襖が存在しているのだ。

そのときそれまで単に日常的な意味しか担っていなかったこの仕切りはほとんど象徴の域に近づいてくる。一枚の襖は先生とKとを隔てる厚い壁なのだ[10]。

以上は越智治雄の御指摘である。彼の現象的読解はまさに正鵠を得たものといえる。とまれ、Kは、一度その襖を踏み越え先生の心に語りかけようとした事は事実だ。彼はその時何を語ろうとしたのか。推測は難しくあるまい。「疑惑、煩悶、憐情」を「胸のなかに畳み込」み、さらに親友の裏切りというプロセスで生じた「罪障の意識」を語りたかったのである。しかし、終にその行為は実現をみない。Kは自殺したのである。その光景を描く漱石の筆致はすさまじい。

私が夢のやうな薄暗い灯で見た唐紙の血潮は、彼の頸筋から一度に迸つたものと知れました。私は日中の光

で明らかに其迹を再び眺めました。さうして人間の血の勢といふもの、劇しいのに驚きました。（「下先生と遺書」五十）

襖に飛び散った血はその勢いをもって何かを確実に語っている。それは遺書に書き得なかったKの痛切な遺言なのである。これから後、先生は、血によって伝えられたものをめぐって生きるのである。又生きねばならないのだ。当初、先生にはまだKの遺言が読みとれなかった。しかしやがて、直線的理解のはてにKの視点が見えて来るようになるのだ。つまり、先生も又、人間存在の苦悩のより確かな認識にまで至ったのである。そしてKの味わった「淋しさ」を知るのだ。かくて、先生は、同様に、「Kの歩いた路を、Kと同じやうに辿つてゐるのだといふ豫覺」に襲われるのである。そして、この予感を背負いつつ、さらなる確認を追求してゆくのだ。そして、先生の容赦なき究明の測鉛は、やがて、自らの心の奥底にある何か「恐しい影」のようなものに達する。注意しなければならない。この時、先生は人間が言葉で論理的には説明しがたい、実感でのみ語り得るものに出逢ったのだ。それは「自分の胸の底に生まれた時から潜んでゐるもの」だという。先生は愕然とし又、狂気につかれたのかと自らを恐れる。そして次の事を認める。

私はたゞ人間の罪といふものを深く感じたのです。其感じが私をKの墓へ毎月行かせます。（「下先生と遺書」五十四）

人間存在の根源に息づきながらも、凝視するに耐えがたいものがここに顕現している。そして、この次元には、人間が経験する悪と善とが矛盾なく併合されているらしい。作品に即して云えば、人間存在の底知れぬ深淵の縁に立ちすくんでいたKを、あの時背後から先生をして押さしめたものの正体であり、さらに、又「妻の母の看護をさせ」「妻に優しくして遣れ」と命じる「箇人を離れ」た「もっと廣い背景」の意味するものであろう。この暗闇から「恐ろしい力」が浸出している。その「不可思議な力」が先生を「牢屋」の中に閉じ込めているのだ。かつてK

が、人生を領略すると信じた「一本の錐」は、存在し得ぬのか。漱石の筆はここに及ぶ。

その牢屋を何うしても突き破る事が出來なくなつた時、必竟私にとつて一番樂な努力で遂行出來るものは自殺より外にないと私は感ずるやうになつたのです。（「下先生と遺書」五十五）

最早、先生に「一本の錐」など存在し得ない。どうあっても先生は自裁せねばならぬのだ。なぜならば、先生が自裁し遺書を成立させること。これが「こゝろ」執筆の動因だったからである。「硝子戸の中」の一節を参考にして、死についての作家の認識を追ってみよう。

不愉快に充ちた人生をとぼ〳〵と辿りつゝある私は、自分の何時か一度到着しなければならない死といふ境地に就いて常に考へてゐる。〈中略〉ある時はそれを人間として達し得る最上至高の狀態だと思ふ事もある。

「死は生よりも尊とい」

斯ういふ言葉が近頃では絶えず私の胸を往來するやうになつた。(11)

以上において、漱石は、人間に生来から付随している死についての感慨を語っている。ここから、漱石の死へのやみがたい傾斜を指摘することも可能である。しかし先生は衝動的に自殺したのではない。又、さらに、ひたすら死に惹かれたのでもない。漱石の言おうとするのは、そのようなことばかりではない。書簡では次の如くある。

本來の自分には死んで始めて還れるのだと考へてゐる。私は今の所自殺を好まない恐らく生きる丈生きてゐるだらうさうして其生きてゐるうちは普通の人間の如く私の持つて生まれた弱點を發揮するだらうと思ふ(12)

単なる死への衝動の無意味をも喝破しているのだ。死への傾斜を認めつつも、自殺を否定し、「生に執着」し、人生の有意義を「如何に苦しくても如何に醜くても此生の上に置かれたものと」考える漱石の認識があるのだ。そうした漱石の基本姿勢にもかかわらず、先生は自裁せねばならないのだ。換言すれば、自裁を通して初めて伝達し得るものがあるのだ。一体、先生の死はどのように意味づけられるのか。「私の鼓動が停つた時、あなたの胸に新しい命が宿る事が出來るなら満足です」。そう遺書に残した先生の心の「満足」に、すくなくとも、作家漱石が先生の自裁を許容しようとしている事が窺えないだろうか。このことは仮定でなく確実に云えると思う。つまり、先に論述した如く了解者「私」の意義と奥さんを愛で包んだという記憶とを、先生の自裁に重ねてみる時、作家漱石が先生の魂に慰藉を与えようとしている事が明らかである。とすれば、漱石は先生の死を許容し、何らかの意味で肯定しているに違いないのだ。むろん、肯定がそのまま自殺の推奨を意味するものではないことは、ことわるまでもないが、ではどのような意味合いで肯定し得るのであろうか。このことを次に論じる必要がある。そこで次の事を参照してみよう。引用文は邦国にV・E・フランクルを紹介したともいうべき、霜山徳爾氏の貴重な証言である。

ある自殺未遂者はおのれの行動の動機を次のように述べている。「人生の無意味さに絶望して、最後の手段として、私はすべてがだめになったとき、なおなにか意味を味わえるかと思って自殺を試みたのです」。このように自殺企図においては、もっとも深いところで、絶望と失意とはなお一種の希望と雑種と呼ばれうるものをふくんでいる。(13)

人間存在の意味に悩める者は、集団の中に埋没している者より、はるかに生に対して繊細な理解を示すのだろう。彼等のこうした視座からみれば、自殺すら苦悩する人間にとっては、生きようとするための希望なのである。これは氏の証言が示す所でもある。むろん、この言葉は自ら背理している。しかし、矛盾を飲み込んで生きんとするもの、それが人間存在にうかがえるのも事実なのである。このことは先生の場合にも適用し得る事ではないか。罪の根源を凝視しつつ、先生は、閉塞した生活を耐えた。そうした情況を突き破る「一本の錐」があれば、困難は解消されたのであろう。しかし、それができなかった。何故できなかったのか。重大な問題がこの問いかけの底に潜んでいるようだ。つまり、日本の風土に於いて、先生の実感した罪の感覚が癒される可能性はないのではないか。つまり、この日本という風土の中で漱石が、生実現の可能性を探った時、死という存在に出会ったのではあるまいかという事である。そして、それは、我々に死の問題ではなくて、むしろ生実現に関わる希望の問題を投げかけているのではないだろうかということなのだ。佐藤泰正氏は、日本の風土の特殊性を「門」に即して、次のように指摘している。

明らかに作者の問わんとするところは罪の根源を見ずして、すべてを運命の悪意とも不運ともみる彼らの凡庸さを通して、逆に本源的なる罪意識の不在、宗教性の欠如を照らし出さんとすることであり、それはまたすべてを運命論へと頽落せしめてゆくこの風土にあって、しいられざるをえぬ必然の方法であった(14)。

ここで、氏の言葉を借りて云えば、先生は「すべてを運命論へと頽落せしめてゆく」この風土の中で、罪の感覚につき動かされ乍らも、生のあり方を模索した果てに、死を選んだことになるのだ。そうして、この時、先生の死とは、「宗教性の欠如した」この風土の特殊性の中で、日本人の生実現に深く関わる問題として捉えることができるのではないか、ということなのである。先生の死から、これらの問題が確実に摘出し得ると思うのである。新たなこの問題を、出来うる限り作品を手掛かりにして論じたいと思う。が、しかし、今は指摘するにとどめ、別稿で考察を加えたい。

注

(1) 荒正人「解説」「こ、ろ」(『漱石文学全集第六巻』集英社　昭和五十八年一月)
(2) 柄谷行人「意識と自然—漱石試論1」(『畏怖する人間』冬樹社　昭和五十四年四月)
(3) 唐木順三「科学者の社会責任についての覚え書き」(『唐木順三全集十八巻』筑摩書房　昭和五十七年九月)
(4) 夏目漱石「明治三十八・九年頃の断片」(『漱石全集第二十四巻』岩波書店　昭和五十四年十一月)
(5) ドストエフスキー「地下生活者の手記」(『ドストエフスキー小説全集5』筑摩書房　昭和五十一年十月)
(6) 岩上順一『漱石入門』(中央公論社　昭和三十四年十二月)

（7）江藤淳『決定版夏目漱石』（新潮社　昭和四十九年十一月）
（8）夏目漱石「私の個人主義」（『漱石全集第二十一巻』岩波書店　昭和五十四年十月）
（9）相原和邦「『こゝろ』の人物像―『明治の精神』と『現代』との関連において―」（「日本文学」日本文学協会　昭和四十七年五月）
（10）越智治雄『漱石私論』（角川書店　昭和五十三年九月）
（11）夏目漱石「硝子戸の中」（『漱石文学全集第八巻』集英社　昭和五十八年四月）
（12）大正三年十一月十四日林原耕三宛書簡（『漱石全集第三十一巻』岩波書店　昭和五十五年三月）
（13）霜山徳爾『人間の詩と真実―その心理学的考察―』（中央公論社　昭和五十三年十二月）
（14）佐藤泰正「漱石と宗教―〈知〉と〈信〉の相剋をめぐって―」（『一冊の講座夏目漱石』有精堂出版　昭和五十七年二月）

「こゝろ」論㈢
――「淋しさ」に関わる語り得るものと暗示し得るもの

（一）

「私」を「魂」の根底から、引き寄せる先生の魅力とはどのように理解されるものであるか。この問題に係わって試論を展開してみたい。

日常生活に訪れる倦怠について考えてみよう。この倦怠を破る効用として先生の働きがあるからだ。集団的社会生活を営む限り、人間は、社会生活の維持のために設定された手続きを遵守するように要請されている。しかも、その手続きは、反復のイメージをもって我々を取り囲んでいる。つまり、社会と我々の連関を保証する様々な手続が、反復の性質を帯び、固有的一回性的価値を喪失しているということだ。そして、その事は同時に、やがて、我々の意識から緊張が奪い去られ、弛緩した意識を抱く結果になりがちである。なぜならば、繰り返されるからである。しかし、我々は、反復するイメージの手続を積み重ねて、日常性を構成するほかないのである。そしてこの結果、現実それ自体が、我々の目前から一回性を退色させ、これもまた、反復の印象をもって存在するかのような錯覚に結びついてゆくのである。いわば、我々は現実との充実感に溢れる連関を失うという結果に至るのである。この情態が、所謂、日常性への埋没と称される人間存在が陥る堕落である。この情態への陥穽は、例外なく「私」をも襲った。先ずは、この了解を作品に即して述べてみたい。

登場するその時から「私」はその人を先生と無条件で呼んでいる。この経験の了解をめぐっての論理一貫的追究は先ず無意味であり、この事については既に指摘した。[1]「屈托がないといふより寧ろ無聊に苦しんでゐた」「私」の意識の中にこの超《メタ》論理性の経験が定着するのである。であるから、彼のその経験の内実を、完璧に理解することは不可能である。なぜなら、現実内に存在する超《メタ》論理性の事実をめぐってこの作品の問題展開が始まる故にである。ただ我々は、作品に記されている様々な事実を、我々の精神作用の中で論理性溢れる意味づけへと翻訳する事がわずかに許されるばかりである。例えば次の文章はどうであろうか。

　私がすぐ先生を見付出したのは、先生が一人の西洋人を伴れてゐたからである。(「上先生と私」二)[2]

誤解を恐れずに言えば、西洋人は風貌と奇異な行動をもって、その場面の調和を破っている。その刺激に「私」は反応しているのだ。それ故に、その西洋人の行動が私の目を強くひいている。「私」は「不思議だつた」「如何にも珍らしく見えた」と述懐する。気をつけたい。私の意識が先生へと集中する契機には、この感覚があるのだ。つまり、日常的な慣習的生活態度に対して動揺を与える感触を必ず伴って、先生が登場するのである。「私」は、従来の習慣的態度を動揺させる「先生」に魅せられるのである。彼は、いわば、我々のマンネリズムを動揺させる「珍らしい人」「不思議な人」なのである。そして、作品はその通りに描出されてゆく。しかし、「私」をひき寄せる先生の魅力は、ただそのように定義し終えるには、あまりある程強烈である。例えば次の箇所である。

　然し歸つて二日三日と經つうちに、鎌倉に居た時の氣分が段々薄くなつて來た。さうして其上に彩られる大都會の空氣が記憶の復活に伴ふ強い刺戟と共に、濃く私の心を染付けた。(「上先生と私」四)

この部分で、「私」は徐々に先生との出逢いの衝撃を忘却したと記している。我々の精神を充実させ鼓舞する、貴重な経験すら、我々人間の心理のシステムに於いては馴致させられてゆくものらしい。人間の内部には、このシステムを破る機能が存在し得ないのかもしれない。確かに、ここで「私」は「往來で學生の顔を見るたびに新しい學年に對する希望と緊張とを感じ」「先生の事を忘れた」のである。しかしこれは「しばらく」の間であるにすぎなかったのだ。

授業が始まつて、一ケ月ばかりすると私の心に、又一種の弛みが出來てきた。私は何だか不足な顔をして往來を歩き始めた。物欲しそうに自分の室の中を見廻した。私の頭には再び先生の顔が浮いて出た。(「上先生と私」四)

ここでは新学期に対する「希望」と「緊張」もが、人間の心理のシステムに囚えられ、その有効力を減少させている様子が描かれている。現実生活の中で我々を刺激し我々の精神活動に活性化をもたらす、そうした体験すらもが、我々の心理システムに於いて一度、反復の概念に算入されるや否や、刺激であった筈の本質を失う。ここで「私」の属性を保証するべき「学校」というイメージに付随して生じる様々な期待も、このシステムから自由ではない。「学校」という条件も、「私」の自己同一性の再編のための有効な手段とはなり得ないのだ。「私」に向かって所属を強請する社会、学校、それらの制度維持の姿勢は、もはや満足を齎す行為ではない。言葉を換えて言おう。彼の不満は彼を囲繞する現実に向かっている。つまり、社会の秩序を維持のために機能する規範の妥当性を問い始めているという事なのだ。今、「私」は社会通念を守り、規範に即して生活していると一応は理解できよう。しかし、この習慣的生活に意味はあるのか。又、さらに、何をもって社会通念に従う習慣的生活が正しいと保証するのか。こうした懐疑が「私」の中に芽生え始めているのだ。しかし、こうして懐疑する事は、社会通念の中に、安住する人々と衝突するようになるのは当然の勢いである。作品に即して云えば、その人物が父親と長兄であるといえよう。例えば父親は次の如く「私」の不心得を諭す。

「學問をさせると人間が兎角理窟つぽくなつて不可ない」

父はたゞ是丈しか云はなかつた。然し私は此簡単な一句のうちに、父が平生から私に對して有つてゐる不平の

全體を見た。(「中兩親と私」三)

さらに又、次の箇所を見よう。

父は此外にもまだ色々の小言を云つた。その中には、「昔の親は子に食はせて貰つたのに、今の親は子に食はれる丈だ」などゝいふ言葉があつた。それ等を私はたゞ默つて聞いてゐた。(「中兩親と私」八)

「私」の耳に届く父親の叱責は、ことごとく正当なものである。ただし正当だという理解が成立するには、条件がある。父親が、発言する時に依拠している価値規範に、「私」の方でも同様に、かつ、完全に依拠している場合に限って成立する。ところが「私」は父親の意見を当然のものと受け取りながらも、胸中に微妙なわだかまりを感じている。この不満は同じく長兄にも向かう。

先生々と私が尊敬する以上、其人は必ず著名の士でなくてはならないやうに兄は考へてゐた。少くとも大學の敎授位だろうと推察してゐた。名もない人、何もしてゐない人、それが何處に價値を有つてゐるだろう。兄の腹は此點に於て、父と全く同じものであつた。(「中兩親と私」十五)

父と兄の共有する価値基準が明記されている。彼等の尊敬する有価値的人物とは、社会的に有価値的な人物である。有価値な人物とは既存の社会通念に従う、既存の社会秩序の維持と発展にとって有能な人物なのである。そうした、価値規範に、自分が浸食される事に、「私」は、不快を感じ始めているのだ。「私」の求めるものは、この現実社会の秩序維持のための、有意味性ではない。そのような意味性を棄却し実に超論理性《メタ》に満ち満ちたものを求めているのである。

作品「こゝろ」は、既存の価値の無根拠性に逢着し、自らの存在意義の確証を、自分の胸中で心臓の鼓動のひとつひとつに応える程の手応えあるものとして求める、こうした「私」を設定する事によって、我々を囲繞する社会の固定性を動揺させ、我々の眼前にこの世界変貌の契機を提示するのである。

この契機こそが、「私」に影響を与える先生の設定に関わっている。先生が、価値観の揺らぎを経験していた「私」にたいし、その危機的現象をあえて顕現化することによって、「意味」を体験するに至らしめ、人間存在の根源的存在意義の再確認にまで誘導するのである。「私」を覚醒に導く「先生」は、役割の特質からみても、習慣的社会秩序の維持に努める、所謂「成功者」であっては、相応しくない。むしろ、「私」に告示する内容に相応しい生活の実践者でなくてはならない。習慣的な社会秩序への徹底した懐疑者に相応しい生活とは如何なるものか。このささいな前提からでもその生活は想像に難くない。そうした批判的人物は、群衆より孤立して活動するほかないであろう。もし、彼が社会内群衆と融合した情態を保ちつつ、既存の価値体系を批判するならば、彼の言動が他人の心情に喰い込むことは困難である。なぜならば、そこには自己撞着が発生するからである。したがって、漱石が「高等遊民」の一人として先生を設定したことは、必然的設定だったのである。こうした人物であるからこそ、一人の青年の心の渇きに潤いを与えることができるのであろう。そして、「私」は、先生の「孤独」に魅せられてゆくのである。そして、「私」は、先生にたいする愛着を、「懐しさ」と表現する。作品には次のように書かれている。

其時私はぽかんとしながら先生の事を考へた。どうも何処かで見た事のある顔の様に思はれてならなかった。然し何うしても何時何處で會つた人か想ひ出せずに仕舞つた。（「上先生と私」二）

この箇所で「私」は先生に対する感情を、はるか時間の彼方に消え去った経験を追想する際の情趣作用に喩えている。「懐かしさ」、これである。では、先生の存在意義とは、「私」が現在までに喪失し続けた事柄が、未だ濃厚に保存されているその属性に特徴づけられるのであるのか。つまり、「私」が失ったもの及び、失いつつあるもの、しかも、そのいずれも、意識化できないもの、このものを先生が保持しているから、「懐かしい」と感じているのであろうか。しかし、両者が過去に出逢ったという経緯は皆無である。例えば、次の箇所にこの事実がまぎれもなく証される。

私は最後に先生に向つて、何處かで先生を見たやうに思ふけれども、何うしても思い出せないと云つた。若い私は其時暗に相手も私と同じ様な感じを持つてゐはしまいかと疑つた。さうして腹の中で先生の返事を豫期してか、つた。（「上先生と私」三）

この「私」の問いに対し先生は「しばらく沈吟したあとで、『何うも君の顔には見覺えがありませんね。人違ひぢやないですか』」と返答している。ここに明らかである。先生が過去に出会った人間であるから、懐かしいのではない。むしろ、やや奇妙だが、「私」の懐かしさの感情の由来は、未来に控えている問題を先取りして発生している。つまり、現在の「私」が直面している戸惑いとは、彼の未分化の問題意識を保持し進展しているために、「私」は自分を囚える問題でありながら、それに対して表現化し得ないのだ。単純化を恐れず言い切るとするならば、先生とは現在の曖昧な情態に理解の光を投じる人物なのである。「私」は、自分が陥っている不明瞭な心的情態、つまり「不足」の内実を整理してくれる可能性を直観的に先生の雰囲気の中に把握し、確信を得たのである。「懐しさ」とは、未来に向かっている了解可能性であるといえよう。この事は、「私」が気付かない「私」の心理を、どのようにして先生が伝達し得るのか、という問題に係わる解釈でもある。「私」の情態が何故、第三者である先生には予知できるのか言えば、それは、当の先生が「私」の陥っている情態と類似の情態の中に、緻密な情況認識をもって生きていたからである。正に「懐しみ」の語意はこれらの理解の周辺にあると思う。この理解のために、作中からの例証を求めてみよう。「私」は、先生に対して、自分の心を反省し次のように述懐する。

私は又輕微な失望を繰返しながら、それがために先生から離れて行く氣にはなれなかつた。寧ろそれとは反對で、不安に搖かされる度に、もつと前へ進みたくなつた。（「上先生と私」四）

というのである。更にこの箇所は「もつと前へ進めば、私の豫期するあるものが、何時か眼の前に滿足に現れて來るだらうと思つた」と続く。ここに明記される「豫期するあるもの」とは具体的に何を指示するのか。この問題は、後に詳述したく思う。だが、敢えて今ここで言えば、この「あるもの」に対する詳らかな説明の文章は、作品に具体的には、提示されていないのではないかという事である。矛盾めいた表現になるが、作品に即して言うと、先生に対して、「私」は「あるもの」の内実表明の可能性を予感している。この「あるもの」を究明できずにいるので、「私」は日々を快々として楽しめないのである。すくなくとも、「私」はそう感じている。さらに、「私」の胸裡の空虚が、大都会の熾烈な刺激により補塡されるかのように感じようとも、それは飽くまで、一瞬の錯誤であるにすぎない。このあらゆる刺激によっても満たされない空虚を満たすものは何か。「私」には、その正体が把握できないでいる。それ故に、そのものは、「私」が求めてやまぬ重要なものでありながら「あるもの」という、不明瞭な、表現の儘に放置されているのだ。日常生活に溢れる様々な手続きを遂行し、社会通念が命じる規範に身を鋳込もうと試みる。そうした人間の行為の無意味さ、「私」は、この情況を前言語化段階で漂っているのだ。しかし、その情況が解決されて、我々を有意味の境に誘う解決策が、現実には存在するのかもしれない。「私」は強い憧れをもって、その実在を信じ「あるもの」と呼ぶのだ。つまり「私」の望む「あるもの」とは「私」の不安を説明すると共に、その表現化が、その儘、直接に不安の解決であるような、普遍的な概念なのである。この概念を認識しさらにその特質に従って、生きる人間として先生が夢想されているのである。或る意味での「超人」として、「私」は先生を受け取っているという事であろう。この先生と「私」とは、既存の社会価値基準の懐疑によって通底しているのである。こうして通底するが故に「私」は先生の学問や思想に就いて深い敬意を払うのである。だから、先生が無名であることは、私にとって「常に惜しい事なのである」。しかし、この事を惜しむ「私」に向かって、先生は謙虚に否定しながらも、言葉の外延では激しく既存の社会通念を批判する。精確に言えば、社会通念が、命じる儘、あくせく生きる人々の生活態度を痛罵するのである。作品の次の箇所によって先生の批判は簡潔に理解できる。

私には其答えが謙遜過ぎて却つて世間を冷評する様にも聞こえた。實際先生は時々昔の同級生で今著名にな

つてゐる誰彼を捉へて、ひどく無遠慮な批評を加へる事があつた。（「上先生と私」十一）

先生の昔の同級生は社会秩序の習慣的価値の妥当性を疑わず、むしろ発展に尽力しているために、現実社会に迎えられ知名度を獲得し地位を得ている。それに比べれば、先生は、彼の本質としての懐疑精神故に、社会秩序体系から逸脱せざるを得ない。つまり孤立するほかない人物なのである。作品の表現を借りれば、先生が「私」と共調するためには、群衆より離れ「只獨りを守つて多くを語ら」ず、常に悲しげな雰囲気を保つ必要があるのだ。そして、その悲痛な印象の醸す前言語化的情況の中に「私」は自分の求める概念を予期するのである。「私」が先生と精神的に通底するものを感じ、限りなく共調を示す箇所の例は、枚挙に暇がないほどである。例えば次の箇所である。父母の慫慂を容れ「私」は先生に就職を依頼する。その際の自己の胸中の表白である。

けれども斯ういふ用件で先生にせまるのは私の苦痛であつた。私は父に叱られたり、母の機嫌を損じたりするよりも、先生から見下られるのを遙かに恐れていた。（「中兩親と私」十一）

就職とは、人生に関わる重大な用件であり、その決定内容により、人生の明暗が峻別されよう。しかし、それは、現実社会の既存の通念としての、習慣的認識にすぎないと、「私」は言葉の外延で告げている。人間をとり囲む、様々な規範を改変する概念の顕現により、通念は自らの限界を暴露し、その価値の真価を問われるのだ。それを開示する人物として尊敬する先生に対して、通念に従う「私」の行動は、先生との連結に亀裂を生じさせるかもしれぬという、不安があるのだ。私が、秘かにおびえる先生からの軽蔑とは、とりも直さずこの事を示している。いかにも「私」の先生に対する憧憬は強く不合理性に支えられていて、その強度は血縁関係の愛着の不合理性をも遥かにしのいでいる。この事に関して詳しく云おう。「私」は実父と先生を比較し次のように述懐する。

此將碁を差したがる父は、單なる娯樂の相手としても私には物足りなかった。かつて遊興のために往來をした覺えのない先生は、歡樂の交換から出る親しみ以上に、何時か私の頭に影響を與へてゐた。たゞ頭といふのはあまりに冷か過ぎるから私は胸と云ひ直したい。肉のなかに先生の力が喰ひ込んでゐると云つても、血の中に先生の命が流れてゐると云つても其時の私には少しも誇張でないやうに思はれた。（「上先生と私」二十三）

この文章が、伝達する内容は、父よりも先生に向かう親しみの濃度である。そしてその濃度を説明する語調が如何にも熱い思いを伝えようと焦燥している。例えば、「肉のなかに」「喰ひ込んでゐる」という表現や「血の中に先生の命が流れてゐる」という表現は、極めて激しく、論理的整合性を指向する口調では伝達できない、人間の不条理な熱情を荒々しく伝えようと試みている。所謂説明できかねる、ゆるぎなく熱い思いというものを伝えようとするのである。「私」の先生に対する尊敬がつのり始めた、その原初のドラマを探ろうとした時、彼は気付いたのだろう。つまり、熱い思いは、自分の肉に喰い込んでいる、さらにそれよりも深部から、彼をつき動かしているのだ、というこの実感を、である。つまり「血」の流動の中にドラマが存在するのである。漱石は「血」といういかにも情念がたちこめる言葉を使用し、その衝撃感によって、「私」の憧憬の荒々しさを我々に喚起させようとするのだ。このように、「私」にとっては「父」が本当の父であり、先生は、言う迄もなく他人であるという「明白な事実」は、彼の胸に生じている実感から甚しく乖離しているのである。彼は驚愕と共にこうした事実に瞠目するのである。

さて先に、「私」が「豫期するあるもの」が、その表現に関わって不可解な問題に関連することを提示した。つまり、この語句は具体的に何を指示するのか、かつその指示されるものがどのように解釈されるのか、この試みに応答する文章は、作品中に充分配置されてあるか、これらに関する疑問である。結論めかして云えば、「豫期するあるもの」とは、主人公たる「私」ですら、内実が分からぬ儘、表現化した心的イメージではないのか、という事なのである。つまり「私」は、自分の求めているそのものが何であるのかを、完全には理解し得ていないという事である。求める動作を継続しながら、自分が求めている対象たるそのものを名状化し得ない、というこの曖昧な情況に私は生きているのである。確かに、「私は思想上の問題に就いて、大いなる利益を先生から受けた事を自白する」と断言してはいる。しかし、彼の希求するものは、思想上の問題にはとどまらない。何故ならば、先生が、自らの体験より抽出した「思想」を認識しても、「私」の心の空虚は満たされないからである。「私」の望むものは「思想」ではない。「私」は、先生に対し、過去の体験の隅々を開陳して呉れと迫るのだ。先生の過去の事実を知る事に依って何を獲得できると予測しているのか。それを「私」は「眞面目に人生から教訓を受けたい」ためだと答える。言葉を整理してみよう。「私」が望んでやまぬものは、先生の経験した事の内実であり、その目的は、「人生から教訓を受ける」ためだというのである。この「私」の願望は、実に不可解である。「つまり豫期するあるもの」が先生の過去に存在していることの確証など一切無いはずだからである。つまり、先生の深い謎の中に彼自身の空虚を満たす可能性を直観した事が、先ず不合理性に満ち満ちたものであり、さらに、厳密に云えば、私が、現在においては片鱗すら知らぬ、先生の過去の事実にこそ自分の求めるものが息づいている、という予測は、自分の求めるそのものの性質を全く知らない状況と合わせて、不可解さを倍増する。「私」は求めるものの何ものかを知らぬ儘、ただ求め続けているのだ。そういう、実に厄介な状況であるが、しかし、この「私」が陥っている閉ざされた情況を精確に見抜いている人物こそが、先生なのである。その先生は、この情況を、「淋しさ」であると、「私」に告げるのである。

私は淋しい人間ですが、ことによると貴方も淋しい人間じやないですか。私は淋しくつても年を取つてゐるから、動かずにゐられるが、若いあなたは左右は行かないのでせう。動ける丈動きたいのでせう。動いて何かに打つかりたいのでせう。（「上先生と私」七）

「私」の心中に潜む「淋しさ」という閉塞した情況を克服しようと喘ぐ事が、「豫期するあるもの」を追い求める行為の動機なのである。更に例証を続けよう。たとえば次の会話である。

私の胸の中に是といふ目的物は一つもありません。私は先生に何も隠してはゐない積です（「上先生と私」十この「私」の発言に対し先生は次のように応じる。

目的物がないから動くのです。あれば落ち付けるだらうと思つて動きたくなるのです（「上先生と私」十三）

先生は、「私」の行為の動因には、ある普遍的解答など与えようもない事実を看破しているのだ。一方、「私」が求めてやまぬそのものを「私」は理解し得ない、ということの了解も過言ではないと思われる。つまり、只、行動するほかないパターンを意識的存在である人間は、持ってしまっている。更に、言うならば、「私」の求めるものは、「私」の心の空虚の意義に「私」をして覚醒させ、その効果と同時に、「私」が、自分の直観に従い盲目的に行動した「私」の、行動の意味を知覚せしめる特質を有するものだ、ということである。自分の心が何故に満たされないかを、満たされていない事にいまだ気付かない「私」が、解答を得ようとして、「先生」に向かっているということでもある。この「私」の迷妄とKを焦燥に追い込んだ不安に、類似点をみることは強引すぎるかもしれない。しかし想起してみよう。例えば先生と共に出た旅先でのKの言動である。彼は鯛の浦の誕生寺で、住職に何を求めたのか。表面上では、日蓮の「もっと深い意味」の解釈をめぐる問題なのかもしれない。しかし、妄想を逞しくして論じれば、Kは、現在彼の胸中の隅々を占有しながらも、自分の言語作用化の埒外に胎動する不気味な情趣作用に対峙していたのではなかろうか。そのものをどう分節化し、自己の同一性の論理に組み込むか、この苦闘を持続していたとも言える。彼が住職に求めた日蓮の「もっと深い意味」とは、歴史に名を残す人物が自らの苦闘を鎮圧するに至った「何かあるもの」、それを現出させて獲得しようと葛藤していたのだと思えるのだ。その「何かあるもの」によって、閉ざされた暗鬱な情況の中で、解決の光明が投じられ、自分の存在意義を掌中に鮮やかな手応えあるものとして獲得し得る。そうした「何かあるもの」を狂おしく望んでいたのだ。人間が、永劫に求め続ける概念であるからこそ、これを普遍概念であると定義する次第である。そして強調したいのは、普遍概念獲得に向かう欲望が、無自覚であるが「私」の行動にも窺えるのではないかという事である。「私」の先生への憧憬の不合理性と、それに重ねて、彼が庶幾する「豫期するあるもの」の複雑なる意義、これらの問題の統合より、「私」は、先生より普遍概念の伝授を予期していると理解するのである。そして、この事を、明敏なる先生は看取していたに違いない。「私」の望みに対し先生は、悲しげに次のように答える。この部分に了解の例証を得るのだ。

　あなたは私に會つても恐らくまだ淋しい氣が何處かでしてゐるでせう。私にはあなたの爲に其淋しさを根元から引き抜いて上る丈の力がないんだから。〈中略〉今に私の宅の方へは足が向かなくなります（「上先生と私」七）

先生はこう言って「淋しい笑ひ方」をする。しかし、先生は、この時、自分の無力を痛感するが故に淋しいのであって、また、その結果として「私」の憧憬の対象の適性を失う事が淋しいのである。これらの推測は外れてはいまい。しかしながら、正確を失してもいる。何故ならば、先生の淋しさを論じる際に次の箇所との呼応を閑却視してはならないのだ。つまり、「遺書」で明かされる先生の胸中である。作品のその箇所を提示しよう。

　私は仕舞にKが私のやうにたつた一人で淋しくつて仕方がなくなつた結果、急に所決したのではなからうかと疑ひ出しました。さうして又慄としたのです。私もKの歩いた路を、Kと同じやうに辿つてゐるのだといふ豫覺が、折々風のやうに私の胸を横過り始めたからです。（「下先生と遺書」五十三）

Kを見送った先生が孤独に閉じこもり、「何處からも切り離されて世の中にたつた一人住んでゐるやうな氣」のする、そうした寂漠の只中で、Kの淋しさと自分のそれが、鮮やかに共通する事実に気付き愕然としている箇所である。しかし、先述した「私」の淋しさと比すれば、先生とKのそれとの間には深い懸隔がある。「私」の淋しさは、求めるものが判然とせぬ儘に、動かざるを得ぬ、いわば無自覚な淋しさである。それに対し先生の場合は、徹底した孤絶に至り着いて解決策の無いことをも了解している淋しさである。Kの場合は、明らかに自分の求めるものが、普遍概念である事を自覚し、それを追及する行為自体に付き纏う茫漠さに焦燥を抱いていたようだ。Kの自殺はその焦燥の果ての自殺だったといえよう。この事は先生の口吻にも瞥見し得るであろう。そして自殺の決意によって、Kが見ることのできた光景がある。そのKが直面した世界の相に、先生も同様に直面し戦慄しているという事である。Kが直面し、更に、先生がひき寄せられ恐怖に戦く光景とは、何か。それは、求めてやまない当のもの、その普遍概念などは、この地上には存在しないという、この理解に出会ってしまう場所なのである。しかし、この解答が存在しないという描写などは、先生の遺書には見当たらないという事には注意を払いたい。今まで論じて来た事は、先生の語る内容の陰に潜む、暗示されるものについての読解なのである。この暗示という現象に今しばらく関わって論を展開してみよう。

さて先生は「遺書」によって何を語ろうと意図したのか。それは、単に先生がこれまでに体験した、事実の全てであるにすぎない。そして又、自分にとって人生はどう見えているか、どう経験し得るのか、という、これら人生の位相を先生は語り尽くそうとするのである。そして彼の必死の行為の果てに、初めて、人間存在が語り得ぬものが、ほの見えてくるのだ。この仄かに見えてきたものを、先生は自分の死を賭して語り尽くそうと試みるのである。先生は、「私が死なうとしてから、もう十日以上になりますが、その大部分は貴方に此長い自叙傳の一節を書き殘すために使用されたもの」なのだ、と記す。自らの手で死を眼前に据え、自分の意識の根源まで下りて行き、必死の決意によって意識の暗闇に投光を試み、語り得る凡てを語ろうとするのだ。そして、その確認行為によって、人間には語り得ぬものがある事を「私」に暗示するのである。ヴィトゲンシュタインの言葉を借りよう。暗示し得るものの一つは「倫理」であると彼は論述する。

世界の中のすべてはあるがままにあり、生起するがままに生起する。世界のうちにはいかなる価値も存在せず、またたとえ存在したところで、その価値にはいかなる価値もないであろう。かりに価値のある価値が存在するなら、その価値はすべての出来ごと、すべての様相のかなたに横たわるに相違ない。すべての出来ごと、すべての様相は偶然的であるゆえに。それを偶然的でないとさせるところのもの、これは世界のうちにはない。(3) なぜならば、と彼は続ける．世界内に存在する価値は再び偶然存在と化すのであるからだ。かくして「倫理は言語的に表現できない、という事は明らかである」し「倫理は超越的」なのである。と云い切る。(4)

人間は、その特性故にむしろ絶対を希求せざるを得ないし、またそれを常に我がものとして、所有するために言語化しようと画策する。倫理も然りである。しかし、世界内に存在するものに依っては普遍概念など語り得ないのであれば、倫理も語り得ない。では、どういう方法を持って提示できるのか。それは、自分自身の目で見た世界内のすべてのものの内実の隅々を語って語り尽くす事によって、である。そしてその過程で顕現する、論理的統一が破綻しようとする予感を伴って、普遍概念の存在を暗示するのみである。黒崎宏氏は次の如く指摘される。

それなら一体、倫理の具体的内容を暗示するには、何を語ればよいのか。「私の見た世界」の中のどんな事を語ればよいのか。〈中略〉おそらく個々の人間の生活を語ればよかろう。(5)

氏の言葉を借りて、「こゝろ」の先生の行為の意味を説明したい。それは、かつて、Kと先生が狂おしく求め、更に現在「私」が求め始めている人間存在にとって貴重な普遍概念は、世界内では獲得し得ないということなのだ。それればかりではない、その輪郭すら我々の言語能力は辿れないのだ。それでも、我々は、普遍的解答を求めざるを得ないのである。この現実内での不可能に向かって、普遍を語るためには、具体的には何ができるのか。この不可能の実現を試みる人間は現実にどのような行動をとるか。それが、「個々の人間の生活」を語る行為である。思い出してみたい。「遺書」で語り尽くされるもの、更に、私が先生に望んだもの、それらは何であったか、である。それは、先生の過去の生活全体であったのだ。先生は、自分の生活全てを語り尽くす事で、人間が語り得ず暗示のみをし得る、人間にとって最も貴重なものの内容を提示しようとしたのである。このことが、「記憶して下さい。

私は斯んな風にして生きて來たのです。」と、叫んだ先生の狂しさを構成するものなのである。

注

（1）拙稿「作品『こゝろ』論2―現象読解の試―『先生』『K』『奥さん』の意味をめぐって」（「就実語文」第五号　就実大学日本文学会　昭和五十九年十二月）。本書所収。

（2）本文からの引用は特に断りがない限り『漱石文学全集第六巻』（集英社　昭和五十八年一月）を用いる。

（3）L・ヴィトゲンシュタイン『論理哲学論考』（藤本隆志、坂井秀寿訳　法政大学出版局　昭和五十九年十二月）

（4）L・ヴィトゲンシュタイン『論理哲学論考』（黒崎宏『ヴィトゲンシュタインの生涯と哲学』勁草書房　昭和五十九年十一月）所収のものによる。

（5）黒崎宏。前掲書（4）。

■著者略歴

松尾直昭（まつお なおあき）

昭和30年（1955）熊本県に生まれる
昭和54年（1979）関西学院大学文学部卒業
昭和59年（1984）関西学院大学文学研究科博士課程後期課程単位取得満期退学
現在　就実大学教授

近代文学研究叢刊 38

夏目漱石「自意識」の罠
──後期作品の世界──

二〇〇八年二月二九日初版第一刷発行
（検印省略）

著者　松尾直昭
発行者　廣橋研三
印刷所　太洋社
製本所　大光製本所
発行所　有限会社和泉書院

大阪市天王寺区上汐五－三－八
〒五四三－〇〇〇二
電話　〇六－六七七一－一四六七
振替　〇〇九七〇－八－一五〇四三

装訂　濱崎実幸　ISBN978-4-7576-0450-6　C3395

和泉書院の本